MARIE ADAMS

Das Haus der Hebammen – Carolas Chance

AF203162

Autorin

Marie Adams ist das Pseudonym der Kölner Autorin Daniela Nagel. Unter beiden Namen hat sie bereits diverse Romane und Sachbücher verfasst. Zudem schreibt sie Artikel über das Autorendasein für Fachzeitschriften. In ihrer neuen Trilogie »Das Haus der Hebammen« behandelt sie ein echtes Herzensthema: die Geburt und das Glück werdender Mütter. Die Autorin ist selbst Mutter von fünf Kindern, von denen einige in eben jenem Geburtshaus zur Welt kamen, das als Vorbild für die Romantrilogie diente.

Von Marie Adams bereits erschienen

Das Café der guten Wünsche · Glück schmeckt nach Popcorn · Der kleine Buchladen der guten Wünsche · Das Haus der Hebammen – Susannes Sehnsucht

Besuchen Sie uns auch auf
www.instagram.com/blanvalet.verlag und
www.facebook.com/blanvalet.

MARIE ADAMS

Das Haus der Hebammen

Carolas Chance

ROMAN

blanvalet

Sollte diese Publikation Links auf Webseiten Dritter enthalten, so übernehmen wir für deren Inhalte keine Haftung, da wir uns diese nicht zu eigen machen, sondern lediglich auf deren Stand zum Zeitpunkt der Erstveröffentlichung verweisen.

Penguin Random House Verlagsgruppe FSC® N001967

1. Auflage 2022
Copyright © 2022 by Marie Adams
Dieses Buch wurde vermittelt von der Literaturagentur
erzähl:perspektive, München (www.erzaehlperspektive.de).
© 2022 by Blanvalet in der
Penguin Random House Verlagsgruppe GmbH,
Neumarkter Straße 28, 81673 München
Redaktion: René Stein
Umschlaggestaltung und -motiv: © Johannes Wiebel | punchdesign,
unter Verwendung von Motiven von stock.adobe.com
(engel.ac, contrastwerkstatt, kulniz, vladteodor, ajr_images,
hedgehog94) und Katong/Shutterstock.com
JA · Herstellung: sam
Satz: KCFG – Medienagentur, Neuss
Druck und Bindung: GGP Media GmbH, Pößneck
Printed in Germany
ISBN 978-3-7341-1038-2

www.blanvalet.de

Für meine Familie

Kapitel Eins

Carola

Carola blieb einen Moment vor dem Eckhaus in der Cranachstraße stehen, bevor sie in ihrer Handtasche nach dem Schlüssel suchte. Auch nach fünf Jahren zauberte ihr der schmale Altbau ein Lächeln aufs Gesicht. Gemeinsam mit ihren mittlerweile engsten Freundinnen hatte sie sich einen Traum erfüllt, den anfangs viele für verrückt hielten. Sie hatten 1989 das erste Geburtshaus in ihrer Stadt eröffnet, immer noch eins der wenigen in Deutschland.

Zwischen Kulis, einem Notizbuch, drei Packungen Taschentüchern, Wollmütze, Kaugummis, Elternbriefen und einer Banane, die auf dem Weg schon ein paar braune Flecken mehr bekommen hatte, fand sie den Schlüssel.

In dem Flur schlug ihr der Geruch von Lavendel und Kaffee entgegen. Eine bessere Mischung gab es kaum. Die Tafel im Eingang verriet, dass heute Nacht ein Baby geboren worden war: Pascal mit 3450 Gramm und 53 Zentimetern. Der Januar war nicht mal zur Hälfte rum, und doch standen neben Pascal bereits fünf weitere Kinder auf der Tafel im Flur, nämlich Vanessa, Sarah, Malte, Nico und Marie. Alle waren gesund auf die Welt gebracht worden und hatten genau den Start bekommen, den Carola allen werdenden Eltern wünschte. In aller Ruhe geboren und dabei die ganze Zeit von derselben Hebamme betreut.

Susanne kam ihr mit einer Kanne Kaffee entgegen. Kein Wunder, dass sie davon eine doppelte Portion brauchte, wenn sie heute Nacht erst ein Baby ins Leben begleitet hatte.

»Carola, wie schön, dass du schon da bist. Es gibt fantastische Neuigkeiten! Und wenn wir die besprochen haben, lege ich mich wieder ins Bett.«

Susanne war Carola so fest ans Herz gewachsen, als wären sie Schwestern. Schwestern, die sich verbunden fühlten. Bei ihrer eigenen Schwester war das leider nicht so einfach, dachte Carola wehmütig. Sie betrachtete ihre Freundin, die mit ihren bald vierzig Jahren noch fast mädchenhaft wirkte angesichts der roten langen Locken und der schlanken Figur. Wenn Susanne mit ihrer Enkelin spazieren fuhr, hielten sie alle für eine späte Mutter, aber niemals für die Oma! Susanne trug es mit Humor, den brauchte sie auch, nachdem ihr Leben vor fünf Jahren ganz schön aus den Fugen geraten war. Dass sie in der Zeit das Geburtshaus gegründet hatten, hatte Susanne wahrscheinlich gerettet.

»Dann sag schon, gute Neuigkeiten kann ich immer gebrauchen!«

Carola hängte ihre Jeansjacke an die Garderobe im Flur und stopfte ihr Karohemd in die Jeans. Die roten Converse-Turnschuhe hatte sie ihrem Sohn Thomas abgeluchst. Seine Füße waren im zwölften Lebensjahr förmlich explodiert, und er war ziemlich sauer darüber, dass das Geschenk seines Patenonkels von einer Dienstreise in die USA nur ein paar Monate gepasst hatte. Ihre älteste Tochter Stefanie fand ja, dass Carola sich zu jugendlich anziehen würde. Aber was sollte sie denn bitte schön anziehen? Faltenröcke und Seidenblusen?

Jeans und Hemden konnte ja wohl jede tragen. Und Carola fühlte sich darin wohl, vor allem weil sie es auch zehn Jahre nach der Geburt von Maike noch nicht geschafft hatte, ihren Schwangerschaftsspeck ganz loszuwerden.

»Lass uns auf Annett warten, sie holt noch ein paar Teilchen vom Bäcker.« Susanne machte es spannend. Wie immer. Carola schmunzelte und setzte sich an den Tisch in ihrer Besprechungsecke, die ebenfalls in dem großen Vorraum untergebracht war. Der Tisch war bereits gedeckt. Herrlich! Vor allem nachdem Carola heute Morgen auf den letzten Drücker schon drei Brotdosen bestückt und Kakao als Frühstück verteilt hatte. Andreas hatte die halbe Nacht geschrieben und lag noch im Bett, als sie nach den drei Kindern das Haus verlassen hatte.

»Halloooo, frische Puddingteilchen und Plunder«, rief Annett fröhlich und schwenkte eine Tüte von *Merzenich*. Annett war wirklich ein Goldstück, auch wenn sie Ella, ihre Mitgründerin, nicht ersetzen konnte.

Als sie gemeinsam am Tisch saßen, die Teilchen genossen, Kaffee schlürften und ihre Arbeit besprachen, fühlte es sich kein bisschen nach Arbeit an.

»Susanne, jetzt aber raus mit den guten Nachrichten«,

erinnerte Carola Susanne an deren Ankündigung. Auch wenn am Ende alle drei den Mietvertrag für das Erdgeschoss in der Cranachstraße 21 unterschrieben hatten, war Susanne so etwas wie die Chefin des Geburtshauses.

»Also die erste gute Nachricht: Wir bekommen die Etage über uns!«

Carola lächelte. Perfekt! Zwei Geburtszimmer mehr und ein Raum in Reserve!

»Super! Wann können wir die Wohnung einrichten?«

»Die Mieter haben ein Haus weiter draußen gefunden. Sie sind schon am Ausräumen. Sobald die letzte Umzugskiste draußen ist, können wir anfangen.«

Herrlich, dachte Carola. Auch wenn sie einigermaßen bedient war von Renovierungsarbeiten, nachdem sie und Andreas sich ebenfalls ein Haus weiter draußen gekauft hatten. Jahrelang hatten sie davon geträumt, endlich nicht mehr Bobbycars, Kinderwagen und Räder durchs Treppenhaus hieven zu müssen. Oder von den Nachbarn angeraunzt zu werden, wenn sie am Wochenende Wäsche im Garten aufhängten. Und dann waren sie doch erst umgezogen, als sie Bobbycars und Kinderwagen längst auf dem Flohmarkt verkauft hatten.

»Prima, ick freu mir«, verfiel Annett wieder in ihren Berliner Dialekt, in den sich in den letzten Jahren immer stärker ein kölnischer Singsang eingeschlichen hatte.

»Wir können mehr Geburten betreuen.« Susanne sah Carola und Annett euphorisch an. Sie hatten in den letzten Jahren öfter erlebt, dass Geburten auch mal im Kursraum stattfanden oder kein Platz mehr für eine Vorsorgeuntersuchung war.

»Aber das können wir nur, wenn wir mindestens noch eine Hebamme mehr haben.«

Warum strahlt Susanne bei dieser Feststellung so?, fragte sich Carola.

»Und damit kommen wir zur zweiten guten Neuigkeit! Ella kommt wieder! Im März schon! Und sie fängt direkt wieder bei uns an.«

Ach, das waren wirklich wunderbare Nachrichten. Ella, die Jüngste im Bunde, die anfangs noch recht unsicher war, dann aber allen Mut zusammengenommen und fernab der Familie und Freunde vor zwei Jahren in Uganda in einer Geburtsstation angefangen hatte. Carola, die selten weinte, hatte Rotz und Wasser geheult, als Ella ihren letzten Tag im Geburtshaus gearbeitet hatte. Aber nicht nur weil sie Ella vermissen würde, sondern auch weil ihr Mutterherz für Ellas Eltern mit heulte. Und für ihr eigenes Herz. Was, wenn ihre Kinder einst auch auf so eine Idee kämen? Bei anderen Kindern fand man Mut und Abenteuerlust ja immer bewundernswert, aber die eigenen durften gern in sicherer Nähe bleiben.

Stefanie machte nächstes Jahr Abitur. Und wusste nicht, was sie nach dreizehn Jahren Schule machen sollte. Hauptsache, sie kam nicht auf so eine Schnapsidee.

»Wie schön, dann ist ja fast alles wie früher, nur noch besser!« Carola trank darauf einen Schluck Kaffee. Ja, so war es doch, alles in ihrem Leben wurde besser. Die drei Kinder waren langsam aus dem Gröbsten raus, ihr Beruf war eine echte Berufung, und die Rahmenbedingungen nach Jahren als Hebamme im Krankenhaus ideal; ihr Mann Andreas stand immer noch an ihrer Seite und war die letzten Jahre als Schriftsteller richtig erfolgreich geworden. Genauso wie viele sie mit der Geburtshausidee für verrückt gehalten hatten, hatten viele Andreas für einen Spinner gehalten. Doch sie hatten sich gegenseitig in ihren Träumen unterstützt. Und waren am Ziel! Was sollte jetzt noch schiefgehen?

Bevor ihr dazu etwas einfallen konnte, meldete sich ihr Pieper, den sie immer in der Hosentasche trug. Eine ihrer Schwangeren kündigte – wenn es kein Fehlalarm war – die bevorstehende Geburt an.

Carola wählte die Telefonnummer mit Kölner Vorwahl, die ihr das Display des Piepers anzeigte, der an eine Sportuhr erinnerte, mit der die Zeiten bei den Bundesjugendspielen gemessen wurde. Diese schrecklichen Spiele standen im Juni auch wieder an, und Maike hatte darauf bestanden, dass Carola mit am Rand stehen würde, um zu messen, wie weit sie gesprungen oder wie schnell sie gelaufen war. Alle Mütter kämen dahin, hatte Maike gesagt und noch mal betont, dass das ja ihr allerletztes Jahr in der Grundschule wäre und sie das einzige Kind, dessen Mutter sich noch nie beim Sportfest hätte blicken lassen. Und Andreas weigerte sich, dort hinzugehen. Das würde ihn nur an seine eigene traumatische Sportkarriere in der Schule erinnern, in der er nicht einmal eine Siegerurkunde ergattern konnte.

Es war noch lange hin bis zum Sommer. Vielleicht würde Maike ihren Wunsch bis dahin vergessen haben. Endlich nahm jemand ab. Eine Männerstimme.

»Hallo? Riemschneider am Apparat?«

Falls die Nummer vom Geburtshaus angezeigt wurde, konnte es sein, dass der werdende Vater sie eben nicht auswendig kannte. Hartmut hieß der Vater doch. Carola bot mittlerweile fast allen das Du an.

»Hartmut? Ich bin's, Carola, eure Hebamme. Ihr habt den Pieper alarmiert. Wie geht es Gaby?«

Meist riefen die Eltern schon bei den ersten Wehen an. Hektik war selten angebracht.

»Ich glaube, du musst sofort kommen. Sie hat gerade den Kleinen in den Kinderstuhl gesetzt und auf einmal, na, du weißt schon, wie im Film …«

Hartmut wollte bei der Geburt des zweiten Kindes unbedingt dabei sein, aber es war ihm jedes Mal peinlich, über ganz normale körperliche Vorgänge zu sprechen.

»Ich bin in einer Viertelstunde bei euch. Am besten legt Gaby sich hin.«

Sechzehn Minuten später hielt Carola mit quietschenden Reifen vor dem Wohnhaus der Familie. Ein Altbau in Nippes. Zum Glück hatte sie einen Freiparkschein. Solange sie keine Feuerwehreinfahrt blockierte, durfte sie im Notfall überall stehen.

Sie klingelte, und zwei Sekunden später öffnete jemand die Tür. Allerdings weder Hartmut noch Gaby, sondern eine Frau in Kittelschürze, die den Flur wischte. »Danke fürs Öffnen, ich bin die Hebamme der Familie Riemschneider und gehe mal hoch.« Carola nickte der Frau freundlich zu und lief vorsichtig die Treppe hoch, um auf dem nassen Boden nicht auszurutschen. Da müsste sie gleich auch mit Gaby aufpassen.

»Na, dann transportieren Sie die Gute mal schnell ab ins Krankenhaus. Das Geschrei ist ja kaum auszuhalten!«

Geschrei? Carola hörte nichts. Doch als sie auf dem nächsten Treppenabsatz war, konnte sie einen markerschütternden Schrei hören. Die Klingel hätten die Riemschneiders definitiv nicht gehört.

Die Tür war nur angelehnt. Sie hatten mitgedacht. Dennoch klopfte Carola noch einmal laut, bevor sie in die Wohnung eintrat. Gemütlich war es hier. Hohe Decken mit Stuck und dennoch bunte Wände, Kinderbilder an der Wand und Duplosteine schon im Flur verteilt, der direkt in eine offene Küche überging.

»Hallo? Ich bin's! Carola!«

Sie kannte die Wohnung ja schon und nahm den Weg ins Schlafzimmer. Sie klopfte erneut an. Diesmal hörte sie ein »Herein«.

Auf dem Bett saß Gaby, die einen viel zu großen Pyjama trug, der wahrscheinlich ihrem Mann gehörte. Dennoch spannte das Oberteil um den Bauch herum.

Normalerweise holte Carola die werdenden Eltern ab, um gemeinsam ins Geburtshaus zu fahren.

»Guuut, dass du da bist. Ich glaube, wir müssen sofort los.« Gabys Stimme klang gepresst.

Bevor Carola antworten konnte, stieß Gaby noch einen Schrei aus. Hartmut hielt seine Hand auf ihre Stirn, was sie gar nicht zu bemerken schien.

»Können wir noch einen Umweg machen und Fabian zu den Großeltern bringen? Die wohnen gleich um die Ecke.«

Stimmt. Das erste Kind war keine drei.

»Wo steckt er denn gerade? Kannst du die Großeltern nicht anrufen, dass sie sofort hierherkommen?«

»Der guckt *Tom und Jerry*. Haben eine Videokassette angeworfen.«

Hartmut sah schuldbewusst aus. So als müsste die Glotze jetzt öfter als Babysitter herhalten. Allein konnten sie das Kleinkind jetzt keine fünf Minuten lassen. Auch nicht vor der Glotze.

»Gaby, dürfte ich mal schauen, wie weit dein Muttermund geöffnet ist?«

Gaby nickte. Und begann zu pressen. Carola brauchte die Weite des Muttermundes gar nicht zu kontrollieren. Und sie würden Fabian auch nicht mehr zu den Großeltern bringen.

»Darf ich dir helfen, die Hose auszuziehen?«, fragte Carola. Im Krankenhaus hatten sie die Dinge oft getan, ohne um das Einverständnis zu bitten. Wie oft war einer der Ärzte sogar mit der Epischere gekommen, um den Geburtskanal mal eben mit einem Dammschnitt zu erweitern? Wie oft wurde Schwangeren kurz vor dem Wochenende ein Wehentropf gesetzt? Die wenigsten hatten solche Maßnahmen infrage gestellt. Schließlich waren das die Profis, die wussten doch am besten Bescheid.

Gaby nickte. Zwischen ihren Beinen war schon das Köpfchen zu sehen. Wenn alles glattlief, wäre Fabian ein großer Bruder, bevor die Videokassette durchgelaufen war.

* * *

Susanne

Hand in Hand mit Antonius stand Susanne vor dem schmucken Einfamilienhaus in einer Wohnsiedlung im Bergischen Land. Sie holte tief Luft, als sie das Tonschild an der Tür sah. *Hier lachen, streiten und lieben sich Angela, Gerd und Julia.* Dabei wohnte Julia doch schon lange nicht mehr hier.

Mit Sicherheit war dies eines dieser Grundschulweihnachtsgeschenke, die Julia für ihre Eltern hatte basteln müssen. Für ihre Adoptiveltern, dachte Susanne bitter. Sie umklammerte den Blumenstrauß in ihrer Hand. Als könnte ihr Mann ihre Gedanken lesen, küsste er sie zärtlich auf die Wange.

»Hey, wir schaffen das schon. Und denk dran, vor fünf Jahren wäre das eine Traumvorstellung für dich gewesen.«

»Du hast recht.« Eine Welle der Liebe für ihren wunderbaren Mann, den sie auch erst vor gut fünf Jahren kennengelernt hatte, durchflutete sie. Als Antwort küsste sie ihn auf den Mund. Für einen Moment vergaß sie die Welt um sich herum, aber auch die Tatsache, dass sie gerade an der Haustür geklingelt hatten.

Die Tür wurde geöffnet. Angela stand adrett und mit Schürze umgebunden in der Tür und schaute auf Susanne, als wäre sie ein liederliches Geschöpf. Allerdings hatte es Angela nur Susannes jugendlicher »Liederlichkeit« zu verdanken, dass sie nun so etwas wie Familienglück besaß, dachte Susanne, die sich von Julias Adoptivmutter bis heute nicht akzeptiert fühlte.

»Ach, da seid ihr ja endlich. Susy hat schon zehnmal gefragt, wo ihr bleibt.«

Und da kam Susy angeflitzt. Ihre roten Locken wippten im Laufschritt mit.

»Oma Susanne! Opa Antonius!«

Sie umarmte beide gleichzeitig. Antonius war nicht ihr leiblicher Opa, der war immer noch unbekannt und wusste nichts von seinem Glück, das einer kurzen Romanze während Susannes Klassenfahrt nach England gefolgt war.

Angela seufzte und lächelte. »Na, dann kommt mal rein in die gute Stube.«

»Danke, Angela. Und die Blumen hier sind für dich.« Susanne hielt ihr die rosafarbenen Rosen hin, und Angela freute sich aufrichtig.

»Die sind aber hübsch, ich hole direkt eine Vase.«

Susy nahm Susanne an die Hand und zog sie mit in das große Wohnzimmer, das eine riesige Fensterfront zum Garten hin hatte. Vom Garten sah man jedoch nur einen Teil, weil von oben bis zur Mitte eine Gardine hing und auf der Fensterbank jede Menge Kakteen und Orchideen standen, sodass Susanne verborgen blieb, wer draußen im Schnee stand.

In der Mitte des Wohnzimmers war eine große Kaffeetafel aufgebaut. Ein Sauerkirschananasboden, daneben eine Schüssel Schlagsahne, eine Eierlikörtorte für die Erwachsenen, die bei diesem Kindergeburtstag in der Überzahl waren, und ein trockener Kuchen mit drei Kerzen darauf. Antonius stellte den Kalten Hund dazu, den Susy sich ebenfalls gewünscht hatte. Viel Platz war nicht mehr.

Angela kam mit einer Vase und den Blumen wieder rein, stellte sie auf die Anrichte, auf der Familienfotos und das Telefon standen, und öffnete die Terrassentür, um die anderen Gäste hereinzuholen. Ausnahmsweise durften alle ihre Schuhe im Wohnzimmer ausziehen und auf den waschbaren Läufer stellen.

Nach der Begrüßungsrunde saßen sie an der Kaffeetafel. Susanne und ihre Familie: ihre Tochter Julia, die sie erst vor fünf Jahren kennengelernt hatte, ihr Freund Lukas, mit dem sie Medizin studierte, Susy, ihre Enkelin, ihre eigenen Eltern, die nun schon Urgroßeltern waren, obwohl sie damals auf keinen Fall Großeltern hatten sein wollen – sowie Angela und Gerd, Julias Adoptiveltern. Und die hatten ihre Aufgabe gut gemacht. Das musste Susanne zugeben.

Alle miteinander stimmten ein Lied an: »Wie schön, dass du geboren bist, wir hätten dich sonst sehr vermisst ...«

Susanne wischte sich eine Träne aus dem Augenwinkel, als sie ihre Tochter und Enkelin beobachtete. Susy war so willkommen und hatte so viele erwachsene Bezugspersonen wie kaum ein Kind. Susanne drückte Antonius' Hand unter dem Tisch. Manchmal hatte sie Angst, aus einem Traum zu erwachen. So viel Liebe war da in ihrem Leben. So viel Glück. Und doch auch Schmerz über das, was passiert war, und Schmerz über etwas, das einfach nicht passieren wollte.

»Susy-Schatz, kannst du nicht endlich die Kerzen auspusten, ich habe einen Bärenhunger.« Lukas nahm Susy von seinem Schoß und platzierte sie vor den Kuchen, an dem die Kerzen schon fast runtergebrannt waren.

»Okay, Papa, aber ich muss mir noch überlegen, was ich mir wünsche.« Susy konnte extrem gut sprechen für ihr Alter. Wahrscheinlich auch, weil so viele Erwachsene um Gesprächszeit mit ihr buhlten.

»Was du willst, mein Schatz«, ermunterte nun auch Julia ihre Tochter, während das Wachs schon auf den Zuckerguss tropfte. Susanne, Julia und die kleine Susy sahen sich mit ihren roten Locken wirklich ähnlich. Kein Wunder, dass sich Angela manchmal außen vor fühlte.

»Mmmh, also ich wünsche mir ...«, sie hatte das Zeug einer Theaterschauspielerin. Das Mädchen machte es spannend und ließ seinen Blick erst einmal über alle ihre Gäste schweifen.

»Also ich wünsche mir, dass Oma Susanne und Opa Antonius noch ein Baby bekommen. Ich weiß nämlich, dass das noch geht, weil unsere Nachbarin hat mit zweiundvierzig noch ein Baby bekommen.«

Susanne bekam einen knallroten Kopf, während alle anderen schwiegen. Antonius drückte ihre Hand und unterdrückte ein Grinsen. Susy schaute unsicher und pustete dann drauflos, dass das Wachs über den Kuchen spritzte.

»Ihr anderen Omas und Opas seid leider schon zu alt dafür, und Oma Susanne wünscht sich das doch so doll.«

Susanne senkte ihren Blick.

»Danke, Susy, wer weiß, welche Wünsche noch alles in Erfüllung gehen. Aber jetzt muss ich echt ein Stück Kuchen essen, sonst habe ich gleich keine Kraft, im Garten einen Schneemann mit dir zu bauen. Für mich bitte ein dickes Stück von der Eierlikörtorte«, wechselte Antonius das Thema elegant, und Angela griff vor lauter Dankbarkeit darüber direkt zur Tortenschaufel. Susannes Eltern schauten verlegen auf die Tischplatte, als ob sie sich noch heute für ihre Tochter schämten.

Susanne hielt ihren Teller auch hin, als Angela die Eierlikörtorte verteilte, wobei sie jetzt gerne nicht nur den Guss, sondern am liebsten gleich ein Gläschen heruntergekippt hätte. Aber auch nach vier Jahren vergeblichen Versuchens, schwanger zu werden, verzichtete sie möglichst auf Alkohol. Doch Eierlikörtorte mochte sie wirklich gerne, und soweit sie sich erinnern konnte, war zwischen ihr und Antonius in der »gefährlichen« Zeit eh nichts gelaufen.

Susy plapperte munter von der Kindergarteneingewöhnungszeit, als wollte sie von dem Wunsch ablenken, der anscheinend bei den Erwachsenen doch nicht so gut ankam.

»Also manche Themen sind wirklich nichts für Kinder«, griff Angela das Thema wieder auf, als Susy gerade herausgelaufen war, um neue Limo aus der Küche zu holen.

»Mama, meine Mutter ist Hebamme, und ich werde Frauenärztin. Natürlich interessiert sich Susy für solche Themen«, erwiderte Julia und nahm sich das zweite Stück Sauerkirschananasboden.

»Ich würde das Thema auch lieber wechseln«, sagte Susanne nur.

»Und ich finde, das Thema ist in eurem Alter nun

wirklich nicht mehr angemessen«, widersetzte sich Angela Susannes Wunsch.

Susanne seufzte. Sie schrieben das Jahr 1994. Die Zeiten, in denen über alles rund um das Kinderkriegen nur hinter vorgehaltener Hand getuschelt wurde, waren längst vorbei. Aber an deutschen Kaffeetafeln war es eben immer noch ein Tabuthema.

»Angela, die Torte ist fantastisch«, ging Susanne gar nicht auf ihre spitze Bemerkung ein. Sich auf das Gute in dieser verrückten Konstellation zu konzentrieren war Susannes Ziel. Ihrer Tochter zuliebe. Und letztendlich auch sich selbst zuliebe.

Vor bald fünf Jahren hatten sie schon einmal mit Farbtöpfen und Pinseln in der Cranachstraße 21 gestanden und aus der unteren Etage, die davor eine Kneipe beherbergt hatte, Kölns erstes Geburtshaus gezaubert. Susanne hatte es Spaß gemacht, als sie damals alle drei mit Schwämmen Akzente auf den Wänden gesetzt hatten. Das war genau wie die hellen Holzmöbel und die Bordüren aus Tapete, die die Räume unterteilten, der letzte Schrei gewesen. Gemütlich war es immer noch, so viel gemütlicher als in den meisten Krankenhäusern, wobei mittlerweile immer mehr Kreißsäle wohnlicher gestaltet wurden.

Und jetzt hatten sie die obere Etage dazugemietet. Statt Orange hatten sie diesmal zu einem rostroten Farbton gegriffen, der nicht nur auf den Wänden, sondern auch auf der Folie klebte, die sie ausgelegt hatten.

Carola, Annett und Susanne hatten Musik aufgedreht.

Mr. Vain wurde von *Sing Hallelujah!* abgelöst. Der Bass dröhnte in den Wänden des Altbaus. Carola hatte ein paar CDs ihrer Tochter ausgeliehen. Discomusik. Vor fünf Jahren hatten sie sich vorgestellt, wie sie in der Eingangshalle eine Tanzparty veranstalteten, aber mittlerweile war der Gedanke, dass sie drei in einer Disco tanzen würden, viel absurder, als mit fast vierzig schwanger zu werden.

Die Einzige, die der Türsteher nicht fragen würde, ob sie sich im Club vertan hätte, wäre Ella, aber die verbrachte noch ihre letzten Tage in Uganda.

Carola begann mit Dr. Alban laut mitzusingen. Der Zahnarzt machte lieber gute Laune mit seiner Musik, als Löcher zu bohren.

»Sing Hallelujah, sing it …«, sie tunkte den Pinsel ein. Fehlte nur noch, dass sie ihn gleich als Mikro benutzte.

Annett toppte das Ganze, indem sie nicht nur sang, sondern auch noch tanzte. Sie schwang ihre rundlichen Hüften und wackelte mit dem Kopf. Ihre Dauerwelle sah noch etwas nach den Achtzigern aus, aber so lange waren die ja auch nicht her.

Susanne schmunzelte. Und summte mit. Sing Hallelujah … sie war die Ruhigste von ihnen. Lauthals singen und tanzen fiel ihr sogar vor ihren liebsten Freundinnen schwer. Dabei spürte sie wirklich allen Grund, lauthals Hallelujah zu singen. Das Leben war gut. Trotz allem Schmerz aus der Vergangenheit. Trotz eines Traums, dessen Erfüllung immer unwahrscheinlicher wurde. Das Jahr 1989 war für sie der größte und erstaunlichste Wendepunkt in ihrem Leben geworden. Nicht ganz so einschneidend wie für Annett, der in dem Jahr eine ganz neue Freiheit geschenkt worden war. Die Hebamme, die erst vor drei Jahren zu ihnen gestoßen war, hatte vorher in der Charité in Berlin gearbeitet. Für Carola hatte sich am wenigsten geändert. Aber sie wurde auch immer unabhängiger, je älter ihre Kinder wurden. Die Jüngste war zehn und kam bald auf das Gymnasium. Carola meinte immer zu Susanne, dass sie doch verrückt wäre, jetzt unbedingt noch ein Baby zu wollen. Mit vierzig! Viel einfacher wäre es doch, sich um die Enkeltochter zu kümmern, die könnte sie auch immer wieder getrost abgeben. Susanne nahm das Carola nicht übel. So war sie eben. Pragmatisch. Und redete immer, wie ihr der Schnabel gewachsen war.

Susanne summte etwas lauter und wischte mit der Farbrolle über die Raufasertapete.

»Leute, habt ihr ein Klingeln gehört, oder ist das schon mein Tinnitus?«, rief Carola.

»Also ich habe nichts gehört!«, rief Annett. Carola drückte auf die Pausetaste des CD-Players. Es klingelte tatsächlich. Susanne griff als Erstes nach ihrem Pieper in der Hosentasche. Die anderen beiden ebenso. Wenn sie das Klingeln überhört hatten, hätten sie auch den Pieper überhören können.

Keine Nachricht. Erst die Treppe herunter würde zu lange dauern. Keine hatte einen Termin, wahrscheinlich war es der Postbote. Susanne lief zum Fenster zur Straße hin und öffnete es. Das Haus war so schmal und lief von der Vorderseite aus zu einer Art Dreieck auseinander, dass es etwas von einem Turm hatte.

»Augenblick«, rief Susanne nach unten und sah in ein geliebtes Gesicht. Antonius schaute zu ihr hoch. Mit einem Tablett in der Hand. Waren das belegte Brötchen? Das war ja auch wie vor fünf Jahren, nur damals hatte sie den netten Buchhändler von gegenüber noch gesiezt. Und obwohl sie in seiner Gegenwart schon Schmetterlinge im Bauch gehabt hatte, hatte sie auch Angst gehabt, sich ihm zu offenbaren. Zu unwahrscheinlich war es ihr vorgekommen, dass er sie lieben könnte, wenn er alles über sie wusste. Aber das Gegenteil war der Fall gewesen.

»Ich komme sofort«, rief sie und hüpfte fast vor Freude die Treppe herunter, die zu dem Seiteneingang führte. Einen Durchbruch zu schaffen wäre viel zu aufwendig und würde zu viel Raum wegnehmen.

Und immer noch kribbelte es, wenn sie ihn sah. Ihr Mann, der sie damals an Jeremy Irons erinnert hatte. Nur dass Antonius schon ein paar graue Haare mehr zwischen dem dunklen Haar hatte.

Ihr Mann, der so fürsorglich und klar war. Der sie auf Händen trug und dabei immer auf Augenhöhe mit ihr war. Ob das anders käme, wenn sie ein gemeinsames Kind hatten? Bei wie vielen Paaren verrutschte das gleichberechtigte Verhalten automatisch noch in die Geschlechterrollen der Fünfzigerjahre? Nein, sie wären wunderbare Eltern. Und Susanne hatte diesen Wunsch noch nicht aufgegeben. Aber die Zeit lief ihr davon. Heute Abend, wenn sie wieder zu Hause wäre, musste sie mit ihm darüber reden. Er musste endlich einlenken. Es lag nicht an ihr, dass ihr Wunsch nicht erfüllt wurde.

Sie saßen im Schneidersitz auf dem Boden des frisch gestrichenen Raumes, der einmal ein Geburtszimmer werden sollte. Ihre Jeans und T-Shirts waren mit Farbe bekleckert, die Fenster waren aufgerissen, die Sonne schien herein. Carola öffnete den Brief, der an das Geburtshaus adressiert worden war und eine lange Reise hinter sich hatte. Er war vor zwei Wochen in Kampala, der Hauptstadt von Uganda, abgestempelt worden. Carola hätte sich am liebsten noch ein Röggelchen mit Gouda von dem Tablett genommen, aber sie fühlte sich unwohl mit ihrem Babyspeck um den Bauch. Ja, sie hatte sich sogar ganz verschämt die neueste *Brigitte* mit der jährlichen *Brigitte-Diät* kurz vor der Bikinisaison gekauft und vermied es tunlichst, sie zu Hause offen liegen zu lassen. Genauso wie ihre älteren beiden Kinder die *Bravo* oder *Mädchen* auch nur heimlich lasen. Sie schmunzelte. Stefanie war auffallend dünn geworden. Sie sah fantastisch aus, aber Carola ging es langsam auf den Zeiger, dass sie nur Salat essen wollte, hatte sie früher den Makkaroni-Auflauf oder Nutella-Pfannkuchen immer so geliebt. Und vor Stefanie behauptete Carola immer, dass jede Frau sich so akzeptieren sollte, wie sie war, aber bei sich selbst schaffte sie es auch nicht. Neben ihrer gerade erwachsenen Tochter kam sie sich einfach alt und abgehalftert vor, auch wenn sie gerade erst vierzig war.

Passend dazu wurde ihr Liebesleben auch immer weniger, wobei das nach bald zwanzig Jahren Ehe wohl normal war. Konnte sich ja nicht jede in Susannes Alter frisch verlieben, wobei Susanne und Antonius jetzt schon jahrelang rumturtelten. Na ja, sie brauchten sich ja auch nur umeinander kümmern.

»Jetzt mach es nicht so spannend«, forderte Susanne sie auf, den Brief endlich zu öffnen. »Ich kann es kaum erwarten, mal wieder was von Ella zu hören! Wird Zeit, dass sie wiederkommt.«

Annett schaute skeptischer. Kein Wunder, sie war gewissermaßen der Ersatz für Ella gewesen. »Aber ihr braucht mich dann noch, oder?«, fragte sie.

»Na klar. Für drei Hebammen bräuchten wir das neue Geburtszimmer nicht.« Carola faltete den Brief auseinander. Ellas schön geschwungene Handschrift breitete sich auf dem Papier aus. So mutig wie Ella wäre sie nie gewesen. Zwei Jahre in Uganda. Weit weg von der Familie. In einem Land, das nicht so sicher war wie Deutschland. Und auch wenn Carola wie alle Hebammen des Geburtshauses glaubte, dass eine Geburt in der Regel keine medizinische Betreuung brauchte, war sie doch froh, dass der nächste Kreißsaal immer nur ein paar Minuten entfernt war.

Hallo ihr Lieben,

es dauert nicht mehr lange, bis wir uns endlich wiedersehen. Bis ich wieder im Geburtshaus arbeiten kann. Und ganz ehrlich, wärt ihr nicht, dann hätte ich überhaupt keine Lust, nach Hause zu kommen. Aber meine Zeit läuft hier nun mal ab, und ich bin froh, dass ihr meinen Platz freigehalten habt.

Carola sah kurz auf. Ella hatte wohl genauso Angst, dass es hier zu eng werden würde. Sie wusste ja noch gar nichts von der räumlichen Erweiterung. Telefonieren war teuer und die Verbindung oft schlecht. Briefe dauerten ewig. Ein Faxgerät gab es in dem Dorf, in dem Ella arbeitete, nicht, und auch ein Telefon oder einen Briefkasten erreichte sie meist nur während der Ausflüge in die nächste größere Stadt.

Wie läuft es denn bei euch? Wird Annett bleiben?

»Natürlich bleibst du«, antwortete Carola auf Ellas Frage, auch wenn Ella das nicht hören würde, aber Annett dafür umso mehr. Ella hatte Annett schließlich auch noch mit ausgesucht.

»Danke.« Annett löste sich aus dem Schneidersitz und umklammerte ihre Beine. Manchmal wirkte sie immer noch so, als könnte sie ihrem Glück nicht trauen. Als mache jemand gleich schnips und die Mauer würde wieder stehen und, schlimmer noch, als würde sie ihren Traumarbeitsplatz verlieren.

Ich bin auf jeden Fall wieder voll dabei. Ach, ihr Lieben, ich könnte euch so viel erzählen, aber das mache ich, wenn ich zu Hause bin. Ich habe auch eine ganze Kiste Fotodosen dabei, und wenn die fertig entwickelt sind, zeige ich euch alles.
Plant mich gerne direkt nach meiner Ankunft wieder ein. Ich lande am 15. März um 23.45 Uhr und komme, so schnell es geht, ins Geburtshaus.

»Sollen wir sie nicht zusammen abholen?«, fragte Susanne.

»Ich weiß nicht. Sie hat ihre Eltern zwei Jahre nicht gesehen. Am besten überlassen wir der Familie das erste Wiedersehen.«

»Ob sie sich verändert hat? Bestimmt ist sie jetzt auch ganz braun gebrannt«, mutmaßte Annett lachend.

Carola seufzte. Was wussten sie schon, was das Leben in einem afrikanischen Land mit einem machte? Sie musste automatisch immer an hungernde Kinder und Dritte Welt denken. Hatte sie nicht selbst mal den blöden Spruch gebracht, die Kinder in der Dritten Welt wären froh, wenn sie was auf dem Teller hätten, wenn ihre Kinder am Essen mäkelten?

Und was waren sie? Erste Welt? Fühlte sich auch nicht immer so an, oder war sie nur undankbar?

Carola las weiter vor. Ella schrieb von der letzten wunderschönen Geburt, bei der sie der Mutter zur Seite stehen durfte. Sie schrieb davon, dass sie sich verändert habe. Dass ihr Vertrauen in sich noch weiter gewachsen sei. Und das Vertrauen in die werdenden Mütter. Jemand wie Christoph könne sie nicht mehr verunsichern.

»Wer ist Christoph?«, fragte Annett.

»Dr. Hofert. Der Kinderarzt aus dem St.-Laurentius-Krankenhaus«, erklärte Carola.

»Aber der ist doch eigentlich ganz nett?«

Klar, dachte Carola, den attraktiven, jungen Kinderarzt fanden fast alle Frauen nett, aber er war auch ein aufgeblasener Gockel. Und er hatte Ella immer ein wenig klein gehalten. Ella und er waren tatsächlich ein Paar geworden, obwohl er sie bei einer Geburt bloßgestellt hatte. Ella hatte es ihm verziehen, weil sie verstanden hatte, dass er sich nur Sorgen um die werdende Mutter gemacht hatte. Doch genau das war Ellas Problem, dass sie immer viel zu viel Verständnis zeigte.

»Na ja, nett schon, aber er denkt immer noch, mit dem Doktortitel bekäme er auch eine Spur Gottgleichheit eingehaucht. Während er uns am liebsten auf dem Scheiterhaufen verbrannt sähe«, regte sich Carola auf.

»Du übertreibst. Er hat sich gebessert«, verteidigte ausgerechnet Susanne ihn. Dabei hatte sie doch an vorderster Front gegen ihn gekämpft, als er dafür gesorgt hatte, dass im *EXPRESS* ein Artikel erschienen war, der werdende Mütter davor warnte, im Geburtshaus ihr Leben zu riskieren.

»Wer's glaubt ... Viel wichtiger ist doch, dass Ella wiederkommt. Und sie sucht eine Wohnung. Also wenn eine was hört, dann bitte weitergeben. Sie zieht erst mal wieder bei ihren Eltern ein, aber das kann ja nur eine Übergangslösung sein.«

Carola faltete den Brief zusammen und steckte ihn wieder in den Umschlag. Das war ja schlimmer, als wenn sie den Kindern früher abends eine Geschichte vorgelesen hatte. Da hatte auch alle drei Sätze einer kommentiert. Ach Mensch, sie hatte es aber so gern getan. Die Geschichten brachten auch immer die Kinder zum Erzählen. Heute war sie froh, dass sie im Gegensatz zu so vielen anderen mehr als nur ein Wort herausbekamen, wenn sie fragte, wie es in der Schule gewesen war.

»Es kann ja jeder den Brief in Ruhe selbst lesen. Jetzt lasst uns weiter an die Arbeit gehen. Ich habe heute versprochen, zum Abendessen zu Hause zu sein.«

Und das Abendessen vorher auch noch zu kochen, ergänzte sie in Gedanken. Wenn sie schon den ganzen Tag weg war, wollte sie wenigstens am Abend für Ausgleich sorgen. Schließlich musste ihre Familie oft genug darunter leiden, dass sie auch mal am Wochenende oder die ganze Nacht außer Haus war, wenn eine Geburt anstand.

* * *

Am Abend hatten sie alle drei Zimmer der Wohnung fertig, die nun ebenfalls Teil ihres Geburtshauses war. Auch wenn es hier keine Geburtsbadewanne gab, so war der große Geburtsraum mit dem anliegenden Badezimmer doch wunderschön. Die Möbel waren schon bestellt, und vielleicht würden sie mit einer aufblasbaren Wanne arbeiten? In der Küche konnten sie ein zweites Sortiment an Ausrüstung lagern, ein Raum eignete sich perfekt für Vorsorgeuntersuchungen, und der dritte Raum war noch frei. Ein schmales Zimmer von gerade mal zwölf Quadratmetern. Hier hatten die Vormieter das Kinderzimmer untergebracht. Das große Fenster ließ genug Licht rein, dass das Zimmer großzügig wirkte. Brauchten sie wirklich noch einen Vorsorgeraum? Für ein Geburtszimmer war der Raum definitiv zu klein. Und das Büro unten war zwar noch kleiner, aber deutlich praktischer im Erdgeschoss.

»Na, dann kann ich hier ja übernachten, wenn ich

Stress mit Andreas habe«, hatte Carola noch scherzhaft gesagt. Streit hatte sie mit ihrem Mann selten, aber manchmal wäre es schön, einfach hier zu schlafen, eine Pizza zu bestellen und mal für nichts und niemanden verantwortlich zu sein, statt zu Hause zu kochen.

»Genau, wir vermieten das Zimmer stundenweise an gestresste Mütter. Damit können wir die Kasse füllen, falls wir nicht genug Geburten haben.«

In manchen Monaten sah es so aus, als würden sie nicht ganz ausgelastet, aber meist wandten sich noch Frauen auf den letzten Drücker für eine Geburt an sie. Im Krankenhaus meldeten sich die meisten schließlich auch erst sechs Wochen vor der Geburt an. Dabei fanden sie es schöner, wenn sie die Frauen von Anfang an begleiten konnten, damit sie sie besser kennenlernten.

Aber wer dachte kurz nach dem positiven Schwangerschaftstest schon daran, sich um die Hebamme zu kümmern? Dafür war doch noch Zeit genug …

»Die gestressten Mütter sollen vor allem in meinen Kurs kommen, dann geht es ihnen auch schnell besser«, grinste Carola, deren Kurs mittlerweile ein echter Geheimtipp war.

Den von der Krankenkasse finanzierten Kurs »Seelische und körperliche Gesundheit nach der Geburt – damit sie wieder ganz Frau sein können« boten zwar einige Hebammenpraxen an, aber Carola füllte die Kursvorgaben immer noch mit eigenen Ideen.

* * *

Ella

Ella nahm den letzten Schluck aus der Zweiliterflasche, die sie sich noch in einem Supermarkt in Entebbe gekauft hatte. Und so schmerzlich sie Uganda jetzt schon vermisste, ihr Herz machte einen Sprung, als sie im Sinkflug den Rhein erkannte. Und den Kölner Dom. Zwei Jahre lang hatte sie ihre Familie nicht gesehen. Nur einmal Fotos geschickt bekommen. Per Post von Carla, ihrer jüngsten Schwester.

Die sechzehn Stunden Flugzeit mit Aufenthalt in Kairo kamen ihr schon unendlich lang vor. Wie musste es erst gewesen sein, als Reisen dieser Art nur über den Landweg und mit dem Schiff möglich waren? Als es kein Telefon gab und man gar nicht wusste, ob die Familie daheim überhaupt noch lebte?

»Bitte legen Sie die Sicherheitsgurte an. Wir beginnen mit dem Landeanflug.«

Die Stewardess in dem blauen Kostüm mit dem gelben Logo draufgestickt stand in der Mitte des Ganges. Ella konnte nicht verstehen, warum diese Tätigkeit für so viele ein Traumjob war. Eingesperrt in eine Maschine. Theoretisch permanent in Lebensgefahr.

Sie lächelte der jungen Frau freundlich zu, ließ den Gurt einschnappen und sammelte alles an Müll an ihrem Platz ein und entsorgte es in dem kleinen Müllschlucker am Platz.

»Eine gute Heimkehr Ihnen«, sprach ihr Sitznachbar, ein Geschäftsreisender aus Kampala, sie noch einmal an. Sie hatten geplaudert, bevor er eingeschlafen war.

»Danke. Und Ihnen viel Erfolg in Köln.«

Er hatte ihr erzählt, dass er die Messe dort besuche.

»Vielen Dank. Und worauf freuen Sie sich am meisten zu Hause?«

»Hmmh, auf meine Familie. Und auf meine Arbeit.«

Ja, es waren die Menschen, die ihr etwas bedeuteten, die sie zurückkehren ließen. Sie mochte ihre Heimatstadt. Aber sie wäre in Uganda genauso glücklich geworden, wenn ihre Familie und vor allem auch ihre Kolleginnen dort gewesen wären.

»Ich glaube, Sie sind eine glückliche Frau, wenn Sie sich auf beides freuen können.«

Ja, das war sie, wobei sie ihren Platz in der Welt immer noch nicht ganz gefunden hatte. Ob es die eigene Familie war, die noch fehlte? War es die biologische Uhr, die mit siebenundzwanzig langsam zu ticken begann? Oder war es der fehlende Partner? War es nicht immer so, dass eine alleinstehende Frau von außen wie etwas Unvollständiges gesehen wurde?

Ach was! Erst einmal ankommen, dachte sie sich, während es ordentlich ruckelte, als das Fahrwerk auf dem Boden aufsetzte.

Sie fühlte sich eingerostet, als sie nach der Landung zur Gepäckabgabe lief, schulterte ihren Rucksack und schaute sich um, ob sie ein bekanntes Gesicht sah. Eins? Nein, es waren viel mehr! Sie entdeckte ihre Eltern und Carla. Und Susanne und Carola. Hach, es war schön, wieder nach Hause zu kommen! Wem sollte sie als Erstes in die Arme fliegen?

Die Zeit raste nur so dahin. Nach einigen Wochen war Uganda schon wieder so weit fort, und Ella hatte schon einige Mütter, die sich sehr kurzfristig für das Geburtshaus entschieden hatten, bei ihrer Niederkunft begleitet. Alle Geburten waren unkompliziert gewesen bis auf die letzte, die Ella betreut hatte. Ella war froh, dass ihre Wöchnerin Tanja nach der unvollständigen Plazentaablösung nicht verblutet war. Nur die rasche Notoperation hatte ihr Leben retten können. Sie war dankbar, dass diese Möglichkeit hier immer zur Verfügung stand. Dass das nicht selbstverständlich war, hatte sie in Uganda erlebt. Noch etwas hatte sie dort für sich neu entdeckt. Das tiefe Vertrauen in Gott. Was nicht bedeutete, dass immer alles gut gehen würde. Aber dass sie mit allem klarkommen würde. War das nicht grotesk? Sie lebte in einem der sichersten und reichsten Länder der Welt, und dennoch hatten alle hier Angst, dass etwas passieren könnte. In Afrika hatte sie das Gegenteil erlebt.

Ella nahm es nicht mehr selbstverständlich, wenn etwas gut ging. Ihre Zeit in der Geburtsstation hatte sie Demut gelehrt.

Sie war zu Fuß auf dem Weg in das St.-Laurentius-Krankenhaus, um nach Tanja und dem Kleinen zu sehen. Als sie an der Pfarrkirche St. Agnes vorbeikam, zögerte sie einen Moment und öffnete dann das Portal. Wie kühl es hier war, fast fröstelte es sie in der leichten Bluse, zu der sie nach dem Wetterbericht aus dem Radio am Morgen gegriffen hatte.

An dem Marienaltar gleich neben dem Eingang flackerten ein paar Kerzen. Ella kramte dreißig Pfennig aus ihrer Tasche, nahm eine Kerze und entzündete den Docht an einer anderen Flamme. Welches Anliegen der Mensch wohl hatte, der diese Kerze gesteckt hatte?

Sie bat um nichts, sondern dankte einfach nur. Dafür, dass Tanja wieder ganz gesund werden würde und ihr Kind aufwachsen sehen konnte, dafür, dass sie im Geburtshaus arbeiten konnte, ja auch dafür, dass sie wieder zu Hause war, auch wenn sie Uganda vermisste.

Als sie wieder ins Freie trat, blendete sie die Mittagssonne. Sie lächelte. Sie hatte das Gefühl, dass heute ein ganz besonderer Tag werden würde. Und auf dem Weg in das nahe gelegene Krankenhaus wurde ihr Lächeln immer wieder erwidert. Und Tanja strahlte sie an, als Ella ins Zimmer kam. Auch die Wöchnerin in dem Bett neben ihr grüßte freundlich.

Neben Tanjas Bett stand das Babybett auf Rollen. Tanjas linke Hand lag auf dem Bauch ihres Babys.

»Ella, wie schön, dass du kommst. Tobias darf ein paar Stunden bei mir sein. Ich kann ihn zwar noch nicht alleine rausheben, aber wenn ich klingle, kommt die Schwester und legt ihn mir auf den Bauch.«

Das St.-Laurentius-Krankenhaus gehörte zu den wenigen Kliniken, in denen es nebeneinander eine Frauen- und Kinderstation gab. Ohne Kinderstation hätte der kleine Tobias nicht mit aufgenommen werden können. Mutter und Kind wären dann getrennt gewesen.

Tanja sah blass aus, aber glücklich. Auf ihrem Nachttisch stand ein Strauß Flieder und eine Flasche Rotbäckchensaft. Der süße Blumenduft erfüllte den ganzen Raum. Sie hatte also schon Besuch gehabt. Wahrscheinlich ihr Mann, der sich extra eine Woche freigenommen hatte.

Ella betrachtete den zierlichen Knaben mit dem Bändchen um das Handgelenk. Etwas, was sie im Geburtshaus nie brauchten, aber im Krankenhaus war das unverzichtbar, um kein Kind zu verwechseln.

»Er ist wunderschön. Schau mal, er lächelt.«

Angeblich war dieses Engelslächeln nur ein Reflex, aber Ella berührte es dennoch immer.

»Er träumt bestimmt was Schönes.«

Tanjas Blick quoll vor Liebe über. Und auch Ella wurde von diesem Gefühl durchflutet, obwohl es nicht einmal ihr Kind war. Aber sie hatte Tanja mehrere Wochen begleitet. Ach, das war nicht der Grund, es war einfach ihr Herz, das voller Liebe war. Für die ganze Welt. Es klopfte an der Tür, doch bevor eine der drei Frauen im Raum »Herein!« bitten konnte, wurde die Tür geöffnet. Ella dreht sich um. Ihr stockte der Atem.

»Ella! Was für eine Überraschung!«

Christoph. Es war ein paar Jahre her, dass sie ihn gesehen hatte. Er sah immer noch so fantastisch aus, dass selbst die beiden Wöchnerinnen ihn anhimmelten. Ein paar Falten mehr um die Augen. Aber ansonsten das gleiche dunkle, volle Haar, das klassische Gesicht, als entspränge er einem Katalog für Herrenmode. Und so trug er auch den Arztkittel.

»Hallo, Christoph«, sagte sie nur. Die Liebe, die sie gerade noch für die ganze Welt gespürt hatte, schloss Christoph anscheinend nicht mit ein. Und dennoch. Sie war aufgeregt.

»Deine Haare sind wieder so schön lang.« Er strahlte sie an, als wäre es das Wichtigste, ob er sie attraktiv finden würde. Ach, sei nicht ungerecht, schalt sie sich, er hatte sich damals eine gemeinsame Zukunft mit ihr vorstellen können. Sie grinste. Selbst dann, als sie ihn mit raspelkurzen Haaren auf dem Silvesterball der Mediziner überrascht hatte.

»Danke, ich möchte dich aber nicht von der Arbeit abhalten«, sie ging einen Schritt zur Seite und nickte Tanja zu. Am liebsten würde sie den Raum verlassen und erst nach Christophs Visite wieder reinkommen. Aber damit würde sie der Situation eine Bedeutung verleihen, die sie nicht hatte. Christoph und sie waren vor ein paar Jahren zusammen gewesen, und es hatte sich schnell herausgestellt, dass ihre Vorstellungen von einer Beziehung und dem Leben nicht zusammenpassten. Nicht nur das, Christoph hatte sie nicht ernst genommen. Er hatte ihre Arbeit als freie Hebamme, die Geburten außerhalb des Krankenhauses betreute, als fahrlässig bezeichnet. Für ihn war es reines Glück, dass bisher keine Frau und kein Kind im Geburtshaus zu Schaden gekommen waren. Ob er immer noch so dachte? Interessierte sie das überhaupt?

Ella beobachtete, wie Christoph mit den beiden Müttern ein paar Worte wechselte und sich die Kinder anschaute. Tobias ließ er schlafen.

»Er sieht fidel aus, der kleine Kerl, wenn wir ihn jetzt wecken, wird er uns wohl mit Geschrei begrüßen. Die Kinderschwestern schauen ihn sich nachher beim Baden sowieso noch einmal an, dann lasse ich ihn jetzt lieber in Ruhe. Alles Gute Ihnen.«

Er nickte Tanja herzlich zu, und sie strahlte zurück. Hatte Christophs Einstellung sich geändert? Glaubte er nicht länger, nur die Götter in Weiß könnten beurteilen, wie es einem Kind oder einer Frau gehe?

Christoph lächelte ihr kurz zu und verließ den Raum, als wäre nichts gewesen. Und war es ja eigentlich auch nicht. Trotzdem war das Gefühl des Friedens, das sie heute gespürt hatte, auf einmal empfindlich gestört.

»Ihr kennt euch persönlich?«, fragte Tanja.

»Ja, noch aus der Zeit, in der ich hier im Krankenhaus gearbeitet habe.«

Die Tür öffnete sich erneut, diesmal ohne Klopfen. Christoph lugte herein. Was hatte er vergessen?

»Ella, kann ich dich eine Minute sprechen?«

Ella sah zu Tanja, die besorgt aussah. Als fürchte sie, das hätte was mit ihrem Kind zu tun, dass der Kinderarzt ihre Hebamme sprechen wollte.

»Augenblick.« Ella beugte sich zu Tanja. »Alles in Ordnung, geht um was zwischen uns.«

»Ach, wer weiß, wozu es dann gut war, dass ich ins Krankenhaus musste. Wenn ihr euch dann zufällig wiedergesehen habt!«

Das sagte sie so laut, dass Christoph es hörte. Er grinste. Ella ging mit ihm auf den Flur.

»Ella, ich habe gleich Mittagspause. Darf ich dich einladen? Um der alten Zeiten willen?«

Warum nur klopfte ihr Herz so wild? Warum nur zog er sie an? Es war damals genau die richtige Entscheidung gewesen, die Beziehung zu beenden.

»Ich weiß nicht, ob das so eine gute Idee ist.«

Er lachte. Herzlich. Und fasste ihr an die Schulter.

»Keine Angst. Ich möchte einfach nur etwas mit dir plaudern. Hören, wie es dir die letzten Jahre ergangen ist. Weißt du, ich habe deine Entscheidung, nach Afrika zu gehen, wirklich bewundert. Fast schon beneidet.«

Erneut musste sie grinsen. Das war doch mal was. Er gab mal nicht den Besserwisser. War es nicht vielleicht sogar ein Zeichen? Hatte sie nicht beim Verlassen der Kirche gedacht, dass heute ein besonders guter Tag würde? Vielleicht war es ja wirklich so, dass die übrigen Vorbehalte gegen Christoph, die sie doch immer wieder einholten, sich in Luft auflösen würden, wenn sie noch einmal miteinander sprechen würden.

»Also gut. Um der alten Zeiten willen. Aber ich möchte nicht, dass du mich einlädst.«

»Noch besser. In zehn Minuten am Haupteingang? Ich kenne ein nettes Café um die Ecke.«

Was sollte es schaden? Die nächste Vorsorge im Geburtshaus hatte sie erst um drei. Hunger hatte sie auch und im Gegensatz zu damals bei ihrem ersten gemeinsamen Essen auch genug Geld dabei, um sich notfalls das teuerste Gericht auf der Karte zu bestellen.

Ella fragte sich, warum sie sich so viele Gedanken gemacht hatte, ob es richtig wäre, sich mit ihm zu treffen. Sie saßen in einem Eiscafé auf der Außenterrasse unter einem großen Schirm, der vor der Sonne, aber auch vor zu vielen Blicken schützte.

Christoph hörte interessiert zu, die Hände hatte er auf seinem Schoß liegen, nur ab und zu nippte er durch den blauen Plastikstrohhalm an dem riesigen Becher Eiscafé, in dem Vanilleeiskugeln in schwarzem Kaffee schwammen, garniert mit einer Sahnerosette. Sie hatten sich kurzerhand doch für das Eiscafé statt eines Restaurants entschieden. Da Ella Hunger hatte, hatte sie sich Waffeln mit heißen Kirschen und Sahne bestellt. Die Sahne war längst geschmolzen. Ella kam kaum zum Essen, weil sie die ganze Zeit erzählte.

Und es fühlte sich gut an, hier mit Christoph zu sitzen. Und ja, es kribbelte auch ein wenig – aber mit Sicherheit nur der alten Zeiten wegen.

»Du bist echt eine Powerfrau.«

»Findest du?«

Ella mochte dieses Kompliment überhaupt nicht. Fast alle Frauen, die sie kannte, waren sehr stark. Und mit Powerfrau waren meist einzelne Frauen gemeint, die im Grunde so lebten wie die meisten Männer.

»Ja, ich meine, du ziehst alle deine Träume so konsequent durch.« Er lächelte sie an.

»Du nicht?«

Ella konnte sich noch gut daran erinnern, wie er seine Karriere zielstrebig ausgebaut hatte. Er war ein guter Kinderarzt, keine Frage, aber von Anfang an war für ihn klar, dass er es bis in die Chefetage schaffen wollte.

»Einen meiner größten Träume durfte ich mir nicht erfüllen.«

Ella schaute ihn fragend an.

»Ich habe von einer gemeinsamen Zukunft mit dir geträumt, Ella.«

Ella zuckte zusammen. War sie naiv gewesen, als sie

dachte, sie wollten nur davon plaudern, was sie beruflich die letzten Jahre gemacht hatten? Hatte sie damals vielleicht sogar einen Fehler gemacht?

»Ich wollte dich nicht verletzen, aber es hat einfach nicht gepasst.«

Ella rührte in der Soße aus Kirschen und Sahne. Über Unterschiede hätte sie gut hinwegsehen können, aber nicht darüber, dass er immer wieder auf sie herabsah. Sie nicht ernst nahm. Oder war sie es selbst gewesen, die noch nicht selbstbewusst genug gewesen war?

Er legte seine rechte Hand auf ihre Hand. Sie ließ den Löffel auf den Teller fallen. An seinem Ringfinger blitzte ein goldener Ring.

»Du bist verheiratet? Das freut mich ehrlich!«

Als hätte sie sonst ein schlechtes Gewissen haben müssen, weil sein Traum von einer gemeinsamen Zukunft mit ihr geplatzt war. Sie lachte erleichtert, zog ihre Hand unter seiner weg und griff wieder zu dem Löffel, um sich Waffeln mit Kirschsahne-Matsche in den Mund zu schieben.

»Erzähl mal, wer ist sie? Woher kennt ihr euch?«

Und trotz ihrer Erleichterung darüber, dass Christoph auch ohne sie sein Glück gefunden hatte, gab ihr diese Information einen winzigen Stich. Was hatte sie erwartet? Dass er gramgebeugt hinter ihr hertrauern würde? Das hatte sie keine Sekunde gewollt!

»Sie heißt Nicole und hat vor zwei Jahren auch am St. Laurentius angefangen, als Krankenschwester.«

Ella nickte. Es wunderte sie nicht, dass es nicht eine der Ärztinnen war.

»Schön, dann arbeitet ihr jetzt auch zusammen?«

»Nein, sie ist gerade in den Mutterschutz gegangen. In fünf Wochen werde ich Vater«, verkündete er strahlend.

»Herzlichen Glückwunsch. Und ich gehe mal davon aus, das Geburtshaus habt ihr euch nicht ausgesucht«, sie zwinkerte ihm zu.

»Bist du wahnsinnig! Nachdem meine Schwester da fast gestorben wäre, wusste ich, dass ich mit meinen Vorbehalten recht hatte!«

Seine Schwester Monika Hofert hatte vor einigen Jahren als Ellas Patientin eine plötzliche Querlage unter der Geburt entwickelt. Nur ein schneller Kaiserschnitt hatte sie retten können.

»Ach Christoph, im Krankenhaus, in dem sich gerade drei Gebärende eine Hebamme teilen müssen, hätte es noch eher schiefgehen können.«

»Lass uns nicht streiten.« Er lehnte sich zurück und verschränkte die Arme vor der Brust.

»Nein, das hatte ich auch nicht vor. Hast du ein Foto von deiner Frau? Wie ist sie denn so?«

Christoph holte sein Portemonnaie hervor und zog ein Foto heraus. Ein Foto, das sie beide zusammen zeigte. Die Ecken waren schon abgegriffen, er holte es wohl öfter raus. Die blonde Frau an Christophs Seite strahlte herzlich. Sie war sehr hübsch und hatte gütige Augen. Eine Frau, der sich die Patienten gerne anvertrauten.

»Sie sieht sehr nett aus.«

»Ist sie auch. Wie ist es eigentlich mit dir? Gibt es da einen Mann in deinem Leben?«

»Hey, ich bin doch gerade erst wiedergekommen! Nein,

es gibt keinen Mann! Und ich bin aktuell auch nicht auf der Suche. Erst einmal genieße ich es, endlich in eine eigene Wohnung zu ziehen. Und mich wieder voll auf die Arbeit im Geburtshaus zu konzentrieren.«

Vielleicht war diese Begegnung ein guter Abschluss für sie beide. Der letzte Schritt, um die Vergangenheit endgültig hinter sich zu lassen.

»Schade um dich, Ella, du bist so eine wunderschöne Frau, du könntest jeden haben.«

Und zum Abschluss gehörte ein Spruch, der ihr bestätigte, dass es gut war, dass sie nicht bei ihm geblieben war. Sie grinste.

»Könnte ich, will ich aber gar nicht. Ich spare mich für den perfekten Mann auf.«

Und da selbst Ella in all ihrer Naivität wusste, dass es den perfekten Mann nicht gab, konnte sie sich ganz entspannt zurücklehnen. Als sie zuhörte, wie Christoph davon schwärmte, dass Nicole schon jetzt komplett in ihrer Rolle als Hausfrau und werdende Mutter aufging und dass sie vereinbart hatten, dass sie die nächsten Jahre auf keinen Fall arbeiten brauchte, während er immer weiter Karriere machte, war sie nicht nur heilfroh, dass sie noch völlig frei war, sondern auch um ihre damalige Entscheidung, ihm den Laufpass zu geben.

* * *

Carola schloss die Tür zu ihrem Haus auf. Es war immer noch ein tolles Gefühl, das eigene Haus zu betreten. Die Wand aus ziegelsteingroßen Glasbausteinen am Eingang ließ buntes Licht in den Flur fallen. Innen war es herrlich großzügig. Ein großes Esszimmer, in dem die ganze Familie Platz fand, selbst wenn sie Gäste hatten. Eine riesige Fensterfront, die sie alle paar Monate wie alle Fenster im Haus von einer Putzfirma reinigen ließen. Ein Garten, in dem zwar allerhöchstens noch Maike spielte und Thomas mal mit dem Ball kickte, aber in dem sie keinen Sandkasten mehr aufgebaut hatten. Dafür saßen Andreas und sie gerne unter der Laube mit wildem Wein. Ja, Andreas' Erfolg als Autor und das gut laufende Geburtshaus hatten ihnen wirklich etwas Luxus beschert.

Im Hausflur lag die Post, die der Postbote immer durch den Türschlitz schob. Werbung. Post vom Finanzamt, darum würde sie sich mit Andreas später kümmern. Er bestand immer darauf, die Steuer selbst zu machen, statt sie an einen Steuerberater abzugeben.

Und ein Brief an Frau Hardgenbusch mit handgeschriebener Adresse. Frau Hardgenbusch war sie, obwohl sie sich wunderte, dass sie Post von einer Agentur Estelle bekam. Sie nahm den Stapel Post mit in die Küche. Dort stapelten sich Geschirr und benutzte Töpfe. Immerhin ein Post-it von Andreas.

Treffe mich mit Thorsten, Buchbesprechung. Thomas ist Fußball spielen, Maike bei einer Freundin.

Stefanie war ja schon erwachsen, machte bald Abitur und passte eher mal auf ihre Geschwister auf, als dass einer auf sie aufpassen musste. Carola lächelte, als sie an ihre große, verantwortungsbewusste Tochter dachte. Und auch als sie an Andreas dachte, der durch seinen beruflichen Erfolg aufgeblüht war. Auch für einen Mann war es eben nicht einfach, den ganzen Tag zu Hause zu sein und von niemandem Anerkennung zu bekommen. Und komischerweise reichte ihm die Anerkennung nicht, die er einst von ihr bekommen hatte.

Carola öffnete die Töpfe auf dem Herd. Da konnte sie sich noch einen Teller voll zusammenkratzen. Nudeln mit Tomatensoße. Und etwas Buttergemüse. Ihr Mittagessen hatte aus einem Schokocroissant bestanden, im Geburtshaus hatte ein Termin den anderen gejagt.

Während sich der Teller in der Mikrowelle drehte, lehnte sie sich an die Küchenzeile und öffnete den Brief. Ihre Küche war so klein, wie es bei einem Bau aus den Fünfzigerjahren üblich war. Es war gewissermaßen gar nicht vorgesehen, dass sich mehrere Familienmitglieder dort die Arbeit teilten. Es reichte, wenn einer oder besser eine Platz zum Kochen fand und alle anderen dann das Ergebnis genießen durften. Sie faltete das Blatt auseinander.

Sehr geehrte Frau Hardgenbusch,

wir danken Ihnen für Ihre Bewerbung. Ihre Fotos erscheinen durchaus vielversprechend, aber leider reichen sie für eine professionelle Beurteilung nicht aus.
Bitte reichen Sie uns folgende Fotos in ausreichender Qualität ein:

– ein Porträtfoto von vorne und eins im Profil
– mindestens drei Ganzkörperfotos in verschiedenen Outfits
– ein Aktfoto oder ein Foto im Bikini

Anbei Adressen von Fotografen, die mit uns zusammen-
arbeiten und Ihnen einen Rabatt von 10 Prozent ge-
währen.

Wir freuen uns, von Ihnen zu hören,
mit freundlichen Grüßen

A. Bauer von der Modelagentur Estelle

Carola schüttelte den Kopf. Hatte sie bei irgendeinem
Preisausschreiben ihre Adresse verraten und wurde nun
veräppelt, indem jemand ihr teure Fotos andrehen wollte?
Sie und ein Model! Für Ulla Popken vielleicht, obwohl …
Dafür reichten ihre Kurven dann auch wieder nicht.
Doch dann dämmerte es ihr, dass sie ja nicht die einzige
Frau Hardgenbusch im Hause war.

Sie ignorierte das Piepen der Mikrowelle und stürmte
zu Stefanies Zimmer. Als sie nicht auf ihr Klopfen
reagierte, öffnete sie die Tür. Niemand drin, aber Cindy
Crawford im weißen Badeanzug und mit Schweißperlen
auf dem braun gebrannten Körper lächelte sie von einem
Poster herab an.

Hatte Carola sich schon gewundert, warum ihre Tochter keine männlichen Stars an die Wand gepinnt hatte,
dämmerte es ihr, dass das Supermodel mit dem Mutter-
mal ihr ein Vorbild sein sollte.

Mit dem Brief in der Hand lief sie durchs Haus und
rief nach ihrer Tochter.

»Ja, Mama?«, kam es schließlich aus dem Garten.

Carola lief nach draußen und entdeckte Stefanie auf

dem Liegestuhl. Im Bikini rekelte sie sich in der Sonne, eine *Elle* und eine Flasche Cola light neben sich.

Den Sonnenschutz hatte sie wohl vergessen, auf ihrem Dekolleté breitete sich schon ein leichter Sonnenbrand aus.

»Stefanie, normalerweise würde ich deine Post nicht öffnen, aber ich dachte, sie wäre für mich.«

Stefanie griff nach dem Brief. Als sie den Absender sah, schob sie das Kuvert unter ihre Zeitschrift.

»Danke, Mama. Ich lese ihn später.«

»Stefanie, ich habe ihn bereits gelesen. Du hast dich bei einer Modelagentur beworben?«

Und wenn Carola ihre Tochter so betrachtete, fürchtete sie, dass sie auch noch sehr gute Chancen hatte. Sie war schlank, eigentlich fast dünn, sehr groß, lange, blonde Haare, ein ganz besonderes Gesicht mit hohen Wangenknochen. Hätte sie doch nur meine Dackelbeine geerbt, dann hätte ich jetzt ein Problem weniger, dachte Carola.

»Ja, habe ich.«

»Und warum hast du uns vorher nicht gefragt?«

»Mama, entspanne dich. Ich bin achtzehn. Ihr könntet eh nichts dagegen machen. Das ist ein Job wie jeder andere auch.«

Carola stellte sich vor den Liegestuhl und stemmte die Hände in die Hüften.

»Nein, es ist ganz sicher kein Job wie jeder andere! Du wirst ein gutes Abi haben, du wolltest doch etwas im sozialen Bereich studieren! Deine Ideale leben! Und jetzt willst du so einen oberflächlichen, frauenverachtenden Job machen? Indem du zum Objekt degradiert wirst?«

Meine Güte! Was hatte sie denn falsch gemacht, dass ihre Tochter auf einmal alle Werte verriet?

Stefanie richtete sich auf und blinzelte in die Sonne. Selbst im Sitzen war ihr Bauch noch straff, während Carolas Bauch in jeder Position wabbelte. War sie vielleicht einfach eifersüchtig? Nein, darum ging es nicht, sie wollte ihre Tochter nur davor bewahren, enttäuscht und ausgenutzt zu werden.

Carola hielt Stefanies musterndem Blick stand.

»Studieren kann ich auch noch, wenn ich alt bin, aber für eine Modelkarriere hätte ich schon viel früher anfangen müssen. Kate Moss war schon mit vierzehn auf dem Laufsteg.«

»Ach, und ich bin schuld, weil ich dich nicht schon als Kind vermarktet habe?«

Stefanie seufzte. »Mama, natürlich nicht. Aber jetzt lass mich einfach mein Ding machen.«

»Dein Ding machen? Ich bestehe darauf, dass du eine vernünftige Ausbildung machst. Oder ein Studium. Meine Güte, Stefanie, dir war Emanzipation immer wichtig. Model sein ist das Gegenteil davon. Du bist immer abhängig davon, wie andere dich finden. Und dabei steht auch noch dein Körper im Mittelpunkt. Das ist wirklich nicht das Leben, das ich mir für dich wünsche.«

Carolas Magen knurrte. Sie würde die Mikrowelle gleich noch mal anwerfen müssen, wenn ihr Essen heiß sein sollte. Aber diese Diskussion war jetzt wichtiger als ihr Hunger.

»Also Mama, ganz ehrlich, dein Leben wünsche ich mir auch nicht.«

Dieser Spruch war wie ein Schlag in die Magengrube, auch wenn Stefanie nicht so guckte, als wollte sie sie verletzen. Sie sah sie eher mitleidig an. Aber war das bei jungen Erwachsenen nicht immer so? Dass sie die Elterngeneration bemitleideten?

»Ach ja? Ich finde mein Leben ziemlich gut. Eine tolle Familie, mein Traumjob.«

»Na ja, hätte Papa keinen Bestseller geschrieben, würde ich mir immer noch ein Zimmer mit meiner Schwester teilen müssen. Und du schuftest den ganzen Tag. Wenn du nicht im Geburtshaus bist, rennst du durchs Haus und bist gestresst. Also wirklich emanzipiert kommt mir das nicht vor.«

Autsch, das tat weh. Carola widerstand der Versuchung zu sagen, dass Stefanie und ihre Geschwister ja mehr im Haushalt helfen könnten. Wenn Carola die Kinder bat, halfen sie immer, aber Carola fragte fast nie. Schließlich hatte sie früher zu Hause so viel helfen müssen und sich geschworen, ihre Kinder mit Hausarbeit zu verschonen. Der Ernst des Lebens kam schließlich früh genug. Als sie sah, wie Gundula Kunz, die schwangere Nachbarin, deren Garten an ihrem Grundstück angrenzte, die Wäsche auffällig langsam aufhängte, als wollte sie kein Wort verpassen, senkte sie ihre Stimme.

»Und wie stellst du dir ein emanzipiertes Leben vor?«

»Ich möchte frei sein, durch die Welt reisen. Mir alles leisten können, worauf ich Lust habe. In den ganzen sozialen Berufen werden die Frauen doch nur ausgebeutet. Als Model kann ich so viel verdienen, dass ich mir auch was für später ansparen kann. Dann kann ich immer noch was Soziales machen. Und sogar noch spenden.«

Das klang schon eher wie »ihre« Stefanie. Carola winkte Gundula Kunz zu, als diese mit offenem Mund und einem T-Shirt, das offensichtlich ihrem Teenagersohn gehörte, zu ihr rüberstarrte. In dieser Gegend waren fast alle Frauen Hausfrauen und den ganzen Tag damit beschäftigt, Heim und Hof schön zu halten. Und Carola kam sich schon total emanzipiert vor, weil auch Andreas Wäsche aufhängte oder den Müll rausbrachte und sie Vollzeit arbeiten ging.

Die Nachbarin nickte und hängte schnell das Shirt auf. Die Erkenntnis, dass ihre älteste Tochter ihr Lebensmodell abschreckte, schmerzte Carola. Aber das war wohl der Lauf der Dinge, und wenn Stefanie einmal so alt wäre wie sie, würde sie alles anders sehen.

»Wir reden da noch mal in Ruhe drüber, wenn Papa dabei ist.«

Stefanie zog eine Augenbraue hoch und griff wieder zu ihrer Zeitschrift. Stefanie hatte die letzten Monate wirklich hart für die Klausuren gebüffelt. Und war immer wieder als Babysitterin eingesprungen, wenn Carola Geburten betreute und auch Andreas einen Termin hatte. Also hatte sie es sich redlich verdient, jetzt in der Sonne zu liegen. Und Flausen im Kopf zu haben.

Carola lief wieder ins Haus, um die Reste vom Mittagessen ein zweites Mal aufzuwärmen.

Die Mikrowelle gab gleichzeitig mit dem Pieper einen Ton von sich. Auch wenn die meisten Geburten ganz in Ruhe passierten, konnte Carola mit dem Rückruf nicht warten, bis sie aufgegessen hatte. Mit dem Teller lief sie zum Telefon, das im Wohnzimmer neben dem Sofa stand. Nicht so wie bei ihren Eltern damals im Flur, wo weit und breit kein Sessel stand, sondern sie sich immer auf den Boden gesetzt hatte, wenn sie länger als drei Minuten telefonieren wollte. Ihre Eltern hatten sie immer ermahnt, dass die Gebühren jedes Jahr teurer wurden. Selbst die für die Ortsgespräche! Und genau deshalb bezahlten Andreas und sie jede Telefonrechnung ohne Kommentar, auch wenn sie nicht verstanden, warum Maike und Stefanie nach der Schule manchmal zwei Stunden mit ihrer jeweils besten Freundin quatschten, obwohl sie sie doch in der Schule erst gesehen hatten.

Carola tippte die Nummer ein und schob sich während des Wartens einen Löffel Nudeln rein. Wenn wirklich eine Geburt anstand, dann würde sie Kraft brauchen.

Carola hatte ihren Teller zu dem Stapel ungespültem Geschirr gestellt, hatte Stefanie schnell Bescheid gegeben und war losgefahren. Einen Zettel hatte sie noch auf die Küchenzeile gelegt: *Geburt…* Falls Stefanie weg sein würde, bevor Andreas nach Hause kam. Andreas wusste, was die drei Punkte zu bedeuten hatten: dass er Carola nur im Notfall erreichen konnte und sie nicht wusste, wie lange sie weg sein würde.

Noch völlig beseelt von der wunderbaren Geburt, die am Ende doch recht schnell vonstattengegangen war, schloss Carola die Haustür auf. Es war noch vor Mitternacht, und den nächsten Vorsorgetermin hatte sie erst am nächsten Vormittag. Es war schon dunkel und still im Haus. Kein Wunder, am nächsten Tag war Schule. Ohne das Licht im Flur anzuknipsen, tastete sie sich in die Küche vor. Dort schaltete sie die Lampe über der Dunstabzugshaube an. Das würde niemanden wecken. Der schwache Schimmer reichte, um zu offenbaren, dass zu den ungespülten Tellern noch ein Haufen Pizzakartons gekommen war. Sie öffnete die Spülmaschine, obwohl sie doch nur den Kühlschrank öffnen wollte, um sich was zu trinken zu holen.

Sie war voll, aber nicht gelaufen. Sie griff nach dem Spülmittel unter der Spüle und startete das Spülprogramm. Leise war das nicht gerade. Und der Saft, auf den sie so Lust gehabt hatte, war fast leer. Sie füllte den Zentimeter Grapefruitsaft mit Leitungswasser auf und nahm das Glas mit ins Schlafzimmer. Zähneputzen verschob sie genauso auf den nächsten Tag wie Küche aufräumen.

Andreas lag schon im Bett. Er wirkte ziemlich verstrubbelt. Als er sie hörte, knipste er das Nachttischlämpchen an.

»Na endlich!«

Sie schliefen immer noch unter einer Decke in einem breiten französischen Bett, und er schlug die Decke beiseite, damit sie darunter schlüpfen konnte.

»Ich habe gearbeitet.«

»Ich auch. Ich habe die Kinder angerufen, dass sie sich eine Pizza bestellen sollen. Die Besprechung war so wichtig, da konnte ich wirklich nicht einfach abbrechen.«

Carola atmete scharf ein. Hätte er nicht einfach noch eine Viertelstunde die Küche aufräumen können? Oder die Kinder? Dann dachte sie sich, dass sie ja so viel unterwegs sei, so viel mehr als andere Mütter. Vielleicht sollte sie einfach dankbar sein, dass er nicht von ihr verlangte, die perfekte Vollzeitmutter zu mimen. Fast alle Mütter beneideten sie um ihre Freiheit.

Andreas zog sie an sich.

»Du hast ja gar nichts an?« Sie spürte seine nackte Haut, und noch immer löste das ein Kribbeln in ihr aus.

»Bei dem Wetter ... ist dir nicht viel zu heiß?«

»Ein bisschen schon ...«, sie warf Slip und T-Shirt auf den Boden. Das würde sie morgen wegräumen. Bevor sie sich an die Küche machte.

Carola wischte die Croissantkrümel vom Kalender. Mist, die Fettflecken blieben, obwohl die Krümel nun auf dem Boden lagen. Gleich würde sie eine neue Schwangere kennenlernen, Anja Cornelsen, vierunddreißig Jahre alt, drittes Kind, sechzehnte Schwangerschaftswoche, das würde wohl eine unkomplizierte Betreuung werden. Die Geburtszimmer, in denen meist auch die Vorsorge stattfand, waren belegt. Annett betreute eine Geburt, Susanne hatte eine Vorsorge nach der anderen, und Ella reinigte den dritten – den neuen Geburtsraum im Obergeschoss, nachdem sie sich dort vierzehn Stunden lang um eine Erstgebärende gekümmert hatte. Zwischendrin hatte sie mal ein Schläfchen in dem – tja, wie sollten sie es nennen? – Ausruhzimmer gehalten. Carola liebte diesen Raum und hatte ja durchaus Pläne für ihn. Und so freute sie sich, das Kennenlerngespräch heute hier abzuhalten.

Das Klappsofa aus den Siebzigern mit braunem Cordbezug war etwas altmodisch, genauso wie das Nierentischchen und der passende Sessel. Carola hatte alles einer Großtante abgeluchst, die die Möbel auf dem Dachboden verwahrt hatte, weil sie zu gut für den Sperrmüll waren. Kombiniert mit den bunten neuen Ikeakissen und dem frischen Grün der Raufasertapete sah das doch richtig schmuck aus, fand Carola. Sie war etwas eingeschnappt, als die anderen angesichts der alten Möbel lachend gefragt hatten, ob die Frauen sich hier wieder wie bei ihren Großeltern fühlen sollten.

»Wartet nur ab! Irgendwann werden die Möbel wieder richtig modern«, hatte Carola geantwortet.

Es klopfte an der Zimmertür. Ella schaute zur Tür rein.

»Ich habe dir Anja Cornelsen mitgebracht, habe sie vor dem Haus getroffen.«

Die Frau in einer Jeanslatzhose, die auch aus einem anderen Jahrzehnt kommen musste, lächelte etwas angespannt. Und schnaufte bei der Begrüßung, obwohl der Bauch noch nicht allzu groß war. Die Zimmer im zweiten Stock waren vielleicht nicht für jede ideal, aber einen Aufzug in den Altbau einzubauen wäre utopisch.

Anja Cornelsen streckte ihr die Hand entgegen.

»Guten Tag, ich bin Anja Cornelsen. Schön, dass Sie Zeit für mich haben.«

Die Schwangere schaute nicht, als ob sie das so schön finden würde. Sie machte ein Gesicht, als hätte sie einen Behördengang vor sich. Als sie sich in dem Raum umschaute, entspannte sich ihre Miene etwas. Wusste ich es doch, dachte Carola, dieser Raum tut gut!

»Nett hier. Erinnert mich an meine Oma.«

Ella, die noch im Türrahmen stand, grinste. Carola schmunzelte ebenfalls, während Ella wieder verschwand.

»Das nehme ich jetzt mal als Kompliment. Darf ich Ihnen etwas zu trinken anbieten?«

»Gerne, keine Ahnung, wie ich das den ganzen Sommer aushalten soll.«

Gierig trank sie das dargebotene Wasserglas leer und ließ sich auf das Sofa gegenüber von Carola fallen.

»Na ja, bis es richtig ernst wird, ist der Sommer vorbei. Das letzte Drittel der Schwangerschaft werden Sie im Winter verbringen.« Carola versuchte, den Anflug von Genervtheit zu unterdrücken. Frauen, die dauernd jammerten, waren anstrengend. Und je gestresster Carola selbst war, desto weniger Kapazitäten hatte sie dafür.

Die Schwangere sah auf ihre Swatch. »Ich muss um 12.30 Uhr wieder am Kindergarten stehen und vorher noch für das Mittagessen einkaufen und kochen. Ich muss also spätestens in einer halben Stunde los.«

»Kein Problem, wir haben ja heute nur das Kennenlerngespräch. Sie müssen ja erst mal schauen, ob Ihnen unser Konzept zusagt. Und ob es Gründe gibt, die gegen eine außerklinische Geburt sprechen.«

Anja Cornelsen reichte Carola ihren Mutterpass. Doch bevor Carola darin blätterte, wollte sie die Schwangere erst einmal kennenlernen.

»Und wie sind Sie auf das Geburtshaus gekommen?« Noch galt das eher als exotischer Geburtsort, auch wenn die Stimmen der Skeptiker leiser wurden. Carola war es wichtig, die Motivation der Frauen zu kennen, um ihnen gerecht zu werden.

»Ich wohne um die Ecke. Meine Frauenärztin ist am anderen Ende der Stadt, und da dachte ich, dann habe ich es nah zu den Vorsorgeuntersuchungen.«

Carola hob ihren Blick. Sie war ja selbst pragmatisch veranlagt, aber nicht so leidenschaftslos, was den Geburtsort anging. Und normalerweise kamen fast alle Frauen »aus Prinzip« hierhin. Ja viele nahmen sogar einen weiteren Weg dafür in Kauf.

»Aber Sie wissen schon, dass wir die Schwangerschaftsbetreuung in der Regel nur in Kombination mit der Geburt hier übernehmen?«

»Ja, ja, das passt schon. Bei den ersten beiden war es auch keine große Sache. Hätte ich fast alleine hinbekommen.«

Das erste Mal lächelte sie. Und wenn sie lächelte, sah sie aus, als könnte man durchaus mit ihr Spaß haben.

Carola erzählte ihr von dem Prozedere im Geburtshaus und besprach schließlich noch die Werte im Mutterpass.

Es gab keine Risikofaktoren. Auch an dem Kreuzchen bei »Spätgebärende« war sie um ein paar Wochen dran vorbeigekommen. Erst ab fünfunddreißig würden die Frauenärzte eine Fruchtwasseruntersuchung anbieten, weil ab dem Zeitpunkt rein statistisch die Wahrscheinlichkeit einer Fehlgeburt durch die Spritze durch die Bauchdecke unwahrscheinlicher war, als ein Kind mit Downsyndrom zu bekommen. Einfach guter Hoffnung zu sein, wenn es ein paar Fensterchen gab, die die Hoffnung auch in Gewissheit umwandeln konnten, war nicht einfach. Und Carola verstand jede Frau, die so viel wie möglich wissen wollte.

Die halbe Stunde war fast rum. Carola gab ihr den Mutterpass zurück.

»Es spricht nichts gegen eine Geburt hier, und Kapazitäten hätte ich auch noch.«

Anja Cornelsen nickte.

»Sie brauchen sich keine Sorgen machen, Frau Cornelsen. Sie sind hier in besten Händen.«

Obwohl die Umstände optimal waren, wirkte sie immer noch angespannt.

»Danke.«

»Haben Sie noch Fragen?«

Sie schüttelte den Kopf.

»Na, dann ist ja alles prima. Ich schaue schon mal nach einem Termin. Vormittags am besten, oder?«

Während sie im Kalender mit den Fettflecken blätterte, hörte sie auf einmal ein Schluchzen. Erschrocken sah sie auf.

»Frau Cornelsen, was ist los?«

»Nichts ist prima.«

Carola schaute auf ihre Uhr. Sie hatten fünf Minuten überzogen. Es war fünf nach halb zwölf. Sie wusste selbst, dass das knapp war mit einkaufen, kochen und Kinder abholen. Meine Güte, wie gut konnte sie sich an die Zeit erinnern, als sie mit den großen noch den ganzen Tag allein zu Hause war und Andreas im Büro. Was war das für ein Stress gewesen, als sie wieder angefangen hatte zu arbeiten. Nur Wochenende- oder Abendschichten. Klinke in die Hand geben und am Rande des Nervenzusammenbruchs sein.

»Ist der Kindergarten auch um die Ecke?«

Carola legte ihre Hand auf Anjas Schulter. Sie spürte das Beben in ihrem Körper. Die Gefühlsachterbahn war in der Schwangerschaft normal, aber sie konnte sie auch nicht einfach nach Hause schicken.

Anja Cornelsen nickte.

»Dann geben Sie den Kindern doch nach dem Kindergarten eine Pommes aus und erzählen mir alles. Ich habe keinen Anschlusstermin. Soll ich uns noch einen Kaffee holen?«

Anja Cornelsen nickte wieder, schniefte und lächelte. Carola gab ihr ein paar Minuten, mal durchzuatmen, bevor sie mit einem Tablett mit Kaffee, Milch und Zucker wieder hereinkam.

Und dann erzählte sie. Dass sie sich ja eigentlich auf das Kind freue, aber überhaupt nicht schwanger werden wollte. Dass sie so froh war, dass beide Kinder im Kindergarten waren, und sie nach fünf Jahren Erziehungsurlaub endlich wieder arbeiten wollte. Wenigstens ein paar Stunden die Woche. Und dass es ausgerechnet an dem ersten Wochenende passiert war, als sie und ihr Mann mal wieder alleine verreist waren.

Und dass ihr Mann nichts mehr von ihrem Gejammere hören wolle, sie würden das schon gemeinsam hinbekommen.

»Aber wissen Sie was? Gemeinsam heißt, dass ich es fast alleine mache und mein Mann den ganzen Tag arbeiten geht und abends keine Energie mehr hat. Und ich hatte mich so auf Kollegen gefreut. Ich habe bei Foto Gregor am Neumarkt gearbeitet. Und hätte eigentlich nächste Woche wieder angefangen, aber sie wollten mich nicht für ein paar Monate ... Und jetzt muss ich wieder drei Jahre warten.«

Carola hörte einfach nur zu.

»Und das Schlimmste ist, dass mein armes Würmchen gar nichts dafürkann. Wäre ich der Mann in unserer Familie, würde ich mich auch viel mehr freuen. Und ich habe auch noch Angst, dass ich schuld bin, wenn es total verkorkst wird.«

Carola sah trotz aller berechtigten Ängste die Liebe in ihrem Gesicht.

»Wissen Sie was, Sie dürfen Angst haben, und Sie müssen sich auch nicht wahnsinnig freuen. Sie dürfen das alles auch mal blöd finden.«

»Meinen Sie? Mein Mann bügelt meine Einwände ab, und mit meinen Freundinnen traue ich mich gar nicht darüber zu reden, weil ich nicht will, dass sie schlecht von mir denken.«

»Natürlich dürfen Sie das. Lassen Sie hier alles raus. Wissen Sie, wie viele euphorische Schwangere ich hier nachher im Wochenbett heulend vor mir sitzen habe? Dann heulen Sie lieber jetzt, und wir überlegen, wie wir dafür sorgen, dass am Ende alles halb so wild wird.«

Schon um kurz vor halb eins, als Anja Cornelsen wirklich losmusste, ging es ihr besser.

Am Türrahmen drehte sie sich noch mal um.

»Danke, Frau Hardgenbusch. Ich hatte eine stinknormale Schwangerschaftsvorsorge erwartet und habe eine Stunde auf Frau Freuds Sofa geschenkt bekommen. Ich glaube, am Ende wird alles gut.«

Carola lachte. Diese Stunde hatte auch ihr gutgetan.

Ihr machte die Vorsorge immer dann am meisten Freude, wenn die Frau als Person im Mittelpunkt stand. Und nicht nur die Körperteile, die es brauchte, einen Menschen auf die Welt zu bringen. Ja, am Ende würde es gut werden für Anja Cornelsen, dachte Carola und war heilfroh, dass sie bei aller Liebe für ihre Kinder nicht mehr von einer Schwangerschaft überrascht werden konnte. Zum einen fühlte sie sich mit vierzig definitiv zu alt, zum anderen hatte sie auch keine Lust mehr, von vorne anzufangen. Was heißt hier keine Lust? Nicht mal mehr Energie. Dass sie sich bei der Kaiserschnittgeburt ihrer jüngsten Tochter die Eileiter hatte durchtrennen lassen, war auch etwas, worüber sie nur mit ganz wenigen Menschen sprach.

* * *

Susanne trug das Eis auf einem kleinen Papptablett in die Buchhandlung, die ihr Mann seit fast zwanzig Jahren führte. Für ihre Schwangeren war die frühsommerliche Hitze eine Qual, aber auch sie war froh, dass sie sich jetzt in die kühle Buchhandlung zurückziehen konnte.

Als sie die Tür öffnete, bimmelte die Glocke, und Antonius kam ihr entgegen.

»Danke, genau das, was ich jetzt brauche!«

Susanne küsste ihn und stellte das Eis auf dem kleinen Tischchen in der Sitzecke ab. Die war weit genug von den Büchern entfernt. Hier konnten normalerweise Kunden in die Bücher reinlesen. Antonius hatte es noch nie gemacht wie die meisten großen Buchläden früher, die Schilder über den Regalen aufhängten, die ihre Leser ermahnten, erst zu zahlen, dann zu lesen.

»Pistazie, Erdbeere, Stracciatella oder Joghurt, Zitrone, Vanille?« Susanne ließ sich auf den Sessel fallen.

»Nimm du, was du lieber möchtest.«

So war Antonius fast immer.

»Dann nehme ich das hier.« Sie griff zu den weißen Sorten.

Die Buchhandlung war so dunkel, dass sie an eine Höhle erinnerte. An eine gemütliche Höhle. Jede Wand beherbergte Bücherregale bis an die Decke, in denen die Titel nach Alphabet oder Thema sortiert waren. In der Mitte standen noch Tische für Neuerscheinungen. Sie hatten Ende Juni, und Ende letzten Monats war wieder das literarische Quartett im Fernsehen ausgestrahlt worden. Marcel Reich-Ranicki konnte sich ruhig über die Bücher aufregen: Wenn der knurrige alte Mann sie für würdig befand, sie in der Öffentlichkeit zu zerreißen, dann fanden sie reißenden Absatz. Fünf Männer hatten das Glück, dass ihre Bücher am 26. Mai 1994 in der Fernsehsendung besprochen und jetzt stapelweise verkauft wurden, darunter der Schwede Per Olov Enquist und der Amerikaner Richard Ford. Seit Susanne mit Antonius die Wohnung teilte, schaute sie sich die Sendung meist mit an. Sie wunderte sich etwas, dass es fast nur männliche Schriftsteller zu geben schien, auch wenn das Verhältnis nicht so einseitig war wie bei der Geburtshilfe. Männliche Hebammen gab es kaum. Männer, die bei Geburten halfen, waren in der Regel Ärzte. Und da es ein Gesetz gab, dass jeder Frau eine Hebamme zur Geburt zustand, ein Arzt jedoch nur bei Komplikationen, lag zumindest das Thema Geburt stärker in Frauenhand.

Antonius drehte das Schild vor der Tür um. Es war halb sieben. Zeit für den Feierabend, selbst an einem Donnerstag wie heute. Antonius weigerte sich, den *Scheildo* mitzumachen, den »Scheiß-langen-Donnerstag«, wie ihn viele Ladenbesitzer nannten. Ihm graute davor, dass manche das Ladenöffnungsgesetz lockern und aus der Ausnahme eine Regel machen wollten.

Er ließ sich gegenüber von Susanne in den Sessel fallen und nahm sich das buntere Eis.

»Auf unseren Feierabend.«

Sie lächelten sich an. Fünf Jahre war es her, dass sie sich das erste Mal gesehen hatten. Vor der Tür des Geburtshauses, das damals zur Vermietung stand. Susanne hatte etwas gebraucht, bis sie sich auf den Mann einlassen konnte, der sie gleich bei der ersten Begegnung berührt hatte. So groß war ihre Angst gewesen, sich einem Mann wirklich anzuvertrauen. Und jetzt war ein Leben ohne ihn für sie nicht mehr vorstellbar.

»Auf unseren Feierabend.«

Er küsste sie, und seine Lippen schmeckten nach Erdbeere.

»Ich bin so glücklich mit dir.«

Susanne zögerte einen Moment.

»Ich auch.«

Für Antonius konnte es ewig so weitergehen. Sie beide hatten ihre Berufung gefunden, teilten aber fast ihre ganze Freizeit. Und das in einer Harmonie, die sich Susanne vorher nie hatte vorstellen können. Aber reichte ihr das? Wollte sie einfach so weiterleben, bis sie alt waren?

»Aber nicht so ganz, oder?«

Das war keine Frage, sondern eine Feststellung seinerseits.

»Ach, Antonius. Vielleicht will ich zu viel.«

»Wir haben doch Susy.«

Ihr Enkelkind. Besser gesagt Susannes, wobei sich Antonius genauso gut kümmerte, wenn Susy bei ihnen war. Und das war sie mindestens einmal die Woche.

»Ich hätte so gerne eine richtige eigene Familie gehabt. Am liebsten einen Haufen Kinder.«

»Es tut mir leid.« Er nahm ihre Hände in seine, das Eis schmolz. Wie die Zeit dahingeschmolzen war, dachte Susanne. Ewig hatte sie auch nicht mehr Zeit. So wie er das sagte, hörte es sich nach einem endgültigen Abschluss an.

»Es hat gar nichts mit dir zu tun. Es ist einfach so, dass ich eine Lücke spüre. Noch immer.«

Und noch immer hoffte sie Monat für Monat, dass es doch noch passieren würde. Einfach so. Wie viele Frauen hatte sie schon bei einer Geburt begleitet, die dachten, dass sie unfruchtbar wären. Denen sogar die Ärzte gesagt hatten, dass sie niemals schwanger werden könnten. Und doch wurden sie es. Nicht viele. Aber es passierte. Immer wieder.

* * *

Ella stand heute in der vordersten Reihe bei dem monatlichen Infoabend im Kölner Geburtshaus. Einmal im Monat stellten die Hebammen ihr Konzept vor und beantworteten Fragen der Gäste. Meist meldeten sich von den rund zwanzig Besuchern fünf zur Geburt an. Und jedes Mal saßen auch jede Menge Skeptiker im Publikum. Wobei Ella ängstliche Elternpaare schon aus ihrer Krankenhauszeit kannte, auch wenn die Eltern dort in der Regel davon ausgingen, dass die Experten schon wussten, was sie taten.

Es war das erste Mal seit ihrer Rückkehr, dass Ella durch den Abend führte. Wie anders war das doch als in Uganda. Dort hatten sie viele Frauen von Tagelöhnern betreut, die meist schon ein paar Kinder zu Hause hatten, hier saßen vor allem Lehrerinnen, ja sogar Ärztinnen, gut versorgte Hausfrauen, Frauen, die nicht nur die Zeit hatten, sich zu informieren, sondern auch die Mittel, für sich das Beste herauszusuchen.

Ella schaute durch die Menge. Es war so heiß draußen, dass gerade den Schwangeren der Schweiß auf die Stirn getreten war. Annett verteilte Wasser. Einige plauderten wie im Café, sie kannten sich wohl aus der Nachbarschaft oder waren Freundinnen. Männer waren auch einige dabei. So anstrengend diese Abende nach einem langen Tag auch waren, sie mussten immer Werbung machen, damit auch alle Kapazitäten genutzt wurden. Nur dann lief das Geburtshaus rund.

Annett brachte auch ihr ein Glas Wasser und stellte sich neben sie.

»Lass uns ruhig pünktlich anfangen. Sonst kippt noch eine der Frauen um bei dem Wetter«, raunte ihr Annett zu. Ella hatte anfangs etwas Bedenken, dass sie nun zu viert sein würden. Sie waren doch so ein eingespieltes Team gewesen. Viel mehr als Kolleginnen. Ja eigentlich beste Freundinnen. Doch sie hatte eingesehen, dass sie sich vergrößern mussten. Und es wäre ja auch nicht fair, Annett wieder zu kündigen, nur weil Ella wieder da war.

»Ich fange sofort an«, antwortete Ella und schaute auf ihre Armbanduhr. Zwei Minuten vor acht. Die zwei Minuten wollte sie den Leuten noch geben, um sich in Ruhe auf den Abend einlassen zu können. Und wie immer gab es auch Leute, die erst um eine Minute vor acht kamen, wie die junge Frau, die mit kurzem Jeanskleid und Bäuchlein nach einem freien Platz Ausschau hielt.

»Hallo, schön, dass Sie da sind, hier in der ersten Reihe sind noch Plätze frei.«

Wie immer wurden die Plätze in der ersten Reihe als Letztes besetzt. Wie im Theater, dachte Ella, die an ihren letzten Theaterbesuch mit ihrer Schwester Carla dachte. Sie hatte sich von Carla im Bauturm-Theater in die erste Reihe schleifen lassen und wurde prompt in einer Szene dazu aufgerufen mitzumachen. Dabei hatte sie doch versucht, sich unsichtbar zu machen, als der Schauspieler von der Bühne aus ins Publikum spähte, wen er aufrufen könnte.

Nach der Begrüßung und der Vorführung einer kurzen Stern-TV-Reportage über die »Geburtsstunde des Geburtshauses«, die sie über einen Beamer abspielten, fragte Ella, ob noch jemand eine Frage habe. In dem Beitrag, der vor ein paar Jahren dafür gesorgt hatte, dass ihre Einrichtung auch über die Grenzen Kölns hinaus bekannt geworden war, erklärte Susanne Günther Jauch, warum sie und ihre beiden Kolleginnen sich zu diesem Schritt entschlossen hatten.

Erst meldete sich niemand, doch nach und nach lockerten sich die Zungen.

»Und statistisch gesehen, ist das Geburtshaus wirklich so sicher wie eine Klinik?«

»Aber wie können Sie das wissen, wenn es das Geburtshaus erst fünf Jahre gibt?«

»Begleiten Sie mich ins Krankenhaus, wenn es doch Komplikationen gibt?«

»Welche Schmerzmittel gibt es hier?«

»Stimmt es, dass es unter Wasser nicht so wehtut?«

Ella und Annett beantworteten jede Frage geduldig. Und gleichzeitig möglichst zügig, weil auch der Ventilator in dem vollen Raum, in dem sich die Hitze des ganzen Tages angestaut hatte, nicht mehr viel ausrichten konnte.

Und dann meldete sich die Frau mit dem Jeanskleid in der ersten Reihe, die als eine der wenigen alleine gekommen war.

»Können Sie noch mal sagen, was eine Geburt hier kostet?«

»Ja, natürlich. Die Begleitung in der Schwangerschaft, während der Geburt und im Wochenbett wird von der Krankenkasse übernommen. Nur für unsere Rufbereitschaft veranschlagen wir dreihundert Mark.«

»Dreihundert? Das ist ganz schön viel!«

Ella nickte. Wenig war das nicht, und sie selbst hatte als Anfängerin jeden Pfennig umgedreht, um für ihre Reise und eine eigene Wohnung zu sparen. Aber den meisten Familien ging es sehr gut, zumal es vom Staat ordentlich Erziehungs- und Kindergeld gab. Gerade die Hausfrauen hatten die erste Zeit nach der Geburt auf einmal viel mehr Geld zur Verfügung. Selbst die Frauen, die sagten, sie würden ja gerade nichts verdienen, ließen sich das Erziehungsgeld gerne auf ihr Konto überweisen, wenn sie denn ein eigenes hatten. Schließlich waren es in neunundneunzig Prozent der Fälle auch in der Mitte der Neunziger noch sie, die sich kümmerten.

»Das ist tatsächlich nicht wenig, aber dafür steht Ihnen auch eine Hebamme rund um die Uhr zur Verfügung. Sie dürfen jede von uns jederzeit aus dem Bett klingeln. Ohne unseren Pieper bewegen wir uns keinen Meter.« Ella betrachtete die junge Frau. Wirklich bedürftig sah sie glücklicherweise nicht aus.

»Hmm, trotzdem. Ich studiere noch, mein Freund auch. Das BAföG reicht so gerade. Und ich finde es ungerecht, dass sich nur Besserverdienende die beste Geburtsbetreuung leisten können.«

Ella fühlte sich in die Enge getrieben und hatte gleichzeitig Verständnis für die junge Frau. Andererseits musste in Deutschland kaum einer hungern oder auf der Straße leben. Und ein Studentenpaar mit Kind bekam doch bestimmt noch zusätzliche Hilfe? Vielleicht konnte sie alleine mit der Frau sprechen und sie an eine Beratungsstelle vermitteln?

»Man sollte halt wirklich so weit sein, bevor man ein Kind in die Welt setzt.«

Der Spruch der Frau Ende dreißig, die zwei Plätze neben der Studentin saß, war zwar leise genug, dass nur die erste Reihe und die beiden Hebammen ihn verstehen konnten, aber er verschlug Ella die Sprache. Und der Studentin ebenfalls. Dafür ergriff Annett das Wort.

»Kinder brauchen die ersten Jahre nicht viel, um glücklich aufzuwachsen, aber ein guter Start ins Leben gehört dazu.« Sie sah die arrogante Frau böse an. »Aber ich finde genauso, dass die optimale Geburt ein Grundrecht sein sollte. Und vielleicht sollten wir alle dafür kämpfen, dass die Krankenkassen die Rufbereitschaft übernehmen. Schließlich ist eine ambulante Geburt immer noch am günstigsten.«

Draußen baute sich ein Donnergrollen auf, und es blitzte ein paar Sekunden später. Vielleicht war die Stimmung auch dem Wetter geschuldet. Und dann prasselte der Regen herunter, dass sowieso kein Wort mehr zu verstehen war. Ein paar Männer liefen zu den Fenstern und schlossen sie. Auf einmal wurde es leiser. Annett beugte sich zu Ella.

»Na, herzlich willkommen im kapitalistischen Westen. Kinder am besten erst zeugen, wenn das Haus gebaut und der Kombineuwagen vollgetankt ist. Da wäre die Menschheit ja schon ausgestorben, wenn alle so drauf wären.«

Ella schmunzelte über Annetts Bemerkung und war dennoch wütend. Auch wenn das Geburtshaus recht gut lief, mussten sie immer noch kämpfen. Um Anerkennung bei den Krankenkassen, von denen manche sich dann doch bitten ließen, bevor sie die Kosten übernahmen, oder bei Kinderärzten, die am liebsten das Jugendamt holen wollten, wenn sie von einer schwangeren Mutter hörten, dass sie ihr nächstes Kind im Geburtshaus zu bekommen gedenke. Da wollte sie auch nicht noch darüber diskutieren, ob die Rufbereitschaftspauschale gerechtfertigt wäre.

Der nächste Donner sorgte für Ruhe.

»Wir würden den offiziellen Teil jetzt beenden. Wenn Sie noch Fragen haben, die Sie gerne unter vier Augen klären wollen, oder wenn Sie sich anmelden möchten, dann bleiben Sie einfach hier.«

Die meisten eilten nach draußen, wahrscheinlich um vor dem nächsten Donner ins Auto oder die nächste Kneipe zu schlüpfen.

Als alle wieder gegangen waren, stapelten Ella und Annett die Stühle und stellten sie an die Seite.

»Danke für deine Hilfe.« Ella lächelte Annett etwas gequält an, während sie fast nach hinten kippte, als sie einen Stapel Stühle auf den anderen stellen wollte.

»Ich danke dir, dass ich bleiben kann. Hatte schon Angst, dass ich rausfliege, wenn du wieder da bist. Gibt ja gerade nicht ganz so viele Anmeldungen.«

Tatsächlich war es die letzten Wochen etwas weniger geworden. Sie losten schon aus, welche Hebamme dran durfte, wenn die Schwangere keinen Wunsch äußerte. Jetzt im Sommer kamen normalerweise ganz viele Anmeldungen für Geburtstermine im Oktober und November. Die ganzen Karnevalsbabys.

»Nein, jetzt, wo wir noch mehr Platz haben, brauchen wir auch vier Hebammen. Wäre doch doof, wenn wir genug Platz, aber nicht genug Hebammen hätten.«

Annett schaute enttäuscht. So als hätte sie sich eher gewünscht, dass Ella ein persönliches Kompliment aussprach. Aber das fiel Ella schwer. Schließlich kannte sie Annett kaum, und irgendwie hatte sie sich in dem vertrauten Dreierteam auch wohler gefühlt. Doch dann musste sie daran denken, wie ihr oft zumute gewesen war, wenn sie in die Cafeteria im St.-Laurentius-Krankenhaus gekommen war und Susanne und Carola vertraulich geplaudert hatten. So als sei der Platz neben der besten Freundin nach den Sommerferien schon besetzt. Wenn Susanne und Carola sich nicht für sie geöffnet hätten, wäre sie heute nicht hier. Sie stellte die letzten Stühle auf den Stapel.

»Annett?«

»Ja?«

»Danke, dass du hier warst, während ich weg war.«

»Klar«, antwortete sie zögerlich.

»Es ist schön, dass du jetzt bei uns im Team bist.«

Jetzt strahlte Annett.

* * *

Carola saß mit dem Aufklärungsbogen bei dem Ehepaar Kornmüller am Küchentisch. Spätestens in der 34. Woche stand der Hausbesuch bei den werdenden Eltern an. Zum einen schadete es nicht, einen Eindruck von den Wohnverhältnissen zu bekommen, falls es eine Hausgeburt werden sollte, zum anderen war es auch gut, den Anfahrtsweg zu kennen. Sie kannte Köln zwar schon wie ihre Westentasche und hatte sicherheitshalber immer einen Stadtplan im Handschuhfach, aber in der Eile kostete es zu viel Zeit, sich den Weg in Ruhe anzuschauen. Seit ein paar Jahren gab es so moderne Geräte für Autos zu kaufen, die Karten eingespeichert hatten und die einem den Weg anzeigen konnten. Navis hießen die Dinger, aber so ganz wollte Carola sich so einem Minicomputer nicht anvertrauen.

Die Kornmüllers hatten ihr eisgekühlte Gerri-Limonade und Kekse auf den Tisch gestellt. Die Limo schmeckte herrlich, und die Kohlensäure kitzelte ihren Hals. Hier ließ es sich auch bei der Hitze gut aushalten. Die Küche war riesig und glänzte. Ob das auch mit Baby so bleiben würde?

Sonja Kornmüller unterschrieb als Erstes den Betreuungsvertrag, in dem die Eltern auch unterschrieben, dass sie sich über mögliche Risiken einer außerklinischen Geburt bewusst waren. Dieser Moment war immer angespannt, als würde das Gespräch darüber sie erst herbeiführen. Dann setzte Thorsten Kornmüller sein Kürzel drunter, und Carola leitete wie immer schnell zu einem lockeren Thema über.

»Und haben Sie sich schon Gedanken über einen Namen gemacht?«

»Nein, das machen wir erst, wenn wir wissen, was es wird.«

Sonja Kornmüller strich sich über den runden Bauch. Im achten Monat wusste man es, wenn man wollte, meistens.

»Haben Sie denn einen Wunsch?«, fragte Carola, obwohl ihr diese Frage blöd vorkam. Umtauschen konnte man es eh nicht. Und zum Glück war es hierzulande nicht so, dass Mädchen ungewollt waren. Sie dachte an Indien, wo ein Mädchen für die Eltern vor allem bedeutete, später einmal Mitgift zahlen zu müssen.

»Also wenn ich ehrlich bin, hätte ich gerne so eine richtige kleine Prinzessin.« Sonja Kornmüller war erst

Ende zwanzig, sah aber deutlich jünger aus. »Ich hatte zwei ältere Brüder und so eine gestresste Mutter, die nie Zeit dafür hatte, Mädchenkram mit mir zu machen.«

»Ja, ja, meine liebe Sonja würde am liebsten jetzt schon Rüschenkleidchen kaufen. Aber unser Baby dreht sich bei jedem Ultraschall weg. Der Arzt kann nichts sehen. Und ich hätte ja gerne so einen richtigen Kicker, ich trainiere eine Jugendmannschaft für den FC.«

»Na ja, Sie sind beide noch so jung, da können Sie die Fußballmannschaft noch vollmachen. Und die Frauen haben beim Fußball ja mittlerweile gewaltig aufgeholt.«

Für Carola persönlich wäre es eine Qual, dem Ball hinterherzujagen, aber wenn es um Gleichberechtigung ging, fand sie, dass Frauen zumindest die Möglichkeit haben sollten.

»Ach, hören Sie mir doch auf!« Thorsten Kornmüller lachte und streckte seine durchtrainierte Brust raus. »Frauenfußball ist doch Spielerei.«

»Hey, seit ein paar Jahren haben die Frauen sogar eine eigene Bundesliga, und wenn unsere Prinzessin unbedingt Fußball spielen will, dann verbieten wir das nicht!«

Die Schwangere knuffte ihren Mann in die Seite, und er warf ihr einen liebevollen Blick zu.

»Ach, wenn sie nach dir kommt, sehe ich da keine Gefahr. Ich bin ja schon froh, dass du dir unsere Spiele ab und zu anguckst.«

Carola dachte an ihre Kinder. Sie machten am Ende eh, was sie wollten, und das war meist auch gut so. Meistens. Die Modelflausen würden bei Stefanie schon verschwinden.

»Ja, das mache ich nur aus großer Liebe zu dir. Aber keine zehn Pferde kriegen mich auf den Rasen.«

Liebe war das Wichtigste in einer Familie, dachte Carola. Der Rest war erst mal völlig unwichtig. Und geliebt würde das Kind von den beiden Kornmüllers schon werden, da machte sie sich überhaupt keine Sorgen.

* * *

Susanne heftete den Bericht von der letzten Geburt in den Ordner mit der Aufschrift *Geburten 94* ein. Dieses Jahr feierten sie schon das fünfte Jubiläum, zu dem es ein großes Fest geben sollte und sie alle Familien, die hier betreut worden waren, einladen wollten.

Ob es das Geburtshaus auch noch geben würde, wenn sie einmal nicht mehr wäre? Würden sie es irgendwann der nächsten Generation übergeben?

Sie hörte, wie Ella eine Schwangere verabschiedete. Vormittags fanden die meisten Vorsorgeuntersuchungen statt, gerade die von den Müttern, die schon weitere Kinder im Kindergarten oder der Schule hatten. Nachmittags war eher die Zeit der Erstgebärenden. Und dann kam Carola durch die Haustür herein – wahrscheinlich wieder von oben, wo sie ihre Vorsorgeuntersuchungen durchführte.

»Susanne und Ella, kommt ihr mal?« Annett war noch bei einer Hausgeburt.

Susanne und Ella folgten Carola um das Haus herum und liefen durch den Hintereingang die Treppe hoch in den zweiten Stock. In Notfällen kostete dieser Aufstieg kostbare Minuten, vor allem wenn eine Gebärende liegend transportiert werden musste, aber bisher hatten sie noch keinen Notfall in dem neuen Geburtsraum gehabt.

Sie folgten Carola bis zu dem Raum, den sie wie ein kleines Wohnzimmer eingerichtet hatte.

Trotz des Sommerwetters brannte ein Stövchen auf dem Nierentischchen. Lavendelduft kam ihnen entgegen.

Susanne hätte sich über Kaffeeduft noch mehr gefreut, schmunzelte aber.

»So, ihr Lieben, ich konnte nicht länger warten und muss euch unbedingt meine Idee präsentieren!«

Carola strahlte und lotste sie mit in den Raum. Der hatte sich nicht verändert. Immer noch die altmodischen Möbel von Carolas Großtante. Gut, die Vase war neu befüllt. Mit Bartnelken.

»Wer möchte zuerst auf die Couch?«

Susanne zögerte genauso wie Ella.

»Na, dann setzt euch beide drauf.«

»Ich habe gleich noch eine Vorsorge.« Ella setzte sich mit einem Blick auf die Uhr.

»Ja, ja, nur keine Angst.«

Susanne setzte sich ebenfalls auf das Sofa. Die Zeitreisecouch in die Siebziger. Ob Julia bei ihren Adoptiveltern auch auf so einem braunen Ding aus Cord gesessen hatte?

»Jetzt spann uns nicht auf die Folter, Carola. Was wird das?«, fragte Susanne.

»Also, ihr Lieben. Ich hatte eine Mutter hier, die hat mir ihr Herz ausgeschüttet und hat den Raum glücklicher wieder verlassen. Sie meinte am Ende, sie hätte eine Stunde bei Frau Freud geschenkt bekommen.«

Freud, der Vater der Psychoanalyse, der mit acht Schwestern aufgewachsen war und als Einziger von den Geschwistern studieren durfte. Was seine Schwestern der Menschheit wohl hätten geben dürfen, wenn ihnen diese Möglichkeit nicht von Anfang an abgesprochen worden wäre?

»Und du willst jetzt eine Psychologin hier mit ins Team holen? Vielleicht keine schlechte Idee, dann könnten wir Schwangere mit Problemen gleich niederschwellig weiterleiten. Wenn wir den Raum an eine Psychologin untervermieten ...« Als Susanne in Carolas Gesicht sah, wusste sie, dass sie danebengegriffen hatte. »'tschuldigung, erzähle du erst mal.«

Carola guckte wie ein Luftballon, den jemand gerade aufgeknotet hatte. Die Luft war raus.

»Ach, Susanne, ich bin die Psychologin.«

»Aber du bist keine«, rutschte es Susanne heraus.

»Lass sie doch erst mal erklären«, mischte sich Ella ein.

»Also, ich möchte den Frauen jenseits der Vorsorge Gesprächsmöglichkeiten anbieten. Manchmal braucht man jemanden, der die Lage von außen betrachtet. Und derjenige muss nicht immer Psychologie studiert haben.«

Carola wirkte etwas trotzig. Susanne fand die Idee grundsätzlich toll, und Carola hatte wirklich immer einen guten Blick für die Bedürfnisse der Frauen, aber sie war nun wirklich keine Fachfrau.

»Und wer soll das bezahlen?«

»Wenn es die Frauen nicht bezahlen können oder möchten, gibt es immer noch die Möglichkeit, dass wir über die Caritas oder so gefördert werden.«

Susanne schämte sich ein wenig. Carola war so Feuer und Flamme für ihre Idee, die an sich ja auch gut war, sie wollte sie nicht bremsen. Dennoch. Was war, wenn sie hier ihre Kompetenz überschätzten? Wie hieß es noch? Hochmut kommt vor dem Fall?

Ella meldete sich zu Wort.

»Ich finde die Idee sehr gut. Aber ich finde, wir sollten alles Weitere besprechen, wenn Annett dabei ist. Sie gehört doch jetzt genauso zu unserem Team, oder?«

* * *

Annett war noch völlig beseelt von der wunderbaren Hausgeburt gleich um die Ecke. Alles war gut gegangen. Die Eltern ruhten sich nun mit dem Säugling aus, und Annett hatte ihre Regenjacke im Geburtshaus vergessen. Heute Nachmittag hatte sie sich zu einem Spaziergang mit ihrem Bruder in der Flora verabredet. Und es sah nach Regen aus. Wenn sich die Wolkendecke am Himmel weiter so zuziehen würde, sollten sie vielleicht doch lieber auf ein Café ausweichen.

Sich hier im Geburtshaus einfach zu bewerben war die beste Idee gewesen. Drei Jahre war sie nun bald dabei. Und drei Jahre war es her, dass sie von Ostberlin nach Köln gezogen war. Der Liebe wegen. Und sie hatte es keine Sekunde bereut. Auch wenn sie ihre Familie, besonders ihren kleinen Bruder, der mittlerweile auch schon fünfundzwanzig war, vermisste.

Sie schloss die Tür auf und rief »Hallo«, als sie in den großen Flur kam. Ihr Ruf blieb unbeantwortet. Im Büro brummte aber der Computer, den sie sich vor ein paar

Jahren angeschafft hatten. Und das Licht im Flur war an. Es klingelte an der Tür. Annett öffnete.

»Hallo, ich habe eine Vorsorge bei Susanne Winter. Jetzt, aber ... Könnte ich vorher noch mal ...«

Annett lächelte. Die Schwangerenblase, die durch den dicken Bauch kaum noch Platz hatte, verlangte dauernd eine Toilette.

»Na klar, dort ist die Toilette. Setzen Sie sich gerne gleich noch in den Wartebereich. Ihre Hebamme kommt gleich.«

Annett lief um die Hausecke herum zu der Seitentür, die nach oben führte. Vielleicht steckte Susanne in einer Geburt und hatte den Termin vergessen. Dann würde Annett einspringen.

In der oberen Etage hörte sie Kichern. Die Küche und das Geburtszimmer waren leer, und die Tür von dem kleinen Zimmer mit dem Sofa stand halb offen.

Annett klopfte und trat ein. Der Anblick versetzte ihr einen Stich. Dort saßen Ella und Susanne auf dem Sofa, Carola auf dem Hocker vor ihnen. Annett spürte die Blicke der drei Hebammen auf sich ruhen.

»Ach, hallo, Annett. Setz dich zu uns, Carola hat uns gerade von einer neuen Idee erzählt.«

Es war Susanne, die sie aufforderte, sich zu ihnen zu gesellen.

»Ich wollte eigentlich nur schnell meine Jacke holen, und unten steht eine Schwangere, die hat nach dir gefragt.«

»Oh, Mist, da habe ich doch glatt die Zeit vergessen!«

So wie Susanne dabei lachte, war die Zeit, die sie dafür hier oben verbracht hatte, sehr amüsant gewesen.

Susanne rauschte an ihr vorbei nach unten. »Danke für das Erinnern.«

Carola stand ebenfalls auf.

»Und ich muss mich langsam auf den Weg nach Hause machen. Nachher ist noch ein Termin in der Schule. Und morgen komme ich später. Bundesjugendspiele … Aber lasst uns die Tage mal wieder alle zusammensetzen.«

»Möchtest du noch einen Kaffee? Ich wollte mir gerade eh einen machen.« Ella lächelte sie an. Aber Annett war klar, dass sie jetzt nur aus Höflichkeit fragte. Was erwartete sie? Sie war damals in eine eingeschworene Gemeinschaft hineingeplatzt und im Grunde Ersatz für Ella gewesen, die bald darauf abgereist war. Und nun war Ella wieder da. Und auf einmal fühlte Annett sich ein wenig überflüssig.

»Nein danke, ich wollte wirklich nur meine Jacke holen. Ich bin gleich verabredet.«

* * *

Carola stand auf dem Sportplatz an der Sprunggrube. Ihr Job war es, nach jedem Weitsprung den Sand mit der Harke wieder gerade zu ziehen. Der ganze Sportplatz wimmelte von Grundschülern, die sich wie jedes Jahr durch die Bundesjugendspiele kämpfen mussten. Carola hatte es in ihrer ganzen Schullaufbahn nicht einmal zu einer Siegerurkunde gebracht, an eine Ehrenurkunde hatte sie nicht mal in ihren kühnsten Träumen gedacht. Doch seit drei Jahren gingen sportliche Waschlappen nicht mehr mit leeren Händen nach Hause. Irgendein netter Mensch hatte dafür gesorgt, dass die Teilnehmerurkunde eingeführt wurde. Der Fortschritt in Deutschland war nicht aufzuhalten, dachte sie, während sie erneut die Spuren im Sand verwischte.

Ein Pfiff, und das nächste Kind nahm Anlauf. Ein pummeliger Junge, der zwar fast die zwei Meter erreichte, aber dann nach hinten plumpste und sich mit den Händen abstützte.

Marianne Winkhausen, die Mutter von Maikes Klassenkameradin Simone, der das Maßband anvertraut worden war, hielt sich genau an die Vorgaben. Gemessen wurde ab dem Handabdruck, was den Jungen bestimmt vierzig Zentimeter seines Erfolges kostete. Es war schon sein dritter Sprung.

Carola kannte den Jungen aus Maikes Klasse. Maike hatte erzählt, dass Falk so schön zeichnen konnte. Jetzt sah er total unglücklich aus. Kein Wunder, die Jungs hinter ihm in der Schlange johlten.

»Hey, Klops. Pass auf, dass der Boden nicht einkracht«, pöbelte der Junge, der als Nächster dran war. Am liebsten würde Carola ihm mit der Harke ein Beinchen stellen mitten im Sprung, aber das wäre auch kein sportliches Verhalten. Sie lief auf ihn zu, stemmte die eine Hand in die Hüfte, mit der anderen rammte sie die Harke in den Boden.

»So mein Bürschchen, jetzt hörst du mir mal genau zu und ihr anderen auch. Wenn ich so was noch einmal höre, dann … dann.« Ja, was? Dann würde sie die Eltern der Pimpfe anrufen? Marianne Winkhausen guckte schon ungeduldig.

»Dann bekommt ihr es mit mir zu tun!«, sie stampfte

noch einmal mit der Harke auf. Sollten sie glauben, was sie wollten, von ihr aus auch, dass sie ihnen eine verpassen würde, was sie natürlich nie machen würde.

Wider Erwarten nickte der Anführer der Jungs. Die Strafpredigt hatte ihm wohl auch die Sprungkraft geraubt, denn seine Weite reichte definitiv nicht mal für eine Siegerurkunde. Er würde zwar eh nicht gewertet, sondern nur der beste Sprung, aber dennoch.

»Das war jetzt aber nicht sehr nett von Ihnen«, tadelte Marianne Winkhausen Carola und notierte das Ergebnis in ihre Liste.

»Ich fand die Jungs nicht nett. Man macht sich nicht über andere lustig.«

»Na ja, der Falk ist aber wirklich dick geworden. Kein Wunder, seit seine Mutter wieder arbeitet, isst der nur noch Dosenravioli. Schlüsselkind halt.«

Bevor Carola antworten konnte, sah sie, wie Maike strahlend auf sie zurannte und winkte, als hätte sie auch nach dem Sprint und dem Werfen noch genug Energie übrig.

»Hallo, Mama! Ich bin jetzt gleich mit Springen dran.«

Hach, für diesen Moment hatte sich die Teilnahme schon gelohnt. Maike war glücklich, dass ihre Mutter endlich einmal bei einer Schulveranstaltung vormittags dabei war. Andreas hatte sich stets geweigert. Er würde dann von allen Müttern angestarrt und von manchen sogar angebaggert. Ob das stimmte, wusste Carola nicht, aber mit dem Argument hatte er sie schlussendlich überzeugt, dass er nicht hinzugehen brauchte. Sie war froh, dass sie die nervenaufreibende Grundschulzeit bald für immer hinter sich hatte. Nur noch drei Wochen, dann wären Sommerferien, und danach ging auch Maike aufs Gymnasium.

»Nie bist du da«, sagte Andreas und umarmte Carola, die gerade dabei war, die Spülmaschine einzuräumen. Nach dem Dienst auf dem Sportplatz hatte Carola noch ein paar Wochenbettbesuche gemacht. Die Kinder waren schon im Bett, lasen oder spielten auf dem Gameboy. Zeit, noch schnell gemeinsam die Küche aufzuräumen, aber wenn Andreas die Arbeit dauernd unterbrach – und sei es, um sie zu umarmen –, würden sie nie fertig werden.

»Als ich hier die Hauptverdienerin war, hast du dich nicht daran gestört, dass ich so viel weg war.« Carola gab ihrem Mann einen Kuss und löste sich aus seiner Umarmung.

»Findest du mich eigentlich attraktiver, seit ich so ein erfolgreicher Schriftsteller bin?«

»Ach, Andreas. Das wäre doch erbärmlich, oder?«

Ihr Mann sollte immer ihr bester Freund sein. Und manchmal ein bisschen mehr. Sie konnte nichts damit anfangen, dass ein Mann umso anziehender wurde, je erfolgreicher er war. Dennoch war sie froh, dass er endlich seine Bücher veröffentlichen konnte. Und zu einem der Bücher hatte er sogar das Drehbuch schreiben dürfen. Daran hatte er mehr verdient als an allen drei Romanen zusammen.

»Ich frage mich ehrlich gesagt, ob ich überhaupt noch mehr für dich bin als der Vater unserer Kinder und mittlerweile auch der Versorger.«

Sie verdienten nun beide recht gut, sodass sie sich auch

mit drei Kindern ein gutes Leben erlauben konnten, aber er war nicht der alleinige Versorger.

»Natürlich.«

Die Antwort kam so schnell und hörte sich nicht allzu glaubwürdig an.

»Merke ich aber wenig von.«

»Ach, Andreas. Ich merke einfach, dass ich den Kopf kaum frei habe. Du bist ein toller Mann, wir haben ein gutes Leben. Aber ...«

»Irgendwie fehlt die Leidenschaft.«

Sie sahen sich an.

Die Worte trafen Carola. Gut, dass das Liebesleben gerade bei Eltern vielleicht nicht nur noch eheliche Pflichterfüllung, sondern eher etwas war, das man nur immer mal wieder machte, bevor man es ganz verlernte, war nun nichts Außergewöhnliches. Und wie eine Sexbombe kam sie sich beim Blick in den Spiegel schon lange nicht mehr vor. Schon gar nicht unbekleidet. Manchmal dachte sie sogar, sie verwandle sich langsam in ein Neutrum. Und fand das noch nicht mal schlimm. Oder war sie einfach erschöpft? Erschöpfung ist der größte Feind der Frau, hatte einmal in einer Frauenzeitschrift gestanden, die sie beim Friseur gelesen hatte. Musste schon lange her gewesen sein, die letzten Male hatte ihre Tochter ihr die Spitzen geschnitten. Aber der Satz war ihr im Gedächtnis hängengeblieben. Und hatte sie aufgeregt. Weil es vor allem darum ging, dass eine erschöpfte Frau keine gute Liebhaberin und Partnerin mehr wäre. Und dass es reiner Egoismus wäre, wenn der Mann die Frau unterstützte. Er hätte dann mehr von ihr ...

Und Andreas war von Anfang an ein Mann gewesen, der sie unterstützte. Was fehlte ihr? Sie würde es heute nicht rausfinden. Aber ein kalter Schauer überkam sie. Ihre Beziehung war nicht unzerstörbar. Und gegen diese Kälte würde nur Andreas' Wärme helfen. Statt ihm zu antworten, nahm sie ihn in den Arm. Vergrub ihren Kopf an seiner Brust. Achtete nicht darauf, dass sie verschwitzt war, dass ihr noch der Sand und das Gefühl des Geprüftwerdens am Körper klebten, obwohl sie ihre Leistung auf dem Sportplatz nicht hatte messen lassen müssen. Es würde keinen Sinn ergeben, auf den perfekten Moment zu warten. Früher war jeder Moment perfekt gewesen, um sich näherzukommen. Sie hatten nur beisammen sein müssen, um sich nah sein zu wollen.

Als sie am nächsten Morgen aufwachte, fünf Minuten vor dem Digitalwecker, der auf ihrem Nachttisch stand, musste sie lächeln. Andreas schlief noch. Sie würde sich nun den Luxus gönnen, ihn noch drei Minuten zu betrachten, bevor sie aufstand.

Susanne betastete die knotig geschwollene Brust der Wöchnerin, die auf ihrem Bett saß. Ihr Säugling, ein Junge mit dem Namen Robin, der die krausen schwarzen Haare seines Vaters geerbt hatte, schlief selig inmitten des Stillkissens, das um ihn herum lag. Von seliger Ruhe war bei seiner Mutter Carmen nichts zu bemerken. Kein Wunder, die Brust schmerzte und fühlte sich an wie kurz vor dem Platzen. Susanne erinnerte sich noch an den Schmerz, den der Milcheinschuss in ihrer Brust ver ursacht hatte. Ihr Körper war bereit gewesen, ihr Kind zu stillen, aber ihr Kind war weg gewesen. Mithilfe eines Medikaments war der Spuk schnell vorbei gewesen.

»Trinkt er denn immer noch so gut?«

Carmen zog ihr T-Shirt wieder über die Brust. »Ja, wie wahnsinnig. Und es macht es kurz besser. Aber spätestens nach einer Stunde habe ich wieder das Gefühl, eine Kuh zu sein, die der Melker vergessen hat.«

Tatsächlich schrien Kühe, wenn sie nicht von dem Druck der Milch in ihrem Euter befreit wurden.

»Mmmh. Das ist kurz vor einer Mastitis.«

»Ich weiß. Der Arzt wollte mir Abstillmedikamente und ein Antibiotikum verschreiben, aber ich möchte Robin stillen.«

Seit ein paar Tagen versuchte sie alles. Häufiges Stillen. Abpumpen. Kohlblätter aus dem Gefrierfach. Quarkmasken. Gestern hatte Carmen es nicht mehr ausgehalten und Susanne angerufen, obwohl ihre gemeinsame Zeit eigentlich schon abgelaufen war.

Susanne hatte sofort einen Termin für den nächsten Tag ausgemacht, um sie zu besuchen.

»Was bereitet dir Kummer?«

»Was meinst du? Das sage ich doch die ganze Zeit. Meine Brust platzt jeden Moment, und es tut tierisch weh.«

Carmen hatte Augenringe, wie die meisten Mütter im Wochenbett. Sie hatte eine liebevolle Beziehung zu ihrem Mann. Auch wenn er nach einer Woche wieder bis abends arbeitete, kümmerte er sich viel. Die Wohnung war wie bei fast allen Neueltern voller Babyklamotten und Windeln, gesaugt war auch schon ewig nicht mehr worden. Also alles ganz normal.

Sollte Carmen sich wirklich einfach ein Medikament verschreiben lassen und aufs Stillen verzichten?

»Ich weiß, aber ganz oft kommt ein Milchstau auch von Stress oder Kummer.«

»Wie soll das denn funktionieren?«

»Ich weiß es nicht, aber es ist oft wirklich so. Also was macht dir Stress?«

»Ach, das ist echt albern von mir, aber ich habe Angst vor dem Besuch meiner Schwester.«

Susanne nickte. Sie war Einzelkind und bedauerte es, dass ihre Tochter auch als Einzelkind aufgewachsen war.

»Wann kommt sie denn?«

»Am Wochenende. Wir haben uns seit zwei Jahren nicht mehr gesehen, aber als sie von meinen Eltern erfahren hat, dass Robin auf der Welt ist, wollte sie ihn so schnell wie möglich kennenlernen.«

»Und du?«

»Na ja, ich vermisse sie schon, aber die letzten Male gab es immer Streit. Und sie hat gesagt, dass sie dann zwei Tage bei uns übernachtet. Das war früher auch immer so, aber jetzt ist mir das alles zu viel. Zwei Stunden in einem Café hätten gereicht, da brauche ich keine zwei Tage gemeinsam in einer Wohnung.«

Robin wachte auf. Er trank gierig, doch die Verformungen der Brust blieben bestehen. Die winzigen Milchkanäle waren zum Teil einen Zentimeter dick aufgebläht. Wie ein Wasserballon kurz vor dem Platzen. Einen Versuch war es wert.

»Carmen, auch wenn es sich komisch anhört. Ruf deine Schwester an und sag ihr ab.«

»Ich weiß nicht. Vielleicht in Ruhe, wenn mein Mann wieder da ist. Dann habe ich Ruhe.«

Sie verzog vor Schmerzen das Gesicht, als sie Robins Mund von der Brustwarze ablöste.

»Bitte mache es jetzt. Und gib mir Robin. Ich passe so lange auf ihn auf.«

»Ich weiß nicht. Das ist doch Quatsch.«

»Glaube mir, es ist eine Option. Wenn sich dein Zustand nicht heute noch bessert, musst du vielleicht wirklich abstillen.«

»Wahrscheinlich ist sie jetzt eh nicht zu Hause, aber ich versuche es mal.«

Susanne wartete mit dem kleinen Robin am Küchentisch der Familie, während Carmen sich in das Schlafzimmer zurückgezogen hatte.

Susanne hatte mehrmals die Woche Säuglinge um sich, aber selten hielt sie einen so lange auf dem Arm. Der kleine Robin begann, sie zu fixieren. Beschwerte sich nicht darüber, dass eine fremde Frau ihn hielt. Mit seinen krausen Haaren und der dunklen Haut sah er so anders aus als sie. Sie spürte, dass sie ein fremdes Kind doch genauso lieben könnte wie ein eigenes.

Sie fühlte sich fast ertappt, als Carmen reinkam. Fast so, als hätte sie mit dem Gedanken gespielt, Robin zu entführen.

Carmen weinte.

»Sie war stinksauer und enttäuscht.«

Oh je, vielleicht war das doch keine gute Idee gewesen.

»Aber sie hat's geschluckt.« Carmen grinste.

»Na dann. Trefft euch doch einfach, wenn du so weit bist. Und im Café wird sie dir schon nicht an die Gurgel gehen, wenn es immer Streit gibt.«

Susanne reichte Carmen ihr Baby. Auf einmal breiteten sich auf Carmens T-Shirt Flecken rund um die Brust aus. Der Knoten war im wahrsten Sinne des Wortes geplatzt. Carmen schien es auch zu merken. Sie stutzte. Und fasste sich an die Brust.

»Susanne, das kann … Ich glaube, das Harte ist weg.«

Jetzt heulte sie fast vor Erleichterung, dass Susanne selbst fast die Tränen kamen. Manchmal halfen weder Hausmittel noch Medikamente. Manchmal musste erst das Innere in Ordnung gebracht werden, bevor der Körper wieder funktionierte. Wenn sich Ärger anstaute, dann staute sich bei Stillenden buchstäblich auch die Milch an. Ob es dafür, dass sie nicht schwanger wurde, vielleicht doch eine seelische Ursache gab? Sperrte sich ihr Körper gegen eine Schwangerschaft? War die Erinnerung an die erste zu schmerzhaft? Sie hatte sich komplett untersuchen lassen. Ihre Frauenärztin hatte gesagt, dass es nur an ihrem Mann liegen könne. Vielleicht tat es das ja gar nicht? Untersucht hatten sie das nicht, da die Möglichkeiten, das Problem zu beheben, nicht ihren Wünschen entsprachen.

»Susanne, ich danke dir. Wärst du nicht da gewesen, wäre die Bombe nächste Woche geplatzt.«

Carmen küsste ihr Baby.

»Meinst du, ich bin eine blöde Schwester? Ausladen ist ja nicht so nett.«

»Ach, weißt du was, manchmal ist es besser, eine Grenze zu ziehen, als nachher zu platzen. Vielleicht wird ja alles gut zwischen euch.«

Carola war müde wie lange nicht mehr. Kein Wunder. Die Sommerferien bedeuteten für sie noch weniger Ruhe. Teenager, die ständig ausschliefen und abends ewig wach blieben. Maike, die morgens um sieben aus dem Bett sprang, obwohl sie sie zu Schulzeiten wachrütteln musste. Die Abendtermine wurden ihr langsam zu viel, aber ab und zu musste sie die Vorstellungsabende übernehmen. So wie heute. Ohne die Infoabende würden sie einfach nicht genug Schwangere überzeugen können. Zwar kamen immer mehr über Empfehlungen, dennoch brauchten sie die Werbung. Carola nahm noch einen Schluck Kaffee, obwohl es schon 19.45 Uhr war. Und er schmeckte auch so, als stände er seit dem frühen Nachmittag auf der Warmhalteplatte der Kaffeemaschine.

»Nicht viel los heute. Irgendwas im Fernsehen drin? Fußballweltmeisterschaft?«

Susanne sah wie immer hübsch aus. Sie war aufgeblüht, seit sie mit Antonius zusammen war. Sah locker fünf Jahre jünger aus, dachte Carola fast wehmütig.

»Die Straßenfeger gibt es doch immer nur am Wochenende«, bemerkte Carola und ärgerte sich, dass sie so viel Stühle geschleppt hatten, obwohl die Hälfte wohl frei blieb. In letzter Zeit hatte sie oft Rückenschmerzen, und ihr Hausarzt hatte gesagt, dass sie sich dringend schonen müsse, sonst drohten ein Bandscheibenvorfall und eine Operation, gefolgt von sechs Wochen Liegen. Das hatte sich für Carola eher verlockend angehört. Aber sechs Wochen wäre sie weder zu Hause noch im Geburtshaus abkömmlich.

Die letzten Leute kamen herein. Darunter eine Schwangere, die einen Buggy mit Kleinkind vor sich herschob. Das muntere Gemurmel erstarb. Als Carola die teils neugierigen, teils verstohlenen Blicke der Gäste bemerkte, warf sie einen zweiten Blick auf die Mutter mit dem Buggy. Es war kein normaler Buggy, sondern ein schweres Gefährt und das Kind auch schon zu groß dafür, geschoben zu werden. Carola lächelte der Mutter zu. Nicht einfach. Ein behindertes Kind und dann schwanger. Aber sie sah gut gelaunt aus.

»Ich möchte Sie herzlich zu unserem monatlichen Infoabend im Kölner Geburtshaus begrüßen. Schön, dass Sie hierhergefunden haben.«

So leise war es selten zur Begrüßung. Carola wusste auch warum. Ein behindertes Kind machte den meisten Eltern Angst. Es machte überdeutlich, dass das Leben nicht planbar war. Dass nicht immer alles gut ging. Und als fürchteten die Eltern, dass es ansteckend wäre, wollten sie alle keine Aufmerksamkeit auf sich ziehen.

Carola beeilte sich mit dem Vortrag. Weniger Leute bedeuteten weniger Nachfragen. Weniger Fragen bedeuteten einen schnelleren Feierabend. Die Müdigkeit tat ihr schon weh in den Knochen.

»Uahhh!« Das Kleinkind im Buggy hatte anscheinend jetzt schon ein paar Fragen. Carola grinste. Und machte einfach weiter. Ein paar werdende Eltern wurden unruhig. Eine Frau warf der Mutter des Kindes einen strengen

Blick zu, als hätte die ihr Kind nicht im Griff. Tatsächlich reichte die Mutter dem Kind einen Schnuller, den es ausspuckte und sich danach lauthals beschwerte.

Jetzt sah die Mutter gar nicht mehr so entspannt aus.

»Entschuldigen Sie bitte, normalerweise ist sie ruhig, sobald wir unter Leuten sind. Und ich konnte sie heute nicht alleine lassen. Sie hatte ihren ersten Tag im Kindergarten.«

Die Mutter nahm das Kind auf den Arm, um es zu beruhigen, aber es war offensichtlich schon zu schwer. Und nicht zu beruhigen.

»Kein Problem. So ist das mit Kindern nun einmal.«

Carola sprach etwas lauter, damit alle sie hörten, und war sich darüber bewusst, wie unglücklich ihr Spruch war. Diese Mutter hatte mehr zu leisten als die meisten anderen Mütter.

Die Frau mit dem strengen Blick räusperte sich.

»Ich glaube, ich gehe mal eine Runde um den Block spazieren«, sagte die Mutter und setzte das Kind in den Wagen, das laut quiekte. Vielleicht sogar vor Vergnügen.

Es hatte grüne Augen und dunkle Haare. Ein hübsches Mädchen.

»Das ist nicht nötig«, entgegnete Carola.

»Ehrlich gesagt kann man sich bei dem Geschrei nicht konzentrieren.«

Die Mutter mit dem strengen Blick hatte keine Hemmungen, sich lautstark zu beschweren, während die meisten nur betreten schwiegen.

Carola schnappte nach Luft. Natürlich konnte man sich nicht konzentrieren, aber hatte es die Mutter mit dem behinderten Kind nicht schon schwer genug? Bevor Carola antworten konnte, ging Susanne auf den Buggy zu.

»Hallo, meine Süße. Wie heißt du denn?«

»Das ist die Jolina.«

Und Jolina quiekte noch einmal laut, als wollte sie die Antwort bestätigen.

»Haben Sie was dagegen, wenn ich mit Ihrer Tochter um den Block gehe? Sie möchten ja sicher den Infoabend verfolgen.«

Jolinas Mutter lächelte dankbar und ließ sich in den Stuhl sinken.

Erstaunlich unkompliziert verließ Susanne mit dem Kind den Gruppenraum und winkte am Fenster noch einmal, um zu zeigen, dass alles in Ordnung war.

Carola seufzte. Sie wollte nach Hause und nahm den Faden wieder auf. Doch irgendwie war der Wurm drin. Eine Frau heulte.

»Entschuldigung, kann ich Ihnen irgendwie helfen? Was ist denn los?«, sie musste sich anstrengen, nicht allzu genervt zu klingen.

»Ach, nichts, ich hab nur, also auf einmal hatte ich Angst … Ach, nichts, geht schon wieder, sind bestimmt nur die Hormone.«

Sie schniefte einmal und lächelte dann wieder.

»Jetzt sag doch, wie es ist. Das Kind da hat dir Angst gemacht. Ich finde, aus Rücksicht auf andere Schwangere hätte sie es zu Hause lassen können. Ist doch wahr.«

Die mit dem strengen Blick streckte sich, sodass ihr Bauch noch größer wirkte. Carola schluckte. So eine blöde Kuh. Sie hatte schon mal keine Lust mehr, sie zur

Geburt zu betreuen. Jede hatte Angst. Jede hoffte, dass der Kelch eines kranken Kindes an ihr vorbeigehen würde. Aber egal, was man dachte, man konnte einfach den Mund halten.

Und Carola musste auch freundlich bleiben. Das gehörte zu ihren Regeln.

»Ich kann Ihre Angst verstehen. Aber ich bin froh, dass Jolinas Mutter hier ist. Und keine Sorge, Behinderung ist nicht ansteckend«, beendete sie den Satz dann doch bissig.

»Habe ich auch nicht behauptet«, entgegnete die Frau schnippisch und packte ihr Notizbuch in ihre Handtasche, als gäbe es für sie nichts mehr zu notieren.

Carola wurde merkwürdigerweise wieder wacher, als sie das Gefühl hatte, das Ruder wieder herumreißen zu müssen. Sie könnte es einfach dabei belassen, die Schnippische blöd zu finden und mit Jolinas Mutter Mitleid zu haben. Und ignorieren, dass auch alle anderen werdenden Mütter mit einem mulmigen Gefühl im Bauch nach Hause gehen würden. Aber dann wäre sie nicht Frau Freud. Carola wurde rot, als sie sich in Gedanken selbst so nannte. Sie war ja nicht mal eine ausgebildete Psychologin. Aber dennoch. Sie war eine Frauenversteherin.

»Wovor haben Sie am meisten Angst?«

Sie schaute der Frau in die Augen und dachte einen Moment, dass sie es wohl war, die der armen Frau Angst einflößte.

»Ich? Angst? Na, wovor man halt so Angst hat. Dass meinem Kind was zustößt. Und ja, auch dass es krank sein könnte.«

Carola ließ die Antwort so stehen. Und fragte die nächste werdende Mutter. Eine nach der anderen.

»Dass mein Kind auf die schiefe Bahn gerät.«

»Dass mein Mann mich verlässt und ich alleine mit dem Baby dastehe.« Diese Frau war jetzt schon allein gekommen.

»Dass mein Kind mich hasst.«

»Dass es überfahren wird.«

»Vor einem Atomkrieg.«

»Vor der Überbevölkerung.«

»Dass Jolinas Geschwisterchen mit einer behinderten Schwester zu kurz kommen wird.«

Und auch die Väter fragte Carola.

»Dass ich arbeitslos werde.«

»Dass an den Berichten mit der Klimaerwärmung was dran ist und dass das Ozonloch immer größer wird.«

»Dass ich kein guter Vater werde.«

Carola nahm sich vor, ein paar der Themen, die ohnehin in jedem Schwangerschaftsratgeber nachgelesen werden konnten, heute auszulassen. Aber für die Angst würde sie sich Zeit nehmen.

»Und wissen Sie was? Elternsein heißt leider auch Angst haben. Mehr als je zuvor, weil wir eben nicht mehr nur für uns verantwortlich sind. Und wenn wir sehen oder hören, dass unsere Ängste bei jemand anderem wahr geworden sind, dann macht uns das noch mehr Angst. Dann fürchten wir, dass unsere Ängste noch realistischer werden.«

Einige nickten. Die Schnippische und Jolinas Mutter fast einträchtig.

»Aber davon werden die Ängste nicht realistischer. Die allermeisten Kinder kommen gesund auf die Welt. Und wenn nicht, dann waren bestimmt nicht die Eltern schuld, weil sie zu wenig oder zu viel Angst hatten. Oder weil sie ein krankes Kind gesehen haben.«

* * *

Ella öffnete die Tür, um ihre Kolleginnen das erste Mal in ihre eigene Wohnung zu bitten. Okay, eine ganz eigene Wohnung war es nicht, vielmehr eine WG mit Frank, einem Dauerstudenten im achtzehnten Semester Ägyptologie und Geschichte, sowie Dagmar, einer Modedesignstudentin.

»Herzlich willkommen!«

Ella umarmte Carola, Annett und Susanne. Carola drückte ihr ein Brot in einer Merzenich-Tüte in die Hand und ein Glas mit Salz.

»Brot und Salz, Gott erhalt's. Schenkt man doch zum Einzug. Ich wollte eigentlich eins selbst backen, habe das aber nicht mehr geschafft.«

Ella betrachtete Carola. Das sah ihr ähnlich. Sich zu übernehmen.

»Sonst noch was? Hauptsache, ihr seid da!«

Annett reichte ihr einen Blumenstrauß mit Gladiolen. Eine passende Vase hatten sie in der WG nicht, aber Frank hatte erst gestern ein großes Glas mit Würstchen leer gefuttert, nachdem er eine Woche weißen Toast mit Würstchen und Ketchup gegessen hatte. Seine Eltern hatten ihm das Geld gekürzt, weil sie meinten, dass es langsam mal Zeit für den Magister wurde.

Wenn sie die wunderschönen Schwertlilien an einer Wand anlehnen würde, würde es gehen.

»Danke, Annett, die sind wunderschön!«

»Und deine Wohnung erst. Erinnert mich an Berlin.«

Ja, Ellas Wohnung hatte wirklich etwas Großstädtisches aus vergangenen Zeiten. Ein Altbau mit Stuck. Das Bad noch halb in der Küche, nur durch eine dünne Rigipswand getrennt. Laut war es außerdem, der Chlodwigplatz in Sichtweite. Zahlreiche Bus- und Bahnlinien trafen sich hier, ein Taxistand, Verkehr und jede Menge Leben auf der Straße. Ein mediterranes Flair mit den Straßencafés und den Auslagen der türkischen Supermärkte rund um die Severinstorburg.

Ella fühlte sich wohl hier. Dass die Wohnung schön war, war dabei zweitrangig. Das Wichtigste war, dass sie endlich von zu Hause ausgezogen war. Kommen und gehen konnte, wann sie wollte. Offiziell hatten ihre Eltern ihr als erwachsener Frau zwar nichts mehr verboten, saßen aber dann doch bis spätnachts todmüde auf dem Sofa, um auf sie zu warten, wenn sie denn mal ausging. Und das, nachdem sie zwei Jahre völlig unerreichbar in Uganda gewesen war. Aber zu Hause wurde sie wie ein kleines Mädchen behandelt. Und ihre Mutter Anneliese jammerte immer wieder, was für ein toller Schwiegersohn ihr mit Christoph durch die Lappen gegangen wäre. »Er wäre der erste Arzt in unserer Familie gewesen!«

Susanne drückte ihr schließlich noch ein Buch in die Hand, Virginia Woolfs *Ein Zimmer für sich allein*. Ella grinste. Das war ja klar. Susanne verschenkte immer Bücher. Schließlich brauchte sie dafür nur eine Etage tiefer zu laufen. Als Carola mal scherzhaft gefragt hatte, ob sie die Bücher bei Antonius wenigstens günstiger bekäme, hatte Susanne erzählt, dass sie immer darauf bestehen würde, den Buchhändleranteil von rund einem Drittel auch bei ihrem Mann zu bezahlen, obwohl er das nicht wollte. Erst als sie damit gedroht habe, immer bei Gonski einzukaufen, habe er es akzeptiert.

»Danke! Das wollte ich schon immer lesen! Und am liebsten jeder Mutter zur Geburt schenken.«

Ella war oft erschüttert, wie wenig eigenen Raum viele Mütter nach der Geburt nur noch hatten. Und zwar abgesehen von der Wohnungsgröße.

»Ella, lass uns heute nicht von der Arbeit reden. Nimm einfach mal nur was für dich«, meinte Carola, die sich umschaute und an den großen Küchentisch setzte, auf dem schon zwei Kerzen brannten. In alten Weinflaschen, die rundherum schon mit Wachs bedeckt waren. Auch sonst war vieles hier improvisiert. Offene Regale statt einer klassischen Küchenzeile. Ein Nirvana-Poster neben einer Madonnenstatue. Kräuter auf der Fensterbank. Gemischtes Geschirr in den Regalen. Ella war froh, dass ihre Freundinnen darüber nicht die Nase rümpften, wie es ihre Mutter beim ersten Mal getan hatte. Als wäre sie von der potenziellen Arztgattin in der Gosse gelandet.

»Das sagst ausgerechnet du. Wann hast du das letzte Mal was zu deinem Vergnügen gemacht?« Ella stellte eine Flasche Wein auf den Tisch.

»Na, jetzt zum Beispiel. Ich werde sogar mit der Bahn nach Hause fahren und kann mir ein paar Gläser gönnen.«

»Können wir dir helfen?«, fragte Susanne.

»Ja, du kannst das Brot schneiden.«

Sie drückte Susanne das Brot und ein Messer in die Hand.

»Und Annett, wenn du magst, könntest du Teller auf den Tisch stellen. Die bunten sind meine.«

Schwere lackierte Tonteller, die sie sich von *Habitat* gegönnt hatte. Sie sahen aus wie Sonnen in dem Orange-Gelb.

Ella holte die vorbereitete Platte mit Tomate-Mozzarella, verschiedenen Käsesorten, Oliven und Artischockenherzen aus dem Kühlschrank. Im Ofen brutzelte eine vegetarische Lasagne. Dass sie es mochte, Gastgeberin zu sein, hatte sie wohl doch von ihrer Mutter geerbt. Sie stellte an jeden Platz noch ein schlichtes Weinglas und ein hohes Glas mit schwarzen Flamingos drauf. Natürlich mit den passenden pinken Strohhalmen, die sich jedoch mit den sonnengelben Tellern bissen.

»Oh, mein Gott. *Leonardo!* Die Gläser sammelt Stefanie auch. Da will man als moderne Mutter nichts mehr von der Aussteuer wissen, und da lassen sich die Mädchen zu jedem Geburtstag von ihren Freundinnen Gläser schenken!« Carola betrachtete das bunte Glas.

»Ja, also ich fand es ganz praktisch, nicht alles neu kaufen zu müssen«, entgegnete Ella einen Hauch eingeschnappt. Sie fühlte sich manchmal als Küken in der Runde noch nicht ganz für voll genommen.

»Also so was gab es bei uns gar nicht«, grinste Annett. Ella lächelte Annett an.

»Es duftet schon köstlich. Und ich habe Hunger. Heute

Mittag habe ich nur einen Apfel gegessen, weil ich den ganzen Tag mit Nachsorgen und Hausbesuchen beschäftigt war.«

Susanne stapelte die Brotscheiben auf dem Teller. Richtig dicke Scheiben, die zwar nicht gerade waren, aber ebenfalls köstlich dufteten. Susanne steckte sich ein Stück davon in den Mund.

»Bei mir war es ruhiger. Nur Vorbereitungskurse und ein paar Kennenlerntermine.«

»Bei mir auch.«

»Ja, bei mir war auch nix los. Ich habe endlich mal die ganzen Briefe und Rechnungen bearbeitet.«

Ella schenkte den Rotwein in die Gläser.

»Mist. Wenn es bei allen ruhig war …«

»Dann könnte es heißen, dass gleich eine von uns zu einer Geburt gerufen wird.«

Instinktiv griff jede nach ihrem Pieper. Ella hatte ihn in der Hosentasche.

»Also belassen wir es heute auf jeden Fall bei der einen Flasche.«

Und dann stürzten sie sich auf das Essen, als hätten sie Sorge, dass sie nicht fertig werden würden, bevor bei einer von ihnen der Alarm losging.

Draußen war es bereits dunkel. Frank und Dagmar sagten jeweils kurz Hallo, bevor sie sich auf den Weg zu einer Party machten. Und auch als alles verputzt war, waren alle Pieper noch stumm geblieben.

»Dürfen wir eigentlich dein Zimmer mal anschauen?«, fragte Susanne fast schüchtern.

»Na klar!«

Ellas Zimmer war das letzte, das von dem langen schmalen Gang abging.

Sie öffnete die Zimmertür und ließ alle drei eintreten. Im Gegensatz zu der restlichen WG, in der alles bunt durcheinandergewürfelt war, hatte Ella hier die Wände weiß gestrichen, weiße Vorhänge gewählt und das Bett mit weißem Leinen überzogen. Dadurch wirkte das Zimmer mit dem hohen, schmalen Fenster größer, als es tatsächlich war. Der schmale Schreibtisch vor dem Fenster war fast leer. Ellas Kleidung hing an einem fahrbaren Kleiderständer. Nicht mal die Hälfte der Bügel war bestückt.

»Sehr schön«, meinte Anett. »Aber ein bisschen wie in einem alten Krankenhaus. Wobei dort der Boden nicht so schön wäre.«

»Oder wie in einem Kloster«, kommentierte Susanne.

»Herrlich, hier kann man bestimmt super zur Ruhe kommen«, seufzte Carola.

Ja, das konnte Ella hier. Sie liebte die Klarheit und Schlichtheit dieses Zimmers. Es reichte doch, wenn in ihrem Kopf so viel Durcheinander war.

* * *

Susanne fühlte sich aufgeregt und unbehaglich zugleich. Da konnte die Sprechstundenhilfe noch so strahlen und gleichzeitig »diskret« gucken, wie es die Werbebroschüre für die ganze Zusammenarbeit versprach. Alle wussten doch, warum sie hier waren.

Das schick eingerichtete Wartezimmer war voller Pärchen. Die meisten schon mindestens dreißig, alle wirkten angespannt und verkrampft. Keiner schaute sich an. Aber jeder fragte sich wahrscheinlich, was bei den anderen wohl der Grund war, aus dem es nicht klappte. Und jeder fragte sich, wer wohl am Ende mit einem Kind beschenkt wurde. Rein statistisch von den vier Paaren höchstens zwei.

Ob ich dem Schicksal freiwillig anbieten soll zu verzichten, da ich schon ein Kind habe? Susanne verwarf den Gedanken sofort. Niemand würde schwanger werden, weil sie es nicht wurde.

Antonius drückte ihre Hand. Sie nahm ihm übel, dass seine Sehnsucht nicht so groß war wie ihre. Ihre Frauenärztin hatte bei ihr keine Ursache feststellen können, aber ein Spezialist würde vielleicht doch eine finden. Und Doktor Brauer, der laut Broschüre im ganzen Rheinland Paare zu Eltern machte, sollte nun auch Antonius untersuchen. Immerhin dazu hatte er sich durchgerungen. Jetzt wo sie vierzig wurde.

»Ich habe Angst«, raunte Antonius ihr zu.

»Warum? Wir haben nichts zu verlieren.«

Sie hatten jetzt schon drei Jahre alles versucht. Den richtigen Zeitpunkt finden, um miteinander zu schlafen. Irgendwelche Kräuter und Heilmittel. Gut, vor der Suppe aus der Gebärmutter einer Kuh, wie es Hildegard von Bingen empfahl, hatte Susanne zurückgeschreckt. Und fand es gleichzeitig erstaunlich, dass bereits eine Äbtissin aus dem Mittelalter eine Form der Hormontherapie empfohlen hatte.

»Doch. Die Hoffnung. Die Hoffnung, dass es einfach so passiert.«

Susanne nickte. Wie viele Paare hatte sie schon betreut,

die doch schwanger wurden, obwohl sie jahrelang vergeblich gewartet hatten. Die schwanger wurden, als sie den Adoptionsantrag ausfüllten.

»Manchmal passieren auch Wunder, obwohl biologisch alles dagegenspricht.« Susanne drückte seine Hand.

»Du bist das größte Wunder in meinem Leben. Vielleicht ist es vermessen, auf ein zweites zu hoffen.«

Antonius nahm ihre Hand und küsste sie. Das Paar gegenüber schaute peinlich betreten weg, als wäre die Intimität eine Zumutung. Wussten sie hier doch schon mehr voneinander, als ihnen lieb war. Beim Schwangerwerden nachzuhelfen war etwas, über das man einfach nicht sprach. Susanne redete selbst mit Carola und Ella nicht wirklich darüber.

»Vielleicht«, antwortete Susanne. Warum konnte sie nicht einfach glücklich sein? Sie hatte so viel mehr, als sie vor Jahren auch nur zu hoffen gewagt hatte.

* * *

Carola stopfte die Wäsche aus dem Korb in die Waschmaschine. Als Andreas noch ein erfolgloser Autor gewesen war, hatte er einen Großteil des Haushalts übernommen. All die Jahre hatte er auf das Wunder des Durchbruchs gehofft. Und sie mit ihm. Aber es war nicht so, dass jetzt alles besser war. Gut, das Haus war größer, die Geldsorgen weg. Aber jetzt war eben auch Andreas viel zu viel weg. Warum konnte sie dennoch nicht einfach zufrieden sein? Ihre Ehe war okay, die Kinder gesund, sie mochte ihren Job, war ebenfalls gesund. Wenn sie von den altersgerechten Zipperlein absah.

Als sie Stefanies *Levis 501* in der Hand hielt, schaute sie fast automatisch in den Hosentaschen nach. Sie hatte keine Lust auf Fussel in der Maschine. Gleichzeitig hatte sie sich schon seit Jahren angewöhnt, alle Zettel ungelesen in den Papierkorb zu werfen. Zettel mit handgeschriebenen Fragen wie *Willst du mit mir gehen? Ja, nein, vielleicht* zum Ankreuzen waren dabei noch die weniger peinlichen Entdeckungen. Sie wusste doch selbst, wie das war mit den Briefchen, die sie früher in der Klasse auf Wanderschaft geschickt hatten.

Was sie nun in der Hand hielt, war eine Visitenkarte. Und da schaute sie dann doch drauf. *Detlef Kron. Fotograf.* Und dann waren da noch ein Datum und eine Uhrzeit notiert. 30. September, 17 Uhr.

Das war in einem Monat. Carola befüllte die Waschkammer mit Persil, startete die Maschine und machte sich mit der Karte in der Hand auf den Weg zu Stefanie. Auf dem Weg ärgerte sie sich erst mal über Thomas. Er hing auf dem Sofa und schaute MTV, seine Hand in einer Tüte Chips. Maike saß daneben und starrte gebannt auf Janet Jackson, die ihrem Bruder sehr ähnlich sah und in Militärklamotten tanzte.

»Thomas, das ist nix für Maike. Maike, du sollst nicht fernsehen, ohne zu fragen.«

»Ja wenn ihr mir erlauben würdet, einen Fernseher im Zimmer zu haben wie fast alle meine Freunde, dann wäre das kein Problem. Aber ich kann meiner Schwester ja nicht verbieten, auf dem Sofa zu sitzen.«

Maike sagte nichts und schaute weiter gebannt zu. Wenigstens war das kein Video, in dem sich halb nackte

Frauen rekelten. Seit es quasi rund um die Uhr auf diesem Musiksender Videos der aktuellen Hits gab, hatten Teenager wie Thomas immer einen Grund, die Glotze anzuschalten. Als sie jung war, hatte sie sich einmal die Woche mit der ZDF-*Hitparade* von Dieter Thomas Heck zufriedengeben müssen, die jetzt wahrscheinlich nur noch von Rentnern geschaut wurde.

»So weit kämen wir noch! Ein Fernseher im Zimmer!«

Nein, so etwas machten nur Eltern, die ihren Kindern schon Cola in die Nuckelflasche abfüllten und einmal die Woche zu McDonalds fuhren.

»Macht nach dem Video aus!«, rief Carola und lief die Treppe hoch. Sie klopfte, doch die Musik aus dem Inneren war zu laut.

»Call him Mr. Raider call him Mr. Wrong
Call him Mr. Vain
Call him Mr. Raider call him Mr. Wrong . . .«

Sie klopfte lauter und hörte ein genervtes »Herein!«.

Stefanie saß vor ihrem Schminktisch – ja, sie hatte tatsächlich seit Neuestem einen Schminktisch mit einem klappbaren Spiegel, in dem man sich gleich auch von der Seite sehen konnte, und zog sich die Lippen nach. In einem sehr dunklen Rot.

»Was machst du denn?«

»Ich experimentiere.«

Na, die Zeiten, in denen sie mit dem Chemiebaukasten experimentiert hatte, waren mir lieber, dachte Carola, die immer wieder eine Sehnsucht nach den alten Zeiten verspürte. In denen ihre Kinder so anhänglich waren. In der ihre Welt überschaubar war.

»Ich habe was in deiner Hose gefunden.« Sie hielt ihrer Tochter die Visitenkarte hin.

»Oh, danke.«

Stefanie steckte die Karte schnell ein. Und sie wurde rot. Das konnte Carola im Spiegel sehen, obwohl Stefanie mit dem Rücken zu ihr saß.

»Und möchtest du mir was dazu sagen?«

»Mama, entspann dich. Du weißt doch, dass ich mich bei einer Modelagentur bewerben möchte. Dazu brauche ich richtige Fotos. Eine Setcard.«

»Ich dachte, du hast dir diese Flausen aus dem Kopf geschlagen.«

»Warum? Ich erfülle die Voraussetzungen. Und habe Lust drauf.«

Na, immerhin war sie mit genug Selbstbewusstsein gesegnet. Gab ja genug Mädchen, die die Schönheitsideale fertigmachten.

»Ja, du siehst toll aus. Aber du bist auch schlau. Du hast es nicht nötig, deinen Körper zu verkaufen.«

»Mama, du tust ja so, als würde ich mich prostituieren wollen.«

»Bei manchen Modelagenturen ist man da bestimmt schneller drin, als man denkt. Die locken einen mit tollen Versprechungen, und dann, dann machen sie schlimme Sachen mit dir!«

Carolas Fantasie spuckte Bilder aus, die ihr eine Gänsehaut bereiteten. Ihre Tochter! Ein Mannequin. Wusste doch jeder, wie das hinter den Kulissen zugehen konnte.

»Guck mal, Mama, Heidi Klum geht es auch noch gut! Und in der *Mädchen* hat sie in einem Interview erzählt, dass ihre Eltern das voll unterstützen. Die wohnt doch sogar fast bei uns um die Ecke.«

Ach ja, dieses zarte, schüchterne Mädchen, das Thomas Gottschalk vor zwei Jahren wie ein Stück Fleisch vorgeführt hatte! Öffentlich wurde da übers Telefon abgestimmt, welches Mädchen Deutschlands schönstes Nachwuchsmodel wäre. Die Einzigen, die mit so etwas reich wurden, waren die Telekom und der Fernsehsender. Carola erinnerte sich daran, wie sie damals bei Chips und Salzstangen mit Stefanie vor der Glotze gesessen hatte.

»Stefanie, wir möchten, dass du erst eine vernünftige Ausbildung oder ein Studium machst! Und danach kannst du von mir aus auch mal eine Zeit als Fotomodell arbeiten, aber jetzt machst du dir damit dein Leben kaputt!«

»Mama, eine Ausbildung kann ich auch später machen, aber für eine Modelkarriere bin ich bald zu alt! Das habe ich dir doch schon mal erklärt.«

Carola fiel keine passende Antwort ein. Die Tochter wollte Model werden, der Sohn wollte anscheinend Couch-Potato werden, und Maike? Na ja, bei der lief noch alles normal, fragte sich nur, wie lange.

»Ich verbiete dir das. Und wenn, dann komme ich mit, wenn die Fotos gemacht werden.«

»Ich bin achtzehn. Du kannst mir nichts mehr verbieten. Und das wäre mehr als peinlich, wenn du mitkommst. Oder willst du dann auch mit, wenn ich in New York oder Mailand auf dem Laufsteg bin?«

Natürlich würde sie das am liebsten, aber Carola hoffte, dass es so weit nicht kommen würde. Vielleicht platzte der Traum ja ganz von alleine. So ganz klassisch war Stefanies Nase ja dann doch nicht.

»Ich will einfach nicht, dass dir jemand wehtut.«

»Du tust mir weh, wenn du meine Träume kaputtmachst.«

Was sollte Carola daraufhin sagen? Jede der Antworten, die auf ihrer Zunge lagen, hätte wehgetan. Sie knallte die Tür hinter sich zu. Und wiederholte im Kopf den Namen des Fotografen und das Datum und die Uhrzeit, um sie gleich zu notieren. Ihr Mutterinstinkt sagte ihr, dass sie das noch brauchen würde.

* * *

Susanne saß mit Erika in dem großen Geburtsraum. Erika war auch schon Ende dreißig, und sie und ihr Mann Dieter warteten jetzt auf ihr Wunschkind. Allzu lange würde es nicht mehr dauern. Spätestens um Weihnachten herum würde ihre Tochter kommen.

Erika sah in ihrer Jeans-Latzhose und mit den langen, blonden Haaren und der gebräunten Haut etwas wie ein Klischee der glücklichen Ökobäuerin aus. Oder zumindest so, wie die Plakate im Reformhaus die Bäuerinnen darstellten.

»Ach, Susanne, ich kann es gar nicht erwarten! Bist du sicher, dass alles in Ordnung ist?«

Natürlich konnte Susanne sich nie ganz sicher sein, aber alles, was sie beobachten konnte, war nahezu perfekt. Die Herztöne. Die kindliche Aktivität. Die Gesundheit der Mutter. Erika kam abwechselnd zu ihr und zu ihrer Frauenärztin. Bei der Frauenärztin bekam sie noch etwas mehr Sicherheit, etwa in Form des Ultraschalls. Aber was hieß schon Sicherheit?

»Es scheint deinem Baby sehr gut zu gehen. Und ich glaube, ihr seid die besten Eltern, die es sich wünschen kann.«

Susanne mochte Erika und Dieter. Sie gingen sehr liebevoll miteinander um, fast vorsichtig, als hätten sie Angst, der andere wäre zerbrechlich. Dabei waren sie schon lange genug zusammen, um zu wissen, womit sie den anderen verletzen würden.

»Ich bin mir da nicht so hundertprozentig sicher.«

Susanne sah auf ihre Armbanduhr. Sie waren gut in der Zeit, der nächste Termin stand erst in einer halben Stunde an. So wie Erika das gesagt hatte, hatte sie etwas mehr auf dem Herzen.

»Und warum nicht?«, fragte sie also, statt Erika einfach zu versichern, dass sie auf jeden Fall die besten Eltern wären.

»Weißt du, ich habe da gestern so einen Artikel in der *Psychologie heute* gelesen. Wie sehr uns unser genetisches Erbe beeinflusst. Selbst wenn wir unsere Vorfahren gar nicht mehr kennen, weil sie schon vor unserer Geburt gestorben sind. Oder die Familie nichts mit ihnen zu tun hat.«

»Hast du nicht erzählt, dass ihr wunderbare zukünftige Großeltern in der Nähe habt, die euch unterstützen? Und dein Mann ist wunderbar. Die nächsten Verwandten zählen auf jeden Fall mehr als irgendwelche verschollenen Großtanten.«

In der Luft lag noch der Duft von Lavendel, obwohl

sie den Raum gründlich geputzt hatten, nachdem heute Nacht wieder ein Baby geboren worden war. Aber die ätherischen Öle aus der Duftlampe waren dem Putzlappen genauso entwischt wie vielleicht manche alten Erlebnisse der Aufarbeitung in der Familie. Ihre ganze Elterngeneration war vom Zweiten Weltkrieg betroffen, viele hatten Hunger und Vertreibung erlebt, dem Tod viel zu früh ins Angesicht geblickt, Unmenschliches erlebt und vielleicht auch getan. Und dennoch hatten die allermeisten mit dem Frieden auch wieder ein gutes Leben angefangen. Und ihre eigene Generation lebte doch so, als hätte es all das nicht gegeben. Oder war das ein Trugschluss?

»Ja, unser Baby hat eine tolle Familie … Aber vielleicht gibt es ja Sachen, von denen ich gar nichts weiß?«

Unruhe überkam Susanne. Ihre Tochter hatte ihre ganze Kindheit nicht gewusst, woher sie stammte. Würde sie das immer wieder einholen? Anscheinend hatte Julia die Enthüllung gut verkraftet, aber was war, wenn sie irgendwann darüber seelisch krank werden würde? Aber es ging jetzt nicht um ihre Familie. Jetzt war sie die Hebamme einer Frau, die sich Sorgen machte. Und ihr Job war es, ihr diese Sorgen zu nehmen, soweit sie das vermochte.

»Hast du denn irgendeinen Grund zur Annahme, dass es Familiengeheimnisse geben könnte?«

Es war so still in dem Raum wie selten. Jedoch keine heilige Stille, wie sie manchmal nach einer Geburt herrschte, sondern eine angespannte Stille. Die durch das Schluchzen von Erika unterbrochen wurde. Susanne setzte sich neben sie auf das Bett und legte den Arm um sie.

Welches Geständnis würde nun kommen? War die heile Familie nur eine Fassade gewesen?

»Möchtest du es mir sagen?«

»Ich muss, sonst werde ich wahnsinnig. Ich habe so eine Angst, dass ich alles falsch gemacht habe.«

So was dachten Mütter meist erst nach Jahren der Kindererziehung. Und meistens war es Blödsinn.

»Niemand hat alles falsch gemacht. Und du hast so vieles schon richtig gemacht, aber erzähle es mir.«

Es gab Schwangere, die in Tränen ausbrachen, weil sie versehentlich Rohmilchkäse gegessen hatten und eine Toxoplasmose befürchteten.

»Dieter ist nicht der Vater.«

Susanne schluckte. Sie dachte, dass ihre Menschenkenntnis durchaus geschult wäre, aber niemals im Leben hätte sie vermutet, dass dieses Paar sich betrügen würde. Und Dieter, der schon öfter bei den Vorsorgeuntersuchungen dabei war, freute sich wahnsinnig. Susanne atmete tief durch. Es war nicht ihre Aufgabe zu urteilen.

»Und soll er es erfahren?«

»Er weiß es.«

»Und kommt ihr damit klar?«

»Ach Mann, was ich dir erzählen muss, ist viel peinlicher als eine Affäre. Aber ich muss es dir erzählen. Auch falls es nach der Geburt Probleme gibt.«

Und dann hörte Susanne zu. Davon, dass Dieter und Erika schon zehn Jahre zusammen glücklich waren. Dass sie durch dick und dünn gemeinsam gegangen waren. Auch durch Dieters dicke Backen, nachdem er sich mit dreißig doch tatsächlich noch den Ziegenpeter eingefangen hatte. Tja, und die Mumpsinfektion war wohl auch der Grund, weshalb es mit dem Baby nicht klappte. Und sie hatten es jahrelang probiert. Bei ihr war alles in Ordnung. Aber sie hatte sich ein Leben ohne Kind nicht vorstellen können.

»Weißt du, dieser ganze neumodische Kram mit den Retortenbabys und so hat mir Angst gemacht. Und adoptieren dauert Jahre, und ich wollte auch ein Baby in mir.«

»Und dann?«

»Na ja, als wir noch Party gemacht haben, hatten wir *Stadtrevue* und *Prinz* abonniert, und da waren so Anzeigen drin, die wir uns gegenseitig immer vorgelesen haben. Lustig waren die. Irgendwann hat Dieter gesagt, dass er mich glücklich machen will und dass es ihm egal ist, wenn dafür … äh … eine einmalige Sache notwendig wäre.«

»Und dann hast du selbst so eine Anzeige aufgegeben?«

Erika wurde rot.

»Ja, war zunächst mehr ein Spaß. Ist ja alles anonym. Ich habe echt geschrieben, dass ich einen braunhaarigen, gesunden, hübschen Mann für ein einmaliges Abenteuer nur mit Folgen für mich suche. Wir dachten nicht, dass sich da einer so schnell meldet. Drei haben sich gemeldet, über Chiffre. Habe mich mit allen in einem Café nacheinander getroffen und mich für den entschieden, der Dieter am ähnlichsten sieht. Dieter sagte nur, dass er nie wieder darüber reden will. Wir sollten einfach so tun, als hätte es diesen Umweg nie gegeben.«

Erika fummelte an ihren blonden Haaren. Sie war eine sehr attraktive Frau. Eine, nach der sich die meisten Männer umsehen würden. Fast komisch, dass sie den Weg über eine Anzeige gewählt hatte. Andererseits waren da gleich die Fronten klar.

»Warum seid ihr nicht zu einer Samenbank gegangen?«

Seit acht Jahren waren diese sogenannten Samenbanken erlaubt. Sie hatten immerhin den Vorteil, dass die Männer komplett anonym bleiben konnten und vorher gesundheitlich geprüft wurden. Auch gab es eine Vorauswahl etwa nach Augen- und Haarfarbe, schließlich sollte die Herkunft in diesen Fällen ja ein Geheimnis bleiben. Susanne verstand zwar, dass die Spender, meist Studenten, die Geld verdienen wollten, anonym bleiben wollten, aber was war, wenn sich so bei besonders fleißigen Spendern irgendwann Geschwister ineinander verliebten?

Der Biologe Berthold Wiesner, der in London von 1940 bis 1960 eine Fruchtbarkeitsklinik führte und nicht genug geeignete Spender fand, zeugte so rund sechshundert Kinder. Nur mit verheirateten Frauen, deren Männer die offizielle Vaterrolle übernahmen.

»Ich weiß nicht. Vielleicht hätten wir das gemacht, aber mir war das alles zu offiziell. Ich habe mich zu so was einfach nicht hingetraut. Ich weiß nicht mal, wo ich hätte schauen sollen. In den Gelben Seiten gab es jedenfalls keinen Eintrag mit Samenbank.«

Der Urologe in der Kinderwunschklinik hatte ihnen schon den Vorschlag gemacht, Kontakt zu einer Samenbank herzustellen, je nachdem, wie das Ergebnis der Untersuchung ausfiele. Susanne und Antonius warteten noch auf das Ergebnis.

Erikas Geständnis machte sie sprachlos und neidisch zugleich. Mittlerweile wusste doch jeder von HIV, dem

Virus, das mitnichten nur unter homosexuellen Männern grassierte. Gut, manche hatten es auch dort bekommen, wo man es nicht erwartete. Etwa durch Bluttransfusionen, wie Elisabeth Glaser, deren Buch *Kein Engel an meiner Seite* Susanne in nur einer Nacht durchgelesen hatte. Vor Krankheiten müsste Erika sich noch mehr fürchten als vor Familiengeheimnissen des unbekannten Vaters.

Ein Mann, der auf eine Anzeige hin ungeschützten Geschlechtsverkehr mit einer fremden Frau hatte, machte das bestimmt öfter. Wie konnte Erika so naiv sein! Warum hatte sie sich nicht professionell betreuen lassen, wenn sie schon dank des Samens eines fremden Mannes schwanger werden wollte? Susanne betrachtete ihre Hände und untersuchte sie nach kleinen Kratzern, in die ein Virus eindringen könnte. Sie hatte Erika gerade noch untersucht. Gleichzeitig wusste sie, dass ihre Sorge übertrieben war. Selbst wenn Erika was hätte, dann wäre eine Ansteckung bei einer Untersuchung eher unwahrscheinlich, zumal sie mittlerweile meist Handschuhe trugen.

»Susanne, du sagst ja gar nichts? Also habe ich wirklich was Schlimmes gemacht? Meinst du, es wird alles kaputtmachen?«

Susanne stand auf und wusch sich die Hände. In fünf Minuten käme die nächste Frau. »Ich kann verstehen, warum du das gemacht hast. Und wahrscheinlich wird alles gut werden. Aber wir müssen ausschließen, dass du dich mit irgendwelchen Krankheiten angesteckt hast.«

»Du meinst Aids? Ich meine, das bekommen nur Schwule.«

»Das kann jeder bekommen. Sogar Kinder.«

Jetzt schluchzte Erika erneut. »Glaubst du, es könnte sein?«

»Es ist unwahrscheinlich, aber wir müssen auf Nummer sicher gehen. Ich rufe die Frauenärztin an, mit der wir zusammenarbeiten. Sie wird alles testen und dich nicht mit Fragen löchern. Und in ein paar Tagen bekommst du dann Entwarnung.«

Hoffentlich, dachte Susanne.

»Danke. Es tut mir echt leid.«

Susanne lächelte. »Es ist gut, dass du es mir gesagt hast.«

»Und wenn ich es habe, wird sich unser Kind anstecken?«

»Bisher war das meistens so, aber warten wir doch einfach ab und hoffen das Beste.«

Susanne hatte Erika keine Sorgen genommen, sondern ihr eine ganz neue aufgebürdet. Aber ihr war keine andere Wahl geblieben, und sie hoffte, dass ihre Angst am Ende unbegründet wäre.

✳ ✳ ✳

Ella schrieb mit der Kreide den Namen des letzten Babys auf die Tafel im Flur.

Denise, 20.9., 54 cm, 3550 g

Sie musste schon in die Knie gehen, weil die kleine Denise gerade so auf die Septembertafel passte. Kim, Christopher, Aylin, Dennis und Malte standen schon darauf. Aylin war eins der wenigen Kinder gewesen, deren Eltern nicht deutschstämmig waren. Sie hatte Aylins Mutter Sevda die ganze Schwangerschaft über betreut, und am Ende hatte Sevda beteuert, dass sie auf jeden Fall wiederkommen wollte. Ellas Vater Ernesto war Italiener, und gerade in ihrer frühen Jugend hätte er am liebsten die strengen Regeln sizilianischer Eltern herrschen lassen, aber er hatte schnell eingesehen, dass das vor allem für ihn Stress bedeutete. Also überließ er Anneliese, die Töchter nach deutschen Gepflogenheiten großzuziehen, wobei sich Anneliese eher an den Fünfzigern als an den Achtundsechzigern orientierte.

Ella wurmte es, dass sie mit dem Angebot ihres Geburtshauses die Generation der Gastarbeiterkinder kaum erreichten. Warum meldeten sich so wenige von ihnen im Geburtshaus an? Hatten sie ihre eigenen Netzwerke? War es vielen einfach zu teuer?

Unter den Frauen hier waren die meisten tatsächlich sehr gut situiert. Eine Verkäuferin von *Schlecker* oder *Stüssgen* fand sich seltener ein, ganz egal, wo sie ihre Wurzeln hatte.

War die optimale Geburtsbetreuung einfach ein Luxus, den sich nicht jede leisten konnte? Genauso ein Luxus wie der üppige Strauß aus Sonnenblumen und Rosen, der auf dem Tisch im Vorraum stand? Den hatte Sevdas Mann über *Fleurop* schicken lassen.

Überhaupt waren viele Eltern hier sehr großzügig und bedankten sich mit Blumen, Pralinen oder sogar Saunagutscheinen. Im Krankenhaus wussten die meisten nicht einmal den Namen der Hebammen, wenn sie entlassen wurden.

»Und wie würdest du dein Kind nennen?«

Ella drehte sich um. Annett stand neben ihr, die sonst so adrette Dauerwelle war verschwitzt. Kein Wunder, sie betreute seit Stunden eine Erstgebärende, deren Schreie jedes Mal zu hören waren, wenn Annett die Tür öffnete.

»Ich habe keine Ahnung. Auf jeden Fall keinen allzu originellen Namen, bei dem jeder danach fragt, wie er buchstabiert wird.«

Ella konnte sich im Moment noch nicht einmal vorstellen, Kinder zu bekommen. Auch wenn diese Vorstellung für sie früher immer selbstverständlich war, ahnte sie, mit wie vielen Kompromissen das Muttersein einherging. Da musste sie nur an ihre Mutter denken, die alle beruflichen Ambitionen aufgegeben hatte. Sie hätte nur noch zwei Jahre studieren müssen, um Lehrerin zu werden. Dass ihr Vater sich als Fliesenleger zwei Jahre hätte beurlauben lassen, damit die Mutter zu Ende studieren konnte, war damals undenkbar gewesen. So war das nun mal. Der Vater versorgte die Familie mit Geld, und die Mutter umsorgte die Familie mit ihren Kochkünsten und ihrer Anwesenheit. Manche arbeiteten heutzutage auch Teilzeit und Frauen wie Carola auch mehr, aber die machte in letzter Zeit auch einen erschöpften Eindruck.

»Und du, Annett? Denkst du darüber nach?«

»Ich hätte gerne eine Melina und einen Felix.«

»Schöne Namen.«

»Finde ich auch.«

Annett strahlte, als wären die beiden Kinder schon greifbar, dabei war sie auch schon Anfang vierzig. Aber vielleicht waren sie das auch? Viele Eltern verspürten so eine unbestimmte Anwesenheit von Kinderseelen, noch bevor ein Kind unterwegs war. Oder war das nur der Wunsch? Ella war nun siebenundzwanzig. Vielleicht war es einfach noch viel zu früh, sich Gedanken zu machen. Sie hatte ja nicht einmal den passenden Partner. Bevor sie weitergrübeln konnte, hörte sie ein Piepsen.

»Ich glaube, ich darf jetzt endlich auch mal wieder einem Baby auf die Welt helfen.«

Kapitel Zwei

Fünf Frauen saßen im Kreis um Carola herum im Schneidersitz und atmeten entspannt ein und aus. Carola musste schmunzeln, als eine der Frauen immer wieder zusammensackte, weil sie im Sitzen einschlief. Die Rückbildungskurse waren vor allem deshalb so beliebt, weil sie eine akzeptierte Ausrede waren, den Säugling abends mal beim Vater zu lassen. Vormittags gab es Kurse, bei denen die Babys in der Mitte lagen, während die Mütter turnten und ihre Sorgen besprachen. Theoretisch. Meist steckten sich die Babys gegenseitig mit Geschrei an und wollten an die Mutterbrust.

Und dies hier war ihr beliebter Kurs *Seelische und körperliche Gesundheit nach der Geburt – damit sie wieder ganz Frau sein können.*

»Und nun stellt euch vor, dass ihr immer mehr Kraft in euren Körper zieht. Stellt euch vor, ihr habt starke Wurzeln, die euch mit allem nähren, was ihr braucht, damit euch kein Sturm etwas anhaben kann.«

Erst wurde geturnt, um die Bauchmuskeln und den Beckenboden wieder zu stärken. Dann gab es eine Entspannungsübung und am Ende eine Plauderrunde. Carola war stolz auf sich, dass ihr kaum ein Sturm wirklich etwas anhaben konnte. Klar war sie öfter mal genervt oder müde, aber immer wenn es drauf ankam, war sie fit. Dass sie in jeder freien Minute einschlief, war doch ein Zeichen, wie effektiv ihr Körper war. Sogenanntes Power-napping war doch in aller Munde.

Als alle wieder die Augen geöffnet hatten, sah Carola in drei entspannte Gesichter, aber auch in ein verheultes und in ein finsteres. Oje, das würde eine emotionale Plauderrunde werden. Sie sah auf ihre Swatch. Heute Abend würde sie gerne nicht so spät nach Hause kommen.

»Was ist los, Silke?«, fragte sie sanft.

Silke begann zu schluchzen, augenscheinlich vor Wut. Mit ihren zwei Zöpfen im Girlie-Look sah sie selbst fast aus wie ein Kind. Carola konnte diesem Trend nicht viel abgewinnen, aber die Twens fanden das wohl noch cool. »Ich habe das Gefühl, gar keine Wurzeln zu haben. Mich bläst jeder kleine Wind um. Gestern hat mein Freund gesagt, dass ich gar nicht mehr so witzig wie früher bin, und da habe ich gleich unsere ganze Beziehung infrage gestellt.«

Silke schniefte und wischte sich die Nase mit dem rosafarbenen Ärmel ab.

»Na, das ist bei so einem dummen Spruch ja auch berechtigt«, warf die Mürrische ein. Sandra hieß sie.

Carola atmete tief durch. Meist waren die Mütter in den Kursen schnell recht eng miteinander und verabredeten sich auch darüber hinaus. Aber manchmal gab es eben auch Unstimmigkeiten.

»Es kommt immer auf den Gesamtzusammenhang an. Ich finde es sehr verständlich, dass dich die Bemerkung verletzt hat. Vielleicht ist dein Freund einfach nur traurig, dass ihr nicht mehr so unbeschwert zusammen seid wie früher. Aber es ist so wichtig, dass du dich um dich kümmerst. Deine Wurzeln stärkst, dann kommt die Lebensfreude Stück für Stück zurück. Es ist normal, dass viele Paare nach der Geburt des ersten Kindes völlig durcheinander sind.«

»Also wir sind uns näher als je zuvor«, mischte sich eine selig lächelnde Mutter ein. So ging es auch vielen Paaren, aber in manchen Momenten war es besser, schweigend zu genießen.

»Das freut mich sehr«, antwortete Carola dennoch und drehte sich dann wieder zu Silke. »Was fehlt dir denn am meisten?«

»Ach, ich bekomme einfach nichts mehr auf die Reihe.«

Sandra löste ihre Beine aus dem Schneidersitz. »Mich regt das alles total auf!«, mischte sie sich ein.

»Was denn?«

»Na, wozu dient dieser Kurs am Ende?«

»Dass es euch gut geht!«

»Nein, dass wir funktionieren. Dass wir unseren Männern mit unserer schlechten Laune nicht auf den Keks gehen. Dass unser Beckenboden wieder fit für ein Liebesleben ist, auch wenn die Liebe fast verschwunden ist, dass wir fit genug sind, die Küche aufzuräumen, das Kind zu versorgen!«

Sandra versprühte eine Wut, und Carola musste sich sagen, dass sie es nicht allzu persönlich nehmen durfte. Hier entlud sich etwas, das nichts mit ihr zu tun hatte.

»Warum bist du denn hier?«

»Na, damit es mir besser geht, aber es nutzt nichts!«

Jetzt kamen auch Sandra die Tränen.

Ob sie die beiden nacheinander mal in ihren Frau-Freud-Raum einladen sollte? Ob Sandra vielleicht sogar recht hatte? Dass die ganze Unterstützung am Ende nur dazu diente, die »Arbeitskraft« der Frauen zu erhalten? Und was war eigentlich mit ihrer Arbeitskraft? Für heute war die mehr als aufgebraucht, und zu Überstunden hatte sie keine Kraft mehr. Trotzdem erhob sie sich aus dem Schneidersitz, um zu Sandra zu gehen und sie zu trösten.

Dabei wurde ihr jedoch so schwindelig, dass sie einen Moment strauchelte.

»Alles in Ordnung?«, kam es von der Mutter, die gerade von ihrem Glück erzählt hatte.

»Ja, ja, alles gut. Die Stunde ist gleich zu Ende, aber ich habe das Gefühl, einige von euch haben noch mehr Gesprächsbedarf. Ich biete euch gerne auch Einzelgespräche an.«

Dann könnte sie gleich ihre Idee von Frau Freuds Raum testen. Es war meist so offensichtlich, was im Leben der Mütter schieflief. Carola fragte sich immer, wie die Frauen so blind für ihre eigenen Baustellen sein konnten.

* * *

Susanne und Antonius standen in der U-Bahn-Station am Ebertplatz. Der Buchladen hatte Mittagspause und sie beide gleich einen Termin in der Kinderwunschklinik. Zur Besprechung der Ergebnisse. Um die Mittagszeit waren fast nur Frauen und Kinder an der Bahnstation.

Ein Haufen Schüler mit viereckigen Ranzen von Scout drängelte sich in die Bahn. Die älteren Schüler waren nicht nur zwei Köpfe größer, sondern trugen fast alle Eastpack-Rucksäcke, meist nur über eine Schulter gehängt. Und einige Jungs trugen wieder lange Haare wie in den Siebzigern. Alles kam wieder. Susanne konnte sich noch gut daran erinnern, wie ihre Eltern über den Nachbarjungen mit Wallemähne gelästert hatten. Der würde doch nur den ganzen Tag rumgammeln. Zu der Zeit war Susanne Mitte zwanzig gewesen und trug das einzige Mal im Leben die Haare kurz. Hatten sie aber auch nicht besser gefunden.

Antonius nahm Susanne an die Hand.

»Ich hoffe, er sagt, dass es nur am Stress liegt.«

»Ein entspannteres Leben als wir beide hat doch kaum jemand«, rutschte es Susanne heraus. Wobei sie wusste, dass es genug Frauen gab, für die es eben schon Stress war, auf eine Schwangerschaft zu warten. Das ganze System der Fruchtbarkeit war noch nicht hundertprozentig erforscht, aber wohl sehr störanfällig. Und dann kamen noch die ganzen Quacksalber, die Wünschelrutengänge anboten, damit das Bett an die richtige Stelle gestellt werden konnte. So weit waren sie noch nicht.

»Wir könnten das entspannteste Leben haben.«

Susanne war all die Jahre kaum wütend auf Antonius gewesen. Aber jetzt braute sich was in ihr zusammen. Die nächste U-Bahn fuhr ein.

»Entschuldigung, könnten Sie mir bitte helfen?«

Susanne drehte sich um. Eine Frau mit Kinderwagen.

»Natürlich.«

Bevor Susanne anpacken konnte, hatte Antonius schon die Verstrebung zwischen den Vorderrädern des Kinderwagens gepackt, während die Mutter den Kinderwagen rückwärts die Stufen in der Bahn hochhievte.

Das Baby im Wagen lächelte Susanne an, als sie ebenfalls die Stufen in die Bahn hochstieg. Ob das ein Zeichen war? In jedem Fall stimmte sie es milder. Auch Antonius gegenüber.

In der Klinik selbst saßen sie wieder in dem schicken Wartezimmer. Jeder von ihnen hatte sich von den Zeitschriften mit dem Lesezirkeleinband genommen. Susanne blätterte im *Stern*, der auf dem Titel forderte: *Stoppt den sauren Regen.* Die Stimmen wurden immer lauter, die behaupteten, dass die Umweltzerstörung bedrohliche Ausmaße annahm, allen voran in den Wäldern. Und dass es irgendwann kein Zurück mehr geben würde. Susanne hoffte, dass das alles übertrieben war. Wie sollten all die Babys sonst ein gutes Leben haben, die sie begleitete? Und was wäre mit Julia? Und mit Susy? Und vielleicht ihrem nächsten Kind? Es würde schon alles nicht so schlimm werden. Vor irgendwas wurde doch immer gewarnt. Atomkriegen. Anschlägen der RAF. Den Russen … Und am Ende war alles halb so wild.

Sie blinzelte zu Antonius herüber. Ihr Mann war für sie immer der perfekte Mann gewesen. Einfühlsam, attraktiv, fürsorglich, kein bisschen langweilig. Und trotzdem war es ihr gerade nicht genug. Ob das einfach das Ende der Verliebtheitsphase war?

»Frau Winter-Schmidtbauer, Herr Schmidtbauer, kommen Sie bitte mit?« Auch wenn sie mit der Hochzeit einen Doppelnamen angenommen hatte, war sie oft noch irritiert, tatsächlich mit beiden Namen angesprochen zu werden.

Sie legten die Hefte beiseite und liefen schweigend hinter der jungen Sprechstundenhilfe her.

»Sie brauchen nicht nervös sein. Der Doktor Brauer ist ein ganz ein lieber.«

»Ich bin nicht nervös«, antwortete Susanne. Jedenfalls war das nicht der Grund für ihr Schweigen.

»Ich schon.«

Susanne sah Antonius an. Und sah, wie die Sprechstundenhilfe ihrem Mann die Schulter tätschelte. Und Susanne einen Blick zuwarf, als hätte sie diesen attraktiven Mann gar nicht verdient. Sie drehte sich weg und fixierte die Tür, auf die die junge Frau zusteuerte.

Sie nahmen vor dem Arzt Platz, der zwar schon in einem großväterlichen Alter, aber jugendlich sonnengebräunt war.

»Guten Tag. Schön, dass Sie es auch mitten am Tag einrichten konnten. Das gelingt ja den wenigsten Männern.«

Susanne nickte, obwohl sie am liebsten eingewandt hätte, dass es auch nicht für jede Frau einfach wäre. Aber im Zweifelsfall wollte sie mit dem Arzt zusammenarbeiten. Da wären Grundsatzdiskussionen eher hinderlich.

»Tja, die Ergebnisse liegen uns nun vor.«

»Und?«, fragten beide gleichzeitig.

»Also die Ursache für die ausbleibende Schwangerschaft liegt nach unseren Untersuchungen an... Ich möchte Sie nicht mit medizinischen Details belasten, deshalb ... wie soll ich sagen, es werden nicht genug funktionstüchtige Spermien produziert.«

Susanne dachte bitter, dass es also wirklich nicht der Stress war, den sie sich und Antonius machte.

»Nicht genug bedeutet aber nicht keine?«

»So ist es. Ein Stück ist die Hintertür zum Glück noch offen.«

»Und wie weit?«, fragte Antonius nach, wobei er den Blick gesenkt hielt. Susanne hatte Mitleid mit ihm.

»Bei unter fünf Prozent.«

»Aber das bedeutet doch, dass wir es nur lang genug probieren müssen«, strahlte Antonius nun fast.

»Das können Sie natürlich, aber Ihrer Frau rennt mit vierzig auch die Zeit davon.«

»Und was wäre, wenn wir nicht warten wollen?«, fragte Susanne nach.

Jetzt strahlte der Arzt, als wolle er ihnen etwas verkaufen. Und das wollte er schließlich auch. Umsonst war die Klapperstorchassistenz nicht.

»Nun, da haben wir einige Angebote, die sehr vielversprechend sind. Und bitte machen Sie sich keine Gedanken. Es wurden schon über zwanzigtausend Kinder auf diesem Wege in Deutschland gezeugt. Niemand wird einen Unterschied bemerken.«

Susanne wusste nur zu gut, dass das einstige Nischenthema, das lange nur ein paar Forscher beschäftigt hatte, mittlerweile ein Millionengeschäft geworden war. Und es machte Tausende Menschen glücklich. Schenkte Leben. Was war daran verkehrt? Aber war sie bereit für so einen

Schritt? Waren sie nicht vor allem hier gewesen, um eine Diagnose zu bekommen? Und dann zu überlegen?

»Könnten wir vielleicht ein paar Broschüren mitnehmen und uns das in Ruhe zu Hause durchlesen?«

Antonius wollte wohl das Prozedere nicht erklärt bekommen. Romantisch war daran wenig, auch wenn es ein Kind der Liebe werden würde.

»Das können wir gerne so machen. Allerdings haben Sie nicht ewig Zeit. Ihre Frau kommt bald an die Altersgrenze, bei der sich auch die Krankenkasse querstellt. Bitte entscheiden Sie sich schnell.«

Obwohl Susanne sich übergangen fühlte, wollte sie dieses »schnell« am liebsten direkt festmachen.

»Wie könnten wir vorgehen, wenn wir uns noch heute entscheiden?«

Dr. Brauer erzählte was von Stimulation durch Spritzen in die Bauchdecke bei Susanne, von der Samenentnahme direkt aus den Hoden, davon, dass eben auch Susanne behandelt werden müsse, um eine Schwangerschaft wahrscheinlich zu machen. Auch die Nebenwirkungen verschwieg er nicht.

Susanne schluckte. Das hörte sich nicht einfach an. Vielleicht würde sie nicht mehr voll arbeiten können. Müsste sich Ausreden ausdenken, warum sie dauernd unpässlich war. Offen darüber zu reden traute sie sich immer noch nicht. Dabei würde das so helfen, sich mit anderen betroffenen Frauen auszutauschen. Oder allein schon mit ihren Freundinnen. Aber wie sollte man den Mut finden, wenn die Medien immer noch so taten, als wären die Kinder kleine Frankensteins? Wenn niemand sein Kind zeigte und sagte, schaut her, das ist unser Hannes, nicht auf gewöhnlichem Wege gezeugt, aber ein ganz patenter Kerl?

»Überlegen Sie sich das bis nächste Woche. Und dann machen wir alles fix – wenn Sie sich einig sind.«

So uneinig waren sie sich noch nie gewesen, und keiner von beiden konnte jetzt einfach an seinen Arbeitsplatz zurückkehren. Im schlimmsten Fall würden Kunden vergeblich vor dem Buchladen stehen. Susanne hatte in den nächsten zwei Stunden keinen festen Termin, und der Pieper war schon seit Tagen stumm. Sie waren an den Rhein gegangen. Hatten sich auf die Steine nahe dem Ufer gesetzt. Wie junge Leute. Ach, wären sie doch noch jung, dachte Susanne, dann hätten sie dieses Problem nicht.

»So wie wir aufgetreten sind, bekommt er noch moralische Bedenken, uns ein Kind anzuvertrauen.« Susanne warf einen Stein in das Wasser.

»Und die habe ich auch.«

»Warum bist du dann überhaupt mit mir hingegangen?«

»Damit wir Klarheit haben.«

»Ja, die haben wir jetzt. Wir werden kein Kind bekommen. Jedenfalls nicht, wenn wir uns nicht helfen lassen.«

»Das stimmt nicht. Es gibt eine Restchance. Und die reicht mir. Wenn es sein soll, wird es passieren.«

»Darauf warten wir schon lange.« Sie schob seine Hand beiseite. Und konnte sich selbst nicht leiden. »Es könnte so einfach sein. Wir machen die Behandlung. Wenigstens einmal.«

»Es kommt mir so unnatürlich vor.«

»Das waren Antibiotika oder Kaiserschnitte irgendwann auch.«

Susanne hatte im Krankenhaus mal eine junge Mutter verbluten sehen. Sie hätte Blutkonserven gebraucht, aber ihre Religion hatte es ihr verboten. Auch wenn Susanne selbst ein gläubiger Mensch war, so etwas machte sie wütend. Wie konnte es wichtiger sein, so eine Regel einzuhalten, als für das Kind da zu sein? Und warum hatten Ärzte in so einem Fall nicht das Recht, gegen den Willen der Mutter zu handeln, der vielleicht nur der Wille ihrer Religionsgemeinschaft war? Wenn es schon nicht um das eigene Glück ging.

»Das ist was anderes. Ich will nicht Gott spielen.«

»Meine Güte, Gott kann immer noch entscheiden, wer da zu uns kommt. Und vielleicht schenkt Gott uns da eine Möglichkeit, die vor zwanzig Jahren noch einem Wunder gleichgekommen wäre?«

»Und was ist, wenn in ein paar Jahren herauskommt, dass diese Kinder alle krank werden? Louise Brown ist nicht einmal erwachsen.«

Louise Brown war das erste Retortenbaby, das von seiner Geburt an im Jahr 1978 in England und auf der ganzen Welt eine Sensation war.

Und wie konnte es anders sein, spielten vor ihnen ein paar Kinder am Ufer. Die Mutter sah weniger vergnügt aus, sie achtete panisch darauf, dass keins von ihnen in den Fluss stürzte.

Antonius stand auf. »Ich muss den Laden wieder aufmachen.«

Susanne rappelte sich ebenfalls hoch. »Wir haben nicht lange Zeit, uns zu entscheiden.«

Als sie in sein Gesicht sah, wusste sie, dass er sich längst entschieden hatte.

* * *

Ella saß mit ihrer Schwester Carla in ihrem WG-Zimmer auf dem Teppich. Vor ihnen die Leonardo-Gläser gefüllt mit einer Limonade. Auf einem Teller lagen Kekse.

»Also Mama hätte mindestens einen Kuchen gebacken, wenn ihre Schwester zu Besuch käme.«

Ella liebte ihre kleine Schwester, die von ihnen dreien immer die vorlauteste gewesen war. Und die Einzige, die jetzt studierte.

»Ach komm, als wenn du darin je ein Vorbild gesehen hättest.«

»Nicht für mich, aber nett ist es schon, wenn man sich auf einen gedeckten Tisch freuen kann.«

Carlas grüne Augen funkelten. Ihre krumme Nase verlieh ihrem Gesicht etwas Seriöses, Erwachsenes, dabei hatte sie den Schalk immer im Nacken.

»Du kannst dich ja zu Hause immer noch an den gedeckten Tisch setzen.«

Auch Ella freute sich darauf, mindestens einmal die Woche die Gesellschaft ihrer Eltern und dabei eben Mammas Kochkünste zu genießen.

»Ja, aber ganz ehrlich, ich würde auch lieber nur zu Besuch kommen. So wie du. Ich bin zweiundzwanzig und kann noch nicht mal meinen Freund in mein Zimmer nehmen, ohne dass Mama staubsaugt, sobald es ruhig wird, und so tut, als wäre vor meinem Zimmer eine Wollmauskolonie. Oder sie klopft ständig an, ob mein Gast vielleicht eine Erfrischung möchte. An Übernachtungen wage ich nicht mal zu denken.«

»Mamma ist 1940 geboren. Das ist eine ganz andere Generation. Wir müssen akzeptieren, dass sie ganz anders tickt.«

Ella hatte wirklich Verständnis für ihre Mutter. Stammte sie doch aus einer Zeit, in der zu früher Sex schnell das ganze Leben durcheinanderbrachte. Und zwar meist zum Schlechteren.

»Ach ja? Ich habe die Nase voll und ziehe auch aus!« Carla biss in ihren Keks, als könnte der was dafür.

»Das kannst du Mamma und Papa nicht antun!«, rutschte es Ella heraus.

»Und warum nicht?«

Ja, warum eigentlich nicht? Ihre älteste Schwester Maria hatte längst eine eigene Familie, Ella hatte sogar den Mut besessen, zwei Jahre auf einem anderen Kontinent zu verbringen, und Carla sollte zu Hause bleiben, damit ihre Mutter eine Aufgabe hatte?

»Entschuldigung. Mamma tut mir einfach manchmal leid.«

»Ich glaube nicht, dass es ihr so viel besser geht, wenn ich da bin. So oft, wie wir uns streiten. Wenn du mich fragst, ist Mamma so richtig in den Wechseljahren. Da werden Frauen doch unausstehlich.«

Ella hatte wenig Kontakt zu Frauen in dem Alter. Aber hörte das auch öfter. Aber was war, wenn diese Frauen einfach nur wieder Zeit hatten, wütend zu sein, weil sie eben nicht mehr damit beschäftigt waren, den ganzen Tag andere zu versorgen?

✳ ✳ ✳

Schwangere wie Anja Cornelsen waren für Carola die einfachsten ... ja was eigentlich? Patientinnen? Kundinnen? Ach, einfach Schwangere, dachte sie sich, während sie die Werte von Blutdruck und Gewicht in den Mutterpass eintrug. Anja, sie duzten sich mittlerweile, saß auf dem Cordsofa, auf dem sie beim ersten Besuch noch geheult hatte.

Ihr Bauch war genauso gewachsen wie ihre Vorfreude. Wie es aussah, hatte sie sich ein Hemd ihres Mannes geliehen. Das machten viele Frauen. Umstandsmode sah selten besonders gut aus, und für die paar Monate lohnte sich eine neue Garderobe ja kaum. Carola selbst hatte nur ihre Latzhose aufbewahrt, die sie zuletzt beim Streichen angezogen hatte. Und wenn sie ehrlich war, waren die meisten ihrer Klamotten so weit, weil sich auch ohne Babybauch immer mehr um ihre Mitte sammelte.

»Meinst du, es wird alles gut gehen? Ich meine, es ist schon zweimal gut gegangen, verlange ich da nicht zu viel Glück?«

Anja wusste eben auch, was auf sie zukam. Immerhin rannten da schon zwei kleine Racker den ganzen Tag durchs Haus.

»Rein statistisch gesehen ist es sogar wahrscheinlicher, dass auch diesmal alles gut geht.«

Carola reichte Anja den Mutterpass wieder.

»Wenn ich ein Mann wäre, würde ich noch drei Kinder kriegen.«

»Da würdest du aber auch was verpassen. Schwangersein ist ja eine besondere Erfahrung und die Bindung zum Kind schon eine andere.«

»Aber es bedeutet auch, auf so vieles zu verzichten.«

»Was vermisst du denn am meisten?«

»Hier hört ja keiner zu, in meinem Freundeskreis bekomme ich schon blöde Sprüche für so was.«

Vielleicht wäre es ein Grund, den Freundeskreis zu wechseln, dachte Carola, behielt ihre Gedanken aber für sich. Ihr Job war es immer, möglichst nicht zu werten, und das fiel ihr oft schwer genug.

»Ich vermisse die Arbeit! Ein richtiges Erwachsenenleben.«

»Was hast du denn an der Arbeit so gemocht?«

»Ja eben den Umgang mit anderen Erwachsenen, mal was am Stück fertig zu bekommen. Erfolgserlebnisse. Wobei mein Job dann doch nicht genau so war, wie ich es mir bei der Ausbildung erträumt hatte. Ich wollte eigentlich Unterwasserwelten fotografieren, als ich eine Ausbildung bei einem Fotografen gemacht habe. Und danach habe ich jahrelang Fotos entwickelt und Kunden beraten. Vielleicht ist das einfach in jedem Bereich so. Unsere Träume sind viel schöner als das Ergebnis am Ende. Nennt sich wohl einfach Realität.«

Anja seufzte. Allerdings nicht allzu schwermütig.

»Sag mal, was macht ihr eigentlich, wenn ihr auf einem Foto Sachen seht, die auf ein Verbrechen hindeuten könnten?«

Carola dachte an Stefanie und den Termin beim Fotografen. Bald wäre es so weit, und ihr fehlte noch ein wirklicher Plan, wie sie damit umgehen sollte. In den Gelben Seiten stand dieser Detlef Kron tatsächlich. Mit Adresse. Sollte Stefanie nicht wieder auftauchen, wusste sie, wo sie die Polizei hinschicken sollte.

»Du, 'ne Leiche oder so hatte ich noch nie in der Dunkelkammer. Obwohl es manchmal etwas verstörende Bilder von Theateraufführungen gibt. Mit viel Blut und so, aber wir kennen unsere Kunden ja. Die Leute vom Schauspielhaus warnen uns schon manchmal vor, dass wir manche Fotos nicht gerade den Praktikanten vor die Nase halten sollten.« Das Schauspielhaus und die Oper waren um die Ecke von Foto Gregor.

»Das gilt auch für Aktfotos und so? Gibt es da viele von?«

»Du glaubst nicht, wie sich die Leute gegenseitig fotografieren. Sind aber selten Profis. Wieso fragst du?«

»Nur so.«

Das stimmte natürlich nicht. Und es gab eine Regel. Die Frauen durften ihr gerne das Herz ausschütten, aber niemals andersherum. Das wäre ja, als wenn der Psychiater sich neben den Patienten auf die Couch kuscheln würde. Andererseits durfte man für die Sicherheit der Kinder alle Regeln brechen. Und sie brauchte ja gar nicht ihr Herz ausschütten, sondern nur Infos erfragen. Wenn Detlef Kron in Köln arbeitete, war es nicht unwahrscheinlich, dass er zu dem großen Fotohaus am Neumarkt gehen würde.

»Ach, mir hat letztens jemand erzählt, dass er sich

gerne von einem bestimmten Fotografen ablichten lassen würde, aber etwas befremdet war, dass er auch Aktfotografie anbot.«

»Und das stört dich als Hebamme? Aktfotografie gehört tatsächlich zu der Fotografenausbildung. Genau wie Aktmalerei bei den Kunststudenten.«

Carola fühlte sich ertappt. So offen sie einerseits war, zur Schau gestellte Sexualität beschämte sie. »Ich finde, manche Dinge sollten privat bleiben.«

»Ich würde auch nicht alles zeigen, und ein paar Bekloppte unter den Fotografen gibt es tatsächlich. Einer unserer Spezies lädt immer junge Fotomodelle ein, die für seine Fotografenschüler nackt durch den Wald springen. Soll Kunst sein, und angeblich sind seine Schüler alle über fünfzig. Also das würde ich meiner Tochter verbieten.«

»Siehste, ich auch. Und war das zufällig ein Detlef Kron?«

»Nein, der Name war anders. Bin allerdings auch schon ein paar Jahre raus, und mal ganz davon abgesehen, ist das ein Dienstgeheimnis. Ich darf eigentlich niemandem etwas von den Fotos unserer Kunden erzählen. Solange nicht die Polizei nachfragt.«

Vor ein paar Jahren hatte Carola schon ihrem Schwager Klaus hinterherspioniert, um ihrer Schwester Heike die Angst zu nehmen, dass er ein Verhältnis mit seiner Sekretärin hätte. Vielleicht musste sie auch in diesem Fall kreativer werden.

Von Anja war jedenfalls nichts zu erfahren, was ihr weiterhalf. Als sie sich am Ende des Termins erhob, geriet sie ins Straucheln. Dieser blöde Schwindel schon wieder.

»Alles in Ordnung?« Anja sprang fast zu ihr, als wollte sie sie auffangen.

»Alles gut. Hab wohl ein bisschen viel Kaffee getrunken.«

Das durfte nicht dauernd passieren. Was wäre, wenn sie im Auto sitzen würde, um eine Schwangere zur Geburt abzuholen?

* * *

Dass der Uni-Kindergarten heute geschlossen hatte und Julias Adoptiveltern verreist waren, schenkte Susanne genau die Ablenkung, die sie brauchte. Julia und Lukas hatten beide heute eine wichtige Prüfung, und Susanne hatte sich sofort bereit erklärt, auf ihre Enkelin aufzupassen. Und Julia, die wirklich sehr locker war, als hätte sie im Mutterleib die Idee der Kinderläden und Kommunen aufgesogen, einfach weil das damals Zeitgeist war und nicht weil ihre Eltern das praktiziert hätten, war es auch völlig egal, dass Susanne Susy mit ins Geburtshaus nahm. Ganz im Gegenteil, sie fand, dass ihre Tochter nicht früh genug alles über das Wunder des Lebens erfahren konnte. Ob diese Offenheit eher eine Rebellion gegen ihre sehr spießigen Adoptiveltern war?

Susy legte ein König-der-Löwen-Puzzle im Geburtszimmer auf dem Boden. Der herzzerreißende Disneyfilm mit dem berührenden Song *Circle of Life* von Elton John lockte gerade Tausende Familien ins Kino. Susanne hatte Susy ins Cinedom eingeladen, die Kleine war ganz begeistert von dem »Riesenfernseher« gewesen. Zumal ihre Eltern keinen in der Wohnung hatten.

»Oma, meinst du, heute kommt ein Baby?« Susy streckte immer ein wenig ihre Zunge heraus, wenn sie sich konzentrierte. Susanne floss über vor Liebe für ihre Enkelin.

»Wer weiß?«

Falls sie bis zum Nachmittag zu einer Geburt gerufen werden würde, sollte Ella einspringen. Und noch etwas wollte sie nicht vor einer Dreijährigen ausbreiten: Erikas Blutergebnisse. Vorhin hatte die Frauenärztin angerufen, mit der sie zusammenarbeiteten. Susanne war nicht schnell genug ans Telefon gekommen, aber ihr Telefon speicherte neuerdings die Nummern. Auf den Anrufbeantworter hatte Dr. Säumling nichts gesprochen. Das konnte ein schlechtes Zeichen sein. Sie musste nachhaken.

Melanie kam herein. Eine Schwangere im achten Monat, die hier schon lange ein und aus ging und daher auch nicht mehr am Eingang abgeholt werden musste. Eine herzliche, immer gut gelaunte Frau, die mit neununddreißig Jahren ihr zweites Kind bekam. Sie kam auch nicht allein, sondern mit ihrem drei Jahre alten Sohn an der Hand.

Melanie schaute auf Susy und lächelte beide an.

»Die Ähnlichkeit ist ja verblüffend! Ich wusste gar nicht, dass deine Tochter noch so klein ist. Hilfst du deiner Mama heute, die Babybäuche zu untersuchen?«

Susanne hatte zwar mal erwähnt, dass sie selbst Mutter einer Tochter sei, dann aber schnell vom Thema abgelenkt. Die meisten Schwangeren sprachen sowieso lieber über sich und fragten nicht allzu viel nach.

Susy grinste, platzierte das letzte Puzzleteil und stemmte dann die Hände in die Hüften. »Das ist gar nicht meine Mama, sondern meine Oma!«

Susanne wurde rot. Wie hieß es so schön? Kindermund tut Wahrheit kund.

»Echt? So alt siehst du gar nicht aus!«, platzte es aus Melanie heraus.

»Tja, früh angefangen«, blieb Susanne vage.

»Ich hätte auch gerne viel früher angefangen, habe aber erst vor fünf Jahren die Liebe meines Lebens kennengelernt.«

Die Replik »Ich auch« ersparte sich Susanne, zumal der Kinderwunsch gerade zwischen ihr und ihrer großen Liebe stand. Susy guckte neugierig und entdeckte dann zum Glück den Bagger in den Händen des Jungen, der sich an den Beinen seiner Mutter festklammerte.

»Der ist ja groß! Darf ich den mal haben?«

Also um Susy brauchte sie sich keine Gedanken zu machen. Die würde nicht zu kurz kommen im Leben.

»Na klar«, antwortete Melanie für ihren Sohn, obwohl seine Geste Antwort genug war. Er streckte Susy den Bagger hin, wobei noch etwas Sand vom Spielplatz herausrieselte. Und unkompliziert, wie der Kleine schien, setzte er sich direkt zu Susy auf den Boden und zerpflückte die Puzzleteile wieder. Kurz huschte Ärger über Susys Gesicht, doch dann packte sie ein paar Teile in die Baggerschaufel und kippte sie in die Packung. Der Junge machte sofort mit.

»Lass uns die Zeit nutzen und direkt mit der Untersuchung anfangen.« Melanie folgte Susanne und legte sich auf das Bett mit der roten Tagesdecke, damit Susanne Kindslage und Herztöne überprüfen konnte.

Und so gerne Susanne die Frauen betreute, sie war froh, als Melanie und ihr Sohn sich verabschiedet hatten.

»Susy, ich müsste kurz in Ruhe telefonieren. Also du kannst gerne mit ins Büro kommen, aber sei dann bitte ganz leise, okay?«

»Na klar, ich bin kein Baby mehr!«

»Ich weiß, du bist ein supergroßes Mädchen.«

Susy strahlte.

Susanne wählte die Nummer der Frauenärztin. Besetzt. Was war, wenn Erika sich wirklich mit HIV angesteckt hatte? Dann wäre der Preis für das Wunschkind sehr hoch gewesen.

Susy fixierte sie, blieb aber leise. Susanne wählte erneut. Endlich. Ein Freizeichen.

»Praxis Dr. Säumling, wie kann ich helfen?«

»Ja, hallo, hier ist Susanne Winter-Schmidtbauer vom Kölner Geburtshaus. Dr. Säumling hat gerade versucht, mich zu erreichen. Könnte ich sie sprechen?«

Susannes Herz klopfte.

»Frau Doktor ist gerade in einem Termin. Ich richte ihr aus, dass sie angerufen haben.«

Es war Freitagmittag. Gleich würde die Praxis schließen, und die Ärztin würde erst Montag wieder zu sprechen sein. Susanne brauchte Gewissheit.

»Vielleicht können Sie mir auch weiterhelfen?«

Susanne sah die Sorgenfalte zwischen ihren Augenbrauen, die sich im Spiegel neben dem Schreibtisch abzeichnete. Sie hatten den Spiegel in dem winzigen Büro angebracht, damit der Raum nicht wie eine Besenkammer wirkte.

»Wenn möglich gerne.«

»Sind die Blutergebnisse von Erika Kunze schon da?«

»Einen Moment.«

Es raschelte im Hintergrund.

»Ja, die sind schon da.«

»Könnten Sie mir bitte das Ergebnis nennen? Meine Patientin wartet schon darauf.«

»Nein, das kann ich leider nicht.« Die Frau am anderen Ende der Leitung wirkte verunsichert. Sie schien noch sehr jung zu sein.

»Und warum nicht?«

»Weil nur die Ärztin private Daten weitergeben darf. Und dann auch nur an die Patientin.«

Mist. Das konnte doch nur bedeuten, dass es sich um ein heikles Ergebnis handelte.

»Hören Sie bitte. Meine Patientin hat mich beauftragt, mich um den Test zu kümmern. Und gerade wenn das Ergebnis nicht erfreulich ist, dann wäre es am besten, wenn ich es ihr schonend beibringen könnte.«

Mit Sicherheit würde sie Erika nicht in ein dunkles Loch fallen lassen. Nein, sie würde sich erst informieren, ob es nicht doch schon Behandlungsmöglichkeiten gab. Die Wissenschaft war immerhin schon weiter als in den Achtzigern.

»Moment, sie kommt gerade aus dem Sprechzimmer. Bleiben Sie dran.«

Anscheinend hatte die Sprechstundenhilfe den Hörer

auf dem Tisch abgelegt. Es war nur dumpfes Gemurmel zu hören. Susy wartete immer noch brav.

»Danke für deine Geduld.«

Susy nickte ernst und stumm. Dann meldete sich die Frauenärztin.

»Hallo, Frau Doktor Säumling, hier ist Susanne Winter. Ich rufe an wegen der Ergebnisse von Erika Kunze.«

»Ach ja, der HIV-Test.« Der Geräuschkulisse nach zu urteilen, telefonierte Dr. Säumling im Empfangsbereich. Hoffentlich war sie sonst diskreter.

»Ja, können Sie mir sagen, wie er ausgefallen ist?«

Diese zwei Wochen, bis das Ergebnis vorlag, mussten Folter sein für alle, die einen guten Grund hatten zu glauben, das Virus in sich zu tragen.

»Einen Moment.«

Ein positives Ergebnis hätte sie sich mit Sicherheit gemerkt.

»Also, hören Sie mich? Die Blutwerte sind in Ordnung.«

Susanne seufzte und streichelte Susy über den Kopf, als sie sie fragend anschaute.

»Alles gut«, flüsterte sie noch, und Susy nickte.

»Wie bitte?«, fragte die Ärztin zurück.

»Entschuldigung, ich habe gerade mit meiner Enkeltochter gesprochen. Wissen Sie, ich war ganz schön aufgeregt. Sie rufen sonst nie hier an. Ich habe mit dem Schlimmsten gerechnet.«

»Oh, nein, es ging mir in erster Linie um etwas ganz anderes. Ich habe eine junge Patientin, die ihr zweites Kind bekommt, obwohl sie die erste Geburt noch nicht überwunden hat. Sie lag vor ein paar Jahren nach einem Unfall im Krankenhaus, und es war schrecklich. Und die letzte Geburt war wohl auch eine Katastrophe. Die Geburt steht in ein paar Wochen an, und ich weiß, dass Sie normal mehr Vorlauf wünschen, aber wäre es möglich, dass Sie die Schwangere noch aufnehmen?«

Susanne wischte eine Träne aus den Augenwinkeln. Sie hätte jetzt zu allem Ja gesagt, so groß war ihre Erleichterung, dass ihre übertriebene Angst nicht wahr geworden war.

»Auf jeden Fall haben wir noch Kapazitäten. Und danke für den Test. Es ist uns nicht ganz leichtgefallen, die Patientin dazu zu überreden. Ich wünschte fast, jede Schwangere würde den Test routinemäßig machen. Wäre irgendwie weniger peinlich.«

Immer noch empfanden viele einen HIV-Test als Affront. Als ob ihnen damit gleichzeitig vorgeworfen würde, ihren Partner zu betrügen; dass es ja genauso gut umgekehrt sein könnte, bedachten die wenigsten.

»Tja, das wäre tatsächlich eine gute Idee, aber ich fürchte, das wäre unserem Gesundheitsminister zu kostspielig.«

Dabei hatte die relativ neue Seuche letztes Jahr doch erst dazu geführt, dass Gesundheitsminister Seehofer das ganze Ministerium im Bundesgesundheitsamt zerschlagen hatte. Der Bluterskandal rückte HIV und Aids ins Rampenlicht und war Beweis genug, dass sich nicht nur schwule, polygame Männer ansteckten. Tausende Menschen hatten sich das Virus eingefangen, indem sie einfach die Medikamente schluckten, die ihnen ihr Arzt in gutem Glauben verschrieben hatte – Medikamente, die aus Blutspenden hergestellt wurden, in denen Hepatitis oder HI-Viren noch aktiv waren.

✳ ✳ ✳

Carola kam nur mit ihrem Frotteebademantel und dem Pieper um den Hals bekleidet zum Frühstückstisch. Maike und Thomas waren schon auf dem Weg zur Schule, Stefanie schlief wahrscheinlich noch. Sie hatte die ersten Stunden frei.

»Herrlich, endlich mal Ruhe!« Andreas saß schon am Tisch und streckte sich.

Seine Haare waren noch nass und verstrubbelt. Statt sich zu föhnen, hatte er einen Kaffee für sie beide aufgebrüht und auch zwei Teller dazugestellt. Butter, Nutella, Käse, Wurst, Marmelade standen noch von dem Frühstück der Kinder auf dem Tisch.

»Ja, und ich habe keinen einzigen Termin! Wenn nicht gerade eine Geburt ansteht.«

Einen Termin hatte sie noch, sobald das Telefon unbeobachtet sein würde. Sie wollte den Fotografen anrufen und ihm mal etwas auf den Zahn fühlen. Ganz unauffällig natürlich.

Sie ließ ihren Blick noch mal über die Auswahl an Brotaufstrichen schweifen, lief in die Küche nebenan und holte sich die *Du-darfst*-Margarine und *Natreen*-Konfitüre.

»Das Zeug schmeckt doch nach gar nichts.«

Andreas schmierte dick Nutella auf sein Weißbrottoast. Setzte bei ihm aber so gut wie nicht an.

Carola griff zum Vollkornbrot.

»Trotzdem. Spätestens zur Premierenfeier deiner Buchverfilmung will ich wieder in mein schickes Kleid passen.«

Sie besaß genau ein festliches Kleid, das sie sich vor einigen Jahren für eine Hochzeit bei *AppelrathCüpper* auf der Schildergasse gekauft hatte.

»Kauf dir lieber was Neues. Ich mag diese Bonbontüte eh nicht.«

Bonbontüte! Okay, es hatte angedeutete Puffärmel und schillerte in Blaugrüntönen, was ihrer Meinung nach perfekt mit ihren blonden Haaren und blauen Augen harmonierte. Und genau das hatte ihr die Verkäuferin damals auch bestätigt.

»Mir gefällt es. Und selbst wenn ich mir was Neues kaufe, ich habe einfach keine Lust mehr, so pummelig zu sein!«

Sie strich sich die Halbfettmargarine auf das Brot und gab einen Klecks Marmelade darauf. In ihrer zuckerreduzierten Marmelade befanden sich wenigstens keine Butterstreifen oder Brotkrümel am Rand, weil niemand außer ihr das Zeug benutzte.

Andreas lächelte sie an.

»Ich mag dich, wie du bist. Und außerdem bist du Mutter von drei Kindern. Niemand erwartet von dir, dass du deine alte Figur wieder zurückbekommst.«

»Doch, ich hätte sie gerne wieder.«

Es war nur die Figur. Und im Grunde war sie immer noch ansehnlich, aber dieser Schwabbel um den Bauch und die Hüften fühlte sich einfach wie ein Fremdkörper an. Und all die Sachen im Schrank, die ihr nicht mehr passten, vermittelten ihr das Gefühl, nicht diszipliniert genug zu sein. Sich nicht im Griff zu haben. Dabei hatte sie doch so viel im Griff. Sie hatte drei Kinder auf die Welt gebracht, die bald alle erwachsen waren, und den Alltag gemanagt, auch wenn sie einen von den wenigen Männern hatte, der viel im Haushalt aushalf und sich zum Teil sogar mehr um die Kinder gekümmert hatte. Und sie hatte einen Beruf, der extrem verantwortungsvoll war. Und kein einziges Mal war ihr bisher ein schwerwiegender Fehler unterlaufen.

»Wie du meinst. Vielleicht könntest du wieder zum Aerobic gehen.«

»Keine Zeit.« Wo um alles in der Welt sollte sie noch den Besuch eines Sportkurses unterbringen?

»Lass uns doch zusammen einkaufen gehen. Ich brauche auch einen guten Anzug. Den letzten habe ich 1985 gekauft, für mein Bewerbungsgespräch bei Microsoft damals. Bin fast froh, dass das nicht geklappt hat, sonst wäre das mit dem Schreiben niemals was geworden.«

Carola erinnerte sich. Microsoft hatte erst zwei Jahre zuvor eine Zweigstelle in Köln eröffnet.

Sie nahm seine Hand. Andreas hatte ihr seinen ersten Roman gewidmet. *Für Carola* war das Erste, was Tausende Leser beim Aufschlagen seines Debüts lasen. Und jetzt war dieses Buch sogar verfilmt worden.

»Ich bin froh, dass wir immer an unsere Träume geglaubt haben.«

»Ich auch. Weißt du, in meinem neuen Buch gibt es eine Figur, Dieter heißt sie, und Dieter ist schon fast so einer wie Kafka. Immer nur im Hamsterrad. Ihm wird immer öfter schwindelig, aber er verpasst den Ausstieg.«

»Warum? Du bist doch der Autor. Befreie ihn aus dem Hamsterrad!« Carola grinste ihren Mann an und nahm noch einen Schluck von dem Kaffee, um das Brot runterzuspülen.

»Nein, das wäre zu trivial. Ein unglückliches Ende rüttelt die Leser viel eher wach.«

»Ach komm, ich bin dafür, Dieter zu befreien.«

»Nee, es kommt sogar noch schlimmer. Irgendwann kann er den Schwindel nicht mehr ignorieren und geht zum Arzt. Leider hat er die Chance verpasst, sein Leben zu ändern. Diagnose unheilbarer Hirntumor.«

Carola hatte sich an einem Brotkrümel verschluckt und musste husten. Andreas klopfte ihr auf den Rücken.

Sie hatten noch gemeinsam die Küche aufgeräumt, und als sie fast sauber war, traute Carola sich zu fragen, inwieweit er recherchiert hätte, dass Schwindel auf Hirntumore hindeute. Von ihren Schwindelanfällen wusste er nichts.

»Ich war in der Bücherei. Da gibt es jede Menge medizinische Nachschlagewerke. Hirntumor, Aneurysma, gab ein paar passende Diagnosen.«

»Aber nicht jeder Schwindel deutet darauf hin?«

»Du bist doch viel eher die medizinische Fachfrau.«

»Andreas, mir war in letzter Zeit öfter schwindelig.«

Er sah sie perplex an. »Das wusste ich nicht, sonst hätte ich dir nicht so einen Schrecken eingejagt. Tut mir leid.«

»Das braucht dir nicht leidtun. Sag mir einfach, welche anderen Gründe es gibt. Du hast ja wohl gründlich recherchiert, oder?«

»Mann, Carola, du bist echt eine Schwarzmalerin. Du hast mit Sicherheit keinen Hirntumor. Keine Ahnung. Kreislauf halt? Kommen nicht irgendwann auch die Wechseljahre?«

»Ganz sicher nicht mit vierzig!«, antwortete sie, obwohl sie es besser wusste. Es gab Frauen, da setzten die Wechseljahre schon mit Mitte dreißig ein. Und Wechseljahre waren ihr allemal lieber als eine unheilbare Krankheit.

»Ach, Carola, es wird schon nichts sein. In Büchern braucht man manchmal die schlimmste Lösung, aber im echten Leben verläuft es meistens doch gut.«

Das kam natürlich ganz darauf an, welches echte Leben man zum Beispiel nahm, aber da Carola sich lieber beruhigen lassen wollte, diskutierte sie nicht weiter.

»Andreas, könnte ich gleich in Ruhe telefonieren?«

Sie hatten über Stefanies Modelpläne gesprochen, aber ausgerechnet Andreas meinte, dass sich das schon in Luft auflösen würde. Schließlich hatte er auch eine Phase nach dem Abi, in der er Schauspieler werden wollte. Er hatte sich sogar gegen den Willen seiner Eltern für das Schauspielstudium am Theater der Keller beworben. Er hatte in seiner Sturm-und-Drang-Phase immer große Kunst machen wollen, war aber nicht aufgenommen worden. Und große Kunst machten die Absolventen der Kölner Schauspielschmiede auch nicht alle, wie beispielsweise dieser Til Schweiger, der in der *Lindenstraße* und bei Unterhaltungsfilmen wie *Manta, Manta* mitspielte. Kurz gesagt, Andreas meinte, sie sollten sie einfach machen lassen. Natürlich sei ihre Tochter wunderschön, aber das hieße noch lange nicht, dass sie Erfolg als Fotomodel haben würde.

»Carola, bitte mach dich nicht immer verrückt. Wenn der Mann offiziell in den Gelben Seiten als Fotograf steht, dann wird der schon seriös sein.«

»Für einen Schriftsteller besitzt du ganz schön wenig Fantasie.«

»Aber als Vater genug Verstand, um zu wissen, dass ihr Wunsch umso größer wird, je mehr wir dagegen sind. Ruf den Fotografen an, aber bitte hör auf, dir dauernd Sorgen zu machen.«

Vielleicht war sie echt zu misstrauisch. Unter der Nummer meldete sich eine nette Assistentin, die freimütig erzählte, dass sie auch für das Make-up zuständig sei. Stefanie würde also nicht alleine mit diesem Detlef Kron sein. Und diese Fotos würden noch lange nicht bedeuten, dass sie demnächst auf den Laufstegen dieser Welt zur Fleischbeschau musste. Natürlich hatte Carola sich unter anderem Namen gemeldet. Unter ihrem Mädchennamen. Schließlich wollte sie sich nur beiläufig danach erkundigen, wie das mit dem Fotografieren da lief. Keinesfalls sollte ihre Tochter etwas davon mitbekommen, dass sie ihr hinterherspionierte.

* * *

Ella war noch völlig beseelt von der letzten Nacht. Mit einem breiten Grinsen saß sie mit Annett in der Sitzecke im Eingangsraum. Draußen war es noch dunkel und leise. Kein Wunder, um sechs Uhr morgens waren weder Schulkinder noch Büroangestellte unterwegs.

»Das haben wir wunderbar zusammen hinbekommen.«

Sie hatten das Elternpaar gerade verabschiedet. Die kleine Elena hatte es am Schluss spannend gemacht, und Ella war froh gewesen, dass Annett noch dazugekommen war.

»Ja, finde ich auch!« Annett nahm einen Schluck von dem Kaffee und einen Keks aus der angebrochenen Packung, die sie noch im Kühlschrank gefunden hatten.

»Weißt du, Ella, wenn ich daran denke, wie meine Eltern meinen kleinen Bruder die ersten Tage kaum anfassen durften, zerbricht es mir das Herz.«

Annett hatte schon einiges davon erzählt, wie es damals in Ostberlin gelaufen war. In der Klinik, in der ihr Bruder geboren worden war, war es besonders streng gewesen. Angeblich nur zur Sicherheit der Kinder. Sie sollten vor den »Krankheitskeimen« der Eltern verschont bleiben.

»Auch hier war das nicht immer optimal. Wenn ich nur an die Frühgeburten denke. Selbst in der Uniklinik mussten die zum Teil noch in den Siebzigern wochenlang ohne Körperkontakt im Brutkasten liegen.«

Ella schauderte es. Im St.-Laurentius-Krankenhaus, in dem sie damals mit Carola und Susanne auf der Geburtsstation gearbeitet hatte, war es auch die Regel gewesen, dass die Säuglinge nur zum Stillen oder zu Besuchszeiten zur Mutter geschoben wurden. Gut, die meisten verbrachten schon mehrere Stunden mit ihren Babys, aber viele waren auch froh, wenn sie ihr Neugeborenes nachts an die Säuglingsschwester abgeben konnten. Hinterfragt wurde das nicht. War ja schon seit ein paar Jahrzehnten so. Als sogenanntes »Rooming-in« wurde die eigentlich selbstverständliche Variante 1969 in Herdecke wieder eingeführt, nachdem sie von der nationalsozialistischen Gesundheitspolitik abgeschafft worden war. Kein Wunder, alles, was die Bindung zur Familie erschwerte, spielte diktatorischen Systemen in die Hände.

Wenn es in irgendwelchen Blättchen um die Vor- und Nachteile einer Entbindung im Geburtshaus oder im Krankenhaus ging, stand auf der Minusseite oft, dass die Eltern den Säugling die ersten Tage schon rund um die Uhr selbst versorgen mussten.

Natürlich hatten Ella und Annett den Eltern gezeigt, wie sie ihr Kind baden und anziehen konnten. Und natürlich kamen sie nun jeden Tag zum Hausbesuch, um zu helfen und Fragen zu beantworten.

»Wolltest du eigentlich schon immer Hebamme werden?«, fragte Annett.

»Ab dem Moment, in dem ich bei der Geburt meiner Nichte dabei war. Meine Schwester hat mit Anfang zwanzig ihr erstes Kind bekommen, sie wurde von einem Blasensprung überrascht, als ich bei ihr zu Besuch war. Ich war gerade sechzehn. Sie wollte, dass ich mit ins Krankenhaus komme, meinen Schwager wollte sie hingegen nicht dabeihaben. Das war ihr peinlich.«

»Echt? Wer sonst sollte dabei sein?«

»Ist auch meine Meinung, aber viele Männer sind wirklich schockiert, wenn sie sehen, wie ihre Frau das Kind bekommt. Und ich hatte auch erst absoluten Respekt. Ich wollte nicht. Aber ich konnte meine Schwester ja nicht hängen lassen.«

Ella erinnerte sich noch genau daran, wie sie damals auf dem Weg ins Krankenhaus die ganze Zeit gehofft hatte, dass es ein Kaiserschnitt wird, weil sie Angst vor der Naturgewalt namens Geburt hatte. Wurde es nicht. Dafür gerieten sie an eine wunderbare Hebamme, und nach der Geburt war Ella so fasziniert gewesen, dass sie wusste, ihren Traumberuf gefunden zu haben.

»Und am Ende war das ein Wendepunkt in meinem Leben.«

»Seid ihr euch sehr nah deswegen?«

»Nein, wir mögen uns, aber so nah wie während der Geburt waren wir uns weder vorher noch nachher.«

Seit sie Mutter war, war ihre Schwester keine richtige Schwester mehr. Alles drehte sich nur noch um ihre mittlerweile zwei Kinder. Und leider war sie wegen der Arbeit ihres Mannes auch nach Duisburg gezogen, sodass sie sich selten trafen. Ellas Mutter jammerte oft darüber, dass sie ihre Enkelkinder kaum sah.

»Irgendwie ist das komisch, dass wir den Frauen auf eine bestimmte Art so nah sein können wie wenige Menschen im Leben. Und trotzdem ist es gut, dass wir noch genug Abstand haben.«

Annett sah sie müde und gleichzeitig strahlend an. Auch so ein Paradox. Es gab so viele so unterschiedliche Nebeneinander in der Geburtshilfe.

»Ja, sonst würden wir wahnsinnig werden. Und danke dir noch mal, Annett, dass du mitten in der Nacht gekommen bist.«

Ella stand auf und nahm auch Annetts Tasse an, um sie in die Spülmaschine zu bringen. Am liebsten hätte sie den dritten Kaffee getrunken, aber dann wäre sie gleich völlig aufgekratzt. Sie wollte sich für ein paar Stunden hinlegen. Zu Hause in ihrer WG. Davor musste sie nur noch den Geburtsraum sauber machen.

»Kein Problem. Und wenn du möchtest, helfe ich dir noch eben.«

»Ach was, fahr ruhig nach Hause. Das war ja schließlich meine Geburt.«

»Lohnt sich eh nicht. In drei Stunden habe ich eine Vorsorge hier.«

Und so machten sie sich das Radio an, krempelten die Ärmel hoch und wischten den Raum einmal durch.

»Das war im Krankenhaus einfacher. Da gab es noch strenge Arbeitsteilung.«

»Ja, das hatte Vorteile. Genauso wie die festen Arbeitszeiten«, ergänzte Annett.

»Und möchtest du tauschen?«

»Auf gar keinen Fall!«

Natürlich könnten sie noch mehr Arbeit auslagern, und zweimal im Monat kam jemand, den sie für das Putzen des ganzen Geburtshauses bezahlten. Aber all das bezahlten sie eben quasi aus der eigenen Tasche.

Um neun klingelte es an der Tür. Ihr Postbote.

»Jut, dat so früh jemand hier ist. Dat Päckschen passt nisch in den Kasten.«

Der nette Herr mit dem kölnischen Akzent drückte Ella ein paar Briefe sowie ein Paket von Weleda in die Hand. Die Naturkosmetikfirma schickte ihnen immer großzügig Pröbchen für die Babys und ihre Mütter. Die bunten Briefe sahen nach Dankeskarten aus und würden später an der Pinnwand im Wartebereich landen. Und eine Postkarte. Mit Kölner Dom drauf.

»Und, was Wichtiges dabei?«

»Ein Werbepaket und, wie es aussieht, jede Menge Dankeskarten.«

»Gibt ja auch jede Menge Grund, uns zu danken.«

Ella legte das Päckchen wie auch die geschlossenen Umschläge ab und drehte die Postkarte um.

Die war ja für sie!

Liebe Ella,

einen schönen Gruß aus unserer gemeinsamen Heimat.
Schön, dass du wieder hier bist. Ich habe mich sehr gefreut,
dich zu treffen.
Vielleicht noch einmal auf einen Kaffee?

Viele Grüße
Christoph

Einen Moment hüpfte ihr Herz. Wie damals, als sie in Christoph verliebt gewesen war. Doch dann ließ sie die Karte sinken. Warum schrieb er ihr? Einfach so? Oder hatte er Hintergedanken? Nein, er war glücklich verheiratet, wurde Vater. Und wenn er irgendwelche Hintergedanken hätte, dann würde er ihr wohl niemals eine für jeden einsehbare Postkarte ins Geburtshaus schicken. Schließlich musste er davon ausgehen, dass alle die Karte lesen konnten.

Nein, er hatte es wahrscheinlich einfach nett gemeint.

»Alles in Ordnung? Du guckst, als hättest du ein Gespenst gesehen.«

Annett schaute sie fragend an. Ob sie sie um Rat fragen sollte? Aber da gab es nicht viel zu sagen. Es war eine nette Karte und nicht mehr oder weniger.

»Alles gut.« Auch wenn sie jetzt gerne mit Annett über Christoph geredet hätte, war es besser, das nicht zu tun. Schließlich arbeiteten sie immer mal wieder mit dem Kinderarzt zusammen. Und sie würde auch nicht wollen, dass hinter ihrem Rücken über sie getratscht wurde.

* * *

Susanne stand vor dem Spiegel in ihrem schmalen Flur und tuschte sich die Wimpern. Ihr kleines Schwarzes passte immer noch wie angegossen. Das hatte sie auch bei einem der ersten Treffen mit Antonius angezogen. Und es saß immer noch perfekt, ja fast noch besser. Ihr Rücken war gerader geworden. Und die Brust voller. Wie immer in der Zyklusmitte, als würde ihr Körper mit der Oberweite zu verstehen geben wollen, dass er bereit sei.

»Schade, dass du nicht dabei bist.«

In diesem harmlosen Satz schwang so viel Enttäuschung mit, dass es auch für alles andere reichte, was Susanne bedauerte.

Im Grunde war es nicht schlimm, dass sie alleine zu der Filmpremiere ging. Andreas hatte als Drehbuchautor einige der begehrten Karten für Freunde ergattern können, und so durften die vier Hebammen heute Abend das erste Mal auf eine Filmpremiere. Und wie immer war ihr wichtigstes Accessoire der Pieper, durch den sie allzeit abrufbar waren.

»Tut mir leid, aber es wäre unverzeihlich, wenn ich nicht zum Geburtstag meiner Schwester gehen würde. Und außerdem weißt du doch, dass das eh nichts für mich wäre. Viel zu viele Menschen auf einem Haufen.«

Antonius war ebenfalls startklar, allerdings trug er wie immer eine dunkle Jeans und ein weißes Hemd. Nein, nicht wie immer, Weiß trug er nur an besonderen Tagen, ansonsten meist Hellblau. Und wie immer sah er einfach gut aus. Susanne sah ihn im Spiegel hinter sich.

»Ja, ich finde es trotzdem schade.«

»Im Moment habe ich das Gefühl, dass ich in deinen Augen alles falsch mache.«

Susanne zuckte innerlich zusammen, ihr kamen sogar die Tränen. Das war das Härteste, was Antonius je zu ihr gesagt hatte. Bisher war ihre Beziehung immer leicht und unkompliziert gewesen. Und dafür war Susanne dankbar. Das Drama in ihrer ersten Lebenshälfte reichte ihr.

»Alles nicht«, antwortete sie und wischte die Mascaraspuren mit etwas Spucke weg.

Sie hatten schon oft genug diskutiert. Susanne wusste ja selbst nicht, was richtig war. Wie weit sie gehen würde. Aber um das zu entscheiden, musste sie erst einmal alle Optionen kennen und abwägen.

Antonius sah das anders. In das Thema einzutauchen würde heißen, die Büchse der Pandora zu öffnen. Wenn sich irgendeine Möglichkeit auftun würde, dem Kinderwunsch nachzuhelfen, würde sie dann doch nicht Nein sagen.

Die einfachste Möglichkeit hatten sie schon oft genug probiert. Ganz oft miteinander zu schlafen. Immerhin gab es ja diese paar Prozent. Doch langsam hatten sie immer weniger Lust aufeinander: Statt liebevoller Vereinigung wandelte sich Sex immer mehr zum Mittel zum Zweck.

Und es gab sogar schon ein Kinderzimmer. Susanne und Antonius hatten die Wohnung über Antonius' Wohnung dazugekauft und einen Durchbruch geschaffen, nachdem Susanne mit eingezogen war. Damals schien sich alles zu fügen. Und jetzt? Antonius hatte in dem Zimmer Bücher gelagert, die er nicht an die Verlage zurückschicken wollte. Wusste er doch, dass die Remittenden in den meisten Fällen mit einem Mängelexemplar-Stempel in Supermärkten angeboten oder im Altpapier landen würden.

Meine Güte, es waren Bücher! Es war nur Papier! Und das war auch so ein Argument von ihm gewesen. Dass er nicht wollen würde, dass eingefrorene Embryos von ihnen gelagert werden würden.

Susanne hatte entgegnet, dass es bestimmt die Möglichkeit gäbe, nur so viel zu produzieren, wie sie auch einpflanzen würden. Meist war doch eher das Problem, dass es zu wenige gab.

»Und was ist, wenn sie unser Kind klonen, bevor sie es einpflanzen?«, hatte er einmal gefragt.

»Das ist überhaupt nicht möglich«, hatte sie geantwortet. Und Antonius hatte entgegnet, dass er eine Reportage gesehen hätte, in der ein Wissenschaftler behauptete, es wäre in sechs bis sieben Jahren möglich. Und wenn dann doch eins eingefroren wäre …

Susanne war sauer geworden. Er kam immer mit Argumenten, die aus den Science-Fiction-Thrillern von Andreas hätten stammen können. Und er war sauer gewesen, weil sie alle moralischen Bedenken ausblenden würde. Das wäre doch sonst gar nicht ihre Art.

»Susanne. Bitte lass uns nicht so auseinandergehen.«

Ihre Blicke trafen sich in dem Spiegel.

»Was meinst du mit so?«

»Das weißt du ganz genau. So kühl.«

Susanne drehte sich um und nahm ihren Mann in den Arm. Sie wollte das doch auch nicht. Und trotzdem. Sie wünschte sich einfach, dass er sich genauso ein Kind herbeisehnte wie sie.

»Ach, Antonius.«

Sie seufzte, und er löste sich aus ihrer Umarmung.

»Ich wünsche dir einen schönen Abend, Susanne. Pass auf dich auf.«

»Danke, du auch. Und fahr vorsichtig.«

Susanne fuhr dauernd mit dem Auto, aber Antonius hätte sein Auto genauso gut verkaufen können, so selten wie er es benutzte.

Als er die Tür hinter sich zuzog, fragte Susanne sich, ob es nicht besser gewesen wäre, ihn zum Geburtstag ihrer Schwägerin zu begleiten.

* * *

Meine Güte, so eine Premierenfeier artete ja richtig in Stress aus! Alle Familienmitglieder brauchten was Passables zum Anziehen. Maike war ihr bestes Kleid schon zu kurz geworden, Carola war doch nicht mehr zum

Shoppen gekommen, und die »Bonbontüte« war zu eng geworden, sodass sie sich für einen schlichten Bleistift- rock und eine blaue Bluse entschied. Beides hatte sie sich zu Maikes Kommunion gekauft, die nun auch schon ein paar Jahre zurücklag. Und auch Andreas hatte den Fehler gemacht, seinen Anzug nicht noch einmal bei Tageslicht zu betrachten, sodass er erst kurz vor dem Start merkte, dass sein Sakko voller Wachsflecken war.

»Sieht doch im Dunkeln im Kino eh keiner«, meinte Thomas, der darauf bestanden hatte, Jeans und Turn- schuhe zum Hemd zu tragen, schließlich würden das heute sogar Politiker bei offiziellen Anlässen machen.

»Aber nur wenn sie Joschka Fischer heißen«, hatte Carola geantwortet und Thomas seinen Willen gelassen. Mit dreizehn war es eh schon schwer genug, sich in seiner Haut wohlzufühlen, und sie selbst hatte es gehasst, wenn ihre Mutter von ihr verlangt hatte, Faltenröcke zu tragen. Thomas bekam schon einen leichten Flaum auf der Ober- lippe. Und er sah Andreas immer ähnlicher.

Die Einzige, die schon eine Stunde vor Abfahrt perfekt aussah, war Stefanie. Sie hatte tatsächlich ein Chanel- Kleid in einer Secondhandboutique ergattert. Ein kurzes Etuikleid, das ihre langen Beine betonte. Die Haare hatte sie stundenlang auf Lockenwickler gedreht, sodass sie jetzt in weichen Wellen fielen.

Stefanie wischte erst einmal die Krümel von dem Autositz, bevor sie einstieg.

Maike fing an zu heulen, weil sie aussähe wie ein Baby, und durfte dann auch eine Jeans anziehen. Andreas ver- suchte, das Wachs abzurubbeln, was jedoch dafür sorgte, dass das weiße Zeug noch mehr auf dem dunklen Stoff auffiel.

»Meine Güte, wir sehen aus wie die Addams Family.«

»Oder wie eine schrecklich nette Familie.«

Der Pieper baumelte, als Carola und Andreas vorne einstiegen. Carola würde heute auch zurückfahren. Immerhin war es Andreas' Fest, sodass er trinken durfte. Und ganz davon abgesehen hatte sie Rufbereitschaft. Da war Alkohol eh tabu.

»Seid ihr alle angeschnallt?«

Sie drehte sich zur Rückbank. Jeder Platz besetzt. Mit einem ihrer wunderbaren gemeinsamen Kinder. Die schon so gar nicht mehr nach Kindern aussahen.

»Ja, Mama!«

Hatte sie sich im Auto noch stark gefühlt, kam sich Carola unscheinbar vor, als sie den roten Teppich betraten, der vor dem größten Kölner Kino ausgerollt worden war. Ein gigantischer Filmtempel, der selbst etwas anmutete wie aus einem Zukunftsfilm. Viel Glas, überlange Rolltreppen, riesige Kinosäle. Und um sie herum sahen alle aus wie die Leute auf den letzten Seiten der *Bunten*. Glamourös. Modern. Extravagant. Die Sicherheitsmänner am Eingang schauten sie an, als wollten sie sich den Eintritt erschleichen.

Carola bereute, dass sie sich nicht doch die Zeit genommen hatte, etwas besonders Schönes zum Anziehen zu kaufen. Jetzt konnte sie nur noch versuchen, gute Miene zum eitlen Spiel zu machen.

Sie griff nach Andreas' Hand, doch der musste sie

schnell wieder loslassen, weil er ein Dutzend andere Hände schütteln musste.

Vor dem Kinosaal waren Stehtische für einen Sektempfang aufgebaut worden. Die Damen, die den Sekt verteilten, hatten ähnlich biedere Röcke und Blusen an, waren dabei aber halb so alt wie Carola und halb so füllig. Carola schüttelte den Kopf, als ihr ein Sekt angeboten wurde, und griff zum Orangensaft. Aber sie sagte nichts, als Thomas den Sekt grinsend entgegennahm. Wahrscheinlich hielt das Mädchen ihn schon für sechzehn, und Carola brachte es nicht über das Herz, ihm die Freude zu nehmen, als er das Glas strahlend aus ihrer Hand nahm.

»Ah, Sie müssen die Frau unseres Wunderkindes sein!« Ein großer Mann mit grauen langen Haaren schüttelte ihr die Hand.

»Wunderkind? Wir haben drei davon!« Carola schaute dem Mann in die Augen.

»Ihr Humor gefällt mir«, antwortete er lachend. »Ich meinte natürlich Ihren Mann. Der hätte mal viel früher ins Geschäft einsteigen sollen. Ein Ausnahmetalent.«

Er klopfte Andreas auf die Schulter, und Andreas platzte fast vor Stolz. Das Sakko mit den Wachsflecken trug er über dem Arm. Carola nahm sich vor, ihren Mann auch etwas mehr für seine Arbeit zu loben. Und sich mehr nach seiner Arbeit zu erkundigen.

»Ja, meine liebe Carola hat mir in der letzten Zeit ganz schön den Rücken freigehalten.«

»Tja, das Los der Ehefrauen und Mütter. Andreas hat mir schon viel von Ihnen und den Kindern erzählt.«

Sein Blick fiel auf die drei Kinder, die sogar artig die Hand gaben. An Stefanie blieb der Blick des Regisseurs eine Sekunde zu lang hängen. Dann winkte er einen anderen, ebenfalls ergrauten Herrn heran, der sein Haar aber sehr kurz geschoren trug.

»Bernd, ich muss dir unbedingt Andreas vorstellen. Er hat das Drehbuch zu unserem Film geschrieben. Nach seinem Roman.«

Dieser Bernd schüttelte ebenfalls Andreas' Hand und nickte auch ihr freundlich zu, bevor er wieder in Beschlag genommen wurde.

»Das ist Bernd Eichinger. Ich glaube, dem gehört hier auch das Kino«, raunte Andreas ihr zu.

Carola wünschte sich nur noch, dass der Film endlich begann und sie im Dunkeln verschwinden könnte. Sie hielt sich mit Thomas und Maike, die sich etwas verloren, aber fasziniert umschauten, im Hintergrund, während Andreas ihr fremden Menschen in die Arme fiel und Stefanie sich angeregt mit einer Schauspielerin unterhielt, die Carola schon mal in irgendeinem Film gesehen hatte. Und Stefanie erntete von allen Seiten bewundernde Blicke. Und ja, sie merkte das. Sie strahlte geradezu. Genoss es. So wie Andreas. Beide hatten hier anscheinend eine Bühne, die sie zu Hause nicht bekamen.

»Wann fängt denn der Film endlich an?« Maike lehnte sich an ihren weichen Bauch.

»Ich hoffe bald.«

Thomas, der sonst immer so selbstbewusst wirkte, schaute verschüchtert und klammerte sich an seinem Sektglas fest.

»Carola?«

Carola hörte ihren Namen und drehte sich um. Den Mann kannte sie doch! Er hatte sich kaum verändert.

»Carsten?«

Sie konnte nicht verhindern, einen roten Kopf zu bekommen, ausgerechnet als Andreas sich ebenfalls umdrehte und besitzergreifend einen Arm um sie legte.

»Ihr kennt euch?«, fragte ihr Mann ungläubig.

* * *

Ella hatte sich bei Annett untergehakt, als sie durch die Drehtür in das gigantische Foyer des Multiplexkinos traten. Sie schaute sich um. Hier gab es direkt mehrere Kassen nebeneinander, eine ganze Reihe mit Popcorn- und Getränkeständen und eine *Pizza-Hut*-Filiale im Erdgeschoss. Und der Blick nach oben zur Kuppel machte dem Namen »Dom« alle Ehre. Neben der Premierenfeier liefen auch ganz regulär weitere Kinofilme an diesem Abend. Riesige Plakate versuchten die Zuschauer anzulocken. *Der bewegte Mann. Interview mit einem Vampir. Forrest Gump.*

Ella war lange nicht mehr im Kino gewesen. Manchmal lieh sie sich Filme in der *Traumathek* aus. Eine Videokassette konnte man schließlich pausieren lassen, falls der Pieper losging.

»Ich liebe Kino!«

»Hattet ihr überhaupt welche?«

»Ella! Ich glaube, du brauchst mal Nachhilfe in Sachen Kulturgeschichte. Die DEFA hat tolle Filme gemacht.«

»Keine Ahnung. Meine Mutter war früher immer argwöhnisch, wenn ich ins Kino wollte. Sie meinte immer, das wäre nur ein Ort, um heimlich zu knutschen.« Ihre Mutter hatte immer Angst davor, dass ihre Töchter den falschen Männern in die Hände fielen. Und langsam hatte sie wohl Angst, dass Ella niemandem mehr in die Hand fiel. Nachdem sie den perfekten Schwiegersohn in die Flucht getrieben hatte.

Annett lachte. »Und, war dem so?«

»Nee, wenn ich schon mal im Kino war, wollte ich keine Sekunde verpassen.«

Ein Wegweiser führte sie zu der Premierenfeier. Bevor sie in den VIP-Bereich durften, mussten sie ihre Karten vorzeigen. Ella brach es fast das Herz, als sie die enttäuschten Blicke von ein paar Jugendlichen sah, die sich reinmogeln wollten.

Der Wachmann schloss hinter Annett und Ella schnell die Kordel und guckte so streng, dass keiner es wagte rüberzuklettern.

Jemand tippte Ella an die Schulter. Ein Mädchen mit Zahnspange und ein paar Pickeln auf der Stirn.

»Entschuldigung.«

»Ja?«

»Könnten Sie mir einen großen Gefallen tun?«

»Was denn?«

»In dem Film spielt Heike Makatsch mit. Bitte, bitte, können Sie nach einem Autogramm für mich fragen? Ich warte hier, bis die Feier vorbei ist.«

»Wer ist denn das?«, fragte Ella.

»Na, die VIVA-Moderatorin.«

Ella und Annett schauten sich an. Ella seufzte. Wie

konnte man nur so verrückt nach irgendwelchen Idolen sein? Aber dem Mädchen schien das so viel zu bedeuten.

»Ich versuch's.«

Sie strahlte und holte ein kleines Chinatagebuch hervor.

»Wenn sie mir hier was reinschreiben könnte?«

»Keine Garantie. Aber wenn du das Buch wiederhaben möchtest, dann warte wirklich hier.«

»Ich heiße Silke. Sie soll was für Silke reinschreiben.«

»Na, dann machen wir uns mal auf die Suche nach dem Superstar.« Ella und Annett fuhren mit der Rolltreppe hoch, die doppelt so lang war wie die im Kaufhof oder Karstadt. Auf der mittleren Ebene stiegen sie aus und gesellten sich zu der Menge, die vor dem Saal feierte. Ella ließ ihren Blick durch die Menge schweifen. Und registrierte ebenfalls neugierige Blicke. Wenn die wüssten, dass ich kein Filmstar, sondern einfach nur eine Hebamme bin, dachte Ella und lächelte freundlich zurück, falls einer sie schüchtern anlächelte. Sie war solche Blicke gewöhnt.

»Schau mal, da ist Carola!«

Tatsächlich. In der Ecke stand Carola und unterhielt sich mit einem Mann.

»Oh, guck mal. Carola unterhält sich mit Carsten Küppers.«

»Wer ist Carsten Küppers?«, fragte Ella.

»Na, der Mann, der sich mit Carola unterhält! Kennst du den auch nicht? Der ist total witzig. Er war ein paarmal bei *Samstag Nacht*. Das kennste aber, oder? Läuft seit letztem Jahr auf RTL.«

Sie steuerten auf Carola zu.

»Hallo, Carola!«

Carola umarmte beide, sagte aber nichts zu dem Mann, der neben ihr stand.

»Hallo, Herr Küppers«, ergriff Annett das Wort und reichte dem Mann mit den schulterlangen blonden Locken die Hand. Der hatte was von Thomas Gottschalk, dachte Ella, den kannte sogar sie.

»Ihr kennt euch auch?«, fragte Carola.

»Nee, also ich ihn, aber er mich natürlich nicht. Spannend, mal einen aus dem Fernsehen in echt zu sehen.«

Annett lachte und nahm sich genau wie Ella einen Orangensaft von dem Tablett, das herumgereicht wurde. Ella erwartete jeden Moment einen Geburtsalarm. Zwei ihrer Frauen waren überfällig.

»Und ihr seid?«

»Ella.«

»Und Annett.«

»Wir sind Kolleginnen von Carola.«

»Ah, ihr seid auch in dem Dreamteam vom Geburtshaus?«

»Das kennen Sie?«

»Seit eben. Carola hat mir davon erzählt. Cool.«

Carola? Sie duzten sich schon? Oder war das beim Film einfach so?

»Fehlt nur noch Susanne«, warf Carola ein und prostete ihren Freundinnen mit einem Orangensaft zu.

»Gar nicht ihre Art, zu spät zu kommen. Vielleicht ist sie bei einer Geburt.«

Ella wechselte einen Blick zwischen dem Schauspieler

und Carola. Sie wirkten vertraut, aber Carola war eindeutig auch etwas nervös. Wobei sich wohl jede nervös fühlen würde, wenn der eigene Mann das erste Mal im Leben im Rampenlicht steht.

Ella war ja schon nervös, obwohl es nur der Mann ihrer Freundin war. Aber all die Leute, das Blitzlichtgewitter, das den Raum noch greller wirken ließ, die Stimmen, die alle durcheinanderplapperten, strengten sie an. Wie entspannt war dagegen eine Geburt. Na ja, entspannt war vielleicht der falsche Ausdruck. Konzentriert passte besser. Und Carolas Mann war anscheinend noch nervöser. Andreas kam auf sie zu, begrüßte sie, legte dann seinen Arm um Carola und nickte allen anderen zu.

»Es geht gleich los.«

»Ich bin übrigens ganz begeistert von Ihrem Skript, Herr Hardgenbusch. Auch wenn darin nur eine Nebenrolle für mich vorgesehen war.« Carsten lächelte Andreas noch einmal zu, während Andreas scheinbar gleichgültig dreinschaute.

»Danke schön. Und die Rollen verteilt ja der Regisseur und nicht ich. Welche Rolle haben Sie noch gleich gespielt?«

»Den Fritz.«

»Ah ja, den Fritz.«

Andreas nahm sich noch ein Glas Sekt von dem Tablett, das wieder herumgereicht wurde.

»Sie kommen mir bekannt vor. Ich schreibe zwar Drehbücher, gucke aber kaum Fernsehen. Sagen Sie noch mal, wer Sie sind?«

»Carsten Küppers. *Samstag Nacht,* dann immer wieder

Theater, demnächst Bauturm. Und ich bin mit Carola zur Schule gegangen. Mann, hatten wir früher Spaß zusammen. Stimmt's, Carola? Weißt du noch, die Stufenfahrt?«

»Ja, weiß ich noch.«

Carola wurde rot. Eine gestandene Frau. Ella schmunzelte, wobei dieser Carsten mit seiner vertraulichen Bemerkung wohl vor allem dem Drehbuchautor eins auswischen wollte, der sich so unbeeindruckt gab.

»Lasst uns jetzt mal in den Saal gehen. Die erste Reihe ist für uns reserviert. Und ich bin gespannt auf Ihre Interpretation von Fritz, Herr Küppers. An den Nebendarstellern zeigt sich oft die Qualität des Films. War nett, Sie zu treffen.« Andreas nahm Carola an die Hand. Genau in diesem Moment kam Susanne auf sie alle zu. Mit einem Sektglas in der Hand.

»Gut, dass ich euch noch gefunden habe. Alleine traue ich mich da nicht rein.«

Was war denn heute nur los?, fragte sich Ella. Carola wirkte neben der Spur. Susanne sah angespannt aus. Sie waren doch hier, um zu feiern. Wie eine Schafherde liefen sie nun alle in den Kinosaal. Die ersten beiden Reihen waren für die Hauptdarsteller und die Filmcrew samt Freunden oder Familie reserviert, die Übrigen wie Ella, Annett und Susanne durften sich einen Platz aussuchen oder mit jenen vorliebnehmen, die übrig blieben. Als der Vorhang sich öffnete, ließ Ella sich entspannt in den Sessel sinken. Ein riesiger Saal war das. Dreihundert Menschen fanden hier Platz. Dreihundert Menschen, die sich für die Geschichte interessierten, die Andreas geschrieben hatte. Carola musste doch platzen vor Stolz.

* * *

Susanne wischte sich eine Träne aus den Augenwinkeln. Das Ende des Films hatte sie berührt. Mucksmäuschenstill war es gewesen beim Abspann. Ella war schon in der Mitte des Films angefunkt worden und hatte sich rausgeschlichen. Wiedergekommen war sie nicht.

Und ausgerechnet jetzt ging Annetts Pieper los. Zum Glück hatten sie einen Platz ganz am Rand. Susanne ließ Annett an sich vorbei.

»Alles Gute«, flüsterte sie, als Annett sich im Dunkeln vortastete. Nun saß sie allein hier inmitten all der Menschen. Carola und ihre Familie waren weit vorne. Applaus brandete auf, als der Abspann zu Ende war. Nacheinander wurden die wichtigsten Leute nach vorn gerufen. Der Regisseur. Der Kameramann. Der Drehbuchautor. Die Schauspieler. Und ausgerechnet der Hauptdarsteller erinnerte sie an Antonius. Es war ein schöner Mann. Susanne klatschte ebenfalls, bis es schmerzte. Was war doch alles passiert in den letzten fünf Jahren. Sie alle hatten so viele Träume wahr gemacht. Das Geburtshaus. Die Zeit in Afrika. Eine Hochzeit. Das Drehbuch zu einem Kinofilm. Und doch reichte es nicht. Sie hatte noch einen Traum, der immer größer wurde, je weniger es wahrscheinlich wurde, dass er sich noch erfüllte.

Sie vermisste Antonius. Nicht so wie sonst. Aber etwas schon. Sie hätten zusammen sein sollen heute Abend. Entweder hier im Kinosaal oder auf dem Geburtstag seiner Schwester.

Ob sie noch hinfahren sollte? Lieber nicht. Sie hatte

zwei Glas Sekt getrunken. Und Antonius hasste Drama. Wenn sie jetzt dort auftauchen würde, wäre das Drama. Außerdem befand er sich vielleicht längst auf dem Rückweg nach Köln.

Susannes Hände schmerzten immer mehr vom Klatschen, aber sie machte weiter. Sie freute sich so für Andreas. Und für Carola. Carola hatte ihren Mann all die Jahre in seinem Traum unterstützt, Schriftsteller zu werden. Sie hatte dafür viele Jahre in Kauf genommen, in denen sie mit drei Kindern sehr sparsam leben mussten. In denen die Verantwortung, die Miete zu bezahlen, auf ihr lastete.

Was hatte Carola noch mal erzählt? Rein statistisch gesehen, wurde eins von tausend unaufgefordert eingereichten Manuskripten am Ende von einem Verlag veröffentlicht. Ganze Zimmer voller Papierberge, in denen sich Hoffnung auf den Bestseller versteckte, füllten die Abstellkammern der Verlage. Und die allermeisten Stapel wanderten am Ende in den Müll. Aber Andreas hatte nicht aufgegeben. Und sie wollte ihren Traum auch nicht aufgeben.

Plötzlich ging ihr Pieper. Es war ein Glück, dass sie ihn bei dem Applaus überhaupt hörte.

Auf dem Platz vor dem Kino entdeckte sie eine Telefonzelle, bei der sie ihre Telefonkarte benutzen konnte, und tippte die Nummer auf die silberfarbenen Tasten. Sie kam ihr nur vage bekannt vor, es war kein Anschluss in Köln. Nun gut, niemand verlangte von den werdenden Müttern, dass sie vor der Geburt zu Hause sitzen bleiben sollten. Sie hoffte nur, dass es ein Fehlalarm war. Bei keiner ihrer Schwangeren stand der Termin kurz bevor.

Sie hörte das Freizeichen, während sie aus dem Fenster der Zelle schaute. Das Glas war beschlagen. Draußen war es kalt, und in ihrem kurzen Kleid fror sie. Sie wischte mit den Händen über das Glas ein Guckloch frei. Warum ging denn niemand ans Telefon? War vielleicht ein Notfall eingetreten? Sie kam sich so winzig vor. Um sie herum hohe Häuser. Bunte Lichter. Der Mediapark gehörte zu den modernsten Plätzen der Stadt. Wirkte etwas künstlich. Fühlte sich nach Zukunft an.

»Hallo?«

Endlich! Aber die Stimme. Die kannte sie doch. Sie brachte kein Wort hervor.

»Susanne?«

»Antonius?«

Ihr Herz machte einen Sprung. Natürlich hatte Antonius die Nummer von dem Pieper, aber die war nur für den Notfall gedacht.

»Ich wollte nur Bescheid sagen, dass ich bei meiner Schwester übernachte. Wir haben Wein getrunken. Und außerdem ist es schön hier. Es sind noch alte Freunde da. Ich glaube, ich brauche mal ein bisschen …«

Nun krampfte sich ihr Herz zusammen. Was brauchte er? Abstand? Oder nur ein bisschen Ablenkung? Abstand war immer der erste Schritt zur Ablösung, oder?

»Ist in Ordnung. Dann sehen wir uns morgen?«

Morgen war Sonntag. An einem Tag, an dem die Buchhandlung offen war, würde Antonius niemals fortbleiben.

»Ja, morgen.«

Sie schwiegen einen Moment. Eine Zigarette glomm im Dunkeln. Wer sie rauchte, konnte Susanne nicht erkennen, auch weil ihre Augen feucht wurden.

»Antonius, du hast gerade gesagt, dass du etwas brauchst. Was denn?«

»Nichts. Lass uns morgen reden. Mach's gut.«

»Du auch.«

Beide hängten ein. Susanne zog die Telefonkarte wieder aus dem Schlitz und steckte sie in die Tasche. Sie suchte nach einem Taschentuch. So konnte sie unmöglich wieder auf die Feier. Die kalte Luft draußen beruhigte sie etwas. Der Glimmstängel kam näher. Sie sog den Geruch ein, der sie an ihre Jugend erinnerte. Keine Schachtel Zigaretten hatte sie im Leben leergeraucht.

»Ist es ein Mann, wegen dem du weinst?«

Was sollte diese intime Frage? Susanne war froh, dass der Platz auch zu später Stunde noch belebt war. Nicht dass dieser Mann noch andere Grenzen überschritt. Ganz davon abgesehen hatte sie nun wirklich keine Lust, mit irgendjemandem über ihre Gefühle zu sprechen. Und genau das wollte sie auch sagen! Sie blickte auf und sah ihm ins Gesicht. Und musste lächeln. Sie hatte diesen Mann fast nackt gesehen, weinen sehen, kämpfen sehen, fast sterben sehen. Es fühlte sich natürlich an, sich ihm zu offenbaren, auch wenn ihr bewusst war, dass das auf der Leinwand nicht sein wahres Ich gewesen war.

»Ja, es ist ein Mann, wegen dem ich weine.«

»Lass uns eine Runde gehen«, hatte er ihr vorgeschlagen, und sie war ihm gefolgt. Sie würde diesen Mann nie wiedersehen. Und es tat gut, jetzt jemandem ihr Herz auszuschütten. Jemandem, der nichts mit ihrem Leben zu tun hatte.

Auf dem höchsten Punkt der Brücke, die sich über den kleinen See in dem Park spannte, blieben sie stehen und lehnten sich an das Geländer. Ein paar Schwäne zogen vor ihnen ihre Kreise, als warteten sie auf Futter.

»Vielleicht gibt es keine glückliche Liebe.«

Kai Mittermaier hatte ihr sein Sakko um die Schultern gelegt. Und ihr auch eine Zigarette angeboten. Beides hatte sie dankbar angenommen. Und vielleicht würde sie sich seinen Namen merken, um sich auch weitere Filme von ihm im Kino anzusehen.

»Vielleicht. Vielleicht will ich aber auch einfach zu viel.«

Sie blies den Rauch in die Luft. Musste aufpassen, nicht zu husten. Morgen würde sie Antonius davon erzählen. Und vielleicht würden sie gemeinsam darüber lachen.

»Als ich dich gerade gesehen habe, dachte ich, Susan Sarandon stünde vor mir.«

»Ach komm.«

Und doch fühlte sie sich geschmeichelt, mit der Hollywoodschauspielerin verglichen zu werden. Von einem bekannten Schauspieler. Den sie nur nicht kannte, weil sie eben kaum ins Kino ging oder Fernsehen schaute.

»Doch.«

»Musst du nicht wieder rein? Ich meine, alle Gäste wollen doch ein Autogramm. Und überhaupt. Das ist doch auch deine Feier.«

»Ich habe keine Lust zu feiern.«

Er sah traurig aus. Susanne strich ihm über die Schulter. Da hatte sie sich ausgeheult und merkte gar nicht, dass er vielleicht auch Trost brauchte.

»Meine Ex ist auch auf der Feier. Sie ist der Grund, warum ich morgen abreise. Sie hat mich betrogen. Mit *meinem* Maskenbildner.«

»Oh, das tut mir leid.«

»Braucht es nicht. Immerhin reise ich nach Amerika ab. Ich habe das Angebot für einen Film bekommen. Das ist meine letzte Nacht in Deutschland für ein halbes Jahr.«

Susanne umklammerte den Pieper, als hätte sie Angst, ihn zu überhören. Carola würde ihn jetzt fragen, ob er denn schon seine Koffer gepackt hätte. Ob er nicht lieber früh ins Bett sollte, um den Flieger nicht zu verpassen. Und Ella? Die hätte gar nicht so viel von ihm erfahren, weil sie sich auf keinen Mann einließ. Ob sie doch noch Christoph hinterhertrauerte? Hoffentlich nicht.

»Und möchtest du diese Nacht dann nicht noch nutzen? Lass uns reingehen! Und feiern! Meine Freundin wird sich auch fragen, wo ich bleibe.«

Carola war so aufgeregt gewesen. Sie konnte sie nicht im Stich lassen.

Kai nahm ihre Hand. »Ehrlich gesagt habe ich mich den ganzen Abend nicht so gut gefühlt wie mit dir hier draußen.«

Seine Berührung jagte ihr einen Schauer durch den ganzen Körper. Sie sah ihn an. Ja, es hatte sich mit ihm so vertraut angefühlt. Sie wusste, dass das Gefühl eine Illusion war. Sie kannten sich nicht. Aber manchmal kreuzten sich die Wege mit Menschen und ließen eine Nähe zu, die nur für den Moment lebensverändernd war. Sie dachte an den Jungen damals, der bis heute nicht wusste, dass er Vater war. Sie dachte an Julia, die eigentlich nie hätte existieren sollen, wenn sie vernünftig gewesen wäre. Und wie oft hatte sie im Leben diesen Schritt bereut. Aber wie oft war sie einfach nur dankbar gewesen, dass es Julia gab. Es gab nicht nur Schwarz und Weiß. Sie sah diesem Mann in die Augen. Er sah Antonius ähnlich. Er war klug und begabt. Es war der richtige Zeitpunkt im Monat. Das Schicksal präsentierte ihr eine Chance auf einem Silbertablett. Eine Nacht könnte alles verändern. Und niemand musste von dieser Nacht erfahren. Er hielt ihre Hand immer noch. Erika fiel ihr ein, die ihr Glück auch auf Umwegen erreicht hatte. Auf Umwegen, von denen niemand erfahren musste.

* * *

Carola steuerte den Wagen durch die Nacht. Maike und Thomas schliefen auf der Rückbank. Maike hatte ihren Kopf an den ihres großen Bruders gelehnt. So einträchtig sah Carola ihre beiden Jüngsten selten zusammen. Stefanie lächelte unentwegt in sich hinein, als zehre sie noch von all den bewundernden Blicken. Wie konnte so etwas so wichtig sein? Sie hatte doch viel mehr zu bieten als ihr Aussehen.

Andreas griff nach ihrer Hand.

»Was für ein Abend.«

»Warst du zufrieden?«

»Total! Ich hatte ja vorher schon Ausschnitte gesehen und war mal bei den Dreharbeiten dabei. Aber nach dem Schnitt und mit der Musik war es noch mal ganz anders. Kai Mittermaier war fantastisch. Ich war fast eifersüchtig, wie gut er die Hauptfigur umgesetzt hat.«

»Ach, Papa, das hätte er niemals gekonnt, wenn du ihn nicht so gut beschrieben hättest.« Stefanie sprach leise, um ihre Geschwister nicht zu wecken.

»Danke. Und danke, dass ihr alle dabei wart.«

Carola nickte und drückte seine Hand, während sie in ihre Straße einbogen. Sie war glücklich darüber, dass Andreas endlich so einen Erfolg hatte. Aber die Vorstellung, mehr als einmal im Jahr auf ein Fest dieser Art zu müssen, fand sie beklemmend. Ob es Susanne ähnlich ergangen war? Sie war irgendwann verschwunden, ohne sich zu verabschieden. Und Ella und Annett waren beide noch zu ihren Schwangeren gerufen worden.

»Papa, ich hoffe, du schreibst schon am nächsten Drehbuch. Ich hätte direkt wieder Lust auf eine Premierenfeier. Am liebsten würde ich mit auf der Bühne stehen.«

»Warte mal ab, das tust du bestimmt noch!« Andreas drehte sich nach hinten zu ihrer ältesten Tochter. Carola sagte nichts. Es wusste doch jeder, dass nach der großen Sause immer ein Kater folgte. Wie viele Stars betranken sich am Ende allein in ihrem Hotelzimmer, sobald die Party vorbei war. Sie schaute ihren Mann an. Ob er sich vielleicht sogar mal danach sehnte, sich alleine im Hotelzimmer zu betrinken? Als wenn es nicht noch Tausende Nuancen zwischen einsamem Betäuben und zurück ins Familienchaos gab, mahnte sich Carola schließlich und versuchte, Verständnis für das Funkeln in den Augen von Vater und Tochter zu haben, das der Lust auf die Bühne entsprang.

»Andreas, es wäre auch okay, wenn du dir ein Taxi nimmst und noch mal zurückfährst. Die Party ist noch nicht vorbei.«

»Lass mal, ich hatte meine fünfzehn Minuten Ruhm. Eigentlich schon fünf Stunden. Davon muss ich mich auch erholen.«

Carola musste sich eingestehen, dass sie ganz froh war, als er mit nach Hause gewollt hatte. All diese jungen, hübschen und naiven Frauen, die ihn angehimmelt hatten. Die sich vielleicht wünschten, dass er ihnen eine Rolle auf den Leib schreiben würde – und damit es perfekt wurde, diesen vielleicht vorher noch zu studieren. Und ja, sie hatte sich ziemlich unscheinbar gefühlt neben all diesen aufgebrezelten Frauen. Da hatte sie ein Mal im Leben die Chance auf einen roten Teppich, und sie hatte es vermasselt. Nun, sie wollte schließlich weder in der *Bunten* landen noch irgendwen beeindrucken. Wie hatte Andreas letztens noch gesagt? Niemand erwartete von ihr, dass sie nach drei Kindern ihren alten Körper hatte. Das war doch mal toll, ein Gebiet, auf dem niemand was von ihr erwartete. Warum sollte sie es dann selbst tun?

Als die Kinder zu Hause schlaftrunken in ihre Betten getorkelt waren – bis auf Stefanie, die noch Licht im Zimmer anhatte und wahrscheinlich den Abend in ihrem Tagebuch festhielt –, nahm Andreas sie in den Arm.

»Aber eine Frage habe ich noch, jetzt, wo wir endlich unter vier Augen sind.«

»Und zwar?«

»Was genau für einen Spaß hattest du mit Carsten Küppers?«

Konnte das sein? War er etwa eifersüchtig?

»Ach, Carsten. Wir waren zusammen in der Schule. Und wir waren mal kurz ineinander verknallt.«

Sie grinste. Ja, Carsten und sie hatten eine schöne Zeit. Hatten viel miteinander gelacht, aber es war nichts Ernstes gewesen.

»Aha. Kann mich gar nicht daran erinnern, dass du mir von ihm erzählt hast.«

»Habe ich bestimmt mal, aber es war nicht weiter wichtig. Ist auch nicht allzu viel passiert zwischen uns bis auf Rumgeknutsche.«

Andreas hielt sich die Ohren zu. »Keine Details bitte.«

»Ich habe die Details eh schon vergessen.«

Sie küsste ihn flüchtig.

»Er anscheinend nicht. So wie er dich angeschaut hat.«

»Ach, komm, die Frauen liegen ihm zu Füßen. Vielleicht hat er sich nur so lange mit mir unterhalten, um Ruhe vor den Groupies zu haben.«

»Ne, ne, ich habe einen Blick dafür. Der hätte dich sofort mitgenommen.«

»Blödsinn. Es war einfach schön, mit ihm zu plaudern. Er erinnert mich an eine Zeit ganz ohne Sorgen.«

Ja, das war es gewesen. Eine Zeit ohne Sorgen. Unbeschwert. Frei. Und leicht. Sie hatte dieses Gefühl schon genauso vergessen, wie sie Carsten vergessen hatte. Beides hatte nichts mehr mit ihrem aktuellen Leben zu tun.

* * *

Ella wischte sich den Schweiß von der Stirn. Die Heizung in dem Geburtsraum war voll aufgedreht. Und im Gegensatz zu der Schwangeren trug Ella ihre altrosa Hebammentracht. Altrosa war auch die große, runde Wanne, in der die junge Frau Jasmin ihre Wehen veratmete. Ihr Mann kniete genau wie Ella neben der Wanne, hielt die Hand seiner Frau, was sie jedoch kaum zu bemerken schien, so konzentriert, wie sie war.

Und Ella wollte diese Konzentration nicht stören. Nicht durch weitere Untersuchungen. Nicht durch Anfeuern. Nicht mal durch Ermutigungen. Ella spürte die Stärke, über die Jasmin gerade verfügte. Eine Stärke, die nicht von dieser Welt war. Und die so gar nichts mit den Geburtsszenen in Filmen gemein hatte. Dort waren die Frauen fast immer Opfer einer Naturgewalt. Im Krankenhauskittel im Bett liegend, aufgeschmissen ohne die Hilfe der Ärzte. Ohnmächtig. Ella musste lächeln. Zu gern hätte sie den Film zu Ende angeschaut. Er war gut. Richtig gut. Fast besser als der Roman, den Ella gleich nach Erscheinen gelesen hatte. Was war, wenn Hollywood Andreas haben wollte? Würde Carola dann noch für das Geburtshaus arbeiten?

Jasmins Atem veränderte sich. Ihre dunklen Augen waren zu schmalen Schlitzen geworden. Ihr Unterhemd klebte an ihrer nassen Haut. Ella sah, wie sich zwischen ihren Beinen etwas veränderte, die Haut unter dem Schamhaar sich dehnte und bald darauf ein Stück Kopfhaut zu sehen war. Ella staunte immer noch über dieses

Wunder. Dass ein Kind in einer Frau wachsen konnte. Und dass es in den meisten Fällen genauso selbstverständlich herauskam. Ihr Blick traf sich mit Jasmins. Sie lächelten sich an. Es war jeden Moment so weit.

Ella legte das wunderschöne, winzige Mädchen in Jasmins Arme. Sie blieb noch im Wasser. Begrüßte erst einmal ihr Kind. Genauso wie der Vater. In diesem Moment war das Mädchen der größte Star der Welt. Ohne dafür irgendetwas leisten zu müssen. Sie wurde geliebt und bestaunt. Einfach nur, weil sie da war. Allein für diesen Moment lohnte sich die Arbeit im Geburtshaus.

Sie ließen den Eltern diesen kostbaren Moment immer, solange es ging. Das Abnabeln. Die Nachgeburt. Das alles hatte Zeit. Ella dachte an das Mädchen im Kino. Was hatte sie gestrahlt, als Ella ihr das Büchlein mitsamt ihrer Eintrittskarte in die Hand gedrückt hatte, nachdem sie das Kino verlassen musste. Ob sie wohl das begehrte Autogramm ergattern konnte?

Als Ella dem Vater die Schere in die Hand drückte, damit er das bis gerade lebensnotwendige Band zwischen Mutter und Tochter durchtrennte, hatte er Tränen in den Augen. Das hier ist noch das einfachste Abschiednehmen, dachte Ella.

»Warum muss es so schwer sein? Das Kinderkriegen? Ich meine, jedes andere Säugetier bekommt die Kinder so nebenbei«, fragte er, als sie das Baby gemeinsam badeten.

Ella verschwieg, dass es auch bei Tieren nicht immer nebenbei lief. Es gab auch Säugetiere, die vor Schmerzen schrien. Und es gab gerade auf Bauernhöfen auch viele

Geburten, bei denen ein Tierarzt nachhelfen musste. Und sie antwortete auch nicht damit, dass es die Evolution den Frauen schwerer gemacht habe, ihre Kinder zu bekommen. Der aufrechte Gang war kein Geburtshelfer. Und auch die Größe der Kinder nicht. Und sie verkniff sich die Bemerkung, dass diese Geburt sehr leicht gewesen war. Sie wusste nur zu gut, dass es nie leicht war und sich auch nicht so anfühlte, während man die Schmerzen ertrug oder mit ansah.

»Ich weiß es nicht, warum es so ist, wie es ist, aber ich denke, dass die Mutter sich in dem Moment der Geburt stark fühlen sollte. Und dazu gäbe es keine Gelegenheit, wenn es zu einfach wäre.«

* * *

Susanne hatte zu Hause die Pumps gegen flache Schuhe getauscht, einen Kaffee getrunken und sich ins Auto gesetzt. Kais Berührung brannte noch auf ihrer Haut. Die Autobahn war leer, es war nach Mitternacht. Kaum jemand war um diese Zeit unterwegs. Eine Zeit, in der nicht viel passierte, aber in der manchmal Babys geboren wurden. Hoffentlich nicht heute. Jedenfalls nicht von ihren Schwangeren.

Was war nur in sie gefahren? Wie hatte sie nur eine Sekunde glauben können, dass das der richtige Weg wäre?

Kais Worte klangen in ihr nach. Dass er sich lange nicht mehr so wohlgefühlt habe wie in ihrer Gegenwart. Er wollte die Nacht mit ihr verbringen. Hatte ihre Hand genommen, während er auf ihre Antwort gewartet hatte.

Susanne hatte nicht den geringsten Zweifel daran

gehabt, dass er über diese Nacht für immer schweigen würde. Sie war nicht naiv. Sie bildete sich nicht ein, dass sie diejenige war, die das Herz eines berühmten Schauspielers erobern würde, nur weil sie anders war als die Frauen, die ihn sonst umschwärmten. Diese Nacht hätte nur einen einzigen Zweck gehabt.

Da hatte sie gestanden. Mitten im Mediapark. Umgeben von Feierlustigen, Nachtschwärmern oder auch einsamen Seelen, die noch in der Nacht nach Begegnungen suchten. Dieser Mann gefiel ihr. Er sah Antonius so ähnlich. So lächerlich ähnlich, dass es wehtat. Und dass es wie ein Wink des Schicksals wirkte.

Und dann dachte sie daran, was sie Antonius versprochen hatte. Nicht nur die Treue. Sondern vor allem absolute Ehrlichkeit. Etwas, was sie ihm lange nicht geben konnte. Es hatte ihr damals das Herz zerrissen. Sie davon abgehalten, sich auf ihn einzulassen. Sie hatte ihm so lange nicht die Wahrheit sagen können. Und solange er nicht gewusst hatte, was in ihrem Leben passiert war, als sie sechzehn Jahre alt gewesen war, konnte sie ihn nicht an sich heranlassen.

Wenn sie ihn wieder belügen würde, wäre der Preis zu hoch. Selbst wenn sie dadurch ihren Traum von einem weiteren Kind erfüllen könnte.

Das Licht in dem Einfamilienhaus in dem kleinen Ort in der Eifel brannte noch, sie sah es als gutes Zeichen. Die Party war also noch im Gange. Sie brauchte Antonius also nicht aus dem Schlaf reißen.

Aufgeregt klingelte sie an der Haustür. Sie hörte Schritte. Und Lachen. Die Tür öffnete sich.

»Susanne? Ich dachte schon, die Nachbarn wollten sich über den Lärm beschweren. Schön, dass du es bist!«

Antonius' Schwester Elisabeth nahm sie in den Arm. Sie war in dieser Familie sehr herzlich aufgenommen worden.

»Herzlichen Glückwunsch zum Geburtstag. Alles Gute dir. Ich hoffe, es ist in Ordnung, wenn ich noch komme?«

Susanne knetete ihre Hände, die von der Autofahrt steif waren. Und leer waren sie zudem. Sie hätte ja wenigstens noch ein paar Blumen an einer Tankstelle holen können.

»Na klar. Gibt auch noch was zu essen. Und zu trinken.«

Trotz der herzlichen Begrüßung war sich Susanne auf einmal nicht mehr ganz sicher, ob es eine gute Idee war. Immerhin hatte Antonius sich etwas Abstand gewünscht. Oder war das nur ihre Interpretation?

»Komm rein!« Seine Schwester führte sie ins Wohnzimmer, in dem noch ein halbes Dutzend Leute um den niedrigen Tisch saßen. Die Weingläser waren voll, genau wie die Chipsteller. Antonius saß zwischen seinem Schwager und einer Frau in Susannes Alter, die Salzstangen wie Zigaretten im Mundwinkel hielt, während sie sichtlich mit der Müdigkeit kämpfte.

»Hi, schaut mal, wen ich noch aufgegabelt habe«, sagte Elisabeth. Antonius hob den Kopf. Und lächelte.

»Das ist Susanne. Meine wunderbare Schwägerin.«

Die Frau mit den Salzstangen und ein paar andere, die Susanne ebenfalls nicht kannte, nickten ihr zu. Zum Aufstehen waren sie wohl schon zu müde, vielleicht auch schon ein wenig zu angeschickert. Nur Antonius stand auf, kam auf sie, lächelte sie an und umarmte sie fest. Sein Atem roch nach Wein. Und nach Zigaretten. Oder war das nur sein Haar? Immerhin saß er in einem rauchgeschwängerten Wohnzimmer. Oder hatten sie heute Nacht beide diesen albernen Griff zur Zigarette gewagt, als wären sie zwei trotzige Teenager?

»Es ist so schön, dich zu sehen.«

»Das finde ich auch, ich habe dich auf einmal so vermisst.«

Sie lösten sich voneinander.

»Ihr beiden seid echt unglaublich. Solche Turteltauben! Und das noch Jahre nach der Hochzeit! Was möchtest du trinken, Susanne?«

»Gerne auch was von dem Wein.«

Sie setzte sich neben Antonius und hörte einfach nur zu. Verschlang die Häppchen, die Elisabeth ihr noch hinstellte, nippte an dem Wein, hielt immer wieder Antonius' Hand. Alles würde gut werden. Nein, alles war gut. Hier war ihr Platz, an Antonius' Seite. Wie gerne würde sie ihm jetzt alles erzählen. Alles. Nie wieder sollte ein Geheimnis zwischen ihnen stehen. Und noch etwas war ihr klar geworden. Sie wünschte sich ein Kind mit Antonius. Aber nicht mehr um jeden Preis. Er war der wichtigste Mensch in ihrem Leben. Und er würde es immer bleiben. Das wollte sie ihm so gerne sagen, doch sie wollte auf keinen Fall dafür sorgen, dass diese Party früher zu Ende war. Sie wusste, wie sehr seine Schwester es liebte zu feiern und wie wenig Gelegenheit sie hatte. Und sie wusste, wie gerne Antonius Zeit mit ihr verbrachte. Nein, sie würde warten, bis sie gemeinsam im Gästezimmer verschwinden würden.

* * *

Falls diese Familie am Samstag einen Moment versucht war, vom Boden der Tatsachen abzuheben, dann hat der Montag sie mit voller Wucht auf den Boden der Tatsachen zurückgeschleudert, dachte Carola. Es war 12 Uhr, und die Katastrophen reichten schon für eine Woche. Es fing damit an, dass Andreas' Verlag damit rausrückte, dass sich das nächste Buch etwas verzögern würde, und das Finanzamt gleichzeitig eine Steuervorauszahlung verlangte, mit der sie alle Rücklagen aufbrauchen würden. Diese Sachbearbeiterin vom Finanzamt hatte einfach zu wenig Ahnung, wie die Arbeit von Schriftstellern aussah, und war zudem stur und unnachgiebig. Gut, dass Carola noch ihren Job hatte. Und ein Gutes hatte der Brief vom Finanzamt. Er würde Andreas' Vorschlag, dass sie mal eine Auszeit von der Arbeit nehmen könnte, im Keim ersticken. Auszeit von der Arbeit würde doch nur mehr Arbeit zu Hause bedeuten. Dann klingelte das Telefon. Die Schule.

»Oh, Sie sind ja zu Hause, Frau Hardgenbusch!«

Warum rief Frau Strupp denn überhaupt an, wenn sie niemanden am anderen Ende der Leitung erwartete?

»Ja, wie kann ich Ihnen helfen?«

»Ich frage mich, wie wir Ihrer Tochter helfen können. Maike scheint mir komplett überfordert am Gymnasium. Sie hat heute zum dritten Mal die Deutschhausaufgaben nicht gemacht.«

Mist. Beim dritten Kind dachte Carola, dass das schon von alleine liefe. Hatte es ja meistens einigermaßen. Sie schaute auf die Uhr, um eins musste sie im Geburtshaus sein. Ein Termin mit Anja Cornelsen. Auf den freute sie sich schon.

»Das tut mir leid. War viel los in letzter Zeit. Wir werden darauf achten.«

»Kann es sein, dass Sie auch überfordert sind? Drei Kinder und dann noch berufstätig? Maike hat schon mehrmals gesagt, dass Sie ihr nicht helfen können, weil Sie nie Zeit haben.«

Carola würde die Diskussion sowieso verlieren. Ganz davon abgesehen, dass noch einiges zu Hause zu tun war, bevor sie zur Arbeit konnte. Andreas hatte noch einen Interviewtermin beim *Kölner Stadt-Anzeiger*. Sonst wäre er vielleicht ans Telefon gegangen.

»Ich bemühe mich, die Hausaufgaben im Blick zu halten. Vielen Dank für den Hinweis.«

»Das wird nicht reichen. Ich möchte, dass Sie diese Woche in die Schule kommen, damit wir gemeinsam überlegen können, ob Sie Ihre Schulwahl noch einmal rückgängig machen können.«

Maike war erst seit ein paar Wochen auf dem Gymnasium. Sie sollte doch erst einmal in Ruhe ankommen. Dennoch stimmte Carola einem Termin zu.

Dann sammelte sie schnell die Wäsche ein. Thomas sollte seine Wäsche längst runtergebracht haben, sodass Carola kein Mitleid gehabt hatte, als er heute Morgen seine benutzten Socken wiederverwenden musste. Aber sie wollte nicht, dass er am nächsten Tag auch noch mit dreckigem Shirt in die Schule gehen würde – auch das würde auf ihre Berufstätigkeit und die Kinderzahl zurückfallen. Wer bekam denn in Zeiten der Pille noch drei Kinder? Wie oft hatte sie sich Sprüche anhören müssen, ob sie denn keinen Fernseher hätten.

Nicht erst nachdem sie in Stefanies *501* die Visitenkarte des Fotografen gefunden hatte, suchte sie routinemäßig die Taschen ab. Und bei Thomas stieß sie auf ein Päckchen Zigaretten. Marlboro. Hatten sie nicht letztens erst im Biounterricht Plakate gegen das Rauchen geklebt? *Sterben tust du sowieso. Schneller gehts mit Marlboro?* Lag bestimmt daran, dass sie ein schlechtes Vorbild war und sich hin und wieder auch eine Kippe gönnte. Genau, sie rauchte ihrem Sohn die Glimmstängel einfach weg, das wäre vielleicht Konsequenz genug.

Mit Wäschekorb, einer Zornesfalte zwischen den Augenbrauen und den Kippen obenauf lief sie zur Waschmaschine.

Gönnte sich im Garten eine Kippe, musste nach drei Zügen husten und würgen. Also schmiss sie die Dinger in den Müll. Die Sorte war widerlich, Camel schmeckte eindeutig besser. Hoffentlich war es Thomas genauso ergangen. Sie musste nach der Schule ein ernstes Wort mit ihm reden.

In Frau Freuds Zimmer kam sie wenig später direkt zur Ruhe. Anja Cornelsen saß ihr gegenüber. Der Bauch wuchs und die Vorfreude auch.

»Ich sehe ja bei dir, dass es auch mit drei Kindern gut werden kann. Weißt du, ich hätte mich schon viel früher richtig gefreut, wenn ich ein paar mehr Vorbilder wie dich gehabt hätte.«

»Ach, Vorbild, meine Große möchte Fotomodell werden, statt ihren Kopf zu benutzen, der Mittlere raucht heimlich, und meine Kleine ist in der Schule überfordert.«

»Ich mag deinen trockenen Humor.«

»Leider kein Witz.«

»Das meine ich.«

Carola lachte. Auch wenn ihre Familie nicht perfekt war, liebte sie sie. Und wollte mit niemandem tauschen. Auch nicht mit ihrem Vorzeigeneffen Konrad. Der arbeitete gerade auf ein vortreffliches Abitur hin, um danach Jura zu studieren. Konrad trug schon seit seinem zwölften Lebensjahr Cordhosen und Hemd – sogar in der Schule. Ihre Schwester Heike tat nur so, als mache sie sich Sorgen, dass er nie feiern gehe, sich nie mal besaufe, sondern immer nur über seinen Büchern hängen würde. Im Grunde hatte sie selbst nie mal über die Stränge geschlagen und war jetzt die Chefin in einem perfekt geführten Haushalt. Das sagte sie jedenfalls immer, dabei diente sie einfach bei dem langweiligsten Ehemann der Welt als Mädchen für alles.

»Anja, mach dir keine Sorgen. Es wird alles gut werden. Und ein bisschen Stress gehört ja auch dazu, oder?«

Alle Werte bei der werdenden Mutter waren perfekt. Carola hatte erst vor Kurzem ihren Hausbesuch bei den Cornelsens abgestattet. Sie hatten ein gemütliches Zuhause, und die beiden älteren Geschwister hatten schon ihre Stofftiere für den Nachkömmling gesammelt und um das Babybett gestellt. Auch der Vater machte einen netten Eindruck. Sie würden das gut hinbekommen. Als Carola Anja zur Tür brachte, schwindelte es ihr wieder.

»Ist es okay, wenn ich nicht mit runterkomme?«

»Na klar, den Weg kenne ich jetzt mehr als in- und auswendig.«

Mach dir keine Sorgen. Es wird alles gut werden. Jetzt beruhigte Carola sich selbst. Was war, wenn der Schwindel wirklich von einem Hirntumor oder einer erweiterten Ader im Kopf kam? Hatte sie nicht in letzter Zeit immer wieder auch mal nach den passenden Worten gesucht? Sollte sie sich untersuchen lassen? Aber davor hatte sie viel zu viel Angst. So ein Hirntumor, der schon Auswirkungen zeigte, wäre wahrscheinlich eh nicht mehr zu heilen. Dann würde sie lieber noch die restliche Zeit mit ihrer Familie in Frieden genießen. Und außerdem war das der totale Blödsinn. Der Schwindel kam mit Sicherheit einfach vom Stress. Oder den Wechseljahren. Sie war zwar vom Alter noch nicht so weit, merkte aber schon seit Jahren, dass sich ihr Körper veränderte. Der Zyklus wurde unregelmäßig und blieb auch mal aus. Die Haut wurde trockener. Sie legte sich auf das Sofa und atmete tief durch. Alles würde gut werden. Vielleicht sollte sie einfach mal eine Stunde schlafen. Der Bürokram ließe sich auch später erledigen, und die nächste Vorsorge war erst in einer Stunde. Ihr Magen knurrte. Ach ja, obwohl sie dauernd vergaß zu essen, klammerte sich der Speck hartnäckig an ihrem Körper fest. Dieser Tag war noch nicht mal zur Hälfte rum, und ihre Energie schon aufgebraucht.

Als sie einnickte, klingelte es. Ob jemand unten war? Anscheinend nicht. Sie wankte die Treppe hinunter und durch den Hinterausgang zur Vordertür, den Schlüssel in der Hand, um nicht gleich auf der Straße zu stehen. Wahrscheinlich der Postbote. Hoffentlich brachte der nicht auch noch irgendwelche Hiobsbotschaften.

»Carola! Schön, dich zu sehen!«

»Carsten?!«

Sie hätte nicht so plötzlich aufstehen sollen. Auf einmal drehte sich wieder alles. Fast so wie damals, als sie mit Carsten diese widerlichen grünen Cocktails getrunken hatte. Blue Curaçao mit Orangensaft. Und wie damals wurde ihr speiübel. Sie übergab sich auf den Gehsteig und wankte. Dann spürte sie nur noch, wie sie zwei starke Arme auffingen.

* * *

Susanne war so glücklich wie lange nicht mehr. Es war genau die richtige Entscheidung gewesen, nachts noch zu Antonius zu fahren. Sie hatten sich irgendwann, als alle Gäste sich verabschiedet hatten, schlaftrunken in dem Gästezimmer geliebt. Endlich war es einfach nur noch um sie beide gegangen. Darum, sich nahe zu sein. Eng umschlungen hatten sie die ganze Nacht auf dem neunzig Zentimeter breiten Bett verbracht. Hatten am nächsten Tag mit Antonius' Schwester und ihrer Familie gefrühstückt. Susanne hatte mit den Kindern gespielt, und auch Antonius hatte mit den dreien herumgealbert. Julika, Stefan und Anne hingen an ihrem Patenonkel. Er solle viel öfter kommen und Tante Susanne auch, hatten sie zum Abschied gerufen und ihnen hinterhergewinkt.

Zu Hause hatte es nicht lange gedauert, da wurde sie

doch noch zu einer Geburt gerufen. Einer unkomplizierten, schnellen Geburt, ein Kind in Glückshaube: Es wurde in einer intakten Fruchtblase geboren. Was war das für ein wundersamer Anblick gewesen. Vielleicht sollten sie doch immer einen Fotoapparat im Geburtshaus haben. Andererseits waren diese Momente für die meisten Eltern viel zu privat, als dass sie davon ein Foto haben wollten. Heute hatte sie das Baby und seine Eltern schon zu Hause besucht, gleich stand noch eine Vorsorge im Geburtshaus an, und dann würde sie mit Antonius Mittag essen. Alles hatte sich so wunderbar gefügt. Sie hatte das Geburtshaus und den Mann fürs Leben in einer Straße gefunden. Fast zeitgleich. Noch immer hüpfte ihr Herz, wenn sie auf das Geburtshaus zulief. Sie wollte dort nur kurz nach dem Rechten sehen.

»Carola?«

Ihre Freundin lehnte mit kalkweißem Gesicht an der Wand. Neben ihr ein Mann, den Susanne nur von hinten sehen konnte. Als sie näher kam, stieg ihr ein säuerlicher Geruch in die Nase.

»Alles in Ordnung?«

»Der Kreislauf. Kennst doch den Spruch. In unserem Alter muss man sich drei Tage von der Party erholen.«

Susanne wunderte sich. Carola hatte doch nichts getrunken, nicht mal einen Sekt, da sie mit dem Auto da war. Aber wer weiß, wie lange sie gefeiert hatten. Susanne war ja schon früher verschwunden. Sie wandte sich an den Mann. Es gab doch freundliche Männer, die einer Frau auf der Straße halfen, wenn es ihr nicht gut ging. Der Mann mit den blonden Locken sah sie grinsend an.

»Na, ich hoffe, es war nur der Kreislauf. Es muss ja nicht jede Frau auf mich stehen, aber bei meinem Anblick gleich losgekotzt hat noch keine.«

Carola lachte und bekam wieder etwas Farbe.

»Das tut mir leid. Und danke, dass Sie stehen geblieben sind. Ich kümmere mich jetzt. Wir sind Freundinnen.«

Was Carola brauchte, war eine Tasse Tee, damit sich der Magen wieder beruhigte, und ein offenes Ohr. Sie mutete sich in letzter Zeit viel zu viel zu. Susanne mochte es selbst nicht, Ratschläge zu bekommen, aber nun war es ja offensichtlich, dass Carola Erholung brauchte.

»Nein, ich bestehe darauf, dass ich mich kümmere.«

Susanne wurde ungeduldig. Es tat ihr eh leid, dass die Mittagspause mit Antonius wohl ausfallen würde, aber dieser Scherzkeks brauchte sie nicht auch noch aufzuhalten.

»Danke für Ihre Hilfe, aber meine Freundin braucht Sie jetzt nicht mehr.«

Tatsächlich guckte der Kerl nun bedröppelt. Sie hatte das Gesicht schon mal gesehen. Vielleicht ein Vater? Sie spürte Carolas Hand auf ihrer Schulter.

»Susanne, ist schon gut. Wir kennen uns. Und ich brauche jetzt wirklich eine Pause und gehe jetzt ganz freiwillig mit diesem netten jungen Mann mit.«

Susanne ließ ihre Arme sinken. Was mischte sie sich auch ein?

»In Ordnung. Ich bin im Buchladen, falls du mich brauchst.«

Nach Tee, einer Pizza, die sie sich teilten, sowie zwei Espressi ging es Carola tatsächlich besser. Sie saß mit

Carsten an einem Fensterplatz in der gemütlichen Pizzeria Di Paolo am Hansaring und knibbelte an dem Wachs auf dem rot-weiß karierten Tischtuch.

»Tut mir leid, Carsten, das gerade war nicht persönlich gemeint.«

»Ach, das habe ich auch keine Sekunde gedacht. Und ich wollte dich auch nicht so erschrecken. Ich bin länger in Köln, weil ich für ein halbes Jahr hier einen Auftrag im Gloria habe. Viermal die Woche abends einen Auftritt und fast den ganzen Tag frei.«

»Und da war dir irgendwann so langweilig, dass du dachtest, du klingelst mal bei mir.«

»Ganz genau. Wenn ich schon mal die Gelegenheit habe, dich wiederzusehen.«

Carsten sah immer noch unverschämt gut aus. Die langen Locken. Der Schalk im Gesicht. Die Unbeschwertheit. Bei fast jedem Mann hätte Carola es albern gefunden, wenn er Turnschuhe trug, aber bei Carsten sah es lässig aus. Auch noch mit vierzig.

»Mich? Wo die Frauen bei dir bestimmt Schlange stehen.«

»Tun sie auch. Aber nicht meinetwegen. Sondern wegen den Typen, die ich auf der Bühne oder im Fernsehen spiele. Und in deiner Gegenwart kann ich einfach ich sein. Du kennst noch den echten Carsten.«

»Und ich kann bei dir auch die echte Carola sein. Ich gebe mir nicht mal Mühe, dir nicht vor die Füße zu kotzen.«

Sie lachten beide. Carsten schenkte ihnen Wasser nach.

»Ernsthaft, ich habe mich so gefreut, dich wiederzusehen. Ausgerechnet hier in Köln.«

»Im Gegensatz zu dir bin ich halt nicht weit gekommen.«

»Ich finde toll, was du geschafft hast. Einen wirklich wichtigen Job. Eine Familie. Einen tollen Mann. Andreas wird gerade überall mit Lob überhäuft. Frische Erzählstimme und so. Pass mal auf, bald wohnt ihr in Hollywood.«

»Nein danke. Mir gefällt es hier.«

Und das stimmte auch. Sie liebte ihre Heimatstadt. Aber sie kannte ja auch nichts anderes.

»Darf ich dich öfter besuchen?«

»Klar, komm doch mal bei uns zu Hause vorbei. Andreas und du habt euch bestimmt auch jede Menge zu erzählen.«

»Ja, ich würde auch deine Kinder gerne mal kennenlernen. Auf der Premierenfeier habe ich sie ja nur flüchtig gesehen. Sehr hübsche Kinder. Und sie sehen dir so ähnlich. Besonders deine große Tochter.«

»Stefanie und ich uns ähnlich! Sag das bloß nicht laut! Sie versucht, Modell zu werden. Und ich, guck mich an, bin ganz schön verblüht, oder? Das ist so ungerecht. Für Leute mit Sehschwäche, die wir ja in unserem Alter fast alle haben, siehst du immer noch aus wie zwanzig. Wie machst du das?«

»Und du bist immer noch wunderschön.«

»Na ja.« Carola wurde rot.

»Doch. Ich war ein Idiot damals. Warum habe ich nicht um dich gekämpft?«

»Wir waren Teenager. Das wäre doch verrückt, wenn wir es ernster genommen hätten.«

»Kannst du dich noch an Markus und Lena erinnern? Die sind immer noch ein Paar.«

»Ehrlich?«

»Ja.«

»Ist ja krass.«

Carola schaute auf ihre Armbanduhr. Gleich stünde wieder eine Vorsorge an. So unbekümmert hatte sie sich ewig nicht mehr gefühlt. Einfach nur quatschen. Sich leicht und unbeschwert fühlen. Sie musste Carsten nichts beweisen. Und schon gar nicht für ihn kochen, für seine Kinder mit Lehrerinnen sprechen, mit ihm diskutieren, wer wann auf Maike aufpasste und wie lange Thomas mit seinen Kumpels draußen abhängen durfte.

»Darf es für die Herrschaften noch etwas sein?« Paolo, der Besitzer der Pizzeria, war an den Tisch getreten.

»Leider nein, die Arbeit ruft wieder.«

Auch mit ihren Kolleginnen war Carola manchmal hier.

»Na, die Bambini gehen vor. Aber Sie kommen mir auch bekannt vor. Kann es sein, dass Sie im Fernsehen auftreten?«

Carola registrierte Paolos bewundernden Blick, und ein wenig fühlte es sich für sie so an, als strahle der Glanz auf sie ab.

* * *

Susanne betrat wie eine ganz normale Kundin Antonius' Buchladen. Die Glocke über der Tür bimmelte, und

Antonius kam direkt auf sie zu. Und küsste sie ungeachtet der zwei Damen, die gerade am Bestsellertisch stöberten.

»Ich wünschte fast, wir wären allein«, raunte er ihr ins Ohr. Susanne erschauerte. Einen romantischeren Ort gab es für sie kaum. Eine verwunschene kleine Buchhandlung. Voller Geschichten. Wie gerne hatte sie sich früher in fremde Welten sinken lassen. Wie gerne war sie durch das Tor der Romane in Geschichten abgetaucht. Auch deshalb, weil ihr Leben gleichförmig gewesen war. Wie gerne erinnerte sie sich daran, wie Antonius ihr damals die passenden Bücher empfohlen hatte. Und ihr eines Tages eins geschenkt hatte, das sie selbst füllen konnte. Fast unberührt lag es noch oben in ihrer Schreibtischschublade. Ihr Herz war voll. Die Seiten waren noch leer. Mit Antonius zusammenzukommen hatte sich wie nach Hause kommen angefühlt. Es machte ihre ganze Rastlosigkeit überflüssig. Und durch die Begegnung mit Kai war ihr endlich wieder bewusst geworden, was sie an ihm hatte.

Die eine der beiden älteren Damen legte Rosamunde Pilchers *Wilder Thymian* auf die Kassentheke, die andere Jostein Gaarders *Sofies Welt*.

Susanne konnte kaum erwarten, bis Antonius endlich abkassierte und das Schild an der Tür umdrehte. Es fühlte sich für sie wie neu verliebt an.

»Ich brauche was fürs Herz«, lächelte die Dame mit dem Pilcher-Roman und drückte das Buch an ihre Brust.

»Kannst du mir ja leihen, wenn du durch bist. *Sofies Welt* ist ein Geschenk für meine Enkelin.«

»Eine gute Wahl«, betonte Antonius und lächelte die

beiden Kundinnen charmant an. Er schwärmte selbst von Jostein Gaarders Bestseller, der alle Rekorde brach, indem er die Geschichte der Philosophie eingängig erzählte.

Als er das Schild an der Tür umgedreht und abgeschlossen hatte, drehte er sich zu Susanne. Und strahlte sie an.

»Was ist passiert?«

»Wie meinst du, was ist passiert?«

»Du bist wie ausgewechselt.«

Nun standen sie ganz allein in der Buchhandlung. Der Duft von Papier umgab sie. Tausende Geschichten standen dort in den Regalen, aber wohl kaum eine Geschichte, die sie lieber erzählen würde als ihre eigene. Jetzt, in diesem Moment.

»Meinst du?«

Sie wusste, was er meinte. Hatten sie in der letzten Zeit das Gefühl gehabt, dass ihre Beziehung auch nicht unangreifbar war, fühlte es sich gerade so an, als wäre ihr Konflikt nie da gewesen.

»Ja. Es ist auf einmal wieder wie früher. Und wir haben zwei Tage nicht über die Kinderfrage gesprochen.«

»Wir hatten ja auch kaum Zeit zum Reden.«

Sie setzte sich auf den Bestsellertisch. Vorsichtig genug, um die fein säuberlich drapierten, aufgefächerten Stapel nicht umzukippen.

»Es war auch mal schön, nicht so viel zu reden.«

Sein Lächeln erhellte die dunkle Buchhandlung, die Susanne immer noch an eine Höhle erinnerte.

»Das stimmt.« Sie zog ihn an sich. »Aber ich würde gerne noch reden, Antonius.«

Hatten sie sich nicht versprochen, immer absolut ehrlich zueinander zu sein? Hatte Antonius nicht ein Recht darauf zu erfahren, warum sie erkannt hatte, dass sie ihren Wunsch nach einem Kind nicht über alles andere stellen wollte? Sollte er nicht wissen, dass sie das ausgerechnet durch einen kurzen Moment der Versuchung erkannt hatte?

»Dann erzähl mir, was los ist.«

Ihre Hand lag in seiner. Sie fühlte sich so warm und vertraut an. Er fühlte sich so vertraut an. Als wären sie schon immer zusammen gewesen.

»Also erst einmal möchte ich dir sagen, dass ich jetzt nur noch auf diese fünf Prozent bauen will. Wenn es klappen soll, klappt es, wenn nicht, werden wir auch zu zweit glücklich.«

Er nickte. »Bist du dir sicher?«

»Ja, bin ich. Und ich möchte dir auch erzählen, warum.«

Und dann begann sie zu erzählen. Von Erika und ihrem ungewöhnlichen Weg zum Wunschkind. Von ihren Gedanken, ihn zu fragen, ob so ein Weg vielleicht doch eine Möglichkeit wäre. Und von Kai, der wie aus dem Nichts am Abend der Premiere erschienen war. Sie ließ kein Detail aus.

* * *

Für Ella war es eine besondere Freude, eine werdende Mutter das zweite Mal begleiten zu dürfen. Und zu dieser Schwangeren hatte sie ein ganz besonderes Verhältnis: Monika Hofert. Monika hatte sich vor fünf Jahren nach dem ersten Informationsabend im Geburtshaus spontan angemeldet. Keine fünf Minuten hatte sie überlegt, ob diese in Köln ganz neue Form der Entbindung etwas für sie wäre. Von Anfang an hatte die Chemie zwischen Ella und Monika gestimmt, auch wenn es einige Hochs und Tiefs gab. Einen Moment hatte Ella geglaubt, Monika wäre Christophs Frau. Und das, nachdem sie sich in Christoph verliebt hatte. Sie musste schmunzeln, als sie daran dachte, dass sie auf einmal Angst gehabt hatte, ein Techtelmechtel mit dem Mann einer ihrer Schwangeren zu haben. Sie hatte es kaum ausgehalten, Monika in die Augen zu schauen, und brachte es gleichzeitig nicht über das Herz, Monika die Wahrheit zu sagen. Stattdessen hatte sie Christoph zur Rede gestellt. Zum Glück hatte sich dann herausgestellt, dass Christoph und Monika lediglich Geschwister waren, und der Bruder war aus einem anderen Grund zum Problem für sie beide geworden. Er hatte versucht, seiner Schwester das Geburtshaus wieder auszureden. Es reichte seiner Meinung nach, dass ihre Mutter beinahe bei Monikas Geburt gestorben war. Da sollte sich seine Schwester nicht auch noch leichtsinnig in Gefahr begeben. Und die Geburt war damals wirklich dramatisch verlaufen. Es war ein Glück, dass Monika nun gesund und zum zweiten Mal schwanger Ella gegenübersaß.

»Unser Großer freut sich schon wahnsinnig auf seine kleine Schwester. Ich hätte viel lieber einen kürzeren Abstand gehabt, habe mich aber echt nicht getraut nach der Sache vom letzten Mal.«

Monika hatte sich nach hinten gelehnt und auf den Händen abgestützt, sodass sich ihr kugeliger Bauch wie auf einem Präsentierteller Ella entgegenstreckte. Ella beobachtete, dass die Babybäuche immer stolzer getragen wurden. Gut, die wenigsten ließen sich hochschwanger nackt auf Titelbildern ablichten, so wie das Demi Moore 1991 auf der *Vanity Fair* getan hatte, aber kaum eine Schwangere versteckte ihren Bauch noch in zeltartiger Umstandsmode.

»Das kann ich verstehen. Aber die Wahrscheinlichkeit, dass noch einmal eine plötzliche Querlage auftritt, ist sehr gering.«

Trotz ihrer Sorgen strahlte Monika immer noch Zuversicht aus. Wenn sie übervorsichtig wäre, säße sie nicht hier. Für viele Gynäkologen war eine vorangegangene Sectio ein Grund, beim nächsten Mal sofort einen Kaiserschnitt zu planen. In ihrer Ausbildung zur Hebamme hatte Ella gelernt, dass es in seltenem Fall während der Wehen zu einem Gebärmutterriss an der alten Nahtstelle kommen könnte. Erlebt hatte sie das zum Glück noch nie.

»Und wenn doch?«

»Dann gibt es immer noch die Möglichkeit einer Sectio.«

Sosehr Ella die Geburtsbegleitung im Geburtshaus für den besten Start in das Leben hielt, manchmal war es auch gut, die Alternativen im Blick zu haben.

»Du meinst also, ich sollte es gar nicht normal probieren?«

»Monika, es ist noch viel zu früh, das zu entscheiden. Ich betreue dich gerne, ganz egal, ob du dein Baby am Ende hier im Zimmer oder im Krankenhaus bekommst.«

»Ich würde es so gerne hier bekommen.«

Ihre Stimme wurde leise. Sie klang, als fühle sie sich schuldig dafür, beim ersten Mal versagt zu haben.

»Mach dir keine Sorgen. Es ist nicht unwahrscheinlich, dass deine Tochter hier zur Welt kommt.«

Ella zog ihre Strickjacke etwas weiter zu. Draußen wurde es herbstlich. Sie sollte die Heizung hier hochdrehen, für den Fall, dass eine Geburt kurz bevorstand.

»Christoph hält mich für wahnsinnig, dass ich es noch mal mit dem Geburtshaus versuchen will. Er fragt, ob ich aus dem Fehler beim ersten Mal nicht gelernt hätte. Aber ehrlich gesagt weiß ich nicht, wie es ausgegangen wäre, wenn du nicht bei mir gewesen wärst.«

»Lass uns darüber nicht spekulieren.«

Manchmal war es für die Mütter wichtig, die Geburt hundertmal durchzukauen. Und normalerweise nahm Ella sich auch die Zeit dafür. Aber sie hatte keine Lust, Christophs damalige Bedenken zu diskutieren. Hier ging es um Monika. Um ihr Baby. Und nicht um die Bedenken ihres Bruders. Christoph, dessen Postkarte sie weder aufgehängt noch in den Papiermüll geschmissen hatte. Sie lag immer noch auf einem Stapel mit unsortierten Prospekten und Werbepost.

»Christoph spricht übrigens immer noch von dir.«

»Ach ja?«

»Ja, er meinte, du wärst die mutigste Frau, die er kennt.«

Ella konnte nicht anders, als sich über dieses Kompliment zu freuen. »Vielleicht. Aber nicht in allen Punkten.«

»In welchen denn nicht?«

Monika streichelte über ihren Bauch, als wollte sie dem Kind gut zureden, dass es in diesen Räumlichkeiten zur Welt kommen sollte. Ohne irgendwelche Eskapaden.

»In allen, die was mit Männern zu tun haben.«

»Bist du deswegen auch vor Christoph weggerannt?«

»Ich bin nicht weggerannt. Wir passten einfach nicht zueinander.«

»Schade eigentlich.«

»Wieso schade?«

»Dann wären unsere Familientreffen mit Sicherheit netter. Ich dachte immer, Christoph und ich und auch unsere Partner würden sich näherkommen, wenn wir beide Kinder haben. Aber Christoph ist noch unentspannter geworden, seit er Vater ist.«

Dass sein Kind mittlerweile zur Welt gekommen war, hatte er auf seiner Karte mit keiner Silbe erwähnt.

»Der Kleine ist süß, aber Christoph und seine Frau scheinen mir nicht so glücklich.«

»Viele Paare geraten nach der Geburt des ersten Kindes in eine Krise. Auf einmal ist das gewohnte Leben Vergangenheit, Zweisamkeit fehlt ...«

Ella hörte sich selbst ungern zu, als sie so eine Phrase von sich gab. Was war, wenn Christoph unglücklich war, weil sie damals nicht mit ihm zusammen sein wollte?

»Ja, vielleicht. Aber ich habe das Gefühl, dass es um mehr geht.«

Und selbst wenn, sagte sich Ella, es lag nicht in ihrer Verantwortung. Und gleichzeitig nahm sie sich vor, die Karte von Christoph endlich in den Müll zu werfen und auf gar keinen Fall zu antworten.

Das mit der absoluten Offenheit war vielleicht doch nicht die allerbeste Idee gewesen. Susannes Geständnis hatte ziemlich lange gedauert. So lange, dass die Mittagspause vorbei war und eine erste Kundin an die Tür des Buchladens klopfte. Und selten hatte Antonius eine Kundin mit so versteinerter Miene empfangen wie jetzt. Susanne wusste nicht, wohin mit sich. Jetzt einfach den Buchladen zu verlassen kam ihr falsch vor. Also tat sie selbst so, als stöbere sie auf dem Tisch mit den Neuerscheinungen. Sie drehte die schweren, in Folie eingeschweißten Wälzer um und studierte einen Klappentext nach dem anderen.

»Soll ich später wiederkommen? Ich könnte auch erst die Einkäufe nach Hause bringen«, fragte die Kundin, die eine Aldi-Plastiktüte in der Hand trug, aus der eine Lauchstange ragte und die prall gefüllt war.

»Nein, nein, ich habe nur vergessen, auf die Uhr zu schauen, und die Mittagspause überzogen. Wie kann ich Ihnen helfen?«

»Wissen Sie, meine Schwiegermutter liest so gern. Und sie hat morgen Geburtstag.«

Susanne hätte der Kundin am liebsten einfach das Buch, das sie gerade in der Hand hielt, in die Hand gedrückt, damit sie schnell fertig wäre. *Das Parfum* von Patrick Süßkind war zwar kein schwerer Wälzer, aber *Die Geschichte eines Mörders* brach derzeit alle Rekorde. Doch wenn die Schwiegermutter so viel las, wäre etwas von dem Bestsellertisch vielleicht schon von ihr gelesen worden.

»Und in welche Richtung soll es gehen?«

Susanne hörte, wie verletzt Antonius war, auch wenn er sich alle Mühe gab, neutral zu klingen.

»Ach, wissen Sie, die liest besonders gerne spannende Sachen. Aber nicht zu brutal. Auch mit Herzschmerz. Also so Schmöker halt. Und gerne mit so einem festen Einband. Sie stellt sich immer alles ins Regal, und die Taschenbücher zerfleddern so schnell.«

Susanne legte die Geschichte des Mörders, der Frauen umbrachte, nur um aus ihrem Duft ein einzigartiges Parfüm herzustellen, wieder auf den Tisch.

Gleich musste sie wieder im Geburtshaus sein. Aber sie konnte die Buchhandlung nicht verlassen, ohne noch einmal mit Antonius gesprochen zu haben.

Als die Kundin endlich mit einem eingepackten Barbara-Wood-Roman den Buchladen verließ, lief Susanne auf Antonius zu, der hinter der Kasse stand und das Geld einsortierte.

»Antonius, es tut mir leid. Ich wollte dich nicht verletzen. Ich wollte dir einfach nur sagen, was ich empfunden habe. Ich wollte nie wieder, dass Geheimnisse zwischen uns stehen.«

»Ja, ist schon in Ordnung. Ich würde mich jetzt gerne auf die Arbeit konzentrieren. Vielleicht sprechen wir ein anderes Mal drüber.«

Und jetzt öffnete er zwei Rollen mit Zehn- und Fünfpfennigmünzen, als wäre die Kasse nicht noch voller Kleingeld. So als müsste er jetzt unbedingt eine Arbeit suchen.

»Können wir nicht jetzt weiterreden?«

Sie hatte ihm doch beteuert, dass ihr durch die ganze Geschichte bewusst geworden war, was er ihr bedeutete. Und dass ihre Liebe noch wichtiger war als ihr Kinderwunsch. Warum hörte er anscheinend nur die andere Seite?

»Nein, Susanne. Ich möchte jetzt meine Ruhe haben, um über alles nachzudenken.«

Um über alles nachzudenken? Oder alles infrage zu stellen? Meine Güte! Sie hatte doch nichts verbrochen. Es war nichts passiert.

»Okay, dann denk in Ruhe nach. Ich gehe jetzt ins Geburtshaus.«

Aber statt zu gehen, stand sie immer noch vor ihm.

»Okay, bis heute Abend.«

Er senkte seinen Blick und riss die Fünfpfennigrolle weiter auf. Die Münzen purzelten auf den Boden. Susanne bückte sich, um welche einzusammeln.

»Du brauchst mir nicht zu helfen, ich schaffe das schon alleine.«

Und als müsste er das beweisen, schnappte er sich eine Münze zuerst, nach der sie gerade greifen wollte. Es war, als stritten sie sich wirklich um Kleinkram. So kannte sie Antonius gar nicht. Er war doch immer so großzügig und verständnisvoll. Und jetzt regte er sich darüber auf, dass sie einen Moment in Versuchung geraten war, mit einem anderen Mann zu schlafen?

»Ja, offensichtlich.«

Susanne ließ Antonius mit den Münzen alleine und verließ den Buchladen. Leider hatte die Tür so ein Scharnier, das sie davon abhielt, laut ins Schloss zu fallen.

Am besten hätte Susanne nichts gesagt. Meine Güte, sie hätte ja auch genießen und schweigen können. Wobei es ja nicht mal um den Genuss gegangen wäre, sondern nur darum, dass sie einen winzigen Moment eine andere Möglichkeit gesehen hatte, ihren Kinderwunsch zu erfüllen. Es war so, als würde er einen Bettler dafür verurteilen, dass er einen Moment zögerte, bevor er das Bündel Hundertmarkscheine dem offensichtlich reichen Mann zurückgeben würde, dem sie gerade aus der Hosentasche gefallen waren. Wer würde da nicht zögern? Vielleicht Antonius, aber wenn seine »Heiligkeit« dazu führte, dass er mit seinem Umfeld genauso streng war, konnte sie gern darauf verzichten.

Susanne lief die Straße entlang zum Geburtshaus und hegte Gedanken, die sie ganz sicher nicht mit Antonius teilen würde.

✳ ✳ ✳

»Weiß jemand, wo Stefanie ist?«

Auch der doppelte Espresso bei Paolo hatte nicht verhindern können, dass Carola sich am liebsten ins Bett gelegt hätte, als sie nach einem langen Nachmittag mit einigen Vorsorgen endlich zu Hause angekommen war.

Normalerweise gab es bei der Familie Hardgenbusch um halb sieben Abendessen, und selbst Stefanie war normalerweise pünktlich, auch wenn sie immer wählerischer mit dem Essen wurde.

»Keine Ahnung, aber sie ist erwachsen. Sie muss ja nicht immer dabei sein.«

Immerhin hatte Andreas lecker gekocht. Fischstäbchen,

Kartoffelpüree und Gurkensalat. Maike stocherte lustlos im Essen, während sich Thomas den Teller zum zweiten Mal voll schaufelte.

»Lass auch noch was für Stefanie übrig«, sagte Carola, während sie selbst die zweite Portion verdrückte. Und das nach der Pizza heute Mittag. So würde das nie etwas mit der alten Figur.

»Die isst doch so ein fettiges Zeug eh nicht«, antwortete Thomas und quetschte noch etwas Ketchup aus der Flasche.

»Maike, alles in Ordnung?«

Nicht dass das mit Maike jetzt auch anfing, nichts mehr essen zu wollen. Als Carola letztens in ihr Zimmer gekommen war, hatte sie gesehen, wie Maike eine *Mädchen* verschämt unter das Bett schob. Diese *Bravo*-Version war doch nun wirklich nichts für eine Elfjährige. Aber mit großer Schwester an ihrer Seite war sie vielleicht mit allen Themen früher dran.

»Ja.«

Es war so offensichtlich, dass das nicht stimmte. Sie würde nachher unter vier Augen das Gespräch suchen.

»Es gab heute eine Filmkritik in der *Frankfurter Allgemeinen*. Und sogar eine im *Stern*. Ich glaube, meine Aktien steigen gerade.«

»Hast du Aktien?«, fragte Thomas. Sie hatten erst gestern darüber diskutiert, warum es trotz Papas Erfolg nicht die teuersten Turnschuhe sein mussten. Die Nike Air Jordan, die doch nur so teuer waren, weil der bekannte Basketballspieler dafür Werbung machte. In einem Jahr wären sie so unmodern wie Schlaghosen.

»Das ist so eine Redensart. Also, es läuft jedenfalls gut!«

Carola nickte immer wieder, hörte aber nicht wirklich zu, als Andreas den Inhalt der Filmkritiken ausbreitete. Sie schaute immer wieder zu der Wanduhr, die in der Mitte auch das aktuelle Datum anzeigte. Und das sagte ihr doch was. Mist. Heute hatte der Fototermin angestanden, allerdings war er schon drei Stunden vorüber. Das Studio war in der Innenstadt, der Weg also nicht weit. Und länger als zwei Stunden würde das doch nicht dauern, oder? Wobei, mit dem Make-up?

Als die Teller leer gegessen waren, erlaubte sie den Kindern, sofort nach oben zu gehen. Sie würden alleine abräumen.

»Was ist los?«, fragte Andreas, den sie natürlich nicht fortgeschickt hatte.

»Ich habe keine Ruhe. Stefanie hatte heute den Fototermin. Was ist, wenn dieser Kerl sie gefangen hält?«

Sie stapelte die Teller aufeinander. Andreas schnappte sich die Auflaufform.

»Na klar. Und morgen kommt der Fall dann in *Aktenzeichen XY … ungelöst.*«

»Ja, das könnte passieren!«

»Ach was, wahrscheinlich trifft sie sich noch mit einer Freundin, um alles haarklein zu besprechen.«

»Vielleicht sollte ich mal in dem Studio anrufen.«

»Wenn du dich dann besser fühlst.«

»Meine Güte, können wir uns nicht auch das Sorgenmachen gerecht teilen?«

»Carola, du machst dich verrückt. Dieser Fotograf wäre

doch nicht so blöd, jemanden *gefangen zu halten*, der vorher erzählt hat, dass er dort einen Termin hat.«

Eigentlich hatte Carola in der Mittagspause noch mal mit Stefanie telefonieren wollen. Mit ihr ein paar Regeln vereinbaren, was sie machen sollte, wenn dieser Fotograf ihr zu nahekam. Aber heute Mittag hatte sie alles andere vergessen. Ja, für eine Stunde war es tatsächlich so gewesen, als lebe sie auf einem Planeten ohne Sorgen und Verantwortung.

»Trotzdem. Wenn sie in einer halben Stunde nicht da ist, rufe ich dort an. Und wenn niemand abnimmt, fahre ich vorbei. Und wenn keiner aufmacht, hole ich die Polizei.«

Andreas hielt sie an den Oberarmen fest.

»Schau mich an. Es wird alles gut werden. Okay? Es wird alles gut werden. Du brauchst dir nicht immer Sorgen zu machen.«

Carola hätte es mehr geholfen, wenn er sich ebenfalls mit ihr um seine Tochter sorgen würde. Dass er sie nicht ernst nahm, fühlte sich an wie eine Ohrfeige.

✳ ✳ ✳

Ella lag mit dem WG-Telefon auf ihrem Bett und starrte die weißen Wände in ihrem Zimmer an. Ihre Schwester redete nun schon eine halbe Stunde auf sie ein. Dieses tragbare Telefon, das sie mindestens einmal am Tag in der ganzen WG suchten, erlaubte ihr immerhin, sich auszustrecken, während sie telefonierte. Bei sich zu Hause hatte sie immer noch im Flur stehen oder sich dort auf den Boden setzen müssen, um in Ruhe zu telefonieren.

»Ella, wir müssen uns was einfallen lassen. Mamma braucht eine neue Beschäftigung. Sie wird immer komischer, und das sind bestimmt nicht nur die Wechseljahre. Nachher stürzt sie sich noch aus dem Fenster, wenn ich auch noch ausziehe.«

Ella seufzte. Ihre Mutter wurde tatsächlich zusehends anstrengender und schlechter gelaunt. Selbst ihr gutmütiger Vater gab zu, dass er jetzt öfter mal abends in die Kneipe ging, um dem »Drachen zu Hause« aus dem Weg zu gehen.

Es klopfte an der Zimmertür.

»Augenblick«, flüsterte sie in den Hörer und rief dann lauter: »Herein!«

Frank öffnete die Tür. Mit einem Handtuch um die Hüften und nassen Haaren. Das war so typisch für ihn. Den ganzen Tag ausschlafen und Vorlesungen verpassen, aber duschen, bevor es abends auf die Rolle ging.

»Hi, Ella, wie lange brauchst du noch?«

»Nicht mehr lange. Zehn Minuten, okay?«

Franks Brusthaare kringelten sich genauso wie seine braunen Locken. Ella mochte ihn. Er war für sie wie ein großer Bruder, den sie als Kind immer vermisst hatte.

»Also echt, Ella, seit du hier eingezogen bist, müssen wir fast darüber nachdenken, uns ein zweites Telefon anzuschaffen.« Frank rollte mit den Augen.

»Ein zweites Klo wäre noch wichtiger. Zwei Telefone sind schon dekadent«, entgegnete Ella und schickte Frank einen Schmatzer hinterher.

»Habt ihr euch gerade geküsst?«

»Nein, und selbst wenn!«

»Das wird Mamma noch ins Grab bringen. Du hast den Arzt verlassen, um mit einem Langzeitstudenten zusammen zu sein.«

»Carla, es reicht. Wir sind nur Mitbewohner und Freunde. Mehr nicht.«

»Ja, ja, ich glaube dir ja, dass ihr nur Tisch und nicht Bett teilt.«

Ella seufzte. Was hatte das gebraucht, um ihre Eltern davon zu überzeugen, eine Wohngemeinschaft mit einem Mann bedeute nicht automatisch, dass der Kerl sich an ihrem Körper genauso bedienen würde wie an dem gemeinsamen Kühlschrank. Dabei war es doch schon lange vorbei, dass die erste prominente Wohngemeinschaft in Deutschland für Spektakel gesorgt hatte. Außer ihrer Mutter und den italienischen Großeltern hielt keiner eine WG mehr für den Schauplatz von Sexorgien unter langhaarigen Bombenlegern und zugekifften Hippiebräuten. Und nicht mal Ella würde eine Kleinfamilie als Keimzelle des Faschismus bezeichnen, obwohl sie durchaus beobachten konnte, dass das klassische Familienmodell schon seine Tücken hatte. Vor allem was die individuelle Entfaltung der Frau anging. Dagegen waren Uschi Obermaier und Rainer Langhans und wie sie alle hießen schließlich auch angetreten, als sie vor rund dreißig Jahren die Kommune 1 gegründet hatten.

»Carla, wir teilen uns nicht nur den Küchentisch, sondern auch ein Telefon. Also lass uns zum Ende kommen.«

»Komm doch einfach hier vorbei, dann können wir ganz in Ruhe reden. Und Mamma würde sich auch freuen, sie beschwert sich dauernd, dass du so selten kommst. Und dann können wir ihnen zusammen erzählen, dass ich auch ausziehen möchte.«

»Jetzt ganz konkret?«

»Sobald ich kann. Ich suche schon, aber gibt ja kaum ein Zimmer unter zweihundert Mark in Köln.«

Ella wollte am liebsten ins Telefon rufen, dass Carla doch einfach noch zu Hause bleiben sollte. Sie studierte doch eh in Köln. Aber sie wünschte sich natürlich, dass ihre Schwester und ihre Mutter glücklich waren.

»Weißt du was, heute schaffe ich es nicht, aber morgen komme ich euch besuchen. Und ich höre mich mal bei meinen Freunden um, vielleicht weiß ja jemand was von einem freien Zimmer. Du kannst ja auch BAföG beantragen. Meine Mitbewohnerin kennt sich gut aus mit den Anträgen. Vielleicht hilft sie dir, wenn ich nicht weiterkomme.«

Es klopfte wieder.

»Du Carla, ich muss jetzt wirklich Schluss machen. Bis morgen. Um sechs bin ich bei euch.«

Frank war diesmal komplett angezogen, wobei das T-Shirt mit Bart-Simpson-Aufdruck keine Verbesserung zur nackten Brust war.

»Na endlich. Wenn ich meine Kumpel nicht erreiche, muss ich heute Abend noch alleine ins *Roxy*. Oder du kommst mit.«

Ella übergab Frank das Telefon und winkelte die Beine an, die schon in einer Schlafhose steckten. Die Hebammentracht drehte sich gerade in der Waschmaschine, und Ella hatte nicht gewusst, wieso sie sich noch mal ausgehfein machen sollte.

»Nimmst du mich auch so mit?«

Warum auch nicht? Sie war viel zu lange nicht mehr tanzen gewesen. Es war zwar schon neun Uhr, aber das *Roxy* machte immer erst zu, wenn der letzte Gast ging. Auch wenn das morgens um sechs war. Und wenn Ella eins konnte, dann war das nachts wach bleiben. Das musste sie schließlich bei vielen Geburten auch.

* * *

Carola hatte mehrmals die Nummer des Fotografen ins Telefon getippt. Niemand hatte abgenommen. Die freundliche Frauenstimme auf dem Anrufbeantworter beruhigte sie etwas. Beim ersten Mal hatte Carola nach dem Piepton aufgelegt. Beim zweiten Mal sprach sie drauf. »Ja, guten Tag, hier ist Carola Hardgenbusch. Meine Tochter war heute Nachmittag, den 30. September, bei Ihnen, um Fotos zu machen, und ist noch nicht wieder zu Hause eingetroffen. Können Sie sagen, wann sie Ihr Studio verlassen hat?«

Carola war sich auch noch ganz schön gewieft vorgekommen. Sollte dieser Detlef Kron ihre Tochter festhalten, wäre er jetzt gewarnt. Und würde sie hoffentlich gehen lassen.

Aber auch um neun Uhr abends war Stefanie nicht zu Hause. Carola hatte sich ihren Autoschlüssel geschnappt und war zu dem Studio gefahren, das zum Glück nicht allzu sehr nach Hinterhofkaschemme aussah. Ein Fünfzigerjahre-Büro mit viel Messing im Eingangsbereich. Hinter der Glasfront war niemand zu sehen. Und auf das Klingeln hin öffnete auch niemand. Sie fuhr, so schnell es der Verkehr erlaubte, wieder nach Hause, schaute aber links und rechts, ob sie Stefanie begegnete. Mitten in der Woche waren um die Zeit nicht mehr viele Menschen unterwegs. Ein paar Junkies torkelten über den Neumarkt vor dem Gesundheitsamt herum. Carola war froh, dass sie im Auto saß, obwohl diese Typen zu stoned gewesen wären, um ihr etwas anhaben zu können.

Sollte sie die Polizei rufen? Nein, erst müsste sie alle Freundinnen von Stefanie anrufen. Andreas hatte bestimmt recht. Sie würde vielleicht bei Michaela oder Alex sitzen und hatte einfach nur die Zeit vergessen.

»Hallo? Ist Stefanie da?«, fragte sie, noch ehe sie die Haustür wieder hinter sich zugezogen hatte. Keine Antwort. Sie ging ins Wohnzimmer. Andreas saß dort auf der Couch und las. Wie konnte er sich auf ein Buch konzentrieren, während ihre Tochter auf sich warten ließ?

»Ist Stefanie da?«

Andreas hob den Kopf. »Nein. Vielleicht sollten wir einfach mal ihre Freundinnen anrufen.«

Er stand auf und klappte sein Buch zu. Und ausgerechnet seine Sorge ließ ihre Sorge noch wachsen.

»Wir hätten es nicht zulassen dürfen, dass sie überhaupt dahin geht.«

War ja klar, dass es ihr wieder schwindelig wurde. Das war der Stress. Eindeutig der Stress. Und die Bilder, die in ihrem Kopf kreisten. Sie hätte es nicht so weit kommen lassen dürfen. Wo waren die Telefonnummern von Stefanies Freundinnen? Warum hatten sie ihre Tochter nie gebeten, die wichtigsten Nummern zu hinterlegen? Sollte sie jetzt in ihrem Zimmer die Schubladen nach einem

Adressbuch durchwühlen? Nur von ihrer ältesten Freundin Michaela hatte sie die Nummer, weil sie eben auch die Mutter schon Jahre kannte. Bevor sie die Treppe hochlaufen konnte, hörte sie, wie der Schlüssel sich in der Tür drehte. Andreas und sie sahen sich an.

»Gott sei Dank.«

»Und sag bloß nicht, dass ich halb durchgedreht bin.«

Andreas schüttelte den Kopf, und Carola ließ sich aufs Sofa fallen, als hätte sie schon den ganzen Abend dort gesessen.

Und prompt hörte der Schwindel auf.

»Bin wieder da.«

Stefanie ließ die Haustür ins Schloss fallen und verschwand direkt in der Gästetoilette neben der Tür. Sie hörten den Wasserhahn laufen. Dann kam sie kurz in das offene Wohnzimmer.

»Ich war noch bei Michaela. Tut mir leid, wollte eigentlich anrufen, habe ich aber vergessen.«

»Kein Problem. Wie war denn dein Fototermin?«

»Gut. Dauert ein paar Tage, bis die Fotos entwickelt sind. Ich gehe hoch, muss noch was für die Schule vorbereiten.«

Carola stand auf. »Hast du noch Hunger?«

Stefanie stand schon an der Treppe. »Nein, wir haben bei Michaela gegessen.«

»Magst du mir nicht mehr erzählen? Und wie geht es jetzt weiter?«

»Seit wann interessiert dich das? Du wolltest doch nur, dass ich niemals Model werde.«

»Ach, Stefanie. Ich mache mir halt Gedanken um dich.«

Dabei hatte Stefanie noch nicht einmal mitbekommen, wie sehr sie sich den ganzen Abend gesorgt hatte.

»Brauchst du nicht. Ich bin erwachsen.«

Damit lief sie die Treppe hoch und knallte oben die Tür hinter sich zu. Carola traute der Sache nicht. Ihre Tochter sah nicht so aus, als hätte sie einen tollen Tag verbracht. Vielleicht hatte der Fotograf auch nur an ihrem Aussehen herumgemäkelt. Ein Gramm zu viel auf den Hüften, vielleicht stimmten die Proportionen seiner Meinung nach nicht. Vielleicht hatte Stefanie dadurch kapiert, was für ein frauenverachtendes Geschäft das Ganze war. Vielleicht hatte Andreas recht, dieser idiotische Traum würde sich von selbst erledigen, wenn sie erst einmal einen Blick hinter die Kulissen geworfen hatte.

* * *

Der Radiowecker zeigte 8 Uhr an. Susanne hatte verschlafen. Sie griff neben sich. Der Platz war leer. Kein Wunder. Antonius öffnete jeden Morgen um neun den Buchladen. Gestern war sie spät nach Hause gekommen. Ja, es war ihr sogar entgegengekommen, dass die letzte Wöchnerin beim Hausbesuch dringenden Redebedarf gehabt hatte. Es war Susanne völlig egal, dass sie nach einer halben Stunde nichts mehr mit der Krankenkasse abrechnen konnte. Die Mutter war fix und fertig gewesen. Ein Schreibaby, ein Kind in der Trotzphase, und der Mann hatte die Papiere bekommen und war nun arbeitslos. Allein das Wort hatte die Mutter kaum aussprechen können. Ja, und sie hatte Angst, dass ihr Mann in den nächsten drei Jahren keinen gleichwertigen Job bekommen würde. Ein Umzug kam nicht infrage, und das Arbeitsamt zahlte nur drei Jahre lang Arbeitslosengeld. Und sie hatten sich gerade erst das Haus gekauft. Susanne hatte lange mit der Mutter gesprochen, und am Ende war sie etwas entspannter gewesen. Wenn so viel zusammenkam, waren die Mütter anfällig für Wochenbettdepressionen. Sie sollte die Frau im Blick behalten.

Als sie zu Hause angekommen war, hatte Antonius noch an seinem Schreibtisch gesessen. Die Buchhaltung wäre wichtig. Das Finanzamt warte schon. Es kam Susanne eher so vor, als verbuche er eher jedes verletzende Wort, das sie gesagt hatte. Dabei war jedes Wort von ihr ein Zeichen ihres Vertrauens gewesen. Das hatte sie zumindest gedacht. Aber vielleicht hatte das seinen Grund gehabt, dass sie bis vor fünf Jahren immer als Single durch die Welt gelaufen war. Vielleicht war sie einfach ein Beziehungstrottel.

Als sie ihn vorsichtig gefragt hatte, ob sie was zu essen für beide machen sollte und ob sie noch einmal reden könnten, hatte er abgewinkt. Er müsse sich konzentrieren, sie solle nicht auf ihn warten.

Also war sie alleine ins Bett gegangen und konnte nun nicht sagen, ob er überhaupt neben ihr gelegen hatte in dieser Nacht. Sie schlug die Decke zurück und stand auf.

»Antonius?«

Meist machte er morgens für sie beide Kaffee. Sie liebte es, in die Küche zu kommen und den Duft von Kaffee zu schnuppern. Heute roch es in der Küche nur nach abgestandenem Müll. Sie schnappte sich den vollen Sack unter der Spüle und lief noch in Schlafsachen runter zu den Mülltonnen. Von ihrem Mann sah sie nichts. Er war erwachsen. Er musste sich nicht abmelden. Vielleicht war er auch einfach Brötchen holen. Oder joggen, wobei Letzteres eher selten vorkam. Sie stieg in die zweite Etage, die sie damals dazugekauft hatten, und klopfte an sein Arbeitszimmer. Sie hörte ein Krachen, als wenn ein Buch runterfallen würde, und öffnete die Tür. Antonius saß immer noch auf seinem Schreibtischstuhl. Offensichtlich hatte sie ihn geweckt.

»Antonius! Alles in Ordnung? Hast du hier geschlafen?«

»Ja, bin wohl über der Arbeit eingeschlafen.«

»Wir haben nach acht. Kann ich dir helfen, dass du es noch pünktlich schaffst? Ich mache uns einen Kaffee.«

Vielleicht würde sein Ärger einfach verschwinden, wenn sie normal miteinander umgingen. Wobei Susanne gerade das Gefühl hatte, auf Samtpfoten um ihn herumschleichen zu müssen, nachdem sie sich anscheinend wie der Elefant im Porzellanladen verhalten hatte.

Antonius stand auf wie ein alter Mann. Kein Wunder, wenn er die ganze Nacht am Schreibtisch verharrt hatte.

»Ein Kaffee wäre gut.«

Er lief an ihr vorbei und verschwand im Bad. Susanne blieb stehen, lauschte der Dusche, schnappte sich schnell den Pieper, der noch auf ihrem Nachttisch lag, und bereitete nicht nur einen Kaffee, sondern auch ein Frühstück zu. Etwas Joghurt, in den sie Bananen und Äpfel hineinschnippelte und Honig darüber träufelte. Sie stellte die zwei Schälchen auf den Tisch und zündete sogar ein Teelicht an. Dann bürstete sie sich die Haare, wusch sich das Gesicht und putzte sich die Zähne in dem kleinen Bad unten. Duschen würde sie nach dem gemeinsamen Frühstück. Zwei Bäder für zwei Leute, was für eine Verschwendung. Ob sie die beiden Wohnungen auch zusammengelegt hätten, wenn sie davon ausgegangen wären, niemals ein Kind zu bekommen?

Der Kaffee war schon lauwarm, als Antonius fertig angezogen hereinkam. Sogar seine braunen, glänzenden Lederschuhe hatte er schon an.

»Setz dich. Ich habe uns schon was vorbereitet. Nach der Nacht kannst du sicher eine Stärkung gebrauchen.«

»Ja, von dieser Nacht muss ich mich wirklich erholen.«

Beruhigt registrierte Susanne, dass er lächelte. Sie beobachtete, wie er zum Küchentisch kam, den Kaffee im Stehen trank und sich die Joghurtschale schnappte.

»Vielen Dank. Ich nehme das mit runter. Muss noch ein paar Sachen erledigen, bevor ich aufmachen kann. Bis heute Abend.«

»Antonius, warte, sollen wir nicht reden?«

»Wieso? Ist doch alles in Ordnung. Oder nicht?«

Einen Moment sah er so aus, als wolle er ihr noch einen Abschiedskuss geben. Sie stand auf und neigte sich nach vorn, stieß sich dabei an der Tischkante, während sie nur noch hörte, wie er die Tür hinter sich schloss.

Antonius war ein miserabler Schauspieler. Ganz im Gegensatz zu Kai, von dem sie gerade wünschte, dass er in der Premierennacht nicht vor der Telefonzelle gestanden hätte. Der Anblick des flackernden Teelichts und der eigenen Müslischale brach ihr fast das Herz. Verlorene

Liebesmüh. Wobei es dem Teelicht und dem Essen wahrscheinlich egal war, so verschmäht worden zu sein. Aber ihr war es nicht egal. Und vor allem war sie es nicht gewohnt.

Er würde sich schon beruhigen, sagte sie sich und stellte ihre Schale in den Kühlschrank. Sie würden sich gleich sowieso im Geburtshaus zu ihrer wöchentlichen Besprechung zusammensetzen, und da gab es meist genug Teilchen und Brötchen vom Bäcker.

Keine Stunde später saßen sie tatsächlich beisammen. Hatten sie sich früher immer in die Sitzecke im großen Vorraum gesetzt, nutzten sie für ihre Besprechungen mittlerweile Frau Freuds Zimmer – das sie jetzt alle vier inoffiziell untereinander so nannten. Das hatte zwar den Nachteil, dass sie runterlaufen mussten, wenn es an der Tür klingelte und manch ungeduldiger Postbote sein Paket auch schon mal wieder mitnahm, aber dieser Raum hatte eine ganz besondere Atmosphäre.

»Also, was liegt an?«, fragte Carola mit dem Kalender auf dem Schoß. In der Mitte des Nierentischchens stand ein Teller mit Teilchen, die Kaffeetassen mussten auf den Holzboden ausweichen, jede hatte ihr Notizbuch auf den Knien. Annett und Ella saßen auf dem Sofa, Susanne und Carola auf den passenden Cordsesseln gegenüber.

Jede berichtete von den anstehenden Geburten und erzählte, wie die letzten verlaufen waren.

»Wir sollten gemeinsam mit dem Hebammenverband dafür eintreten, dass alle Schwangeren einen HIV-Test im Rahmen der Vorsorge angeboten bekommen. Genauso wie bei dem Nachweis einer Rötelninfektion. Der Fall mit Erika hat mich da echt ins Grübeln gebracht.«

Susanne biss noch von einem Puddingteilchen ab, das weniger nahrhaft war als ihr Obstjoghurt, der unangerührt im Kühlschrank stand, dafür aber tröstlicher schmeckte. Schwangere oder Frauen mit Kinderwunsch waren nicht automatisch monogam, und selbst wenn sie es waren, war der Partner auch immer noch ein Risikofaktor. Wenn sie nur ein Kind durch flächendeckende Untersuchungen davor bewahren konnten, sich mit HIV anzustecken oder an Aids zu erkranken, würde sich das lohnen. So wunderbar alles rund um Schwangerschaft und Geburt auch war, Verklärung und Verdrängung konnten töten.

»Ist Erikas Baby schon da? Ich finde es mutig, dass sie dir von der Geschichte erzählt hat.«

Natürlich waren alle Fälle streng vertraulich, aber wenn es um die Qualität der Betreuung ging, wurde der Kreis der Eingeweihten eben manchmal auch auf alle vier erweitert.

»Noch nicht.«

Erika. Wegen ihrer Geschichte war Susanne erst auf den Gedanken gekommen, dass es auch andere Wege geben könnte, um schwanger zu werden. Erikas Mann freute sich genauso auf das Kind, das für ihn ganz klar sein eigenes sein würde. Und Antonius schmollte schon, weil sie nur daran gedacht hatte, einen anderen Mann an sich ranzulassen. Susanne starrte in die Luft, ohne zu hören, was die anderen sagten.

»Susanne?«

Carola stupste sie an.

»Alles in Ordnung?«

Susanne schüttelte sich kurz, als wache sie aus einem Albtraum auf. »Alles in Ordnung. Nur ein bisschen Stress zu Hause.«

Das Geständnis gegenüber Antonius hatte alles schlimmer gemacht, aber mit ihren Freundinnen darüber zu reden würde vielleicht helfen.

»Zu Hause? Gibt es Ärger mit Julia?«, fragte Ella, als wäre es völlig abwegig, dass es bei Antonius und ihr Stress geben könnte.

»Du musst nicht drüber reden.« Carola schaute sie an, und Susanne verstand es als Angebot, später unter vier Augen darüber zu sprechen.

»Ach, Leute, ich muss nicht, aber wenn ich es nicht tue, denke ich trotzdem den ganzen Tag darüber nach und kann keine Frau vernünftig betreuen.«

»Oje, dann muss es sehr schlimm sein«, sagte Annett.

»Antonius ist sauer auf mich.«

»Ach, das ist doch normal in einer Ehe, dass man mal sauer ist!« Carola winkte ab.

»So sauer war er noch nie.«

»Na, dann haste bestimmt auch was verbrochen.« Annett war wie immer sehr direkt.

»Nicht wirklich.«

Und dann erzählte sie ihnen die Kurzversion. Der attraktive Schauspieler Kai Mittermaier hatte ihr sozusagen ein unmoralisches Angebot gemacht, bei dem sie einen winzigen Moment überlegt hatte, ob sie es annehmen sollte, um dem Kinderglück ein Hintertürchen offen zu halten. Natürlich nur deshalb. Dass er charmant und attraktiv war, tat dabei nichts zur Sache. Und Antonius hatte ihr ihre Offenheit nicht gedankt und den Verzicht keineswegs heroisch gefunden.

»Kai Mittermaier? Das ist nicht dein Ernst! Deswegen warst du auch verschwunden. So eine Geschichte hätte Andreas' Lektor aus dem Buch gestrichen. Glaubt doch kein Mensch.«

»Na, den von der Bettkante zu stoßen ist aber schon eine Leistung!« Annett konnte sich ein Lachen nicht verkneifen. Nur Ella blieb ernst.

»Das ist doch gar nicht das Problem. Ich kann Antonius verstehen. Wie würdest du dich denn fühlen, wenn er zu dir sagen würde, sorry, ich liebe dich, aber ich finde mich ganz schön cool, dass ich bei dir bleibe, obwohl du viel zu alt bist und ich mich gerne vermehren würde?«

Bevor Susanne sich das fragen konnte, beschwichtigte Carola.

»Ach, komm, das ist was ganz anderes. Du hast nur daran gedacht und nichts getan. Und das, was dein Elternpaar da gemacht hat, wäre zwar auch nichts für mich, kam aber so ähnlich ja schon in der Bibel vor. Denk mal an Abraham und Sara. Die hat ihren Mann freiwillig mit der Magd ins Zelt geschickt, weil der Fortbestand der Sippe wichtiger als eigene Gefühle war.«

»In biblischen Zeiten gab es auch noch keine Möglichkeiten, medizinisch nachzuhelfen – außer vielleicht durch ein Wunder. Und Wunder sollte man nie ausschließen«, ermunterte Annett Susanne.

»Tja, auf ein Wunder will Antonius auch warten«, meinte Susanne.

Sie schwiegen alle vier einen Moment.

»Haltet ihr mich jetzt für eine schlechte Partnerin? Könnt ihr meinen Wunsch nicht verstehen?«

»Ach, Susanne. Ich habe keine Ahnung, wie Andreas und ich damit umgegangen wären.«

»Ihr bekommt das hin. Ihr seid so ein wunderbares Paar, und vielleicht passiert ja ein Wunder«, ermunterte Ella sie.

Susanne hatte ihnen nicht alle Details erzählt. Nicht mal ihren besten Freundinnen und Kolleginnen. Sie wollte schließlich auch nicht, dass Antonius sich mit Freunden über ihre intimsten Belange austauschte. Und eigentlich hatte sie geglaubt, mit dem Thema abschließen zu können, aber sie hörte nicht auf, auf ein Wunder zu hoffen. Oder sollte sie vielleicht loslassen? Aber das war schwer, solange es noch die Möglichkeit gab, dass ihr sehnlichster Wunsch sich erfüllte.

* * *

Ella glaubte einerseits an Wunder, an Ereignisse, die die bestehenden Regeln außer Kraft setzten. Aber sie war sich genauso darüber bewusst, wie stark die gesellschaftlichen Regeln wirkten, fast so, als wären es Naturgesetze.

Eine dieser Regeln lautete: Liebe bedeutet Unfreiheit. Und das ganz besonders für Frauen, vor allem wenn diese Liebe auch Kinder hervorbrachte.

Ella saß mit Carla sowie ihren Eltern am üppig gedeckten Abendbrottisch. Dennoch waren noch drei Stühle frei, und diese drei Stühle wirkten wie ein Vorwurf. Genauso wie die Portionen, die immer noch für eine Großfamilie gedacht waren. Ihre älteste Schwester kam mittlerweile zu nichts mehr, außer sich um ihre Lieben zu kümmern. Und das im Jahre 1994? Oder war das einfach Liebe? Sich zurücknehmen? Füreinander da sein? Wobei füreinander da sein etwas anderes war, als für andere da zu sein.

Ihre Mutter Anneliese war eine stattliche Frau, die mit ihren blonden Haaren in der Familie fast exotisch wirkte.

»Nehmt doch noch was. Ich habe den halben Tag in der Küche gestanden.«

Ellas Vater ließ sich das nicht zweimal sagen und packte sich gleich noch ein Schnitzel auf den Teller.

»Du bist die Beste, Anneliese.«

»Von uns aus hättest du auch Pizza bestellen können. Wir sitzen doch nicht nur wegen des Essens hier.«

Carla legte ihr Besteck nebeneinander und schob den Teller weg.

»Ich nehme gerne noch etwas Salat.«

Ella schaufelte sich den Eisbergsalat mit Zwiebeln und Apfelschnitzen auf den Teller. Sie wählte den Salat, weil er von all den Leckereien noch das Bekömmlichste war und er morgen schon in sich zusammengefallen wäre. Die Schnitzel konnte sich Papa morgen aufs Brötchen legen, wenn er zur Arbeit fuhr, und aus den Kartoffeln konnte Mama noch Bratkartoffeln machen.

»Es war sehr lecker. Und ich komme auch wegen dem Essen.«

Ella warf Carla einen bösen Blick zu. Ihre Schwester wusste doch ganz genau, dass ihre Mutter sich freute, wenn alle ihr Essen verschlangen. Es war doch das Beste, was sie zu bieten hatte ... Plötzlich erschrak sie über diesen Gedanken. Ihre Mutter war einmal eine kämpferische Frau gewesen. Eine, die sich gegen Traditionen auflehnte, die einen Mann heiratete, der in den Augen ihrer Eltern unter ihrem Stand und dazu noch ein Gastarbeiter gewesen war. Hatte sie in diesem Kampf alle Energie aufgebraucht, sodass sie sich das ganze restliche Leben nur noch angepasst hatte?

»Danke, Ella. Ich würde dich gerne viel öfter sehen, aber ich verstehe schon, dass dein Job kaum noch Zeit lässt. Immer verfügbar zu sein, das ist schon hart. Aber jetzt kannst du das noch machen, solange du keine Kinder hast.«

Ella nickte. Ja, sie war frei. Sie konnte den ganzen Tag machen, was sie wollte. Erst gestern hatte sie bis in die Morgenstunden mit Frank getanzt. Frank, von dem sie sich eigenartig beschützt fühlte, auch wenn fast alle Frauen ihn als »Softie« bezeichneten. Bei Frank konnte sie so sein, wie sie eben war. So wie bei ihren Freundinnen. Wie anders war es immer mit Christoph gewesen.

Als hätte ihre Mutter einen gewissen Draht zu den Gedanken ihrer Töchter, fragte sie nach Ellas Ex-Freund.

»Ella, Tante Irmgard hat mich letztens gefragt, was eigentlich aus dem jungen Arzt geworden ist.«

Tante Irmgard hatte Christoph nie gesehen, aber wahrscheinlich reichten die Schwärmereien ihrer Mutter, die Christoph zwar auch nicht wirklich kannte, ihn aber immer angehimmelt hatte. Er war Arzt und sah gut aus. Das reichte an Info, um sich ihn als Schwiegersohn zu wünschen. Meinte ihre Mutter, sie hätte einen Fehler gemacht, einen einfachen Arbeiter zu heiraten? Ihr Vater hatte sich zwar später als Handwerker selbstständig gemacht, aber aus der Dreizimmerwohnung hatten sie es bis heute nicht geschafft. Und ihre Mutter hatte ihr Studium abgebrochen, aber dafür gesorgt, dass alle drei Mädchen Abitur gemacht hatten.

»Aus Christoph ist ein glücklicher Familienvater geworden«, wurde nun auch Ella ungeduldiger. Das Attribut glücklich war nicht unbedingt wahr, aber es sorgte hoffentlich für Ruhe.

»Das hättet ihr auch zusammen haben können.«

»Anneliese, du wolltest auch nicht, dass deine Eltern sich einmischen. Lass Ella damit in Ruhe.«

Ihre Mutter seufzte und nahm sich selbst noch einmal Salat nach. Auf ihrer Stirn standen Schweißperlen. Waren das die Stunden in der Küche oder die Wechseljahre?, fragte sich Ella.

»Erzähl uns lieber mal was von den Bambini«, forderte ihr Vater sie auf.

* * *

Carola kümmerte sich heute um das Büro im Geburtshaus. Anträge bei der Krankenkasse. Materialbestellungen. Sie brauchten Windeln, Unterlagen für das Bett, Einmalhandschuhe, die sie nun doch viel öfter bei Untersuchungen anzogen, um sich vor Krankheiten zu schützen. Das Telefon klingelte ständig, sodass sie neue Termine in den Kalender ein-, aber auch welche austragen musste. Warum stellten sie nicht jemanden ein, der diese Arbeit für sie erledigte?

Wieder klingelte das Telefon. Carola nahm ab.

»Hallo, hier ist Olaf Kokowski vom *EXPRESS*. Haben Sie einen Moment Zeit für mich?«

Eigentlich nicht. Sie dachte an den schmutzigen Artikel in dem kölschen Boulevardblatt, die es an jeder Ecke für achtzig Pfennige zu kaufen gab. Erst heute Morgen war sie versucht gewesen, Münzen in einen Kasten zu werfen, der dann kurz geöffnet sein würde, damit sie sich eine Zeitung rausholen könnte. Der Aufmacher lautete: *Die Hexen von Köln*, darunter ein Bild von Hella von Sinnen und Alice Schwarzer.

Aber da sie vorher schon wusste, dass sie sich über die Titelstory nur ärgern würde, sparte sie sich das Geld lieber.

»Wenn Sie sich kurzfassen.«

»Hach, ich liebe Powerfrauen, die gleich klarmachen, wo der Hammer hängt.«

»Womit kann ich Ihnen weiterhelfen?« Sie hatte wirklich genug zu tun. Und zu viel, um mit einem Redakteur zu palavern.

»Wir bräuchten mal wieder ein Frauenthema. Könnte ich vorbeikommen?«

Es klingelte jetzt auch noch an der Tür. Vielleicht hörte es jemand von den anderen. Der letzte Artikel vor fünf Jahren war ein Verriss gewesen. Dass nicht *Die Hexen von der Cranachstraße* darüber gestanden hatte, war alles. Andererseits hatte er ihnen dennoch Zulauf beschert. Und den konnten sie brauchen. Es klingelte wieder, diesmal vehementer.

»Kommen Sie gerne nächste Woche vorbei.« Nachdem sie ihm gesagt hatte, wann sie im Büro zu tun haben würde, legte sie auf.

Vor der Tür stand eine Schwangere, die schon breitbeinig lief, weil der Bauch nach unten drückte.

»Hallo, ich bin die Erika und habe einen Termin bei Susanne Winter.«

Erika. Erika. Da war doch was. Carola musste grinsen. Sie sah so brav und bieder aus. Hätte sie niemals gedacht, dass diese Frau im *Prinz* eine Chiffreanzeige aufgeben würde, um einen Samenspender zu finden.

»Herzlich willkommen. Nehmen Sie gerne noch im Wartebereich Platz. Frau Winter kommt jeden Moment.«

Wieder klingelte das Telefon. Diesmal war es Andreas.

»Carola, haben wir noch irgendwas gegen Übelkeit im Haus?«

»Ich weiß nicht. Fencheltee? Salzstangen. Im Schrank über dem Herd müssten noch welche stehen. Hast du dir den Magen verdorben?«

»Nein, aber Stefanie. Sie ist heute auch nicht zur Schule gegangen.«

Stefanie war übel. Sie war doch nicht etwa schwanger?

»Okay, hat sie sonst noch Beschwerden? Geht es ihr sehr schlecht?«

»Ich weiß nicht. Kein Fieber oder so. Aber sie sieht blass aus.«

Ein schrecklicher Gedanke überkam sie. Was wäre, wenn Stefanie nicht nur schwanger wäre, sondern auch noch schwanger, obwohl sie gar keinen Sex haben wollte? Sofort musste sie an Detlef Kron denken. Sie würde ihn persönlich vierteilen. Doch dann rief sie sich zur Raison.

Die Hormone brauchten einige Zeit, um zu wirken. So schnell war einem nicht übel.

»Ich versuche, früher nach Hause zu kommen.«

»Jetzt beruhige dich mal. Sie ist erwachsen und hat sich nur den Magen verstimmt.«

Ihren Verdacht musste sie überhaupt nicht aussprechen. Andreas hielt sie sowieso für überspannt.

* * *

Susanne war froh, dass sie heute durchgehend Termine hatte. Die Frauen gaben sich die Klinke in die Hand. Und sie hatte es den ganzen Tag geschafft, freundlich und mitfühlend zu bleiben, obwohl sie in Gedanken den ganzen Tag bei Antonius war. Aber als Erika bei ihr im Zimmer saß, musste sie sich zusammenreißen. Am liebsten hätte sie sie angebrüllt. »Warum bringst du mich mit deiner Geschichte auf so eine blöde Idee? Warum hast du so einen Mut, deine Sache durchzuziehen? Hast du keine Angst, dass alle hinter dem Rücken deines Kindes tuscheln, wenn irgendwas durchsickert? Was ist, wenn eine Krankheit auftaucht, die es nötig macht, den Schwindel auffliegen zu lassen?«

Aber es war ihr Job, nicht zu werten und die werdende Mutter nur zu begleiten und zu unterstützen.

»Ich freue mich ja so auf unser Kind«, strahlte Erika, die ihre Haare mit einem Haarband aus einem blauen, gewellten Samtschlauch gebändigt hatte. Das Karohemd über der Jeanslatzhose war bestimmt von ihrem Mann. Sie bekam keinen Knopf mehr zu.

»Ja, das glaube ich.« Das dazugehörige Lächeln war

gequält. Als Susanne noch im Krankenhaus gearbeitet hatte, hatten sie auf der Frauenstation auch Frauen mit Fehlgeburten behandelt – und diese manchmal mit Wöchnerinnen auf einem Zimmer einquartiert, natürlich nur, wenn es nicht anders ging, weil viele von ihnen die Nähe eines Neugeborenen kaum ertragen konnten. Und viele Frauen mit Kinderwunsch ertrugen die Nähe Schwangerer kaum. Das durfte ihr niemals passieren. »Erika, es wird bestimmt wunderschön werden. Euer Kind kann sich freuen, bei euch zu landen.«

»Meinst du wirklich?«, versuchte Erika sich erneut zu versichern.

»Ja, das meine ich absolut ernst.«

Susanne lächelte Erika an. Sie war Hebamme. Niemals im Leben durfte sie zulassen, dass ihr unerfüllter Wunsch sie missgünstig gegenüber anderen Frauen werden ließ.

»Ich habe in der *Eltern* gelesen, dass viele Paare im ersten Jahr nach der Geburt eine große Krise haben. Wie kann die Liebe von etwas durcheinandergebracht werden, das sich beide so sehr wünschen?«

»Es stimmt schon, dass so ein Baby eine Herausforderung für die Partnerschaft ist. Aber es ist nicht so, dass Kinderlose grundsätzlich bessere Beziehungen hätten. Auch wenn sie mehr Zeit füreinander haben.«

Susanne dachte an Antonius. Er ging ihr aus dem Weg. Und sie lief ihm hinterher. Mit Kaffee und Obstjoghurt. Und auf Zehenspitzen. Um ihn ja nicht noch mehr zu verletzen.

Carola hatte ihr geraten, einfach abzuwarten. »Er wird schon drüber wegkommen.« Ella hatte ihr geraten, sich zu entschuldigen. »Selbst wenn du ihn nicht absichtlich verletzt hast.«

So konnte es nicht weitergehen. Langsam staute sich in ihr ein neues Gefühl gegenüber Antonius auf. Es war Unverständnis.

* * *

Ella kontrollierte den Blutdruck der Schwangeren, die selbst noch fast wie ein Kind aussah. Birgit Nideggen trug ein schwarzes Unterhemd mit Spitze an den Rändern und hatte ihre Strickjacke über ihren Schoß gelegt. Das Unterhemd reichte nur kurz über den Bauchnabel. Bei der Jeans hatte sie sich einfach mit einem Haargummi und einer Sicherheitsnadel beholfen, damit der Bauch Platz fand.

»Und ist der Blutdruck okay?«

»Optimale Werte. Hundertzwanzig zu achtzig.«

Birgits linker Oberarm kam ihr so nackt vor. Hier fehlte der Stempel, den die Pockenimpfung bei allen Menschen hinterlassen hatte, die älter als zwanzig waren. Fast alle Frauen trugen noch den Abdruck auf der Haut, schließlich war die Pockenimpfung bis 1976 Pflicht gewesen. Es waren ja schon Millionen Menschen an den Blattern gestorben, wie die fiese Krankheit auch genannt wurde, bis sie Ende der Siebziger endlich als ausgerottet galt. Dafür verbreitete sich ein anderer »Stempel« rasant, den Ella und ihre Kolleginnen auch im Kreißsaal immer öfter zu sehen bekamen. Das freiwillig tätowierte Arschgeweih, irgendein Muster über dem Steißbein.

Birgit trug keins, dafür aber eins von diesen schwarzen,

filigranen Halsbändern, die aussahen, als hätte jemand ein Muster um den Hals gemalt.

»Ich bin ziemlich aufgeregt, weil ich keine einzige Frau kenne, die schwanger ist oder ein Baby hat. Und ein paar meiner Freundinnen halten mich echt für verrückt, dass ich so früh ein Baby bekomme.«

Birgit schaute sie mit ihren großen Rehaugen an, während Ella die Manschette abnahm.

»Wichtig ist doch nur, was du darüber denkst. Es hat auch Vorteile, niemanden mit Baby im Umfeld zu haben.«

»Und zwar?«

»Na, du brauchst dich auch mit niemandem vergleichen. Mütter können sich gegenseitig auch viel Stress machen.«

»Meine Mutter macht mich verrückt. Sie meint, ich setze meine Zukunft aufs Spiel. Ich habe gerade erst mit dem Studium angefangen. Und sie hat direkt klargestellt, dass sie keine Zeit zum Babysitten hat, weil sie jetzt endlich Vollzeit arbeitet, seit mein Bruder und ich aus dem Haus sind.«

Ella dachte an ihre Mutter. Die sich die Finger danach abschlecken würde, auf ihre Enkelkinder aufpassen zu können. Und dass es dennoch das gute Recht der werdenden Oma war, zuerst ihr eigenes Ding zu machen.

»Es wird vielleicht nicht so einfach mit dem Studium, aber auch nicht unmöglich.«

»Im Vorbereitungskurs waren nur so uralte Mütter, bei denen ich das Gefühl hatte, dass sie auf mich runtergucken.«

Ella, die selbst noch keine dreißig war, musste schmunzeln.

»Ob es passt, liegt ja nicht nur am Alter. Wenn du magst, stelle ich mal den Kontakt zu der Tochter von unserer Hebamme Susanne her. Die hat ihre Tochter auch Anfang zwanzig und frisch im Studium bekommen.«

Wenn Ella an Julia dachte, hatte sie den Eindruck, dass eben doch nicht jede Mutter auf ihr eigenes Leben verzichten musste. Julia zog ihr Studium weiter durch, hatte einen Partner, der sich genauso einbrachte, und wirkte nie gestresst. Gut, sie hatte auch das sprichwörtliche Dorf an der Seite, um Susy großzuziehen. Ja, es waren sogar drei Großelternpaare, die sich um Susy kümmerten. Vielleicht lag darin das so einfache und gleichzeitig schwer zu bekommende Geheimnis verborgen. Die wenigsten hatten so ein Netzwerk um sich herum.

* * *

Eigentlich hatte Carola sich auf zu Hause gefreut. Nicht nur gefreut, sie hatte auch den Drang gehabt, nach Stefanie zu schauen. Ihr wie früher, wenn sie krank gewesen war, einen Tee mit Honig und eine Wärmflasche zu bringen. Nichts, was Andreas nicht auch tun konnte, aber dennoch hatte sie jetzt das Bedürfnis, sich selbst um ihre älteste Tochter zu kümmern. Auch in der Hoffnung zu erfahren, was wirklich hinter dem Magen-Darm-Virus steckte.

Doch schon als sie den Hausflur betrat, kam ihr Andreas mit einer Miene entgegen, als sei während ihrer Abwesenheit eine Katastrophe passiert.

»Alles in Ordnung?«

»Nein, nichts ist in Ordnung. Als ich einkaufen war,

habe ich Thomas vorm *Stüssgen* getroffen. Mit zwei Freunden. Von wegen, er ist in der Schule.«

War das ein Grund, gleich so wütend zu sein? Hatten nicht alle mal blaugemacht? Gerade Andreas hatte immer davon erzählt, dass er auch lieber in der Stadt abgehangen als am Sportunterricht teilgenommen hatte.

»Er ist ein Teenager. Das kommt mal vor.«

»Ach ja? Ich sage nur: Rolltreppe abwärts!«

Hatten Andreas und sie sich nicht letztens noch in trauter Einigkeit über den Klappentext aufgeregt? *Jochens Mutter wird nach der Scheidung wieder berufstätig. Der neue Freund lässt ihr zu wenig Zeit für ihren dreizehnjährigen Jungen. Jochen, auf der Suche nach Liebe und Anerkennung, verstrickt sich in Straftaten und landet im Erziehungsheim. Wird er sich fangen und ein neues Leben beginnen können?*

Sowohl Stefanie als auch Thomas hatten das Buch, das aus dem Jahr 1970 stammte, im Deutschunterricht lesen müssen, als wenn es nicht irgendeine andere Schullektüre gäbe, die mit der modernen Zeit Schritt halten konnte.

»Und das gilt auch für Maike! Gerade mal in der fünften Klasse, und sie wackelt schon. Ihre Lehrerin hat angerufen und gesagt, dass sie schon wieder kein Material dabeigehabt hätte. Und dass das wohl ein Sinnbild dafür wäre, dass Maike völlig überfordert und an der falschen Schule ist. Du hast doch versprochen, dich zu kümmern, aber seit deinem letzten Gespräch mit der Lehrerin ist nichts passiert!«

Carola hätte sich am liebsten die Ohren zugehalten. Das Gespräch mit der Lehrerin war schrecklich gewesen, als hätte sie Maike längst abgeschrieben. Sie hängte ihre Jacke an die überquellende Garderobe. Sie müssten unbedingt die Sommerjacken aussortieren.

»Du tust immer so, als wäre das meine persönliche Schuld.«

»Ist es vielleicht auch. Die Kinder von Müttern, die nicht immer weg sind, haben nicht so viele Probleme.«

Während Andreas oft stundenlang an einem Satz feilte, haute er jetzt einen ungefilterten Vorwurf nach dem anderen raus. Das Beste wäre zu gehen. Mal eine Runde um den Block zu laufen.

»Was willst du mir damit sagen?«

»Dass es irgendwie absurd ist, dass du dich dauernd um andere Familien kümmerst, aber deine eigene vernachlässigst.«

»Ist das dein Ernst? Was hätten wir denn ohne meinen Job gemacht? Wovon hätten wir gelebt?«

Sie ignorierte sein verletztes Gesicht. So war es doch gewesen. Sie hatte gearbeitet, während er sich um den Haushalt und die Kinder kümmerte und nebenbei an seinem ersten Buch schrieb. Und damit keinen Pfennig verdiente.

»Und weißt du was, Andreas, wenn du meine Sorgen ernst genommen hättest, dann ginge es Stefanie jetzt nicht so schlecht! Das kann doch nur was mit diesem Fototermin zu tun haben!«

»Ja, vielleicht hat es das. Aber weißt du, warum Stefanie überhaupt Model werden wollte? Damit sie nicht so ein langweiliges Leben führen muss wie ihre Eltern.«

Carola hielt sich am Treppengeländer fest. Wenn sich

jetzt wieder der Schwindel anbahnte, hätte sie gar nicht die Möglichkeit, hier abzuhauen und die Tür hinter sich zuzuschlagen. Was war denn nur los mit ihnen? Nie hatte sie geglaubt, dass ihre Liebe ins Wanken geraten könnte, doch jetzt war sie sich da nicht mehr sicher. Abzuhauen war trotzdem keine Option. Statt auf die Straße rannte sie nach oben, um nach Stefanie zu sehen. Oben angekommen, erwartete Maike sie im Flur. Ihr war anzusehen, dass sie alles mit angehört hatte.

* * *

Susanne spazierte mit Carola durch die Flora. Der botanische Garten leuchtete im Oktober fast nur noch in Orange- und Rottönen. Es war schon so kalt, dass sie es auf den Spazierwegen nicht lange aushielten und im Tropenhaus etwas Wärme auftanken wollten.

Vor dem Haus saßen zwei Aras auf einem kahlen Baum. Krächzten und trippelten nach links und rechts, obwohl sie doch fortfliegen könnten. Vielleicht waren ihnen auch die Flügel gestutzt worden. Oder sie waren zufrieden mit ihrem Platz.

In dem Gewächshaus schlug ihnen ein modriger, feuchter Geruch entgegen.

»Danke, dass du dir Zeit genommen hast, aber ich brauche wirklich mal nur dich, um mich auszuheulen.«

Carola nickte und berührte die Stacheln eines zwei Meter hohen Kaktus, als müsste sie schauen, ob der echt ist.

»Ja klar.«

Es klang etwas genervt. Ob sie ihr zu viel vorgejammert hatte? Dass zwischen ihr und Antonius nur noch das Nötigste gesprochen wurde? Dass er so tat, als wäre alles in Ordnung, ihr aber mit immer neuen Ausreden aus dem Weg ging? So viel Buchhaltung hatte er die ganzen letzten Jahre nicht gemacht.

»Carola, was ist, wenn wir die Krise nicht überwinden? Was ist, wenn wir uns vielleicht sogar trennen?«

Carola hatte erst gezögert, einen Spaziergang zu machen, dann aber eingewilligt, weil sie eh zu viel auf den Hüften und gleich Mittagspause hätte.

»Wenn eure Beziehung das nicht aushält, dann könnt ihr es gleich lassen. Meine Güte, er schmollt ein paar Tage, und dann wird sich schon alles wieder einrenken. Lass du ihn doch mal was zappeln. Dann weiß er hoffentlich wieder, was er an dir hat.«

Ob da was dran war? Willst du was gelten, mach dich selten, hatte ihre Mutter immer gesagt. Aber Susanne hasste Spielchen aller Art. Sie wollte nicht taktieren, um Antonius zurückzugewinnen.

»Ich weiß nicht.«

»Aber ganz davon abgesehen, das alles löst euer Problem nicht. Du willst was, was er nicht will. Oder jedenfalls nicht so sehr wie du.«

Sie liefen zwischen einer hüfthohen Aloe vera und einer Yuccapalme hindurch. Die Blätter kitzelten Susanne. Carola klang ungeduldig, sie sollten den Rückweg antreten. Eine Gruppe Schulkinder, angeführt von einem Lehrer mit Wollmütze und Nickelbrille, lief in Zweierreihen in das Riesengewächshaus und schaute sich staunend um.

»Susanne, warum möchtest du unbedingt noch ein Kind?«

»Ich weiß es nicht genau. Auf der einen Seite habe ich so eine Sehnsucht und das Gefühl, da ist noch jemand, der zu uns möchte. Auf der anderen Seite will ich es einfach noch mal besser machen. Das erste Mal habe ich als Mutter komplett versagt.«

»Ach, Susanne, du hast nicht versagt, du hattest einfach keine Wahl. Und auch wenn du gemeinsam mit Antonius ein Kind aufziehen würdest, gibt es immer Momente, in denen du daran verzweifelst.«

Sie ließen die Schüler an sich vorbeiziehen. Vielleicht hatten sie eins der Kinder bei ihrer Geburt begleitet. Susanne musste damit aufhören, dass Gedanken und Gespräche dauernd um dieses eine Thema kreisten.

»Weißt du was, Carola, wir sollten alle fünfhundert Familien, die wir begleitet haben, zu unserem Jubiläum einladen!«

Das wäre schön, so manche Familie wieder zu treffen. Sie schoben das Jubiläum ohnehin vor sich her, obwohl das fünfjährige Bestehen des Geburtshauses wirklich ein Grund zum Feiern war.

»Mir ist so gar nicht nach Party zumute.«

Susanne sah ihre Freundin an. Sie hatte Schatten unter den Augen, das Gesicht war aufgequollen. Das blonde Haar glänzte wie immer, aber ansonsten hatte Carola an Glanz verloren. Sie war noch nie der Typ Twiggy gewesen, aber langsam sah sie wirklich so aus, als würde sie nur noch bei Ulla Popken Mode finden.

»Magst du erzählen?«

Susanne schämte sich, dass sie die ganze Zeit ihren Kummer ausgebreitet und überhaupt nicht gemerkt hatte, wie es Carola ging. Carola ließ sich auf einen Baumstumpf fallen, der von Sukkulenten eingerahmt war.

»Ich weiß gar nicht, wo ich anfangen soll. Am liebsten würde ich in einen Dornröschenschlaf fallen und erst wieder aufwachen, wenn sich alle Probleme gelöst haben. Ich bin einfach nur noch müde.«

Susanne hockte sich daneben auf den Boden. Die dunkelbraunen Holzspäne waren zum Glück warm genug.

»Dann fang mit dem an, was am schlimmsten ist.«

Ein Gärtner, der ihnen draußen schon mit seiner Schubkarre den Weg versperrt hatte, kam auf sie zu und sprach sie an. »Junge Frolleins. Außerhalb der Wege ist es verboten, sich zu bewegen. Und auch zu sitzen.«

Die beiden standen auf, ohne zu diskutieren, ob dieses Verbot sinnvoll war. Carola seufzte. »Siehst du, Susanne, keine fünf Minuten kann ich mich mal ausruhen.«

Vor Susannes Augen schwankte Carola, stolperte und fing sich ausgerechnet an einem Kaktus ab. Sie heulte auch noch draußen vor der Tür, während Susanne Stachel für Stachel aus ihrer Handfläche zog.

»Bist du sicher, dass du okay bist? Das sah gerade nach einem Schwindelanfall aus.«

»Ganz sicher. Ich bin so plötzlich aufgestanden, und dann diese schwüle Luft.«

»Lass dich mal durchchecken. Du siehst krank aus.«

Susanne zog den letzten Stachel. Die Aras mit ihren krummen Schnäbeln legten die Köpfe schief, als wollten sie die beiden Frauen unterstützen.

»Susanne, meinst du, ich habe einen Gehirntumor?«

»Wie kommst du denn da drauf?«

»Na, der Schwindel. Ich vergesse alles. Und ich merke Veränderungen an mir, an meiner Persönlichkeit. Ich, ich bin irgendwie nicht mehr so nett wie früher.«

»Zu mir schon. Und vielleicht warst du zu den anderen zu nett. Wer sind denn die anderen? Doch hoffentlich nicht das Geburtshausteam?«

»Ach was, wenn ich euch nicht hätte, wäre ich längst durchgedreht.«

✳ ✳ ✳

Ella musste Jolinas Mutter beruhigen. Sie saß am Rand der Geburtswanne und heulte, als wollte sie die Wanne mit ihren Tränen füllen. Ella hatte die Betreuung von Sabrina übernommen und war froh, dass sich die Mutter aus dem Vorbereitungskurs, für die die Anwesenheit der behinderten Jolina eine Zumutung gewesen war, gegen das Geburtshaus entschieden hatte.

»Aber ich kann das nicht ohne dich machen.«

Sabrina schluchzte und streichelte über ihren großen Bauch. Normalerweise hörte die Zuständigkeit der Geburtshaushebammen in dem Moment auf, in dem eine Schwangere an ein Krankenhaus übergeben werden musste. Und wenn vor der Geburt klar war, dass eine klinische Geburt stattfinden musste, wurde die Geburt direkt im Krankenhaus begleitet. Mit den Hebammen von der Geburtsstation.

»Die Hebammen im Krankenhaus sind auch sehr gut.«

»Das mag sein, aber ich möchte jemanden, den ich

kenne, an meiner Seite haben. Jolinas Geburt war schrecklich. Nichts klappte, dann haben sie sie mit der Zange rausgezerrt. Und als klar war, dass was nicht stimmt, haben sie mein Kind weggenommen und mich stundenlang warten lassen.«

Sabrinas ältere Tochter hatte einen Gendefekt, der auch für die schwere Geburt gesorgt hatte. Und auch wenn die Vorsorgeuntersuchungen jetzt unauffällig waren, bestand Sabrinas Frauenärztin nun auf eine klinische Geburt. Falls ebenfalls etwas nicht in Ordnung wäre, müsste sofort ein Kinderarzt zugegen sein.

Ella dachte an Christoph. Ob sie ihn überreden konnte, bei der Geburt anwesend zu sein? Hier im Geburtshaus? Nein, das wäre keine gute Idee. Er würde sie nervös machen, weil er die ganze Zeit so schauen würde, als befänden sie sich in einer mittelalterlichen Schlachtbank. Und ohne medizinisches Equipment würde er im Notfall auch nicht viel ausrichten können.

Aber sie konnte in seinem Krankenhaus fragen, ob sie die Geburt mit Sabrina dort begleiten konnte. Mittlerweile sahen die Kreißsäle auch im Krankenhaus recht gemütlich aus. Mit Ella an ihrer Seite würde Sabrina vielleicht vergessen, dass sie nicht im Geburtshaus wäre.

»Ich versuche, eine gute Lösung für dich zu finden. Versprochen.« Sie reichte ihr die Hand.

»Danke. Ich habe Angst, dass wieder was sein könnte.«

»Alle Untersuchungen sind unauffällig.«

»Du hast ja recht. Und umtauschen würde ich es ja nicht.«

Sabrina und ihr Mann hatten vor der zweiten Schwangerschaft eine genetische Untersuchung machen lassen, um zu schauen, ob der Gendefekt ihrer Tochter erblich war. War er nicht. Er war nur eine Laune der Natur. Oder des Schicksals.

»Es wird alles gut werden. Warte nur ab.«

Und wenn nicht, wäre sie dabei, Sabrina aufzufangen. Sie würde Christoph noch heute anrufen. Er würde mit Sicherheit für sie eine Ausnahme erwirken.

* * *

Carola war es ganz recht, dass sie mehrere Wochen auf den MRT-Termin warten musste. Vor allem nachdem ihr Hausarzt, den sie auch nur alle paar Jahre mal aufsuchte, ihren Fall nicht als dringlich einstufte. Aber er wollte auf Nummer sicher gehen. Ihr hätte es fast gereicht, wenn er etwas Schlimmes ausschloss, ohne ihr Innerstes durchleuchten zu lassen. Wer wusste schon, ob diese Röhren nicht einem Aufenthalt in Tschernobyl glichen?

Und überhaupt gruselte es ihr davor, in ihrem Inneren nach Abnormalitäten suchen zu lassen. Es war ein wenig so, wie die Büchse der Pandora zu öffnen. Genauso fühlte es sich an, der Sache mit dem Fotografen nachzugehen. Irgendetwas musste vorgefallen sein. Stefanie hatte einen dicken grauen Rolli über ihren Schlafanzug gezogen, was sie sonst nur im tiefsten Winter machte. Ihre Haare waren fettig. Sie war die ganze Woche zu Hause geblieben, und da ihre kleinen Geschwister in der Schule waren und Andreas bereits in seinem Arbeitszimmer verschwunden war, hatten sie beide Zeit, in Ruhe zu frühstücken.

Carola schenkte ihnen beiden den dritten Kaffee aus

der Filtermaschine ein. »Ich bin froh, dass es dir besser geht.«

Carola verzog den Mund. Die Warmhalteplatte hatte wohl einen Teil der Aromastoffe zerstört.

»So richtig fit bin ich noch nicht. Mir ist immer noch übel.«

Immer noch? Carolas Herzschlag beschleunigte sich. Normalerweise dauerte so ein Magen-Darm-Virus nur ein oder zwei Tage.

»Hast du sonst noch Symptome?«

»Für was? Eine Schwangerschaft?« Stefanie strich sich Nutella auf ihr Weißmehltoast. Fehlte nur noch, dass sie sich die Frosties in die Schale kippte und nachzuckerte. Das passte doch gar nicht zu Stefanie.

Carola hustete. Stefanies Frage hatte sie kalt erwischt.

»Wenn du schon so fragst, ja, bei Übelkeit gehen bei mir alle Alarmglocken an.«

»Mama, von wem sollte ich bitte schön schwanger sein? Bei aller Liebe, aber One-Night-Stands sind echt nicht mein Ding. Und haben wir nicht letztens noch mit Heike darüber geredet, dass ich Single bin?«

»Aber es könnte ja auch was anderes passiert sein. Unfreiwillig.«

Stefanie verschlang den Toast und schaute Carola mit einem Blick an, den sie das letzte Mal in der Pubertät benutzt hatte. So als hätte Carola von nichts eine Ahnung.

»Nein, es ist alles okay.«

»Du hast mir noch gar nicht erzählt, wie es bei dem Fotografen war. Kann ich die Fotos eigentlich mal sehen?«

Stefanie zuckte mit den Schultern. »Wenn sie fertig sind.«

»Und wann sind sie das?«

»Keine Ahnung. Irgendwann in den nächsten Tagen.«

Hatte Stefanie bis zu jenem Fototermin nicht unbedingt Model werden wollen? Und jetzt stopfte sie sich mit Zeug voll, das für Pickel und Speck sorgte, interessierte sich nicht für die Fotos und lief so schlampig rum, dass sie höchstens für irgendein Grunge-Video in der hintersten Reihe tanzen könnte. Was hatte Detlef Kron gemacht, damit ihr Wunsch an einem Tag zerstört worden war? Oder hatte Stefanie einfach nur erkannt, dass es nicht ihr Ding war zu modeln? War ja schließlich auch anstrengend. Die ganze Zeit vor der Kamera.

»Möchtest du überhaupt noch Modell werden?«

Als Carola ebenfalls etwas flau im Magen wurde, freute sie sich fast. Das sprach für ein Virus, das im Hause Hardgenbusch zirkulierte und nicht ... ach, sie war einfach paranoid.

»Mama, kannst du mal aufhören? Das nervt.«

»Also ja oder nein?«

»Ja, natürlich.«

»Das klingt aber ironisch.«

»Ich lege mich wieder hin.«

»Das würde ich auch gerne.«

»Dann mach es doch. Du jammerst immer, wie fertig du bist, und arbeitest freiwillig so viel.«

Stefanie wartete keine Antwort ab, sondern verließ den Esszimmertisch und lief nach oben. Eine Tür zum Zuknallen gab es auf dem Weg zur Treppe nicht. Carola fragte sich, was passiert war, seit sie einmal von Stefanie einen Brief zum Muttertag bekommen hatte, auf dem stand: *Ich mag an dir ganz besonders, dass man so gut mit dir reden kann.*

Und jetzt hatte ihr auffälliges Verhörmanöver ihre Tochter nur vertrieben und noch nicht dazu geführt, dass sie irgendetwas herausgefunden hatte. Vielleicht verstand Carola andere Mütter, aber ihre eigene Tochter anscheinend nicht.

* * *

Susanne hätte am liebsten alle Bücher aus den Regalen gerissen und auf den Boden gepfeffert. Oder zumindest jedes einzelne Buch von dem Tisch mit den Neuheiten. Antonius wollte ein noch besserer Buchhändler werden und jede einzelne Neuerscheinung, die in seiner Buchhandlung auslag, lesen und sich Notizen dazu machen. Nur so könne er seine Kunden optimal beraten.

»Antonius, du weißt, dass es alle paar Monate neue Bücher gibt?«

»Ja, das weiß ich.«

Sie war in die Buchhandlung gekommen, um ihn nach oben zu holen. Der Laden hatte längst geschlossen, doch sein Projekt war so angelegt, dass es nie enden würde. Eine wahre Sisyphusarbeit.

»Hast du Hunger? Ich habe gekocht.«

»Eigentlich nicht.«

Susanne sah ihren Mann an, der in dem Lesesessel vor dem Bücherregal saß. Die Beine überschlagen, ein Buch auf den Knien. Schlank und sehr aufrecht saß er in dem

Sessel. Er trug einen Kaschmirpulli mit V-Ausschnitt, den Susanne ihm letztes Jahr zu Weihnachten geschenkt hatte.

»Antonius, so geht das nicht weiter.«

»Was geht so nicht weiter?«

»Dass wir uns aus dem Weg gehen.«

Er blickte zu ihr auf. »Manchmal ist das besser, als sich zu streiten.«

»Meine Güte, wie kann das hier besser sein? Du bestrafst mich für etwas, was ich nicht getan habe.«

»Aber du hättest es vielleicht gerne getan.«

Ja, und? Sie war nicht stolz drauf und bereute noch mehr ihre Offenheit als das kurze Gedankenspiel fremdzugehen. Antonius war genau wie sie katholisch. *Durch meine Schuld in Gedanken, Worten und Werken*, hieß es in jedem Gottesdienst. Das klang einerseits maßlos übertrieben. Andererseits fing alles mit einem Gedanken an. Aber dass Antonius sich wie ein Pharisäer aufspielte, reichte ihr langsam. Was würde er denn machen, wenn er wirklich einmal einen Grund hatte, wütend zu sein? Und war nicht Vergeben die Königsdisziplin?

»Ich habe es aber nicht!«, rief sie so laut, dass er zusammenzuckte. »Aber weißt du, was ich getan habe, Antonius?«

»Nein!«

»Ich habe bei der Kinderwunschklinik angerufen, dass wir erst einmal keine weitere Behandlung wünschen.«

»Erst einmal?« Er nahm das Buch von seinen Knien und legte es auf dem Neuheitentisch ab.

»Ja, erst einmal.«

»Weißt du, was ich gemacht habe?«, kam er mit einer Gegenfrage.

»Nein!«

»Überlegt, ob ich vielleicht doch was machen lassen würde.«

»Vielleicht. Überlegt.«

Sie wiederholte diese Worte fast zynisch. In der Zeit, in der er überlegte, hatte sie sich ein Kind gestrickt.

Es klopfte an der Fensterscheibe. Sie schauten beide hin. Ein paar Kinder standen davor, winkten mit den Händen an den Ohren und streckten die Zunge raus. Dann rannten sie weg.

»Ja, vielleicht. Und überlegt. Und hast du dir eigentlich mal überlegt, wie sehr mich deine Worte verletzt haben, Susanne? Ich komme mir vor wie ein Mängelexemplar aus der Ramschkiste.«

Gerade bei jungen Viellesern waren die Bücher mit dem Stempel heiß begehrt. Antonius würde niemals so eine Kiste mit Mängelexemplaren anbieten. Er hasste es auch, wenn Susanne Eselsohren in die Bücher machte.

»Und wie soll ich dir beweisen, dass du für mich die Edelausgabe mit festem Einband und Golddruck bist?«

Susanne ging auf ihn zu, wollte ihn am liebsten in den Arm nehmen, ihm so lange nah sein, bis nichts mehr zwischen ihnen war. Doch Antonius stand nicht auf, um sie zu umarmen, sondern lief hinter den Sessel, als bräuchte er einen Schutzschild vor sich.

»Ach, Susanne, lass es einfach. Das ist nicht witzig.«

Sie widerstand dem Impuls, aus einem der Hardcover-Titel ein Mängelexemplar zu machen. Tja, vielleicht war sie hier die mit der Macke. Sie war nicht dazu geeignet, eine gute Beziehung zu führen. Bis auf die letzten fünf Jahre war sie zeitlebens – von kleinen Abenteuern einmal abgesehen – Single gewesen. Und das hatte wohl seinen Grund.

* * *

Es gab Tage, da freute sich Ella fast darauf, wenn es eine Möglichkeit gäbe, für die Männer unsichtbar zu werden. Aber dieser Redakteur vom *EXPRESS* starrte sie an, als wollte er sie gleich für das halb nackte Mädchen auf Seite eins anfragen. Selbst ungeschminkt und in Hebammentracht – und wäre er eine Stunde früher gekommen, vielleicht noch mit Blut an den Händen – hatte sie eine magische Wirkung auf das andere Geschlecht. Olaf Kokowski sprach die ganze Zeit mit ihr, obwohl Carola danebenstand und das Ganze organisiert hatte. Und wenn er mal nicht sprach, drückte er auf den Auslöser seiner Spiegelreflexkamera. Ella kniff die Augen vom Blitzlicht zusammen.

»Fantastisch hier. Wirklich fantastisch. Das wird was fürs Herz. Die Engel von der Cranachstraße.«

»Na, ist ja fast 'ne Beförderung. Einer Ihrer Kollegen hatte uns vor ein paar Jahren der Gegenseite zugeordnet.«

Carola sah müde und ungeduldig aus. Kein Wunder. Sie hatte genau wie Ella die ganze Nacht eine Geburt betreut. Und Ella war sich sehr wohl über den Luxus bewusst, dass sie sich zu Hause einfach ausschlafen konnte, während Carola in ihren eigenen vier Wänden selten Ruhe hatte.

Der Redakteur sah Carola kurz an, sprach dann aber wieder mit Ella.

»Könnten Sie die frischgebackenen Eltern fragen, ob sie für ein Foto zur Verfügung stehen würden?«

Ella zögerte. Sie standen in dem großen Vorraum, hatten ihm alles bis auf das Zimmer gezeigt, in dem sich die Eltern gerade mit dem Neugeborenen ausruhten. Eigentlich war ihr dieser Moment viel zu intim und heilig, als dass er durch einen Fotografen von einem Boulevardblatt gestört werden sollte. Andererseits war es vielleicht sogar schön für den kleinen Lukas und seine Eltern, später einen Zeitungsartikel ins Fotoalbum kleben zu können.

Carola kam ihr mit einer Antwort zuvor. »Ich frage sehr gerne mal. Und hätte aber auch eine Frage an Sie.«

»Immerzu, meine Damen.«

»Was wäre, wenn ich einem interessanten Fall auf der Spur wäre?«

»Erzählen Sie. Die Geschichten frisch von der Straße sind oft die besten.«

Ella bemerkte, dass seine Mundwinkel amüsiert zuckten, als nähme er Carola nicht ernst, wolle sich aber auch keine potenzielle Story entwischen lassen.

»Es könnte sein, dass ich einen Fotografen kenne, der Fotomodelle nicht anständig behandelt.«

»Was meinen Sie mit *nicht anständig*?«

»Wenn er sie zum Beispiel nötigt, unangemessene Fotos zu machen?«

Kokowski lachte. »Unanständig in den Augen eines Spießers?«

»Herr Kokowski, ich meine es ernst. Und vielleicht ist diese Angelegenheit auch eine Sache für die Polizei.«

Carola hatte ihren strengen Blick aufgesetzt, und Kokowski schien sich davon beeindrucken zu lassen.

»Na, Sie machen mich ja neugierig. Dann fragen Sie doch bitte, ob ich den neuen Erdenbürger knipsen darf, und dann unterhalten wir uns gleich mal ganz in Ruhe.«

»Carola, was ist denn das für eine Geschichte?«

Sosehr Ella von Kokowskis Blick genervt war, so gern hätte sie doch zugehört, was Carola mit ihm zu besprechen hatte. Aber sie wollte nicht aufdringlich wirken und hatte sich diskret zurückgezogen, als Carola den Redakteur bat, sich einen Moment zu setzen. Sie hatte die Zeit genutzt und war noch einmal zu den Eltern gegangen, die sich an ihrem drei Stunden alten Baby nicht sattsehen konnten.

Es war ein wunderbarer Start ins Leben gewesen, so weich war das Baby gelandet. In purer Liebe empfangen worden. Es würde ihm an nichts fehlen. Es würde in dem Glauben aufwachsen, dass immer genug von allem da wäre. Warum konnte es nicht allen Menschen auf der Welt so gehen?

»Ach, Ella, ich glaube, Stefanie ist da beinahe einem Perversen in die Hände gefallen. Ich hoffe beinahe, sie rückt nicht so richtig mit der Sprache raus. Sie war nach einem Fototermin so komisch, hat aber gesagt, dass alles in Ordnung wäre. Aber ich weiß, dass da was war.«

Ella dachte an Stefanie, die sie auf der Premierenfeier das erste Mal seit Langem gesehen hatte. Sie hatte nicht nur wie ein Model, sondern wie ein Topmodel ausgesehen. Sie hätte sich neben Cindy Crawford oder Claudia Schiffer nicht verstecken müssen.

»Aber du hast keine Beweise, oder?«

»Vielleicht, aber immerhin Indizien. Auch wenn ich mir die nicht ganz legal besorgt habe.«

Immerhin huschte ein Lächeln über Carolas Gesicht.

»Du und nicht legal? Bist du bei ihm eingebrochen?«

»Nein, aber ich habe den Vorteil genutzt, dass wir so viele Kontakte zu ganz unterschiedlichen Frauen in ganz unterschiedlichen Berufen haben. Und eine von meinen Müttern hat früher bei Foto Gregor gearbeitet.«

Ella konnte kaum glauben, was Carola ihr erzählte. Anja Cornelsen hatte eine ihrer alten Kolleginnen angerufen, die selbst Mutter war und damit Verständnis für »Spionagetätigkeiten« im Sinne der Sicherheit ihrer Kinder hatte. Und unter Detlef Kron war sie fündig geworden. Normalerweise blieb alles aus den Dunkelkammern für Unbefugte auch im Dunkeln. Aber es war ja nicht verboten, dass die Mitarbeiter schauten, welche Fotos zur Abholung bereitlagen. Und Aktfotos waren an sich auch nicht verboten. Aber die Frauen auf den Bildern von Detlef Kron waren am Ende fast alle nackt. Stets das gleiche Motto: Es gab eine Steigerung, und jedes Bild einer Serie wurde freizügiger. Als hätte er die Frauen – oder Mädchen – mit jedem Motiv aufgefordert, einen Schritt weiter zu gehen. Und die Fotos waren nicht besonders gut. Sie taugten kaum dazu, sich als Model zu bewerben.

»Aber wäre das nicht ein Grund, ihn anzuzeigen?«

»Nein, die Fotos beweisen gar nichts. Es könnte alles

freiwillig sein. Und die Frauen erwachsen. Aber mein Gefühl sagt mir was anderes.«

»Und was willst du jetzt tun?«

»Ich will zumindest, dass andere gewarnt sind. Vielleicht auch einfach, dass er gewarnt ist.«

»Nicht schlecht.«

Ella betrachtete ihre Kollegin und Freundin. Ob sie wegen der Sache die letzte Zeit so schlecht drauf war? Carola wirkte sofort lebendiger, wenn sie für etwas kämpfte. So wie jetzt.

»Ich bewundere dich, Carola. Ich weiß gar nicht, wie du so viele Dinge gleichzeitig schaffst. Ich könnte das nicht.«

»Du könntest, wenn du müsstest. Glaub mir. Das geht allen Müttern so.«

Ella gab das einen Stich. War sie eine Memme? Flüchtete sie vielleicht sogar davor, irgendwann einmal eine eigene Familie zu gründen? Oder war sie weniger wert, wenn sie es nie täte? War sie vielleicht sogar eine Heuchlerin? Sang das Loblied auf Schwangerschaft und Geburt, drückte sich selbst aber vor der Verantwortung?

»Ich weiß nicht. Manche Mütter sind auch ganz schön am Rande ihrer Kräfte.«

»Ja, und das sollten wir mit unserer Arbeit ändern.«

Obwohl Ella nickte, dachte sie doch, sie müsse auf Carola achtgeben, dass sie eben nicht über ihre Grenzen ging. Sie würde für sie da sein, sie auffangen, wenn sie es brauchte.

»Carola, wie hat unser *EXPRESS*-Mann denn auf deinen Verdacht reagiert?«

»Er meinte, dass ich prüde und naiv wäre. Die Mädchen hätten Lust darauf, sich so zu zeigen. Und wenn nicht, bräuchten sie es ja nicht mitzumachen. Mangel gäbe es nicht, die Schlange wäre lang genug.«

»Ist ja zum Kotzen.«

»Ja, das ist es.«

※ ※ ※

Carola zupfte Unkraut aus den Kübeln vor ihrem Haus. Gestern erst hatte Thomas unter Maulen gefegt und genau das prophezeit, was heute passiert war. Der Wind hatte neue Blätter herangeweht. Und wenn es nach ihr ging, könnten die Blätter einfach liegen bleiben. Aber sie wollte nicht schuld sein, wenn eine Oma auf wackeligen Beinen hier ausrutschte. Also würde sie gleich auch noch zum Besen greifen. Andreas wollte sie nicht fragen. Der hatte die halbe Nacht am Schreibtisch gesessen und stöhnte über die Änderungswünsche seines Lektors. Es dämmerte bereits, sodass Carola ihren Nachbarn Horst Kunz erst auf den zweiten Blick erkannte, der gerade aus seinem Mercedes ausstieg.

»Ach, Frau Hardgenbusch. Sie mit dem Besen in der Hand: Ist das Ihr Dienstfahrzeug?«

Er lachte über seinen eigenen Witz und ruckelte seine Motivkrawatte zurecht. Werner Beinhart auf seiner Horex.

»Schön wär's, dann könnte ich jeden Stau überfliegen. Wie geht es Ihrer Frau?«

Carola hatte die Nachsorge bei ihrer Nachbarin übernommen, obwohl sie nicht im Geburtshaus entbunden hatte. Dafür hatte sie alle Kurse besucht.

»Blendend mit einem Mann wie mir an der Seite. Seit sie in Ihrem Mütterkurs war, muss ich mindestens einmal am Tag die Spülmaschine ausräumen und am Wochenende nachts zum Wickeln aufstehen. Aber mache ich doch gerne.«

Carola grinste. Dann hatte Gundula Kunz ja doch etwas aus dem Kurs umgesetzt und mehr Mitarbeit eingefordert.

»Das freut mich, wobei das eigentlich selbstverständlich sein sollte.«

»Selbstverständlich! Was die Frauen von heute immer für selbstverständlich halten, ist schon irre. Wenn es so weitergeht, gibt es bald keinen Unterschied mehr zwischen Mann und Frau. Nichts für ungut. Ich muss rein. Grüßen Sie Ihren Männe von mir.«

Carola seufzte. Welchen Zacken brachen sich manche Kerle aus der Krone, wenn sie einfach nur zu Hause halfen? Aber einer wie ihr Nachbar wollte auch provozieren. Sie sollte ihn nicht allzu ernst nehmen.

In dem Moment kam Stefanie aus der Haustür. Ihr ging es besser, aber sie war immer noch eingemummelt, als wäre bereits Winter.

»Mama, möchtest du auch einen warmen Kakao?«

Sie hielt schon zwei Tassen in der Hand. Sie dampften noch. Kakao, so wie sie ihn liebte. Richtig heiß und nicht so lauwarme Plörre, wie manches Café ihn servierte.

»Ach, gerne. Du bist ein Schatz.«

Ihre Tochter reichte ihr eine Tasse. Carola wischte sich eine Träne aus den Augenwinkeln. Es tat so gut, auch mal bemuttert zu werden.

»Mama, ich habe mir überlegt, dass ich doch direkt studieren möchte. Ich weiß nur nicht, was. Und mein Schnitt wird nicht gut genug für jeden Numerus clausus sein. Psychologie fände ich ja gut, aber das wird nichts.«

»Eigentlich sind die doch blöd, wenn die das nur an den Schulnoten festmachen. Wozu brauchst du Mathe als Psychologin?«

Sie setzten sich ungeachtet der Kälte gemeinsam auf die Treppe.

»Doch, Mama, für die Statistik. Psychologen rechnen eine Menge. Du musst ja schauen, ob die Erkenntnisse für alle stimmen.«

»Trotzdem. Ich finde es blöd, wenn sie dich ausschließen würden, nur weil du nicht überall Einsen hast.«

»Das Leben ist nun mal hart.«

Carola sah ihre Tochter erstaunt an. Hart? Hatte sie wirklich das Gefühl, so kämpfen zu müssen?

»Ach, Stefanie. Uns geht es doch gar nicht schlecht, oder?«

»Ich weiß nicht.«

Sie schwiegen eine Weile. Carola trank den Kakao, bevor er kalt werden konnte.

»Wolltest du eigentlich schon immer Kinder haben?«

Aufmerksam schaute Carola in das Gesicht ihrer Tochter. Unter ihren Augen lagen Schatten. Die hohen Wangenknochen waren durch die kalte Luft draußen gerötet.

»Ja, ich konnte es mir nie anders vorstellen. Warum fragst du?«

»Ich weiß nicht, manchmal denke ich, ihr wärt entspannter ohne uns.«

Machten sie wirklich so einen gestressten Eindruck? Und bezog selbst Stefanie das noch auf sich? Und ein bisschen stimmte es auch. Die Kinder kosteten sie gerade auch einiges an Nerven. Und Sorgen.

»Vielleicht wären wir manchmal entspannter, aber es wäre auch langweiliger. Und glücklicher wären wir mit Sicherheit nicht.«

Stefanies Blick zeugte davon, dass sie ihrer Mutter nicht glaubte. Hatte Carola in dem Alter auch nicht getan.

»Mama, ich hatte mir das mit dem Modelsein so anders ausgemalt. Ich wollte frei sein, Geld verdienen, reisen ... Du hattest mit allem recht. Wenn Model sein so ist wie dieser Termin, dann will ich es nicht sein. Es hat sich so falsch angefühlt.«

Carola nahm Stefanie etwas unbeholfen in den Arm, doch sie schob sie beiseite. Sie hatte es gewusst, dass da was gewesen war.

»Sollen wir diesen Idioten anzeigen?«

»Denk dir nicht immer das Schlimmste. Er hat mich zu nichts gezwungen, sondern nur zu überreden versucht. Ich bin abgehauen, als es zu viel wurde. Er ist nicht hinterhergekommen.«

Carola wäre am liebsten gleich losgefahren, um diesem Typen eine zu scheuern.

»Ich finde, wir sollten diesen Lustmolch in seine Schranken verweisen.«

»Mama, ich glaube, bei dir piept es.«

Carola schnappte nach Luft. Und nahm dann wahr, dass es tatsächlich piepste.

* * *

Susanne war froh, dass sie sich mit der Büroarbeit im Geburtshaus ablenken konnte. Buchhaltung, Abrechnungen mit der Krankenkasse, den Terminkalender überprüfen. Und Antonius würde gerade das Gleiche tun. Er würde ebenso die Morgenstunde nutzen, um seinen Traum zu verwalten. Sie hatten die ersten Ordner mit Geburtsunterlagen schon anderweitig unterbringen müssen. Genauer gesagt standen sie jetzt in dem Zimmer in ihrer Wohnung, in dem eigentlich Spielzeug und Bettchen für ihr Kind stehen sollten. Susanne hatte erst neulich in der *Brigitte* von so einer fernöstlichen Wohnphilosophie gelesen. *Feng-Shui*. Da sollte man Elefanten oder Bambusstäbe auf den Nachttisch stellen, um die Fruchtbarkeit anzuregen. Und vor allem keine Energiebahnen blockieren. Manche wohnten angeblich auch nur in der falschen Wohnung und fanden deshalb keinen Job oder blieben kinderlos. Immerhin hatte Antonius mit seiner ersten Frau auch kein Kind bekommen, obwohl sie nicht verhütet hatten. Vielleicht war nur die Wohnung schuld. Vielleicht sollten sie das Zimmer endlich von ihren Arbeitsunterlagen befreien, damit überhaupt Raum für ein Baby da war. Auch im übertragenen Sinne. Susanne zwang sich dazu, einen neuen Hoffnungsträger beiseitezuschieben. Das war doch Aberglaube. Es klopfte an der Bürotür.

»Herein.«

Ein Mann stand vor der Tür. Blass, Augenringe, in Holzfällerhemd und Jeans. Er sah aus, als hätte er drei Tage allein im Wald verbracht, dabei stand er seit gestern seiner Frau bei der Geburt bei. Susanne hatte Thorsten Kornmüller schon einmal kennengelernt, als er mit seiner Frau bei der Vorsorge und Carola verhindert war.

»Wie kann ich Ihnen helfen?«

»Ein Kaffee wäre toll. Meine Frau hatte gestern Abend einen Blasensprung, aber die Wehen kommen nicht in den Gang. Ist das normal?«

Susanne stand auf, und er folgte ihr in die Teeküche.

»Keine Sorge, Carola ist eine erfahrene Hebamme. Wenn irgendwas besorgniserregend wäre, würde sie sich schon kümmern. Und ich mache Ihnen gerne einen Kaffee. Auch für Ihre Frau?«

»Nein, auf keinen Fall, Koffein schadet doch dem Baby.«

Susanne sah das nicht so streng. Ging ja nicht um einen Irish Coffee, aber sie wollte mit dem Vater auch keine Diskussion anfangen. Nicht über solche Nebensächlichkeiten.

Damit es schnell ging, schmiss sie den Wasserkocher an und setzte einen Plastikfilter auf eine Tasse.

»Bestimmt ist Ihr Kind mittags auf der Welt. Wissen Sie denn schon, was es wird?«

Sie hätte dem Mann am liebsten ein paar Beruhigungsglobuli in den Kaffee getan, aber das Koffein neutralisierte die Kügelchen angeblich sofort.

»Nein, leider nicht. Deswegen konnten wir auch noch nicht so richtig einkaufen. Wir haben nur gelbe und grüne Strampler gekauft. Und das Zimmer auch noch nicht gestrichen. Es soll erst mal eh bei uns schlafen.«

»Da sind die Babys sowieso am liebsten.«

Susanne zerriss alleine der Gedanke an die vielen Babys, die in riesigen Kinderzimmern mit Plüschtierarmee und Motivtapeten stundenlang alleine waren, das Herz. Wie Julias Adoptiveltern das wohl gehandhabt hatten? Schließlich war es Anfang der Siebziger noch üblich gewesen, dass sich die Kinder nachts die Seele aus dem Leib schrien. Stärkte angeblich die Lunge. Und verwöhnen sollte man die Blagen erst recht nicht. Grauenvoll.

Sie drückte dem werdenden Vater die Kaffeetasse in die Hand, und er verschwand wieder in Richtung Geburtszimmer. Susanne hatte Julia nie nach Erinnerungen aus ihren frühen Kindertagen gefragt. Welches Recht hätte sie, die Adoptiveltern zu kritisieren? Immerhin waren sie für ihre Tochter da gewesen. Julias Geburt war nun schon fast ein Vierteljahrhundert her, aber es schmerzte immer noch, dass sie damals so ohnmächtig gewesen war. War sie das wirklich gewesen? Hätte sie nicht auch aufbegehren können? Einfach von zu Hause abhauen, als klar war, was ihre Eltern mit ihr vorhatten? Aber hätte man ihr das Kind dann nicht auch weggenommen? Oder hätte sie heimlich nach England reisen sollen? Den Kindsvater suchen? Wäre das vielleicht sogar heute noch eine gute Idee? Ein paar Hinweise hatte sie. Ein netter argloser Junge war es gewesen, der auch nicht viel mehr wusste als sie, was er da tat. Aber was wäre, wenn sie ihn finden würde? Was wäre, wenn sie in eine heile Familie platzen und das Geständnis nur Unruhe dort reinbringen würde? Aber vielleicht war er auch alleine, hatte nie die passende Partnerin gefunden und wäre glücklich, eine Tochter zu haben? Susanne verließ die Teeküche und zwang sich, sich im Büro nur auf die Zahlen und Fakten zu konzentrieren. Sie hatte schon für genug Unruhe gesorgt. Auf keinen Fall würde sie jetzt noch ein Fass aufmachen und damit noch mehr Menschen vor den Kopf stoßen.

* * *

Ella ließ die Sache mit Sabrina keine Ruhe. Sabrina brauchte eine engmaschige, vertrauensvolle Geburtsbegleitung. Und sie wollte nur zu ihr, zu Ella. Ob sie einfach gegen den Rat der Ärzte Sabrina im Geburtshaus entbinden sollte? Wenn alles gut ging, würde keiner komisch fragen. Aber dazu war Sabrina auch nicht bereit. Ella saß auf ihrem Bett und hielt das tragbare Telefon in der Hand. Sie wusste, dass Christoph jetzt Dienst auf der Station hatte. Sie könnte dort einfach anrufen. Zu Hause rief sie ihn aus Prinzip nicht an. Es war schließlich kein privates Anliegen.

Ihre Mitbewohner hatten sich schon beschwert, dass das Telefon immer in ihrem Zimmer lag, aber Ella genoss es, auf dem Bett zu liegen und mit ihrer Schwester zu telefonieren. Carla witzelte schon, dass sie doch wieder zu Hause einziehen könnte, aber das wollte sie auf keinen Fall. Sie liebte ihre WG. Und gerade waren alle beschäftigt, sodass niemand das Telefon brauchte. Sie hörte Frank unter der Dusche singen, Dagmar in der Küche klappern. Sie fasste sich ein Herz und wählte die Nummer des Krankenhauses. Die Stationsschwester meinte, sie hätte Glück. Herr Dr. Hofert sei gerade hereingekommen.

»Ella, was kann ich für dich tun?«

»Ich brauche eine Sondergenehmigung für eine Geburtsbegleitung im Krankenhaus.«

Christoph hörte ihr zu. Bestand darauf, dass Ella sich mit der werdenden Mutter vorstellen würde. Natürlich müsse er das noch mit der Klinikleitung absprechen, aber er würde versuchen, es möglich zu machen. Ella war froh, dass sie so gut miteinander reden konnten, ohne dass die alte Beziehung ein Thema war. Sie waren gewissermaßen Kollegen auf Augenhöhe, auch wenn sie nicht in allen Punkten einer Meinung waren. Aber Christoph hatte sich entwickelt. Seine eigene Frau würde er zwar immer noch nicht ins Geburtshaus schicken, aber sie hatte bei ihm nicht mehr das Gefühl, dass es komplett fahrlässig war, was dort geschah.

Carola hockte vor Sonja Kornmüller, die sich an dem Geburtsseil festhielt, das von der Decke hing. Die ganze Nacht hatte Sonja leichte Wehen gehabt. So leicht, dass Carola sich immer mal wieder eine halbe Stunde hinlegen konnte. Andreas war nicht begeistert gewesen, als sie schon wieder wegmusste. Er hatte selbst einen Termin, und nur dank Stefanie, die beim ersten Wortgefecht ihrer Eltern anbot, das Abendessen mit ihren jüngeren Geschwistern vorzubereiten und mit Maike auch noch Vokabeln zu lernen, konnten sie am Ende beide ihrer Arbeit nachgehen.

»Sonja, du machst das wunderbar. Ich sehe schon das Köpfchen.«

Die werdenden Eltern lächelten sich kurz an. So gerne

sie diese Geburt beschleunigen würde, weil ihr immer wieder die Augen zufielen, so wichtig war ihr, die Mutter vor Verletzungen zu schützen.

»Und jetzt versuch, ganz ruhig zu bleiben und nicht mehr zu pressen.«

Sonja nickte. Sie hatten vorher schon darüber gesprochen, dass das Köpfchen den Geburtskanal nicht zu schnell passieren sollte, damit sich das Gewebe an den Druck gewöhnen konnte. Carola überkam immer noch ein kalter Schauer, wenn sie daran dachte, wie oft sie im Krankenhaus danebengestanden hatte, wenn einer der Ärzte zur Epischere griff, um den Damm aufzuschneiden. Das war in den seltensten Fällen wirklich nötig. Wie oft wurde der Geburtsfortschritt eben durch den Stress gebremst, den die Hektik, der Trubel und das grelle Licht im Krankenhaus verursachten. Dagegen war das Geburtszimmer hier eine kuschelige Höhle. Die zugezogenen Vorhänge ließen die grelle Mittagssonne außen vor. Auch von dem üblichen Geschrei der Kinder nach Schulschluss hörten sie nichts. Hoffentlich kam ihre Familie alleine klar mit den Hausaufgaben und dem Mittagessen. Vielleicht könnte Carola sich mal zwei Tage freinehmen, um ihre Abwesenheit wiedergutzumachen, dachte sie, während sie den kleinen Körper in Empfang nahm. Der Säugling schrie aus Leibeskräften und ballte die kleinen Hände zu Fäusten. Die Mutter ließ sich auf die Matte sinken, nahm den blutverschmierten Säugling in die Arme und legte ihn instinktiv auf ihre Brust.

Thorsten Kornmüller umarmte die beiden. Ein Moment des absoluten Glücks und Friedens, bis ihm die

Frage wieder einfiel, deren Antwort ihr Kind die ganze Zeit verweigert hatte.

»Und ist es nun ein Anton oder eine Anna?«

»Das werden wir gleich sehen. Möchtest du die Nabelschnur durchschneiden, solange es so friedlich auf Sonjas Arm liegt?«

Als die Nabelschnur durchtrennt war, nahm Carola das Kleine vorsichtig hoch. Sie brauchte gar nicht lange zu untersuchen, die APGAR-Werte waren perfekt. Körperspannung, Hautfarbe, alles in bester Ordnung.

»Ich glaube, das wird ein Anton. Habt ihr euch auf den Namen schon festgelegt?«

Sonja schüttelte den Kopf. »Ich habe bis zum Schluss geglaubt, dass es ein Mädchen wird, und Felix fände ich schöner für einen Jungen.«

Carola legte den Kleinen auf den Wickeltisch, und seine Eltern beugten sich über ihn. Verzückt sahen sie ihr Baby an. Auch wenn sein Schrei kräftig war, war der Kleine eher zierlich. So breitschultrig wie sein Vater würde er kaum werden, wobei sich das jetzt natürlich kaum voraussagen ließ. Und sein Penis war auch recht klein, wobei es hier eben auch kein Normalmaß gab. Zum Glück. Hauptsache, die Hoden verschwanden nicht in der Bauchhöhle, das besorgte sie eher.

»Alles in Ordnung?«, fragte der Vater. Carola war wohl zu müde, um ihre Irritation zu verbergen.

»Er ist gesund und wunderschön! Es könnte nur sein, dass er einen angeborenen Hodenhochstand hat. Das ist nicht so ungewöhnlich und lässt sich in der Regel gut behandeln.«

Warum ging es direkt um solche Fragen? Auch wenn es so aussah, als hätten sich die Hoden in den Bauchraum verkrümelt, war das kein Grund, sich große Sorgen zu machen. Meistens richtete sich alles von allein, und wenn nicht, gab es später Behandlungsmöglichkeiten.

»Er lächelt uns an! Hallo, kleiner Mann, da bist du ja endlich! Und wir haben dich unendlich lieb, ganz egal ob du Anton oder Felix heißt«, plapperte Sonja selig.

»Und wenn deine Mama Felix schöner findet, dann heißt du Felix.«

Und als würde der kleine Felix oder Anton – noch war der Vorname nicht ins Protokoll eingetragen – auf alle Konventionen pfeifen, pinkelte er erst einmal. Ein nasser Fleck breitete sich auf dem Handtuch aus. Allerdings war der kleine Penis daran unbeteiligt. Carola schluckte. Konnte es sein, dass der Neuankömmling auch nach seiner Geburt nicht verraten wollte, ob er ein Mädchen oder ein Junge war?

Bevor sie die Eltern mit dem Verdacht konfrontieren wollte, musste sie selbst erst mal einen klaren Kopf bekommen. Vielleicht hatte sie nicht richtig hingesehen, als er pinkelte. Den Eltern war anscheinend auch nichts aufgefallen. Und selbst wenn sie recht hatte, gab es erst einmal keinen Grund zur Sorge. Eine Intersexualität war nicht bedrohlich, selbst unbehandelt würde es keine schlimmen Konsequenzen haben. Jedenfalls keine körperlichen. Wobei das nicht ganz stimmte, in manchen Fällen hingen Fehlentwicklungen der Geschlechtsorgane auch mit einer Fehlfunktion der Nieren zusammen. Carola war keine Ärztin. Als Mutter hätte sie am liebsten einfach gar nichts gemacht. Die Eltern sollten ihr Kind einfach lieb haben und großziehen. Aber als Hebamme war sie verpflichtet, die Eltern aufzuklären. In einer Woche müssten sie ihr Kind beim Standesamt melden. Und ein Geschlecht ankreuzen. Da gab es kein Pardon.

Normalerweise badete sie die Säuglinge gemeinsam mit den Eltern, doch dieses Mal übernahm sie es hastig, während Sonja sich ausruhen sollte. Sie schickte Thorsten in die Teeküche, um einen Tee für seine Frau zu kochen. Dann legte sie das warm eingepackte Baby der Mutter in den Arm.

Spätestens bei der Vorsorge durch den Kinderarzt würde es ans Licht kommen. Es wäre fairer, wenn sie die Eltern vorwarnte. Damit sie sich vorbereiten konnten.

Sie betrachtete die frischgebackene Familie. Wie sie alle drei auf dem großen Bett lagen. Erschöpft, aber glücklich. Vielleicht lösten sich alle Sorgen in Luft auf. Vielleicht müssten die Eltern ihr zartes Kind einem Arzt anvertrauen, der an ihm herumschnitt.

Sie zog die Tür hinter sich zu und ließ sie alleine. Susanne saß immer noch in dem kleinen Büro.

»Darf ich kurz telefonieren?«

»Klar, soll ich rausgehen?«

Carola schüttelte den Kopf und wählte die Nummer von zu Hause. Andreas meldete sich.

»Hardgenbusch?«

Im Hintergrund waren die Kinder zu hören. Maike und Thomas stritten sich.

»Hallo, Andreas. Hier ist Carola. Hier gibt es Probleme, ich brauche noch länger.«

»Meine Güte, Carola, du bist seit gestern Abend weg. Hier gibt es auch jede Menge Probleme! Maike hat eine Fünf in Englisch nach Hause gebracht. Thomas' Lehrerin hat in sein Hausaufgabenheft geschrieben, dass du in die Sprechstunde kommen sollst. Ich habe in zwei Wochen Abgabetermin und komme zu nichts, weil ich dauernd für dich einspringen muss!«

»Andreas, ich kann nichts dafür, aber bei Geburten geht es nun mal um Leben und Tod und nicht um, um …«

Ihr fehlte das richtige Wort. Anscheinend wusste Andreas besser, was sie meinte.

»… Lappalien wie ein paar vollgeschriebene Seiten? Oder die eigenen Kinder? Dieser Bereitschaftsdienst ist echt zum Kotzen. Thomas, Maike, jetzt hört auf zu streiten! Carola, wir sehen uns später. Dann brauche ich aber wirklich meine Ruhe, sonst wird das nichts mit der Abgabe.«

Carola knallte den Hörer auf, ohne sich zu verabschieden. Früher hatte er immer gefragt, was denn passiert sei. Und ihr viel Kraft gewünscht.

»Möchtest du drüber reden?«, fragte Susanne, die wahrscheinlich jedes Wort gehört hatte. Carola nickte, konnte aber kaum sprechen, weil ihr die Tränen kamen. Das durfte nicht sein. Wenn sie gleich mit verheulten Augen zu den Eltern gehen würde, dann wären die bestimmt total verunsichert.

* * *

Susanne reichte Carola ein Taschentuch. Eigentlich mochte sie Carolas Mann sehr gern und hatte die beiden immer als leuchtendes Beispiel für Gleichberechtigung gesehen. Aber seit er mit seinen Büchern durchgestartet war, schien ihm der Erfolg zu Kopf gestiegen zu sein. Oder er war einfach gestresster, seit er liefern musste. Trotzdem, das gerade war auch durch Stress nicht zu entschuldigen.

»Danke. Ich glaube, ich lege mich gleich einfach hier ins Bett und gehe erst wieder nach Hause, wenn ich ausgeschlafen bin. Sonst brate ich Andreas noch eins mit der Pfanne über.«

»Na, vielleicht hat er es ja verdient.«

Sie lachten beide.

»Aber noch schlimmer ist die Sache mit dem Baby. Ich weiß nicht, was ich machen soll.«

»Dem Baby? Ich dachte, es sei alles gut gegangen. Der Vater hat mir gerade noch stolz erzählt, wie süß der Kleine sei.«

»Ist er auch. Aber ich bin mir nicht so sicher, ob er wirklich *ein Kleiner* ist.«

Susanne hörte Carola zu, während sie ihren Verdacht laut aussprach. Ungefähr auf tausend Kinder kam ein Kind ohne eindeutiges Geschlecht auf die Welt. Bei manchen war es auffällig, bei manchen kam es auch erst in der Pubertät raus, wenn etwa der Bartwuchs oder die Periode ausblieb. Da niemand darüber sprach und meist ganz schnell eine Entscheidung getroffen wurde, musste jedes Elternpaar denken, ihr Kind wäre das einzige mit dieser Abnormität. Abnorm, so nannten es die Experten.

»Besser, du sagst es ihnen als irgendein Arzt bei der

nächsten Vorsorge. Wenn sie damit überrumpelt werden, ist es schlimmer.«

»Ich würde ihnen am liebsten sagen, lasst den Schniedel auf jeden Fall dran, als Mann lebt es sich einfacher.«

Carola war öfter mal sarkastisch, aber in letzter Zeit schlug es manchmal ins Verbitterte um.

»Sollen wir es zusammen machen?«

Carola nickte. Sie sah blass aus. Wie konnte es passieren, dass ausgerechnet die Frau, die andere Frauen darin ermutigte, Mutter zu sein und dem eigenen Beruf nachzugehen, an dem Spagat zu zerbrechen drohte? Aber das war jetzt nicht das Thema. Nun mussten sie einem Elternpaar beibringen, dass ihr Kind »nicht normal« war.

Susanne hielt sich zunächst im Hintergrund, als sie das Geburtszimmer betraten. Ihr Herz zog sich zusammen, als sie die Eltern in vertrauter Einigkeit gemeinsam das Kind in ihrer Mitte betrachten sah. Wie oft hatte sie geträumt, genau das mit Antonius zu erleben.

»Ihr erinnert euch bestimmt an Susanne, sie hat mich mal vertreten.«

»Natürlich.« Sonja strahlte. »Möchten Sie mal den kleinen Felix kennenlernen? Es war echt die beste Entscheidung, hier ins Geburtshaus zu kommen!«

»Ja, auch wenn ich erst skeptisch war, ob das auch sicher genug ist, bin ich sehr froh, dass wir hier sind. Und wir kommen bestimmt wieder! Uns fehlt noch eine Tochter, nicht, Sonja?«

Sonja lächelte selig.

»Ich würde mich sehr freuen, aber jetzt tut es mir fast leid, dass ich mir vorher ein Mädchen gewünscht habe.

Ich wollte Felix in der ersten Sekunde nicht anders haben.«

Susanne schaute Carola von der Seite an. Ihre Kollegin war todmüde. Sie hatte die ganze Nacht durchgemacht, und auch zu Hause war allerhand los. Für emotionale Gespräche hatte sie bestimmt keine Kraft mehr. Also ergriff Susanne selbst das Wort.

»Das ist das Beste, was Ihrem Kind passieren kann, dass Sie es so annehmen, wie es ist. Können wir uns einen Moment zu Ihnen setzen?«

»Stimmt etwas nicht?«, fragte der Vater und richtete sich auf, worauf das Baby zu wimmern anfing.

»Vielleicht.«

»Aber er wird überleben, oder?«, fragte die Mutter fast irrational. Und Susanne wusste, dass alles, was besser war als eine schlimme Diagnose, die Mutter erleichtern würde.

»Ja, natürlich, es ist nur so, dass wir sein Geschlecht vielleicht nicht ganz so eindeutig bestimmen können.«

»Wie kommen Sie denn auf den Quatsch?«, fragte der Vater, ging ein paar Schritte auf die beiden Hebammen zu und stemmte die Hände in die Hüften, als müsse er beweisen, dass er seinem Sohn auf jeden Fall genug Männlichkeit mitgegeben hatte.

Carola legte eine Hand auf seine Schulter.

»Es kommt gar nicht so selten vor, dass das Geschlecht nicht zu einhundert Prozent eindeutig ist. Manchmal sind beide Geschlechter angelegt. Bis zur sechsten Woche ist es unklar, welches Geschlecht das Kind hat, erst durch die Hormone wird entschieden, welche Drüsen sich entwickeln. Deshalb haben ja auch Männer eine Brust. Die embryonale Entwicklung ist sehr störanfällig.«

»Heißt das, ich habe irgendwas falsch gemacht?« Sonja hielt ihr Baby fest, sodass sie sich die Tränen, die über ihre Wange liefen, nicht abwischen konnte.

»Nein, so meinte ich das nicht. Wir müssen euch einem Kinderarzt vorstellen. Es muss untersucht werden, wie stark die Ausprägung in eine Richtung ist. Vielleicht ist unser Verdacht auch falsch.«

»Ich möchte, dass unserem Sohn geholfen wird! Ich bestehe darauf, dass heute noch ein Arzt kommt.«

Thorsten Kornmüller setzte sich wieder zu seiner Frau. Allerdings auf die äußere Bettkante, als ertrage er es nicht, seinem Kind zu nahe zu sein.

»Wir können einen Arzt rufen, aber eine endgültige Diagnose kann es nur nach weiteren Untersuchungen geben. Etwa einem Ultraschall oder Blutuntersuchungen. Wahrscheinlich müsstet ihr die nächsten Tage sowieso in einer Klinik verbringen, um die weiteren Maßnahmen vorzubereiten.«

Obwohl sie vorhin gefragt hatten, ob sie sich setzen können, standen die beiden Hebammen noch im Raum. Aber jetzt ließ Carola sich neben Sonja auf das Bett sinken. Sie schlug die Beine übereinander und richtete sich auf. »Genießt lieber den Tag heute in Ruhe. Ich rufe in der Uniklinik an, dann könnt ihr morgen dorthin.«

Sonja nickte.

»Und was wären das für Maßnahmen?«

»Da ihr euch in spätestens acht Tagen beim Standesamt melden und auch ein Geschlecht angeben müsst, wird entschieden, welchem Geschlecht das Kind eher zugeordnet werden kann. Und im Laufe der Jahre wird in der Regel eine Anpassung vorgenommen, sodass später nicht mehr viel von der Uneindeutigkeit zu merken ist.«

»Aber anpassen heißt doch nicht operieren, oder?« Sonja streichelte das Köpfchen. Die feinen Haare waren schon getrocknet.

»Manchmal schon, aber manchmal reicht auch eine hormonelle Behandlung.«

Susanne beobachtete die kleine Familie und Carola, die sie bis über ihre eigene Schmerzgrenze hinaus betreute. Im Krankenhaus hätte die Hebamme schon dreimal gewechselt und bei derartigen Problemen sowieso an das Ärzteteam übergeben.

»Ich weiß, dass das ein Schock für euch ist, aber ihr werdet das zusammen hinbekommen. In ein paar Jahren wird das nur noch eine blasse Erinnerung sein.«

Sonja lächelte dankbar, und auch ihr Mann schaute etwas beruhigter.

»Ich weiß gar nicht, was wir unserer Familie und Freunden erzählen sollen, wenn sie fragen, was wir bekommen haben.«

»Nur das, was ihr wollt. Ihr müsst euch und euer Kind schützen.«

»Zum Glück haben wir nach dem Blasensprung noch niemanden informiert, weil unsere Eltern eh schon so aufgeregt sind. Wir wollten warten, bis wir alle wieder zu Hause sind.«

Und normalerweise war das im Geburtshaus ein paar Stunden nach der Geburt.

* * *

»Wir waren kein bisschen auf so eine Situation vorbereitet«, Carola sah auch nach zwei Tagen Auszeit nicht viel besser aus. Und auch wenn Ella, Annett und Susanne einstimmig gesagt hatten, dass sie einfach zu Hause bleiben sollte, wollte Carola sich ihre wöchentliche Besprechung nicht entgehen lassen.

»Ja, obwohl wir das im Krankenhaus schon mehrmals erlebt haben. Aber da war es nicht unser Problem«, ergänzte Susanne.

Ella hatte während ihrer Ausbildung auch mal etwas von den sogenannten Hermaphroditen gehört, manche sagten auch Zwitter. Ella schauderte es bei dem Begriff.

»Und wie geht es der Familie jetzt?«

»Sie sind in der Uniklinik. Danach mache ich die Wochenbettbetreuung. Bis dahin muss eine Entscheidung gefällt werden.«

Carola biss in ihr Brötchen, legte es dann aber wieder zur Seite, als schmecke es nicht. Carola hatte Ella erst kürzlich anvertraut, dass sie sich nicht wohl in ihrem Körper fühlen würde. Wie Ella das nur schaffen würde, das Essen zu genießen und so schlank zu bleiben?

»Ich finde es schrecklich, dass sie sich entscheiden müssen. Warum können sie das Kind nicht einfach lassen, wie es ist? Warum müssen wir alle in Schubladen gesteckt werden? So eine Operation ist doch traumatisch. Und was ist, wenn die Eltern aus Versehen das falsche Geschlecht wählen?«

Ella fragte sich, wie sie wohl reagiert hätte.

»Ach, Ella, weißt du, wie traumatisch das für das Kind wäre, wenn es in der Schule gehänselt würde, weil es nicht weiß, auf welches Klo es gehen soll? Wenn weder die Mädchen noch Jungen es dabeihaben wollen?«

»Man könnte ja auch nur eine Toilette für alle anbieten.«

»Ja klar, da hättest du aber bald ganz andere Probleme. Eltern, die Angst um ihre Töchter haben, wenn die Halbstarken das gleiche Klo benutzen«, warf Carola ein.

»In manchen Kulturen würde jemand mit zwei Geschlechtern vielleicht als Gottheit verehrt«, bemerkte Annett, die in einer Kultur aufgewachsen war, in der alles Mystische verpönt war.

»Oder auch gleich als unwertes Leben aussortiert, wie heute leider noch manches Kind mit einem Chromosom zu viel«, entgegnete Carola.

Ja, wenn man dieses Fass erst mal aufmachte, gab es noch jede Menge Verbesserungsbedarf, aber jetzt ging es um einen individuellen Fall in ihrem Geburtshaus. Es kam Ella einfach ungerecht vor, dass jemand, der nicht in das gängige Bild passte, schon als Kind gezwungen werden sollte, sich anzupassen. Und zwar auf brutale Weise. Ob es irgendwann einmal eine Zeit geben würde, in der das unter Körperverletzung laufen würde? Was hatte es nicht schon alles für grausame Therapien gegeben, die angeblich alle zum Wohle der Patienten ausgeführt wurden? Hatte man psychisch Kranken nicht sogar ins Gehirn gebohrt, um Schwermut zu heilen?

»Ella, ich verstehe dich sehr gut«, meinte Susanne, »aber wenn wir bei den Eltern jetzt noch mehr Zweifel und Ängste wecken, ist dem Kind auch nicht geholfen. Die Gesetze sind nun einmal so, dass sie sich entscheiden müssen. Es gibt nur zwei Geschlechter zum Ankreuzen beim Standesamt. Sie müssen sich für eins entscheiden, auch wenn sie eine Operation hinauszögern. Und ganz ehrlich, wie soll sich ein Kind fühlen, das jahrelang nicht weiß, wo es hingehört?«

»Aber wie soll sich ein Kind fühlen, das später erfährt, dass es auf so krasse Weise manipuliert wurde? Vielleicht leidet es das ganze Leben darunter, dass es in die falsche Richtung operiert wurde?«

Ella bereute ihre Worte fast, als sie sah, wie Susanne zusammenzuckte. Ihre Tochter war schließlich ebenfalls jahrelang belogen worden, auch wenn das nicht Susannes Entscheidung gewesen war.

»Wir müssen die Grenzen unserer Zuständigkeit akzeptieren«, sagte ausgerechnet Carola, die so offensichtlich über ihre Grenzen ging. Auch wenn Ella das nie laut aussprechen würde, Carola war ein warnendes Beispiel für sie, dass es für Frauen immer noch nicht möglich war, im Beruf und in der Familie gleichermaßen Erfolg zu haben, ohne dass der Job, die Kinder oder sie selbst zu kurz kamen. Jedenfalls nicht, wenn beide Elternteile arbeiteten. Als Carolas Mann noch ein erfolgloser Schriftsteller gewesen war, hatte sie zwar manchmal darüber gestöhnt, dass sie jeden Pfennig zweimal umdrehen mussten, aber Carola war deutlich entspannter gewesen. Und wie ihre Mutter wollte Ella noch weniger enden. Sich aufopfern für die Familie, wenn dieses Opfer für die anderen eher eine Belastung war. Klar hatte sie die Rundumversorgung als Kind genossen, aber als Jugendliche war sie eher genervt gewesen. Eigentlich nicht von dem Service, sondern davon, dass ihre Mutter so unzufrieden wirkte.

»Okay, aber für das nächste Mal sollten wir gewappnet sein. Vielleicht gibt es Aufklärungsbroschüren? Vielleicht finden wir Ansprechpartner? Familien, die das selbst erlebt haben und anderen helfen können?«

Ella spürte immer mehr den Drang, die Welt auch außerhalb der Geburtshausmauern zu verbessern. Es gab so viel Ungerechtigkeit, so viel Diskriminierung. Als Erstes musste diese überhaupt benannt und erkannt werden! Ella träumte davon, wie sie zum zweiten Mal den ersten Schritt tun würden … Schließlich waren sie auch die Ersten gewesen, die in ihrer Stadt den Mut gehabt hatten, ein Geburtshaus zu eröffnen. Ihr Gefühl der Erhabenheit wurde jäh unterbrochen, als Carola aufsprang und dabei fast den Stuhl umstieß.

»Mir reicht es mit der ganzen Sozialromantik für heute! Immer sollen wir alles noch besser machen! Manches ist auch einfach mal scheiße, und man muss damit klarkommen.«

»Carola, alles in Ordnung?«, fragte Susanne.

»Ja, total in Ordnung. Seid so lieb und übernehmt meine Vorsorgen heute Nachmittag. Ich brauche den Nachmittag für mich, sonst drehe ich noch durch.«

»Carola, möchtest du drüber reden?«, fragte Ella. »Vielleicht können wir dir helfen. Und ich meinte das auf keinen Fall als Kritik an dir, du hast doch der Familie, so gut es ging, zur Seite gestanden.«

»Lass gut sein, Ella, wenn du mir helfen willst, dann

übernimm heute einfach meinen Dienst. Sind nur ein paar Vorsorgen. Geburten stehen zum Glück keine an.«

Und dann sah Ella Carola hinterher, wie sie sich die Jacke überzog, zur Tür eilte und diese hinter sich zuknallte.

Weder Ella noch Annett oder Susanne rannten ihr hinterher. »Wir müssen Carola helfen«, forderte Ella dennoch.

»Sie muss sich auch helfen lassen wollen«, seufzte Susanne.

»Wartet mal ab, Carola hat Nerven wie Stahl. Morgen ist sie wieder die Alte«, versuchte Annett optimistisch zu sein. Dein Wort in Gottes Ohr, dachte Ella, schwieg aber, weil sie das Gefühl hatte, nicht ganz unschuldig daran zu sein, dass Carola nun fort war. Sie würde sie heute Abend mal anrufen.

* * *

Carola lief die Cranachstraße entlang. Sie brauchte dringend ein paar Stunden Ruhe, um nicht durchzudrehen. Der Schlafmangel, das Gefühl der Hilflosigkeit den Kornmüllers gegenüber, das Gefühl, dass Andreas und sie immer mehr zum reinen Organisationsteam wurden. Seine blöden Bemerkungen dazu, dass sie mit ihrer Arbeit die ganze Familie stresse. Die Arbeit, die immerhin jahrelang gut genug war, die Familie zu ernähren, während er dem Traum vom Schreiben nachhing. Die Sorgen um ihre Kinder. Das Gefühl, keine gute Mutter zu sein. Und jetzt fing es auch noch an zu regnen. Sie hatte weder einen Schirm noch eine wetterfeste Jacke. Und war heute mit der Bahn unterwegs. Sollte sie schnell nach Hause? Nein, ihre Familie rechnete noch nicht mit ihr, und zu Hause würde sie bestimmt auch nur Arbeit erwarten. Eine Freundin anrufen? Ihre Freundinnen waren ihre Kolleginnen und übernahmen gerade ihren Dienst. Ihre Schwester anrufen? Heike würde nur neunmalkluge Antworten parat haben: Das hast du dir doch so ausgesucht. Alles geht halt nicht auf einmal. Also mein Mann würde durchdrehen, wenn ich ihn so viel beanspruchen würde wie du, Andreas ist doch total tolerant.

Nein, solche Sprüche brauchte sie nicht! Shoppen gehen? Nein, erstens hatte sie nicht genug Geld über, und zweitens wollte sie erst abnehmen, bevor sie sich wieder in eine Umkleidekabine traute. Bibliothek? Ihr Kopf war eh schon voll. Sie dachte an Carsten, der erzählt hatte, dass er tagsüber viel Zeit hatte.

Fast war sie erleichtert, als sie vergeblich beim Altbau am Ring klingelte. Also doch nach Hause. Vielleicht in die heiße Badewanne und die Tür abschließen. Sie lehnte sich einen Moment in den Türrahmen, weil sie dort vor Regen geschützt war. Hätte sie jetzt ein Päckchen Kippen dabeigehabt, würde sie sich eine Zigarette gönnen. Etwas, was sie nur noch ganz selten tat. Die Luft war auch so kalt genug, dass sie beim Atmen eine kleine Rauchwolke ausstieß. Sie musste grinsen. Safer Smoking.

»Carola?«

Carsten. Trotz der Kälte nur in kurzen Sportklamotten. Die Haare nass, vom Schweiß oder Regen, die Wangen rosig. Er atmete schwer.

»Äh, hallo, habe frei und war gerade in der Gegend.

Aber wenn es nicht passt, komme ich gerne ein anderes Mal vorbei.«

»Ach was, komm rein. Dann trinken wir gemeinsam eine heiße Tasse Tee. Ich muss nur schnell unter die Dusche, damit ich mich nicht erkälte. Wäre doof für den Liveauftritt.«

Carola saß in der möblierten Wohnung am Küchentresen auf einem Barhocker. Carsten hatte ihr erzählt, dass sie einem befreundeten Produzenten gehörte. Er ließ hier gerne seine Leute wohnen, wenn sie in Köln zu tun hatten. Die schwarz lackierte Küche glänzte. Hier würde man jeden Fingerabdruck sehen, dachte Carola. Und trotz des schwarzen Lacks wirkte die Küche nicht ungemütlich. Rosafarbene Lilien standen auf der Anrichte. Vor ihr dampfte ein heißer Tee mit Honig. Carsten hatte darauf bestanden, ihr einen Tee zu machen, bevor er in der Dusche verschwand. Und er hatte ihr eine dicke wollene Strickjacke gegeben, die sie sich um die Schultern gelegt hatte. Sie ließ ihren Blick durch den offenen Wohnbereich neben der Küche schweifen. Ein weißes Ledersofa mit blauen Samtkissen. Daneben ein Gitarrenständer mit Gitarre. Ob Carsten immer noch so gut spielte wie früher?

Sie versuchte das Geräusch der Dusche und die Vorstellung, dass ihr Jugendfreund nackt darunter stand, zu ignorieren. Meine Güte, er hatte sich kaum verändert, während sie sich fühlte, als könnte sie seine Mutter sein.

Immerhin besaß er so viel Taktgefühl, nicht mit Handtuch um die Lenden, sondern komplett angezogen zurückzukommen.

»Das ist echt eine tolle Überraschung. Schön, nicht den ganzen Tag alleine zu sein.«

»Ach, komm, dir laufen die Frauen bestimmt reihenweise hinterher.«

»Mag schon sein, aber meistens nur, weil ich ein bekannter Schauspieler bin. Ich bin nicht an oberflächlichen Affären interessiert.« Er öffnete den Kühlschrank und holte eine Packung griechischen Sahnejoghurt, Erdbeeren und eine Flasche Sekt heraus.

»Oh, für mich lieber keinen Sekt.«

Er sah sie an, als hätte sie ihm gesagt, dass seine Anwesenheit ihr Kopfschmerzen mache.

»Aber Erdbeeren umso lieber!«

Erdbeeren im Oktober. Diese Schauspieler waren wirklich dekadent, aber ihr sollte es recht sein.

»Okay, aber es stört dich nicht, wenn ich mir einen gönne?«

Sie schüttelte den Kopf. Er brauste die Erdbeeren ab, füllte Joghurt und Früchte in zwei Schälchen, schenkte sich Sekt und Carola ein Glas Punica-Saft ein.

»Meine Eltern sagen heute noch, dass ich mit dir hätte zusammenbleiben sollen.«

Sie stießen an.

»Die erinnern sich noch an mich?«

Carola konnte sich gut an die beiden erinnern. Carsten war Einzelkind. Seine Eltern waren ihr immer total streng vorgekommen, und sie hatte sich gerade vor dem Vater etwas gefürchtet, der sie bei den wenigen Malen, bei denen sie mit am Abendbrottisch saß, nach den Schulnoten ausgefragt hatte. Und die Mutter war immer so adrett gekleidet, dass Carola sich in ihren bunten Klamotten und Schlaghose immer albern vorkam.

»Ja klar, du warst schließlich die erste Freundin, die ich mit nach Hause gebracht habe.«

»Na, dann auf deine Eltern!«

»Und auf unser überraschendes Wiedersehen.«

Sie schwiegen beide einen Moment. Die Punica-Sorte kannte Carola noch gar nicht. Kiwi-Erdbeere. Ihren Kindern versuchte sie solche Getränke immer auszureden.

»Hast du eigentlich eine Freundin, Carsten?«

Sie mochte ihn immer noch gern, und ja, ein bisschen kribbelte es auch, aber mehr auch nicht. Und mehr wollte sie sowieso nicht. Ihr Leben war kompliziert genug. Und auch wenn sie die Vorstellung, dass er noch Interesse an ihr hatte, absurd fand, wollte sie gleich wissen, woran sie war.

»Nein. Ich erhole mich noch von der letzten Liebesbeziehung.«

Schmerz huschte über sein Gesicht und ließ ihn auf einmal angemessen alt erscheinen. So alt wie sie eben.

»Und du und dein Autor?«

»Ich bin glücklich verheiratet.«

»Ja, der neue Stern am Dichterhimmel! Ich hoffe, er würdigt dich in seinen Werken auch.«

»Er hat mir seinen ersten Roman gewidmet.«

»Darauf stoßen wir noch einmal an!«

Sie erzählten einander von ihrem Leben, als müssten sie den anderen im Schnelldurchlauf auf den aktuellen Stand bringen. Dabei ließ Carola alles aus, was ihren Mann schlecht dastehen lassen könnte. Andreas war die

Liebe ihres Lebens, aber in der letzten Zeit spürte sie das nicht so stark wie früher. Aber war das nicht völlig normal in langen Beziehungen?

»Meinst du, Andreas würde es verkraften, wenn du mit mir auf die Abschlussfeier der Theatersaison kommst? Als Frau an meiner Seite?«

»Also wenn ich dann nachher auf den letzten Seiten der *Bunten* erscheine, ist mir das unangenehm.«

Trotzdem reizte sie die Vorstellung, noch einmal über einen roten Teppich zu laufen. Als Frau an Andreas' Seite auf dem roten Teppich hatte sie eher einen angespannten Eindruck gemacht, und ihr Outfit wäre eher was für die Rubrik Flop des Abends gewesen.

»Ach, für das Theater interessiert sich die *Bunte* nicht. Dann schon eher der *Stadt-Anzeiger*.«

»Ich überlege es mir. Aber jetzt möchte ich einfach nur an den Moment denken. Ich kriege schon Kopfschmerzen, wenn ich überhaupt nur an meinen Kalender denke.«

Sie wanderten vom Barhocker zum Sofa. Was für ein bequemes und sauberes Sofa, dachte Carola. Weißes Leder, nicht ihr Geschmack, aber doch irgendwie bemerkenswert. Vor allem, dass es so weiß war. Bei ihnen zu Hause wären überall Flecken zu sehen. Sie wusste schon, warum sie dunkelmelierten Cord gewählt hatten.

»Herrlich! Einfach mal nichts tun!«

Sie verschränkte ihre Arme im Nacken und stellte sich einen Moment vor, sie wäre tatsächlich die Frau an Carstens Seite. Nicht nur für einen Abend auf dem roten Teppich. Ob sie mit ihm auch drei Kinder bekommen hätte? Ob sie immer noch frisch verliebt wären? Vertraut fühlte es sich für sie an. Ein bisschen wie zurück ins alte Kinderzimmer kommen. Schön für ein paar Tage, aber nichts, was sie ernsthaft wollte. Sie hatten sich damals ganz unspektakulär getrennt. Ohne Drama. Sie hatte immer mit einem warmen Gefühl an ihn zurückgedacht, jedoch nie mit einem heißen.

* * *

Susanne sprach den ganzen Nachmittag mit werdenden Müttern, lauschte nach Herztönen, beruhigte, schrieb Tees und Salben auf, beantwortete in aller Seelenruhe Fragen und wunderte sich über sich selbst, dass sie sich mit den Schwangeren von Herzen mitfreuen konnte. Wer ins Geburtshaus kam, war meist zu Recht guter Hoffnung und über den dritten Monat weit hinaus, nach dem eine Fehlgeburt immer unwahrscheinlicher wurde. Einmal hatte sie es auch hier erlebt. Sie dachte an Sabine, mit der sie einen der traurigsten, aber auch tröstlichsten Momente erlebt hatte. Fehlgeburt. Wer hatte sich nur dieses schreckliche Wort ausgedacht? Als hätte die Frau einen Fehler gemacht, als wäre das gar kein richtiges Kind gewesen. Im Krankenhaus hatte sie öfter Frauen begleiten dürfen, deren Schwangerschaft nicht glücklich endete. Sie konnte sich an eine Frau erinnern, die nach der dritten glücklosen Schwangerschaft den Anblick Hochschwangerer nicht ertragen konnte, ja sogar die Straßenseite wechselte, um das zufriedene Lächeln dieser Frauen nicht aus der Nähe betrachten zu müssen. So erging es ihr zum Glück nicht. Auch wenn sie manchmal einen Stich verspürte, wenn sie nur Zaungast in Sachen Mutterglück war, gönnte sie jeder Frau von Herzen eine gesegnete Schwangerschaft. Und ja, sie liebte ihren Beruf immer noch. Vielleicht wäre es schwerer gewesen, wenn sie Julia nicht wiedergefunden hätte.

Sie tastete den Bauch der Schwangeren ab, die auf dem Bett im roten Geburtszimmer lag. Das Kind strampelte. Sie spürte einen kleinen Fuß, der sich gegen ihre Hand stemmte. Es war ein Wunder, wie ein Mensch in einem anderen leben konnte, bis er bereit für den nächsten Schritt war.

»Wird es sehr wehtun?«, fragte die werdende Mutter.

Du wirst dir diese Schmerzen nicht vorstellen können, aber es werden hoffentlich gute Schmerzen werden. Gab es so etwas? Gute Schmerzen?

»Es wird wahrscheinlich wehtun, aber du wirst es schaffen. Und ich werde dir dabei helfen, dass du gut durchkommst.«

Gute Schmerzen waren Schmerzen, die nicht verängstigen, sondern die einfach nur ein Übergang, ein Kraftakt in die nächste Lebensphase waren.

Der Kummer, den sie gerade wegen ihrer Beziehung verspürte, fühlte sich nicht wie ein guter Schmerz an. Wenn sie beide diesen Kummer nicht bewältigten, dann wäre die nächste Phase vielleicht die Trennung. Etwas, was sie sich nie hätte vorstellen können.

»Weißt du, dass Wehen im Englischen *labour* heißt? Also Arbeit statt wehtun? Vielleicht würde dieser Begriff es den Frauen auch hier leichter machen.«

Susanne löste die Hände von dem hochschwangeren Bauch. Arbeit. Vielleicht war das die Lösung. Vielleicht könnte sie auch in der Beziehung dafür arbeiten, dass es wieder besser wurde.

»Meinst du, das würde was ausmachen? Ist doch nur ein Wort.« Die werdende Mutter richtete sich auf.

»Worte besitzen eine Menge Macht. Vor allem die Bilder, die sie auslösen. Die meisten Frauen haben vor der ersten Geburt irgendwelche Horrorgeschichten im Kopf, die hinter vorgehaltener Hand erzählt werden. Oder Bilder aus Filmen. Die Frau im Krankenhaushemdchen stöhnend auf dem Krankenhausbett auf dem Rücken liegend und den Kindsvater verfluchend.«

Manche Frauen fluchten wirklich wie die Kesselflickerinnen. Wobei das meist einfach nur ein Ventil für die starken Gefühle war.

»Also sollte ich so anfangen, dann tippe mir auf die Schulter, als Zeichen, dass ich damit aufhören soll. Ich möchte meinen Mann nicht beleidigen.«

»Ich werde dich dran erinnern.«

Susannes Gedanken schweiften wieder zu ihren eigenen Problemen ab. Hatte sie Antonius beleidigt, indem sie ihm vorgeworfen hatte, nicht genug für ihren Traum zu tun? Eigentlich hatte sie ihm dadurch gesagt, dass er nicht genug war.

Zum Glück konnte sie in der Zeit, in der die Kinderwunschklinik eine telefonische Sprechstunde anbot, eine Pause einrichten. Normalerweise ließen sie die Bürotür immer offen stehen, doch jetzt zog Susanne sie hinter sich zu.

»Guten Tag, Herr Dr. Brauer, hier ist Susanne Winter-

Schmidtbauer, ich habe noch ein paar Fragen … zu unserer Situation.«

Der Arzt wusste direkt wieder, wer sie war. »Ah, Frau Winter-Schmidtbauer. Fragen Sie sehr gerne. Ich finde das wunderbar, dass Sie sich doch überlegen, vollen Einsatz für Ihren Wunsch zu zeigen, bevor die Möglichkeit vorbei ist.«

Susanne stutzte. Antonius hatte nur davon gesprochen, dass er sich überlege, vielleicht doch nachzuhelfen, aber so lange, wie Antonius immer alles durchdachte, hätte er sie doch schon weiter mit einbeziehen können.

»Ja, ja«, sagte sie nur und kringelte das Telefonkabel um den Zeigefinger.

»Ich habe Ihrem Mann gesagt, Sie sollen sich ruhig noch melden, wenn Sie auch noch Fragen haben. Ich habe Ihnen wie besprochen einen Behandlungsplatz reserviert, aber ich habe Ihrem Mann auch gesagt, dass wir bis Ende nächster Woche alles Vertragliche regeln sollten.«

Hatte Antonius hinter ihrem Rücken was ausgemacht? Vielleicht hatte er auch einfach unter vier Augen mit dem Urologen sprechen wollen. Das Ganze war ihm sowieso schon unangenehm genug. Dazu hatte er alles Recht der Welt.

»Ja, bis dahin werden wir eine Entscheidung gefällt haben, Dr. Brauer. Ich habe noch ein paar Fragen. Angenommen, wir entscheiden uns für eine künstliche Befruchtung. Wie hoch ist die Wahrscheinlichkeit, dass es klappt?«

»Nun, Sie wissen ja, dass Ihre Chance auf das Familienglück ohne Intervention unter drei Prozent liegt. Mit einer Behandlung könnten Sie die Chance verzehnfachen!«

Er ließ die Stimme in die Höhe schnellen, als präsentiere er die Superchance auf den Jackpot.

»Dreißig Prozent? Beim ersten Versuch?«

»Frau Winter, ich möchte ehrlich zu Ihnen sein. Ein Drittel unserer Kunden kann sich durch uns den Traum vom Kind erfüllen.«

Er hatte Kunden gesagt. Nicht Patienten. Was wäre, wenn es nach drei Versuchen nicht klappen würde? Wann wäre der Punkt, an dem sie aufhören würden? Verschob sich ihr Problem einfach nur? Würden sie in einem halben Jahr erneut diskutieren?

»Was war denn der Rekord an Versuchen?«

Susanne hörte Schritte vor der Tür. Auch wenn ihre Kolleginnen mittlerweile eingeweiht waren, wollte sie keine Zuhörerinnen bei diesem Gespräch.

»Ein glückliches Paar konnte sein Baby nach acht Versuchen mit nach Hause nehmen. Sie haben keinen einzigen Versuch bereut.«

»Und was war der Rekord ohne glücklichen Ausgang?«

»Frau Winter-Schmidtbauer, nun machen Sie sich nicht verrückt. Die Menschen bereuen am Ende eher, was sie nicht getan haben. Wenn man alles versucht hat, kann man sich wenigstens sagen, dass es nicht die eigene Schuld ist.«

»Danke, dass Sie sich noch einmal Zeit genommen haben. Wir melden uns auf jeden Fall.«

»Gerne, dafür bin ich doch da.«

Susannes Herz machte einen kleinen Sprung. Anto-

nius war bereit, nachhelfen zu lassen. Er hatte nicht nur
überlegt, sondern er war schon einen Schritt weiter gegangen.

* * *

Für Ella war es wie eine Zeitreise in ihre eigene Vergangenheit, als sie sich im Krankenhaus die rosafarbene
Hebammentracht überzog und die Hände gründlich mit
Kernseife wusch. Hier hatte sie vor sechs Jahren noch
gearbeitet. Hier hatte sie Susanne und Carola kennengelernt. Wie anders alles hier war. Im Schwesternzimmer
war es voll und laut, und Oberschwester Hilde, die sie
herzlich an ihre große Brust gedrückt hatte, sauste trotz
ihrer Leibesfülle immer noch herum wie ein Wirbelwind.

Sie machte immer noch die Pläne, hatte alles im Griff.

»Ach, Kindchen«, hatte sie sie begrüßt, »wie schön,
dich mal wiederzusehen. Willst du hier wieder anfangen?
Letzten Monat haben zwei Hebammen gekündigt. Eine
kriegt selbst ein Kind. Die andere zieht fott. Der Liebe
wegen. Nee, nee, wir sollten nur Nonnen einstellen, da
passiert einem das nicht.«

»Na, Schwester Hilde, die könnten immer noch kündigen, um ein Geburtshaus zu gründen.«

Ella zwinkerte der Frau zu, die im Leben stets allein
geblieben war. Zumindest hatte sie immer abgewunken,
wenn sie jemand nach Kind und Mann gefragt hatte.

»Ganz ehrlich, ich habe gedacht, ihr seid ein bisschen
jeck, aber scheint ja gut zu laufen.«

Das war für Hilde schon ein großes Kompliment, also
nahm Ella es dankend an.

»Tut es, so gut, dass wir mittlerweile Verstärkung gebrauchen könnten. Wie sieht es mit Ihnen aus? Wollen Sie nicht bei uns einsteigen?«

Sie hatten schon öfter darüber gesprochen, dass sie die organisatorische Arbeit auslagern könnten.

»Wenn ihr mir eine volle Stelle mit Tariflohn bezahlen könnt, dann überlege ich mal. Wobei ich mich frage, was es bei den paar Geburten groß zu organisieren gibt.«

Wenn sie wüsste, dachte Ella, die es völlig okay fand, dass die rüstige Sechzigjährige sie duzte, während Schwester Hilde für Ella für immer eine »Sie« bleiben würde.

»Drei halbe Tage würden wir hinbekommen«, zwinkerte sie ihr zu.

»Nee, lass mal, habe zu Hause keinen Kerl, der mir die Miete finanziert, da werde ich mich wohl bis zur Rente hier abmühen müssen.«

So wie Oberschwester Hilde das gesagt hatte, klang es nicht so traurig, wie es sich anhörte. Das wäre also ihre Zukunft, wenn sie sich nicht an einen Mann binden würde. Rackern bis zur Rente. Aber was anderes wollte Ella sowieso nicht, weil sie ihren Job liebte.

Und hier im Schichtbetrieb zu arbeiten konnte sie sich auch nicht mehr vorstellen.

Am Waschbecken erkannte sie auf einmal noch ein bekanntes Gesicht im Spiegel. Antje kam von hinten auf sie zu. Die ehemalige Säuglingsschwester, die mit der Babypflege nicht viel anfangen konnte, sondern sowieso lieber Ärztin hatte werden wollen, hatte ihren Traum offenbar erfüllt.

»Ella, wie schön! Habe schon gehört, dass du heute

ausnahmsweise eine Frau in unseren Mauern betreuen darfst. Die mit dem behinderten Kind. Hoffentlich klappt diesmal alles.«

Antje war anscheinend immer noch wenig feinfühlig. Dennoch ersparte Ella sich die Diskussion, dass das »behindert« so abfällig klingen würde und Sabrina ihr behindertes Kind doch genauso lieb hatte.

»Ja, ich hoffe auch, dass alles gut geht, und bin froh, dass das Krankenhaus eine Ausnahme macht. Und herzlichen Glückwunsch, dass du das Medizinstudium durchgezogen hast.«

Sie schielte auf das Schildchen. *Arzt im Praktikum.*

»Ja, ich bin auch stolz auf mich. Weißt du noch, wie wir damals oft zusammen die kleinen Schreihälse versorgt haben? Du bist sogar freiwillig in den Babyraum gegangen, wenn du Zeit hattest. Mittlerweile wird das immer stressiger, weil die Frauen nach Bedarf stillen wollen. Dann sollen sie die Bälger doch ganz neben sich schlafen lassen und nicht die Babyschwestern rumscheuchen.«

Ella lachte, Antje war immer noch dieselbe.

»Und Ella, falls bei dir was schiefgeht, ich habe bis 22 Uhr Dienst.«

»Wird schon nichts schiefgehen.«

Ella stolperte immer noch über das Wort Kreißsaal. Das ließ sie an die riesigen Räume denken, in denen die Betten nur durch spanische Wände getrennt waren und Frauen in verschiedenen Stadien der Geburt im selben Raum lagen. Die Hebammen und Ärzte liefen von einer zur anderen und transportierten auch Keime von der einen zur anderen Mutter. Im schlimmsten Fall sogar solche, die sie sich vorher durch eine Untersuchung in der Pathologie geholt hatten. Die Ehemänner waren nicht erwünscht und sollten gefälligst in der nächsten Kneipe oder zu Hause auf die frohe Nachricht der Geburt warten. Diese Zeiten waren gottlob schon lange vorbei. Auch im Krankenhaus war ein Kreißsaal im Grunde ein gut ausgestattetes, nett eingerichtetes Geburtszimmer. Ein paar der Zimmer verfügten sogar über eine Geburtswanne. Und Ella hatte mit Sabrina genau in so eines einziehen dürfen. Räumlichkeiten gab es genug, eher zu wenig Hebammen, hatte Antje sie gewarnt. Aber sie war ja zum Glück Sabrinas ganz persönliche Hebamme. Ella würde hierbleiben, solange Sabrina sie brauchte. Früher hatte sie hier in Schichten gearbeitet. Natürlich war es für beide Seiten unangenehm, eine Mutter mitten in den Presswehen zu verabschieden, um pünktlich rauszukommen, aber selbst unter einer Geburt kam es öfter zum Schichtwechsel.

Sabrina hatte seit einigen Stunden Wehen und tigerte durch den orange gestrichenen Raum. An der Wand war ein Storch gemalt, der ein Baby in einem Bündel im Schnabel trug. Wickeltisch mit Wärmelampe, ein großes Bett, Schränke, bei denen Ella noch wusste, wo was verstaut war, all das kannte Ella noch. Nur ihr Gefühl war ein anderes als früher. Damals war sie noch frisch aus der Ausbildung gekommen und oft unsicher. Ganz besonders Christoph gegenüber, der mehrmals ihre Kompetenz angezweifelt hatte. Doch in all den Jahren hatte es keine Situation gegeben, in der sie auch nur einmal Mutter oder

Kind gefährdet hätte, auch wenn Christoph es einmal geschafft hatte, dass ihr Zweifel gekommen waren.

»Was ist mit deinem Mann? Er wollte doch dabei sein?«

Ella ließ Wasser in die Badewanne ein, während Sabrina sich am Beckenrand festhielt und eine Wehe veratmete.

»Wollte er, aber Jolina hat so einen Rabatz gemacht, weshalb wir uns entschieden haben, dass er bei ihr bleibt. Die Oma hat noch nie länger als zwei Stunden alleine auf sie aufgepasst. Ich glaube, ich bin entspannter, wenn ich weiß, dass mein Mann zu Hause ist.«

Jolina war drei Jahre alt, aber von der geistigen Entwicklung auf dem Stand eines Babys. Sabrina hatte mal gesagt, dass es sie total nerve, wenn Leute mit offenem Mund sagten: Also ich könnte das nicht. Sie hätte gar keine Wahl gehabt, es nicht zu lernen, damit klarzukommen. Ella tat sich auch oft schwer, die richtigen Worte im Umgang mit Eltern zu treffen, deren Kind eine Behinderung hatte. Was verletzte? Was nervte? Sie hätte es vielleicht auch genervt, wenn andere Leute in Gegenwart ihres Kindes mit Handicap immer so getan hätten, als wäre alles normal. Aber was war schon normal?

Gut, dass man mit drei laufen und sprechen konnte, war die Norm. War nur leider nicht jedem vergönnt.

»Na, wir kriegen das auch alleine hin.«

»Ja, das hoffe ich doch.« Sie atmete konzentriert, und Ella ließ sie in Ruhe.

Als die Wehe abgeebbt war, wandte Sabrina sich wieder an Ella. »Auch wenn Jolina nicht richtig sprechen kann, sie ist sehr feinfühlig. Ich glaube, sie wollte meinem Mann sogar einen Gefallen tun. Damit er nicht mitmuss. Er ist so schrecklich aufgeregt, und beim letzten Mal war er erst so cool, und dann hat ihn die Diagnose kurz nach der Geburt total umgehauen. Er brauchte Monate, bis er sie auf den Arm nehmen konnte.«

»Und heute?«

»Heute laufen sie stundenlang zusammen durch die Wohnung. Wird aber nicht ewig gehen, dass er sie tragen kann.«

Sabrina schob ihr Frotteestirnband höher, da es ins Gesicht gerutscht war. Obwohl sie erst Mitte dreißig war, zeigten sich schon einige graue Härchen in der braunen Mähne. Ob das einfach genetisch oder stressbedingt war? Ella hatte neulich auch ein einzelnes graues Haar bei sich entdeckt. Sie hatte es sofort herausgezogen, weil es bei ihren fast schwarzen Haaren sehr auffiel. Zumindest wenn man ganz nah dran war wie sie vor dem Spiegel beim Zähneputzen. Sonst kam ihr ja kaum jemand so nahe.

Sabrina entkleidete sich und legte ihre Klamotten auf einen Stuhl. Trotz des riesigen Bauches stieg sie behände in die Wanne. Die Wanne war genauso rosa wie die Hebammentracht, sodass das Baby sich geborgen fühlen würde wie im Mutterleib. Warm war es in dem Wasser auch noch. Und trotz aller Maßnahmen kam für jedes Baby der Schock, ausgelöst dadurch, das erste Mal an die Luft zu kommen und den geschützten Raum zu verlassen.

Ella tröpfelte etwas von dem ganz speziellen Geburtshausbadeöl in das Wasser. Muskatellersalbei und Ylang-Ylang sollten helfen, über sich selbst hinauszuwachsen, und gleichzeitig beruhigen.

»Das riecht so gut!«, seufzte Sabrina, als sie sich in das Wasser hockte.

Die Wehen wurden bald heftiger. Es würde nicht mehr so lange dauern. Ella und Sabrina hatten vereinbart, dass in der letzten Phase Christoph dazukommen würde. Ella hätte Sabrina auch alleine betreut. Es war so unwahrscheinlich, dass das zweite Kind denselben Gendefekt haben würde. Aber Sabrina wollte es so. Und die Frauenärztin hatte auch dazu geraten. Nur um auf Nummer sicher zu gehen. Anspannung war schließlich auch etwas, was den Geburtsfortschritt beeinträchtigen konnte.

»Was ist, wenn es auch krank wird? Mit zwei Pflegefällen schaffe ich das nicht auf Dauer«, überkamen Sabrina erneute Zweifel.

»Das ist sehr unwahrscheinlich. Alle Voruntersuchungen waren unauffällig.«

Sollte das Kind klinisch versorgt werden müssen, dann könnte Sabrina auch hier im Krankenhaus bleiben. Das war ein Vorteil an den Kliniken, die eine Kinderklinik und eine Frauenklinik beherbergten.

Ella nutzte die Chance, sich einen letzten Kaffee zu holen, und eilte ins Schwesternzimmer, nachdem Sabrina ihr versichert hatte, dass ihr Wasser reiche, aber dass Ella ganz entspannt einen Kaffee holen sollte. Schließlich brauche sie eine wache Hebamme.

Im Schwesternzimmer sah Ella, wie Oberschwester Hilde sich gerade den Rest aus der Glaskanne in eine

Tasse goss. Warten, bis ein neuer Kaffee durchgelaufen war, wollte sie nicht. Das dauerte mindestens zehn Minuten.

»Jetzt schau doch nicht so bedröppelt«, die Oberschwester reichte ihr die Tasse. »Nimm schon, ich wollte eh eine neue Kanne aufsetzen.«

»Danke, Sie sind meine Rettung.«

»Du sollst ja im Geburtshaus nicht erzählen können, dass wir hier eine Mangelwirtschaft haben.«

Ella, die hier vor Jahren ein und aus gegangen war, öffnete den Kühlschrank, um sich Milch herauszuholen.

Plötzlich erschien eine hochschwangere Frau im Schwesternzimmer. Sie klammerte sich mit beiden Händen im Türrahmen fest und sah aus, als würde sie ihr Kind gleich im Stehen gebären. Sie zeigte auf Ella, die in ihrer rosa Tracht unschwer als Hebamme zu erkennen war.

»Das geht ja wohl gar nicht! Wir warten seit einer Stunde auf eine Hebamme, und da ist eine und trinkt Kaffee!«

Bevor Ella etwas sagen konnte, schob Oberschwester Hilde sich an Ella vorbei, stemmte die Hände in die Hüften und sprach die Schwangere an.

»Junge Frau, diese Hebamme steht nicht zur Verfügung, die gehört gar nicht zum Krankenhaus, sondern wurde von einer Patientin mitgebracht.«

»Aber ich brauche jetzt sofort eine Hebamme! Ich halte das nicht mehr aus!«

Wie zum Beweis verstummte sie, als sich eine neue Wehe ihres Körpers bemächtigte. Sollte Ella ihr kurz beistehen? Nein, sie hatte Sabrina schon viel zu lange alleine gelassen.

»Sie halten das aus. Sie sind doch erst in der Eröffnungsphase. Der ganze Spaß dauert noch eine Weile. Und jetzt ab in den Kreißsaal, ich schaue, was sich machen lässt.«

Mit erstaunlicher Kraft stapfte die Frau davon und steckte alle Energie in einen letzten finsteren Blick, den sie Ella und Schwester Hilde zuwarf.

»Die Arme.« Ella stellte die Milch zurück und wollte schnell aus dem Schwesternzimmer verschwinden.

»Ach was! Weiß doch jeder heutzutage, was so eine Geburt bedeutet. Die sollen sich mal nicht so anstellen. Meine Großmutter hat ihre letzten drei Kinder auf dem Feld bekommen. Nix Mutterschutz und trotzdem sechs bekommen. Die feinen Damen von heute machen schon bei einem einen auf Drama.«

»Und wie viele haben Sie bekommen, Oberschwester Hilde?«

»Ich habe nie einen Hehl daraus gemacht, dass ich mir diesen Stress nicht antue.«

Ella grinste. Alles beim Alten hier, und von Altersmilde keine Spur bei Oberschwester Hilde.

»Was ist denn los, dass keine Hebamme zur Verfügung steht?«

Es ging sie zwar nichts mehr an, wie die Arbeit im Krankenhaus organisiert wurde, aber es sollte doch für jede Frau eine Hebamme da sein.

»Was los ist? Drei unserer besten Hebammen haben uns einfach im Stich gelassen!«

Trotz der harschen Worte klang Schwester Hildes

Empörung noch liebevoll, als erinnere sie sich gerne an die gemeinsame Zeit.

»Das ist fünf Jahre her.«

»Ja, und recht habt ihr gehabt. Überall wird gespart. Wir bekommen nur so viele Kräfte zur Verfügung gestellt, wie die Herren von der Finanzverwaltung für nötig halten. Meistens stimmt die Zahl, aber an Tagen wie heute hetzt eine Hebamme zwischen drei Schwangeren hin und her.«

Ella bot an zu helfen, wenn ihre Geburt vorbei wäre, doch Schwester Hilde schüttelte den Kopf. Das wäre gar nicht versichert.

»Tut mir leid, dass es so lange gedauert hat.«

Zum Glück sah Sabrina noch entspannt aus. Dennoch war die Vorstellung, eine Schwangere unter den Wehen länger als ein paar Minuten alleine zu lassen, schrecklich. Was war, wenn es Komplikationen gab? Wenn sie sich verunsichert fühlte? Ihr in der Wanne schummrig wurde? Allein deshalb war es gut, wenn die Frauen nicht allein zur Geburt kamen, sondern einen vertrauten Menschen mitbrachten. Früher wurde das als störende Einmischung gesehen. Wer brauchte schon werdende Omas, die ihre erwachsene Tochter wie ein Baby behandelten, während sie selbst eins bekam, oder Ehemänner, die beim ersten Tropfen Blut aus den Latschen kippten? Aber selbst die hartgesottensten Kritiker hatten irgendwann eingesehen, dass die Begleitung mehr Vorteile als Nachteile hatte.

»Kein Problem, ich hätte schon Hilfe geholt, wenn ich sie gebraucht hätte.«

Als Sabrinas Wehen in Presswehen übergingen, drückte Ella auf den Knopf, der das Ärzteteam alarmierte. Ein paar Sekunden später kam Christoph herein, als hätte er schon die ganze Zeit darauf gewartet.

Fast vorsichtig schlich er in den Raum, als spüre er die andächtige Konzentration und wolle sie auf keinen Fall stören. Sabrina und er grüßten sich knapp, sie hatten sich schon im Vorgespräch gut verstanden, besser gesagt: Sabrina hatte betont, dass es egal wäre, ob sie ihn nett fände, und dass er so gut aussähe, wäre erst recht egal, aber dass sie Vertrauen in sein fachliches Können hatte, das war das Einzige, was zählte. Und das hatte sie.

Sabrina hockte in der Wanne und hielt sich am Beckenrand fest.

»Ich spüre es durch mich hindurchrutschen.«

Sie lachte fast ungläubig, und Ella nickte bekräftigend. Manche Frauen spürten das sehr deutlich, bevor das Baby zu sehen war. Mit einer letzten großen Presswehe flutschte das Baby aus dem mütterlichen Schoß. Sabrina nahm es selbst in Empfang, und gemeinsam mit Ella hob sie es aus dem Wasser.

Ella konnte die Genugtuung nicht ignorieren, als sie Christophs erstaunten Blick sah. Gut, meist wurde er zu problematischen Geburten hinzugezogen. Aber manchmal machte die Anwesenheit von zu vielen »Fachleuten« eine Geburt erst problematisch. Und manchmal verschwand in der letzten Phase der Geburt alle Angst und Anspannung, und die Frau spürte, zu was sie fähig war. Natürlich war sie das, sonst wäre die Menschheit längst ausgestorben. Und natürlich gab es in der Natur auch immer wieder Dinge, die schiefliefen und ein Eingreifen nötig machten. Aber das war eher die Ausnahme.

Das kleine Mädchen schrie aus Leibeskräften und strampelte sich mit dem höchstmöglichen APGAR-Wert ins Leben, als wollte es jeden Zweifel ausräumen, krank zu sein. Sabrina hatte Ella anvertraut, dass sie sich manchmal schlecht fühle, dass sie dafür bete, dass ihre zweite Tochter kerngesund sei, obwohl sie ihre kranke Tochter auch nicht umtauschen wolle. Christoph reichte komischerweise Ella das Baby und nicht der Mutter, nachdem er sie untersucht hatte.

»Herzlichen Glückwunsch! Ihre Tochter ist topfit. Von mir aus darf sie gerne sofort nach Hause, wenn Sie so weit sind.«

Ella reichte den Säugling Sabrina, die mittlerweile auf dem Bett lag, den Oberkörper erhöht und ihr eigenes Stillkissen um sich gelegt. Ella brauchte Sabrina gar nicht zu sagen, was sie tun sollte, sie legte ihre Tochter an ihre Brust, die sofort die Brustwarze fand und genüsslich drauflosschmatzte.

Sie hätten genauso gut im Geburtshaus entbinden können. Alles war gut gegangen. Alle Sorgen umsonst. Ella wischte sich eine Träne aus den Augenwinkeln. Nicht nur aus Rührung, sondern auch weil ihr der Gedanke an die Schwangere in der Teeküche das Herz brach. Keine Frau sollte in so einer Situation allein sein müssen.

»Es war beeindruckend, euch beide zu sehen.«

Christoph und Ella standen im Flur. Gerade waren Sabrinas Mann und ihre älteste Tochter gekommen, um

Sabrina und das Baby zu sehen und später mit nach Hause zu nehmen. Und wie immer löste der Anblick des behinderten Kindes bei den werdenden Eltern, die über den Flur liefen, irritierte Blicke aus. Ella hätte am liebsten gerufen: *Ja, das kann euch auch passieren! Jederzeit! Hört auf zu starren! Man kann sich sein Schicksal nicht aussuchen!* Aber das konnte sie natürlich nicht tun, und hier war sie sowieso nur Gast.

»Danke, aber das war einfach eine Geburt, wie sie sein sollte! Eine ganz normale Geburt!«

Ella behielt für sich, dass auch im Geburtshaus nicht jede Mutter am Ende so selbstsicher war. Und Sabrinas Schmerzen schienen sehr erträglich gewesen zu sein. Auch das traf nicht auf jede Mutter zu.

»Trotzdem. Eine Ärztin hätte das nicht besser machen können als du.«

»Ach, Christoph! Wenn Hebammen studieren müssten, dann würdet ihr Ärzte vielleicht endlich aufhören, euch für Götter in Weiß zu halten.«

»Und du bist für mich eine Göttin in Rosa.«

Ella wurde rot und noch röter, als sie spürte, dass ihre Wangen glühten.

»Hey, du bist ja süß.«

»Ich bin es einfach nicht gewohnt, dass ein Mann mir Komplimente macht.«

Was nicht stimmte. Sie war es gewohnt, dass alle ihr hinterherschauten.

»Wir wären ein gutes Team geworden.«

Er legte ihr eine Hand auf die Schulter. Strich mit dem Daumen ihren Hals entlang.

»Christoph, du bist verheiratet. Wir können mittlerweile gut zusammenarbeiten. Und das reicht mir auch.« Sie machte einen Schritt zurück.

»Ella, ich will auch nichts anderes!« Er hob entschuldigend die Hände.

»Ich wollte dir auch nichts unterstellen.«

War sie vielleicht zu empfindlich? War es nicht sein Recht, an die schönen gemeinsamen Zeiten zurückzudenken?

»Schon okay«, antwortete er in einem großzügigen Ton. Aber Ella spürte, dass sie ihn verletzt hatte.

»Danke noch einmal für die Sondergenehmigung. Auch wenn am Ende alles unkompliziert war, für Sabrina war es wichtig, die Klinik im Hintergrund zu wissen.«

»Gern geschehen und gerne jederzeit wieder.«

Ella wusste nicht, wer wen zuerst umarmte. Aber diese Umarmung war für sie wie eine Versöhnung. Beidseitig. Sie hatte ihn schließlich damals verlassen. In dem Moment kam Antje auf sie zu und zog vielsagend eine Augenbraue hoch, was Christoph nicht sehen konnte, da er mit dem Rücken zu der Frauenärztin stand.

Kapitel Drei

Obwohl Susanne, Annett und Ella Carolas engste Vertraute waren, behauptete sie auch heute, dass sie in der Pause nur mal eben zum Kaufhof fahren wollte, um schon mal nach Weihnachtsgeschenken zu schauen. Aber sie würde wie jedes Jahr auch dieses Jahr fast alles bei Quelle bestellen. Wozu im Kaufhaus drängeln, wenn man es auch mit einem Katalog auf dem Esszimmertisch und Kaffee gemütlich haben konnte? Und die Kinder wünschten sich eh kaum noch Spielzeug. Dass selbst Maike kein Playmobil mehr, sondern einen eigenen Walkman wollte, versetzte ihr einen Stich.

Nein, sie verbrachte die Pause bei Carsten. Er wohnte um die Ecke und hatte immer ein offenes Ohr, richtig guten Kaffee und eine Snackschublade, bei der ihre Kinder neidisch geworden wären. Die Snackschublade war vielleicht mit ein Grund, aber nicht der ausschlaggebende, aus dem sie Carsten besuchte. Der Grund war, dass sie sich bei ihm in jeder Hinsicht leicht fühlte. Sie lachten gemeinsam, plauderten wie beste Freunde, und nein, sie war kein bisschen in ihn verknallt, wie Annett unverblümt geäußert hatte, als sie den drei Hebammen von ihrem ersten Treffen in seiner Wohnung erzählt hatte. Carola hatte das lauthals bestritten. Klar war er attraktiv, natürlich schmeichelte ihr seine Aufmerksamkeit, und vielleicht flirteten sie auch ein winziges bisschen miteinander. Aber als er sie zum Abschied etwas zu nah am Mund geküsst hatte, hatte sie das Kribbeln als ganz normale körperliche Reaktion abgetan und ihm gleich klargemacht, dass sie nicht wieder an alte Zeiten anknüpfen würden. Und das hatte er verstanden.

Andreas hatte sie es erzählt, doch das schien ihn gar nicht weiter zu interessieren. Er hatte sogar noch gescherzt, dass der Regisseur ihres Films mal ein paar Andeutungen gemacht hätte, dass Carsten vom anderen Ufer sei. Und Andreas meinte, dass da etwas dran sein könnte, schließlich himmelten fast alle Frauen Carsten an, doch selbst die superjunge, attraktive Hauptdarstellerin wäre bei ihm abgeblitzt; da mache er sich also keine Sorgen, wenn Carola bei ihm wäre.

»Er ist mit Sicherheit nicht homosexuell. Ich muss das wissen, schließlich war ich mal mit ihm zusammen«, hatte Carola verletzt geantwortet. Fehlte nur noch, dass er behauptete, Carsten wäre ihretwegen schwul geworden.

»Das ist über zwanzig Jahre her!«, hatte er nur gesagt und dann weiter von seinem aktuellen Buch erzählt und von dem Druck, den er verspüre, weil es mindestens so erfolgreich werden müsste wie das letzte.

Tja, und nun saß sie wieder mit Carsten auf dem Sofa. Sie schauten sich *Vier Hochzeiten und ein Todesfall* auf Video an, aßen Chips und tranken Punica. Carsten hatte sie einmal gefragt, ob sie ihn vielleicht auf seiner täglichen Joggingrunde begleiten wollte, doch Carola hatte abgelehnt. Sie war nicht gerade in Form und würde nach hundert Metern Seitenstechen bekommen.

Carsten legte den Arm um sie.

»Ich werde dich total vermissen, wenn ich wieder in Berlin bin.«

»Kannst ja hierbleiben.«

»Geht nicht. Habe ein Engagement an der Volksbühne.«

Carola wollte nicht fragen, ob er sie nur als gute Freundin vermissen würde oder ob da mehr war. Die Antwort könnte alles kaputtmachen. Auch die Unbeschwertheit. Und ganz sicher würde sie ihn nicht fragen, ob an den Gerüchten was dran war. Das würde ihr nämlich auch das Gedankenspiel nehmen, was wäre, wenn sie ihre laute, chaotische, fordernde Familie verlassen würde, um mit einem aufstrebenden Schauspieler durchzubrennen. Und das hatte sie auch nicht vor. Sie wollte einfach nur etwas Spaß haben. Verhätschelt werden. Lachen. Snacks gereicht bekommen. Alle Sorgen vergessen. Sie lehnte ihren Kopf an seine Schulter und griff noch einmal in die Chipstüte. Chiochips Oriental. Die Sorte musste sie sich merken.

* * *

Als sie am späten Nachmittag nach Hause kam, fragte niemand, wo sie denn gewesen sei. Als Erstes hörte sie den Fernseher. Und identifizierte die Stimme von Arabella Kiesbauer. Über der Sofalehne war Maikes aschblonder Schopf zu sehen. Wie konnte Andreas nur zulassen, dass ihre Tochter mit gerade mal elf Jahren so einen Schrott von Talkshow guckte? Die Moderatorin sah nett und irgendwie unschuldig aus, aber die Gäste? Sie diskutierten Probleme miteinander, die eine Fünftklässlerin nicht kennen sollte. Aber direkt zu meckern wäre auch nicht fair. Schließlich hatte sie zwei Stunden bei einem anderen Mann vor der Glotze gesessen.

»Hallo, Maike.«

Maike zuckte zusammen und drückte auf die Fernbedienung. Der Bildschirm wurde schwarz. Na prima, das schlechte Gewissen funktionierte immerhin noch.

»Hallo, Mama.«

»Wo ist denn Papa?«

»Im Arbeitszimmer.«

Wo sollte er auch sonst sein kurz vor dem Abgabetermin? Besser, sie ließ ihn in Ruhe weitertippen.

»Hunger?«

Maike nickte.

»Komm, ich mache uns was. Vielleicht wollen die anderen auch schon. Ich frage mal.«

Sie klopfte erst bei Stefanie, die »Herein« rief. Ihre Tochter lag auf ihrem Bett, starrte an die Decke und hörte Nirvana.

»Alles in Ordnung?«

Carola hoffte, dass der melancholische Blick ihrer Tochter mit ihrem Mitgefühl mit dem vor ein paar Monaten verstorbenen Sänger Kurt Cobain zusammenhing und nicht mit ihrer eigenen Lage.

»Ja, alles gut.«

»Kommst du gleich essen?«

»Ja. Danach gehe ich aber noch mal zu Michaela. Wir lernen für Bio.«

Stefanie griff zu dem Buch, das neben ihr auf dem Boden lag. Ein Schulbuch offensichtlich. Anscheinend war es ihr ernst mit dem Lernen.

Carola ließ sie in Ruhe und klopfte bei Thomas. Als er beim dritten Mal nicht öffnete, riss sie die Tür auf. Er saß vor seinem Computer. Er hatte sie wochenlang überredet, den ausrangierten Atari seines Vaters ins Zimmer stellen zu dürfen, und bewegte nun den Joystick wie ein Wahnsinniger.

»Thomas, bin wieder da. Wir essen gleich.«

»Mensch Mama, jetzt hast du meine Mission versaut!«

»Was für eine Mission?!«, fragte sie angesäuert. Jedenfalls nicht die Mission Lüften, Zimmer aufräumen oder was für die Schule tun! Die Wäschehaufen verteilten sich überall.

»King's Quest ...«

Er drehte sich um, und auch sein Anblick versetzte ihr einen Stich. Ein Flaum über den Lippen. Noch zu wenig, um sich zu rasieren, aber zu viel, um zu ignorieren, dass er zum Mann wurde.

»Mama, ich weiß jetzt übrigens, was ich mir zu Weihnachten wünsche!«

Er sagte es mit einem so unschuldigen Strahlen, dass Carola ihm am liebsten jeden Wunsch erfüllt hätte.

»Und zwar?«

»Eine Playstation.«

»Eine was?«

»Das ist so eine ganz neue Spielekonsole, die vor Weihnachten rauskommt. Konrad bekommt auch eine. Wir haben gestern telefoniert.«

Carola war froh gewesen, dass die beiden Cousins sich nun auch mal außerhalb der selten stattfindenden Familientreffen austauschten und Thomas sich von seinem braven Cousin auch mal was abguckte. Aber musste es gleich was mit Computern sein? Andererseits hatten diese Dinger vielleicht noch mehr Zukunft, als man sich jetzt vorstellen konnte.

»Okay. Wo gibt es denn so was?«

»Vielleicht bei Saturn?«

Dieser Riesenladen am Hansaring hatte alles. Sogar fast jede CD vorrätig, und das Beste war, an den Regalen gab es Kopfhörer, sodass man in alles reinhören konnte. Früher war Carola manchmal mit den Kindern dort hingegangen, und sie waren von Kopfhörer zu Kopfhörer gerannt und hatten gekichert, wenn da Musik rauskam. Heute wäre es ihnen peinlich, mit »Mutti« in so einem coolen Laden gesehen zu werden.

Im Quelle-Katalog hatte sie so ein Ding jedenfalls nicht entdeckt, und den hatte sie gründlich durchgeblättert.

»Aber jetzt wird gleich erst mal gegessen. Ich rufe nachher mal Silke an, vielleicht gibt die mir einen Tipp.«

Thomas lächelte, als läge der neumodische Kram schon unterm Weihnachtsbaum. Hoffentlich musste sie ihn nicht enttäuschen.

Bei Andreas klopfte sie als Letztes.

»Hi, bin wieder da.«

Er sah von der Tastatur hoch. Sah abgekämpft aus, obwohl seine Arbeit doch nur im Kopf stattfand.

»Ja, schön. Alles okay?«

»Ja, alles gut. Wollte jetzt essen machen und würde mich freuen, wenn wir gleich alle zusammen am Tisch sitzen. Sind endlich mal wieder alle gleichzeitig zu Hause.«

Tatsächlich saßen sie wenig später alle um den großen Esstisch. Plauderten, lachten, ließen sich Kartoffeln mit Kräuterquark und Backfisch schmecken, den Carola sich an der Tür vom Bofrost-Mann hatte aufschwatzen lassen. Das Argument, Zeit zu sparen und trotzdem was Gutes auf dem Tisch zu haben, hatte sie überzeugt. Carola betrachtete ihre Familie. Sie liebte jedes einzelne Mitglied, und doch schob sich manchmal ein anderes Bild dazwischen. Was wäre, wenn sie ein anderes Leben gewählt hätte? Vielleicht sogar mit Carsten? Wenn sie ihn damals nicht verlassen hätte, bevor es richtig ernst geworden wäre? Nur aus dem diffusen Gefühl heraus, dass das noch nicht alles gewesen sein konnte? Die Kinder würden in den nächsten Jahren groß sein. Irgendwann würde sie mit Andreas alleine in diesem großen Haus sitzen. Vielleicht öfter Zeit für Zweisamkeit haben, aber noch weniger Lust. Konnte das alles gewesen sein? Und sosehr sie Andreas liebte, in letzter Zeit hatte sich auch etwas Groll angesammelt. Über so viele winzige Kleinigkeiten und Lieblosigkeiten. Die vor allem darin bestanden, nicht gesehen zu werden. Carsten sah sie. Als Mensch. Und nicht nur als Bedürfniserfüllerin.

»Ihh, ich habe auf eine Zwiebel gebissen!«, rief Maike, holte etwas aus ihrem Mund und legte es neben den Teller.

»Das ist ekelhaft!«, rief Thomas.

»Das ist nur Knoblauch, und der ist gut gegen Vampire.« Carola hatte irgendwann akzeptiert, dass Maike die Konsistenz von Zwiebeln ekelte. Knirschend und glitschig. Knoblauch war okay, da beschwerte sich nur Stefanie manchmal, weil sie keine Lust auf »Knovi-Gestank« aus dem Mund hatte. Aber das war ihr im Moment anscheinend egal.

»Stellt euch nicht so an, es gibt schlimmere Probleme«, wies Stefanie ihre kleinen Geschwister zurecht. Praktisch. Mit drei Kindern wurde sie als Mutter auch immer überflüssiger. Andreas sagte wenig. Als wäre er in Gedanken noch bei seinem Buch. Er war so wenig greifbar. Und Carola fehlte es ein wenig an Kraft, sich durch dieses Dickicht hindurchzukämpfen. Sie sollte dankbar sein. Immerhin saßen sie hier satt im Warmen, draußen war es kalt und nieselte. Der Winter stand vor der Tür.

Es klingelte. Besuch erwarteten sie keinen. Carola legte ihr Besteck beiseite.

»Ich gehe schon.«

Hoffentlich nicht eine der Nachbarinnen, die jetzt tratschen wollte. War ja manchmal ganz nett, aber jetzt hatte sie weder Zeit noch Lust.

Die Fliesen im Flur waren kalt, Carola sollte ihre Hausschuhe wiederfinden. Sie öffnete die Tür – und stieß einen spitzen Schrei aus.

Andreas und die Kinder konnten sich nicht mehr einkriegen vor Lachen.

»Oh, Mama, du bist so was von gestern«, prustete Stefanie. Immerhin lachte sie mal wieder aus vollem Halse.

»Darf ich das in einem Buch verarbeiten?«, fragte Andreas kichernd und schaute immerhin wieder, als lebten sie tatsächlich in einem Universum.

»Ich will das nächstes Jahr auch machen«, bettelte Maike, während wenigstens Thomas alles voll peinlich fand.

Alle waren zu ihr gerannt, als sie Carolas Schrei hörten. Doch im Gegensatz zu Carola, die angesichts dreier hässlicher Fratzen an ihrem Verstand zweifelte und an die Mutter im Kurs denken musste, die erzählt hatte, dass der Spagat zwischen Job und Familie ihre Nachbarin in die Schizophrenie getrieben hätte, kapierte der Rest der Familie, dass das einfach ein paar Kinder waren, die diesem neumodischen Halloween-Quatsch frönten. Ja, einen Moment hatte Carola geglaubt, jetzt wäre es so weit. Der Wahnsinn hätte sie gepackt. Immer noch raste ihr Herz.

»Mama, das war doch klar nicht echt. Hast du die Masken nicht erkannt? Hannibal Lektor, Fred und …«

»Woher kennst du die Filme überhaupt?«

Carola kapierte vielleicht nicht alles, aber den verschwörerischen Blick zwischen Andreas und Thomas registrierte sie durchaus.

»Kennt doch jeder.«

»Mama, bitte darf ich nächstes Jahr auch Süßes oder Saures sammeln?«, bettelte Maike erneut.

Carola fiel wieder ein, dass sie im Supermarkt Schokolade in Kürbisform gesehen hatte. Sie würde diesen Markt auf keinen Fall unterstützen, und wenn noch mehr Leute diesen Quatsch ignorierten, dann würde der Spuk wohl hoffentlich in ein paar Jahren ganz vergessen sein. Reichte doch schon, dass am Valentinstag überall Pralinen und Blumen angeboten wurden.

»Nein, du kannst an St. Martin gerne Süßes sammeln, aber in Horrormasken alte Leute erschrecken geht gar nicht!«

»Aber wenn das jeder macht, hat auch keiner mehr Angst davor, weil alle wissen, dass es Spaß ist«, argumentierte Maike.

»Trotzdem. Ich finde es bescheuert!«

Carola würde das nicht unterstützen.

Andreas prustete wieder los. »Ich glaube, dein Anblick war mehr Spaß für die als zehn Tafeln Kinderschokolade!«

Er griff nach ihrer Hand, doch sie entzog sich ihm. Einen Moment lang hatte sie dem Schrecken ins Auge geblickt. Und es fühlte sich so an, als lauerte der Schrecken noch irgendwo um die Ecke, um irgendwann wieder hervorzukriechen. Nein, Carola musste auf der Hut sein. Sonst endete sie doch noch in der Irrenanstalt.

✳ ✳ ✳

Das Baby der Kornmüllers war beim Standesamt als Felicitas Kornmüller eingetragen worden. Susanne hatte heute den Wochenbettbesuch übernommen, weil Carola zu einer Schwangeren mit Wehen gerufen worden war. In dem Kinderzimmer stand ein großes Sofa, auf dem Sonja Kornmüller mit Felicitas im Arm saß und ihr die Brust gab.

Das Bettchen war mit rosa Wäsche bezogen. An der Decke hingen Heliumballons, ebenfalls in Rosa. *Welcome*

Little Baby Girl stand in Glitzerschrift drauf. So was kannte Susanne nur aus amerikanischen Filmen.

»Wie geht es euch?« Sie setzte sich neben Sonja, nachdem die frischgebackene Mutter ihr den Platz angeboten hatte.

»Ganz gut. Aber manchmal frage ich mich, ob es nicht leichter wäre, wir könnten mit anderen Eltern reden, deren Kinder schon größer sind. Wie die das überstanden haben.«

Auch wenn die Intersexualität statistisch gesehen auch nicht so viel seltener als das Downsyndrom war, gab es kaum Austausch. Schließlich blieb es meistens ein Geheimnis.

Thorsten Kornmüller setzte sich auf den Teppich und streichelte die Füße des Säuglings.

»Ich möchte nicht, dass Felicitas je darüber reden muss. Die Untersuchungen haben ganz klar ergeben, dass die weiblichen Anteile höher sind. Sie soll ein richtiges Mädchen sein dürfen. Und sich nicht komisch fühlen. Wir haben deshalb auch niemandem etwas davon erzählt.«

Susanne nickte. Erst einmal musste sie alles so annehmen. Und nicht urteilen. Aber was war, wenn Felicitas irgendwann spürte, dass da was war? Wie würden sie ihr die Operation erklären, die irgendwann folgen würde? Was war, wenn sie irgendwann ihren Eltern vorwerfen würde, dass sie doch lieber ein Junge wäre? Was war, wenn sie aus vollstem Herzen als Frau lebte, aber irgendwann am Kinderwunsch scheiterte? Wenn sie nicht wusste, warum sie nicht schwanger wurde, und dann alles herauskam? War sie überhaupt fruchtbar?

Susanne ärgerte sich darüber, wie wenig sie wusste.

»Ich kann euch absolut verstehen, dass ihr euer Kind schützen wollt.« Und euch selbst auch, fügte sie in Gedanken hinzu. »Aber manchmal ist Unausgesprochenes noch bedrohlicher.«

Felicitas fing an zu weinen, als spüre sie die Unbehaglichkeit der Situation. Sonja nahm sie hoch. Ein hübsches Kind mit einem feingliedrigen Gesicht. Sie sah wirklich aus wie ein Mädchen. Oder lag das an dem pinken Strampler aus Samt?

»Trotzdem. Es ist das Beste. Unsere Tochter soll nicht wie ein Freak angeguckt werden.«

Nun fing auch Sonja an zu weinen.

»Ich habe schon Angst, dass es noch Probleme gibt. Was wir machen, kann nur falsch sein. Wenn wir alles verheimlichen, spürt sie vielleicht unterbewusst, dass was nicht stimmt. Vielleicht bereuen wir auch irgendwann die Entscheidung. Aber wenn wir das offenlassen, was sie ist, ist sie völlig verloren. Wir leben nun mal nicht in einer Welt mit drei Geschlechtern.«

Ja, so war es tatsächlich. Die Welt war nun mal, wie sie war, und auch wenn man sie ändern wollte, geschah es nicht über Nacht. Alle Eltern mussten ihre Kinder eben auch für die Welt fit machen, in die sie sie hineingeboren hatten. Susanne wusste selbst nicht, was die beste Lösung war.

»Das Wichtigste ist, dass ihr sie liebt. Und vielleicht ergibt sich manches noch mit der Zeit. Vielleicht ist es auch einfacher, wenn ihr ihr von Anfang an die Wahrheit sagt.« Und dann erzählte sie ein weiteres Mal davon, wie das Schweigen in ihrer Familie für viel Leid gesorgt hatte. Achtzehn Jahre lang hatte sie mit niemandem darüber reden können. Und auch ihre Eltern und Julias Adoptiveltern hatten geglaubt, das Beste für ihr Kind zu tun. Susanne hatte es beiden verzeihen können.

Am Abend wartete sie auf Antonius, der mit dem Vorweihnachtsgeschäft ziemlich ausgelastet war. Susanne hatte angeboten, ihm zu helfen, und war doch erleichtert, als er ablehnte. Die Tage im Geburtshaus und auf Hausbesuchen waren erfüllend, aber auch anstrengend. Also genoss sie es, einfach auf dem Sofa zu sitzen, einen Tee zu trinken und ein Buch zu lesen. *Babettes Gastmahl* von Tania Blixen. Susanne liebte dieses Buch, das sie sich sofort gekauft hatte, nachdem sie die Verfilmung auf ARTE gesehen hatte. Eine Frau gibt ihr ganzes Geld dafür aus, den Menschen, die sie aufgenommen haben, ein opulentes Gastmahl zu bereiten. Menschen, die sich selbst jeden Luxus versagen und angesichts des Festmahls auf einmal wie verwandelt sind.

Und noch etwas sorgte bei Susanne für Nervosität. Sie hatte mit Antonius noch nicht über das Telefonat mit Dr. Brauer gesprochen. Sie spürte, dass sie sich wieder näherkamen, auch wenn beide vorsichtig alle schwierigen Themen umschifften. Sie kam sich fast vor wie ein Paar in einem Jane-Austen-Roman, das vorsichtig umeinander tänzelte, um sich ja nicht auf die Füße zu treten.

Dass sie seit zwei Tagen auf ihre Regel wartete, hatte sie Antonius noch nicht gesagt. Das passierte öfter mal, aber eben auch nicht so oft in Susannes Zyklus.

Susanne hörte den Schlüssel in der Wohnungstür und stand auf. Die ersten Jahre hatten sie sich bei jedem Wiedersehen mit einem Kuss begrüßt, auch wenn der Abschied nur ein paar Stunden her war. Sie hatten beide viel nachzuholen und gewusst, wie kostbar jede gemeinsame Sekunde war. In der letzten Zeit hatte das nachgelassen.

»Alles in Ordnung?«, fragte ihr Mann, nachdem sie ihn an der Tür umarmt hatte.

»Ja. Ich habe dich vermisst. Und möchte mit dir reden.«

»Okay. In Geschichten kommt dieser Satz selten vor dem Happy End.« Er lachte und zog sich Schuhe und Wintermantel aus. Auch wenn er nur im Untergeschoss arbeitete, hatte er seine warmen Sachen immer dabei.

»Ein Ende ist hoffentlich noch lange nicht in Sicht. Möchtest du auch einen Tee?«

Er nickte, und Susanne goss für ihn einen Earl Grey und für sich noch einen Apfel-Zimt-Tee in zwei Glaskännchen auf. Der lose Tee wurde aufgewirbelt. Die Apfelstückchen sogen sich voll Wasser. Als Kind hatte Susanne immer die getrockneten Fruchtstückchen aus Teemischungen stibitzt.

Antonius umarmte sie von hinten und legte seinen Kopf an sie. Seine Hände waren kalt. Susanne legte ihre Hände um die Teekanne und wärmte dann seine. Es war besser, ihm nicht in die Augen zu schauen und ihm doch so nahe zu sein.

»Ich wollte dir nicht hinterherspionieren, sondern in der Praxis anrufen, um zu sagen, dass wir erst mal keine Behandlung wünschen. Aber bevor ich das sagen konnte, hat Dr. Brauer gemeint, er freue sich, dass wir nun doch bereit wären. Und dass wir uns bis zur nächsten Woche entscheiden sollen, wenn wir im nächsten Zyklus anfangen wollen. Aber ich glaube, den nächsten Zyklus warten wir auf jeden Fall noch ab.«

Er löste die Umarmung und drehte sie zu sich.

»Warum?«, fragte Antonius.

Eigentlich hatte sie etwas ganz anderes sagen wollen. Dass sich in ihr etwas gelöst hatte, als sie gehört hatte, dass er doch bereit sei. Dass sie Angst hatte, dass sie nur noch ein Kind bekommen wollte, um die Vergangenheit endgültig zu heilen. Um eine neue Chance zu bekommen. Aber das kein Kind ein Selbstzweck sein sollte. Und dass sie gespürt habe, dass er ihr noch wichtiger war. Und ihre Beziehung. Und dass sie Angst hatte vor all den Behandlungen, die auf sie zukommen würden. Und dass die Statistik ihnen nicht so viele Hoffnungen machte und dass die Entscheidung sich vielleicht immer wieder wiederholen würde. Und dass sie ein gutes Leben hatten. Und wenn ein Kind zu ihnen wollte, es den Weg schon finden würde. Und dass es vielleicht gut wäre, wenn sie das ganze Thema loslassen würden. Auch mit dem Hintergedanken, dass Loslassen am Ende doch oft für eine Schwangerschaft sorgte. Doch all diese Gedanken kreisten nur weiter in ihrem Kopf, während sie eine Tatsache aussprach, die wahrscheinlich nicht allzu viel zu bedeuten hatte. Es sollte eigentlich nur die Einleitung sein.

»Ich bin zwei Tage überfällig.«

»Heißt das …?« Er strahlte sie an.

»Das könnte ganz eventuell was heißen.«

Und solange es etwas heißen konnte, war es müßig,

über das Thema zu diskutieren. Sie hatten sich viel zu sehr auf die Sorgen konzentriert in der letzten Zeit.

»Ich hatte schon Angst, du verlässt mich.«

»Niemals. Ich möchte nie wieder ohne dich sein.«

Als sie an diesem Abend miteinander schliefen, war es endlich wieder so, wie es sein sollte. Sie waren sich wirklich nah, wirklich beieinander. Und es war endlich wieder frei von dem Gedanken, endlich schwanger werden zu müssen.

* * *

Ella stand vor der Tafel mit den Babynamen des Novembers, der noch nicht weit fortgeschritten war, aber schon einiges an Geburten zu bieten gehabt hatte. Eine Charlotte, ein Marcel, eine Sarah und ein Kevin. Komisch war das mit den Namen. Fast alle Eltern grübelten wochenlang, um ihrem Kind einen möglichst einzigartigen Namen zu geben, um dann später in der Schule oder im Kindergarten zu merken, dass ein Haufen Eltern ebenfalls auf diesen »einzigartigen« Namen gekommen war. Hießen nicht so viele junge Männer heute Michael, Stefan oder Thomas? Und so viele Frauen Nicole, Yvonne oder Andrea? Tja, und in zwanzig Jahren würden eben viele junge Männer Kevin und viele Frauen Sarah heißen.

Früher suchten die Eltern die Namen gerne nach Verwandten oder Heiligen aus; dass es ein Name eines Verwandten wurde, den sie für ansatzweise heilig hielten, kam wohl fast nie vor, aber dass es in letzter Zeit vermehrt Namen aus Kinofilmen wurden, fand Ella auch irritierend. Aber viele Eltern fanden den kleinen Hauptdarsteller aus dem Weihnachtsfilm *Kevin allein zu Haus* so witzig, patent und süß, dass sie wohl ein Vorbild für ihr Kind darin sahen. Aber wenn später jeder fünfte Mann Kevin heißen würde, würden die Leute damit am Ende eher Gewöhnlichkeit und Spießigkeit verbinden.

»Wenn das so weitergeht, müssen wir vielleicht doch noch umziehen«, meinte Carola, die in letzter Zeit eher so wirkte, als wollte sie weniger arbeiten. Ausgedehnte Mittagspausen und schon zum zweiten Mal einen abgesagten Kurs. Ella war beide Male eingesprungen, aber die Frauen wünschten sich ausdrücklich Carola, weil sie immer so witzig wäre. Und das stimmte. Carolas bissiger Humor lockerte alles auf.

»Ich würde die Cranachstraße so vermissen! Dann lieber mehr Hausgeburten, aber unser Standort soll für immer hierbleiben«, schwärmte Susanne, die endlich wieder so strahlte wie früher.

»Vielleicht gibt es irgendwann in Köln ja ein zweites Geburtshaus, und auch ohne dass wir was verändern müssen, können mehr Frauen im Geburtshaus entbinden.«

Annett träumte gleich groß. Und Ella gab ihr recht. Jede Frau sollte im ganzen Land ein Geburtshaus in der Nähe haben. So wie fast jede auch ein Krankenhaus in der Nähe hatte.

»Es läuft zwar einigermaßen rund, aber uns dürfen auch nicht allzu viele Geburten wegbrechen. Wir brauchen noch mehr Werbung. Wir müssen noch mehr dafür sorgen, dass die Familien die Angst vor einer außerklinischen Geburt verlieren. Lasst uns endlich unser Jubiläum planen.«

Die fünf Jahre waren schon verstrichen, und eigentlich hätte es ein großes Sommerfest geben sollen. Jetzt stand Weihnachten vor der Tür, dann kam schon bald der Karneval.

»Lasst uns im Frühling feiern. Vielleicht in der Alten Feuerwache am Sudermanplatz. Der Innenhof ist riesig und auch einigermaßen kindersicher. Die meisten unserer Schützlinge werden mittlerweile rennen oder krabbeln.«

Sie hatten vereinbart, alle Familien einzuladen, die hier betreut worden waren.

»Ja, hier im Geburtshaus ist es zu eng, wenn auch nur ein Teil kommt. Und außerdem haben wir auch während des Fests alle unseren Pieper an, und das Geburtshaus muss einsatzbereit bleiben.«

Carola blieb pragmatisch, doch Ella hätte genauso gut mit den drei Hebammen alleine ihr Jubiläum gefeiert. Sie waren die Seele des Hauses der guten Hoffnung, wie sie ihr Geburtshaus genannt hatten. Und sie hatten eine Mission, und für die mussten sie auch trommeln, bis diese Art der Geburtsbegleitung eine Selbstverständlichkeit war.

»Lasst uns die Feuerwache buchen, das ist eine wunderbare Idee!«

In der ehemaligen Feuerwache hielten sie auch manchmal Nachtreffen mit den Eltern aus einem Geburtsvorbereitungskurs ab. Die Mischung aus Restaurant und Bürgerzentrum war sehr charmant. Und zu dem Fest würde Ella auch ihre ganze Familie einladen. Dann würden sie richtig stolz auf Ella sein. Sie hatte sich mit ihren Kolleginnen und dem Geburtshaus etwas Wunderbares, etwas Eigenes geschaffen. Das brauchte sie auch nicht hinter einer Familiengründung zu verstecken, auf die ihre Eltern seit Jahren warteten.

Ellas Vater arbeitete immer noch viel. Ausgerechnet jetzt, wo alle Kinder aus dem Haus waren, war das Auftragsbuch voll wie nie zuvor. Und ihre Mutter war immer öfter unzufrieden, weil sie so viel alleine zu Hause war. Als ihre Töchter ihr vorgeschlagen hatten, doch beim Vater einzusteigen und für ihn das Organisatorische zu regeln, hatte sie abgewunken. Sie habe vom Handwerk keine Ahnung, von Computern erst recht nicht, und Papa sei sowieso zu ungeduldig, wenn sie etwas falsch mache. Ihre Mutter Anneliese hatte sich immer als Heldin gesehen, weil sie für die Familie, die sofort nach der Eheschließung 1960 folgte, alles aufgegeben hatte. Und jetzt verbreitete sie ständig ein schlechtes Gewissen, weil alle sie alleine ließen. Und das Opfer nicht würdigten. Von all diesen Gedanken erzählte Ella ihrem Mitbewohner Frank nichts, als sie abends gemeinsam am WG-Küchentisch saßen. Im Gegenteil, sie empfand es sogar als willkommene Ablenkung, als er von seiner Familie erzählte.

»Ella, möchtest du nicht an Weihnachten mit zu meinen Leuten? Es gibt immer ein großes Fest mit allen Verwandten, und jeder fragt dann immer: Na, was machst du gerade? Und ich weiß dann nicht, was ich sagen soll. Langsam kapiert jeder, dass mein Ägyptologiestudium nur ein Lückenfüller ist. Und eine Freundin kann ich auch nicht präsentieren. Wird schon nachgefragt, ob ich Frauen überhaupt mag.«

»Und, magst du Frauen?« Ella knibbelte Wachs von dem Flaschenhals ab, in dem eine rote Kerze steckte.

»Ich mag Frauen. Und dich würde ich auch mögen.«

Bei dem schwachen Licht und im Kerzenschein hätte man Frank auch auf zweiundzwanzig schätzen können, aber er war fast so alt wie Ella. Mit den langen braunen Locken hätte er auch als Weihnachtsengel durchgehen können.

»Würdest?«

»Also ich mag dich auch jetzt schon. Aber du weißt schon, wie ich das meine.«

»Nee, weiß ich nicht«, grinste Ella. Wie anders als Christoph Frank doch war. Sie würde Frank nicht als unselbstbewusst bezeichnen, doch im Gegensatz zu Christoph war er sich immer auch seiner Grenzen bewusst. Das machte ihn attraktiv. Fand sie ihn attraktiv?

»Hey, Ella, jetzt guck mich doch nicht so an! Also ich meine, du bist eine tolle Frau. So richtig patent. Bekommst dein Leben auf die Reihe. Und siehst toll aus, was natürlich niemals ausschlaggebend sein sollte, um sich in jemanden zu verlieben, und ich bin auch nicht in dich verliebt, aber ...«

Frank wurde rot. Er war wirklich süß. Ein Mann, vor dem ihre Eltern sie immer gewarnt hatten: so ein Hans Guck in die Luft, langhaariger Bombenleger ... Nun, bei einem Mann wie ihm würde sie nie Gefahr laufen, in der klassischen Hausfrauenehe zu landen. Auch mit Kindern nicht. Allein um zu überleben, musste sie sich mit einem Mann wie Frank immer ein eigenes Einkommen bewahren. Was ging hier in ihrem Kopf vor? War das vielleicht doch die biologische Uhr in besonders perfidem Gewand? Überlegte sie allen Ernstes, ob Frank als Partner infrage käme? Eher fühlte er sich an wie der Bruder, den sie immer gerne gehabt hätte.

»Ich bin auch nicht verliebt in dich. Kein bisschen.«

Und dann hauchte sie ihm einen Kuss auf die Wange.

»Dann bin ich beruhigt, Ella.«

Er lächelte und sah eher verwirrt als beruhigt aus.

* * *

Carola hatte zugestimmt, als Carsten sie in eine Ausstellung einlud. Und da die Mittagspause nicht so lange war, liefen sie heute im Stechschritt durch das Museum Ludwig. Carsten griff nach ihrer Hand. »Herrlich, die Picassos. So ein ewiger Ruhm wird mir als mittelerfolgreicher Schauspieler niemals zuteil.«

»Hast du doch gar nicht nötig, oder?«

»Ich weiß nicht, manchmal ist da ganz schön viel Leere in meinem Leben. Ohne dich wäre ich hier ziemlich einsam.«

Carola stutzte. Sie teilte schon fast ihre ganze Freizeit mit Carsten. Sie wussten beide, dass da nie mehr draus werden würde und es bald vorbei wäre. Konnte es sein, dass er sie genauso brauchte wie sie ihn? Brauchte sie ihn oder nur jemanden, mit dem sie unbeschwerte Zeit ohne Verpflichtungen verbringen konnte? In seiner Gegenwart musste sie nichts außer Spaß haben.

»Carsten, ich genieße die Zeit mit dir sehr, aber bitte mach mir kein schlechtes Gewissen.«

Ihr Herz klopfte. Sie hatte das Gefühl, dass der

Museumswärter ihr einen bösen Blick zuwarf. Genauso wie das chinesische Touristenpaar, das ebenfalls näher an die *Frau mit der Artischocke* wollte. Und die Treppe, die nach unten zum Ausgang führte und breit genug war, dass eine ganze Schulklasse herunterrennen konnte, begann zu schwanken. Carola hatte sich so gefreut, dass ihr schon länger nicht mehr schwindelig geworden war. *Ich muss nur stark sein. Mich nur konzentrieren.* Sie löste ihre Hand aus Carstens, um sich bei ihm unterzuhaken.

»Alles in Ordnung?«

»Alles bestens.«

Tatsächlich verschwand der Schwindel. Sie war nicht krank. Alles war gut. Der MRT-Termin würde das bestätigen.

Wenn er doch nur schon hinter mir läge, wiederholte Carola in Gedanken immer wieder. Normalerweise war sie pragmatisch und realistisch. Und Mütter, die sie betreute und wegen jeder Auffälligkeit in Panik verfielen, konnte sie in der Regel gut beruhigen und sich ihr Unverständnis dafür nicht allzu sehr anmerken lassen. Aber sich selbst konnte sie nicht mehr beruhigen. Sie hatte gehofft, dass der Trubel zu Hause sie ablenken würde. Für den Rest der Familie hatte sie am Montag eine Routineuntersuchung, auch wenn es ausgerechnet ihr Mann gewesen war, der sie mit den Gesundheitsproblemen seiner Romanfigur erst auf die Idee gebracht hatte, dass sie etwas Schlimmes haben könnte, aber er war auch Science-Fiction-Autor. Vielleicht sollte sie den letzten Abend ohne schlimme Diagnose einfach genießen, überlegte sie, als sie jetzt mit ihrer Familie beim Abendbrot saß. Was gäbe sie darum, es schon hinter sich zu haben.

Andreas war kaum ansprechbar, bestrich mechanisch sein Brot mit Butter, sah durch sie alle hindurch. Stefanie motzte Thomas an, weil er sich ungefragt eine ihrer CDs ausgeliehen hatte. Thomas sagte, dass er sie für die Party heute Abend brauchen würde.

»Was für eine Party?«, fragte Carola. Thomas war dreizehn. Seit wann ging er auf Partys?

»Papa hat sie mir schon erlaubt, und du warst ja nicht da, als ich gefragt habe.«

»Was für eine Party?« Carolas Schläfen pochten.

»Bei Lukas. Ich übernachte auch bei ihm.«

Lukas. Hatte der nicht die superreichen Eltern, die aber immer auf Dienstreisen waren? Waren sie zu Hause und wussten, dass ihr Sohn eine Feier schmiss?

»Mir wäre lieber, du kommst nach Hause.«

»Morgen ist Samstag, und für euch ist das doch nur Stress, mich abzuholen. Lukas hat Geburtstag, und es kommen auch nur zehn Leute.«

»Lass ihn doch«, sagte Andreas.

»Ich muss noch die Deutschberichtigung bis morgen machen«, sagte Maike mit einer Stimme, als wollte sie gar nicht gehört werden.

»Berichtigung? Bis morgen?« Carola hatte das Gefühl, einen Klumpen im Magen zu haben. Die Deutschlehrerin gab die Hausaufgaben selten für den nächsten Tag auf. Und morgen war Maike dran mit dem zweiwöchig stattfindenden Samstagsunterricht – eine Doppelstunde Deutsch und Bio standen auf dem Stundenplan. Und

Maike hatte doch eh Probleme in Deutsch. Ach Mist, sie hatte sich darum kümmern wollen.

»Was hattest du denn in der Arbeit?«, fragte sie sanft.

»Eine Fünf«, antwortete ihre Jüngste noch leiser.

»Ist doch nicht so schlimm, das kriegen wir schon hin.«

Carola hätte lieber Feierabend gemacht, aber sie musste ihre Tochter unterstützen, sonst würde sie vom Gymnasium fliegen. Ob sie ihr doch zu viel zugemutet hatten?

»Nicht schlimm?« Thomas warf Maike einen bösen Blick zu. »Als ich letztens eine Vier in Deutsch hatte, musste ich jeden Tag lernen!«

»Ja, weil du vorher wochenlang keine Hausaufgaben gemacht hast!«, wurde Carola lauter. Thomas war so faul, aber immerhin schlau genug, das Ruder im letzten Moment herumzureißen.

»Können wir nicht mal in Ruhe essen?« Andreas hatte anscheinend gar keine Lust mehr auf Stress. Stefanie saß vollkommen in sich gekehrt und blass am Tisch. Fast so abwesend wie Andreas vorhin.

Am liebsten würde sich Carola von der ganzen Familie in den Arm nehmen lassen. Sagen, dass sie Angst vor den Untersuchungsergebnissen hätte. Dass sie ihr Leben mit ihren Lieben nicht verlieren wollte. Aber sie wollte ihren Kindern keine Sorgen aufbürden. Sehr wahrscheinlich war ja alles okay. Und wenn nicht, dann würden sie es früh genug erfahren. Ihr Pieper ließ sein unbarmherziges Rufen erklingen. Andreas schaute verzweifelt, Thomas erleichtert – er wusste, dass sie nicht weiterdiskutieren würde, ob er übernachten dürfe –, Maike schuldbewusst. Stefanie mitleidig.

»Ich mache mit Maike die Berichtigung. Aber danach gehe ich zu Michaela. Wir wollen heute ins Kino.«

Constanze, die Schwangere, die Carola angepiepst hatte, stand schon mit Mann und Tasche im Geburtshaus. Susanne hatte ihr geöffnet, da sie noch eine Familie nach der Geburt betreute.

Carola begrüßte die beiden herzlich, auch wenn ihr nicht nach einer Geburt zumute war. Aber sie wusste, dass sie in dem Moment, in dem sie sich die Hebammentracht überzog, ihren eigenen Alltag außen vor ließ.

»Ich wäre doch erst zu euch gekommen.«

Die beiden sahen mit der großen Sporttasche eher so aus, als würden sie einen Ausflug ins Thermalbad unternehmen. Beide in Vorfreude grinsend. Sie hatte doch am Telefon von heftigen Wehen gesprochen?

»Wir wollten keine Minute verlieren. Und wohnen doch eh um die Ecke.«

Die Untersuchung gab Carola recht. Keine Wehen. Das waren vielleicht ein paar Übungswehen gewesen. Sie war auch erst in der achtunddreißigsten Woche, und es war das erste Kind. Carola schluckte eine schnippische Bemerkung runter. Die beiden konnten nichts dafür. Sie hatten die Lage falsch eingeschätzt. Das war der Preis der Rufbereitschaft. Carola hätte auch genauer nachfragen können.

»Es wird eher noch zwei Wochen als zwei Tage dauern. Geht wieder nach Hause. Sollte sich was ändern, meldet ihr euch wieder bei mir.«

»Tut mir leid.«

Ihr Mann gab seiner Frau einen Kuss, als rühre ihn die Zerknirschtheit.

»Ist schon in Ordnung, das ist ja mein Job. Und der beste Job der Welt.«

Als sich das Paar verabschiedet hatte und die beiden wie zwei Turteltauben kichernd versprochen hatten, beim nächsten Mal erst bei wirklichen Wehen anzurufen, ließ Carola sich erschöpft auf das Geburtsbett sinken. Wie schade, dass sie selbst nie im Geburtshaus hatte entbinden können. Ob Maike sich gerade so wenig zutraute, weil sie per Kaiserschnitt geboren worden war? Carola rief sich zur Vernunft. Die Aussage, Kinder würden später antriebsloser, weil sie sich nicht durch den Geburtskanal hätten kämpfen müssen, war ihrer Meinung nach Quatsch. Früher oder später musste jeder lernen, sich anzustrengen. Plötzlich fiel ihr auf, wie heiß es war. Waren es die kommenden Wechseljahre oder die Heizung, die bis zum Anschlag aufgedreht war? Carola überkam eine Hitzewallung, die sie ihre Jacke und Pulli abstreifen ließ. Nur fünf Minuten hinlegen. Theoretisch könnte sie die ganze Nacht hier liegen, zu Hause waren sie es gewohnt, dass so eine Geburt die ganze Nacht dauerte. Aber sie wollte nicht mitten in der Nacht von Ella oder Annett rausgeschmissen werden, weil sie das Zimmer für eine Geburt brauchten. Sollte sie sich auf das Sofa in ihrem Frau-Freud-Zimmer legen? Frau Freud! Frau Psycho wäre wohl gerade angebrachter, dachte sie bitter. Und das Sofa wäre für eine ganze Nacht zu unbequem. Und ihr war auch eher zum Reden als zum Schlafen zumute. Ob Susanne mal eine Pause machte? Carola streifte sich die

Jacke wieder über, schnappte sich ihre Tasche und lauschte an der Tür des anderen Geburtszimmers im Erdgeschoss. Die Geräusche, die durch die Tür drangen, zeugten davon, dass Susanne gebraucht wurde. Deshalb erschrak Carola auch so heftig, als sich die Tür öffnete und sie fast mit Susanne zusammenstieß.

»Carola? Habe dich gar nicht gehört. Bist du schon wieder auf dem Rückweg?«

»Ja, meine Schwangere war etwas voreilig. Fehlalarm. Hab jetzt frei.«

»Dann genieß den Feierabend. Ich muss nur mal schnell ...«

Sie hatte es anscheinend eilig, denn sie lief sofort weiter und zog die Tür des Besucher-WCs hinter sich zu. Die Geburtszimmer hatten einen Zugang zu einer eigenen Toilette, aber die benutzten die Hebammen während der Geburt in der Regel nicht.

Carola zog die Tür des Geburtshauses hinter sich zu und stand vor dem Eckhaus in der Cranachstraße. Im Licht der Straßenlaterne konnte sie beobachten, wie ihr Atem in kleinen Wolken aufstieg. Sie ließ das Auto stehen und lief die Straße entlang in Richtung Dom. Vorbei an hell erleuchteten Fenstern, manche davon schon weihnachtlich dekoriert. Dort saßen bestimmt die perfekten Mütter. Die, die nicht alles auf einmal wollten und deshalb von allem nur Bruchstücke bekamen, die sich nicht harmonisch zusammenfügen ließen. Es war kurz vor zehn Uhr. Falls Carsten heute Abend eine Vorstellung hatte, dann wäre er ohnehin nicht zu Hause. Und selbst wenn er keine hatte, dann würde er Freitagabend bestimmt ausgehen. Sie glaubte ihm nicht, dass er sich nie mit einer der hübschen, jungen Frauen traf, die ihn so anhimmelten. Und dennoch war sie ihm dankbar, dass er nicht dauernd davon erzählte, wie begehrt er auf dem Single-Markt war. Und das war er! Sie hatte doch selbst gemerkt, wie er angestarrt wurde, als sie gemeinsam durch die Stadt gelaufen waren. Und wie sie neugierig beäugt wurde. Bestimmt dachten alle, sie wäre seine Assistentin.

Bei dem Gedanken an ihn kribbelte es. Ein Kribbeln, das Energie schenkte. Und Energie brauchte sie.

Als sie an dem Altbau angelangt war, klingelte sie. Natürlich machte niemand auf. Das war ja klar. Sie würde zurücklaufen, sich ins Auto setzen und nach Hause fahren. Wenn keine Geburt anstand, hatte sie morgen frei. Thomas übernachtete bei seinem Freund, Maike schlief am Wochenende neuerdings länger und Stefanie sowieso. Nach einer entspannten Nacht würden sie einen entspannten Samstag verbringen. Und das Wochenende bis zu diesem blöden MRT-Termin irgendwie rumbekommen.

Als sie sich gerade umdrehen wollte, hörte sie ein Summen. Und ein paar Sekunden später Schritte. Sie betrat den Hausflur mit dem Jugendstilmosaik, das sie jedes Mal bewunderte, wenn sie hier war.

»Sorry, du hast mich aus der Dusche geholt!«

Carsten strahlte und rannte die Treppe herunter, als wäre er doch zehn Jahre jünger als sie.

»Meinerseits Entschuldigung. Habe gerade eine Lücke und dachte, ich klingele mal spontan. Ich hätte ja auch vorher anrufen können. Dann hätte ich ja gemerkt, ob du zu Hause bist.«

Carstens Haare waren noch nass. Er trug nur Jeans und T-Shirt. Ein weißes T-Shirt, das offenbarte, dass er es sich über die nasse Haut gestreift haben musste, um schnell zur Tür zu rennen.

Er umarmte sie, als hätten sie sich Jahre nicht gesehen.

»Schön, dich zu sehen. Eigentlich war ich gleich noch verabredet, aber das sage ich ab. Außer du willst nur fünf Minuten bleiben.«

Carola grinste. »Och, von mir aus könnten es auch zehn werden.«

Was hatte Carsten nur an sich, dass sie sich in seiner Gegenwart so viel leichter fühlte? Oder war das einfach die Erinnerung an gemeinsame unbeschwerte Zeiten?

✳ ✳ ✳

Susanne war noch völlig beseelt von der wunderschönen Geburt. Die kleine Ilona war mit einem Lächeln auf die Welt gekommen. Ganz sanft im Wasser. Susanne verzichtete genau wie ihre Geburtshauskolleginnen darauf, die Neuankömmlinge zum Schreien zu bringen, wenn sie es nicht von sich aus taten. Wie viele Babys bekamen, kaum dass sie atmeten, einen Klaps auf den Hintern, damit sie beweisen konnten, dass sie auch zum Schreien in der Lage waren.

Nun waren Ilona und ihre Eltern nach einer glücklichen ambulanten Geburt schon auf dem Weg nach Hause. Susanne war während einer Geburt fast immer absolut konzentriert, dass sie ihr eigenes Empfinden fast ausblendete. Es war so ein besonderer Zustand, in dem sie einerseits vor allem beobachtete und zur Seite stand, von außen betrachtet also fast nichts tat, andererseits aber immer unter höchster Anspannung war. Auch wenn die meisten Geburten komplikationslos verliefen, trugen die Hebammen eine gewaltige Verantwortung. Auch die, sich im Zweifelsfall sofort externe Hilfe zu holen. Und manchmal passierten auch Dinge, die niemand hätte verhindern können. Susanne dankte Gott im Stillen jedes Mal, wenn alles gut ging. Es war eben keine Selbstverständlichkeit.

Sie packte ihre Tasche zusammen und schloss die Fenster, nachdem sie durchgelüftet hatte. Die Tür zum anderen Geburtszimmer stand noch offen. Susanne schaute auch dort noch einmal nach dem Rechten. Die Zimmer sollten immer ausreichend warm sein. Gerade jetzt im Winter dauerte es, einen Raum im Altbau aufzuheizen.

Da lag noch etwas auf dem Bett. Ein Pullover. Hatte vielleicht die Schwangere gerade nach der Untersuchung vergessen. Susanne nahm den orangeroten Rolli vom Bett. Etwas anderes fiel dabei zu Boden. Susanne bückte sich. Das war doch ein Pieper? Instinktiv griff sie nach ihrem, der brav an ihrem Hals baumelte. War das Carolas Pieper und Pulli? Wie lange war Carola schon weg? Drei Stunden? Hoffentlich hatte sie noch keiner vergeblich angefunkt. Sie musste Carola zu Hause anrufen. Ach nein, sie würde den Pieper mit nach Hause nehmen und ihr morgen früh Bescheid geben. Und sollte eine Geburt anstehen, würde sie sich erst mal selbst drum kümmern. Carola sah ohnehin völlig fertig aus. Wenn sie schon wieder aus dem Bett geholt würde, konnte sich das noch zum Sicherheitsrisiko für weitere Geburten entwickeln.

Es piepste. Susanne erschrak, in jeder Hand einen Pieper. Aber es war eindeutig der von Carola. Sie notierte sich die angezeigte Nummer, die ihr irgendwie bekannt vorkam. Sie tippte die Kölner Nummer hastig ein. Und zuckte zusammen, als sie die Stimme von Carolas Mann hörte.

»Hardgenbusch.«

»Hallo, Andreas, was kann ich für dich tun?«

»Kannst du mir Carola geben? Sie muss sofort nach Hause kommen! Es ist was passiert! Carola muss nach Hause und Maike übernehmen.«

Ob Carola zu einer Schwangeren gerufen worden war, die fußläufig wohnte? Ihr Auto parkte ja noch vor der Tür. Aber Susanne würde jetzt nicht alle Frauen auf der Liste abklappern können. »Carola ist wahrscheinlich noch bei einer Geburt. Ich bin in zwanzig Minuten bei euch.«

* * *

Carola schloss die Haustür auf. So einen wunderschönen Abend oder besser so eine wunderschöne Nacht hatte sie lange nicht mehr gehabt. Carsten hatte ihr zugehört. Wirklich zugehört. Und er hatte sie sehr ernst genommen. Sie gefragt, was sie denn machen würde, wenn tatsächlich bald das Ende ihres Lebens absehbar wäre. Und ihr gleichzeitig versichert, dass er nicht glaube, dass es so sei.

Das Schlimme war, dass Carola fast keine Wünsche für diese Liste hatte. Gut, einerseits hatte sie alles, was sie wollte: ihren Beruf, ihre Familie. Aber was war sie davon abgesehen? Nichts wäre von ihr übrig, wenn sie diese beiden Bereiche nicht mehr hätte. Oder war sie schon wunschlos glücklich? Aber warum fühlte sie dieses Glück so wenig?

»Wenn heute mein letzter Tag wäre, würde ich dich jetzt küssen«, hatte Carsten vorhin gesagt und ihr die Haare aus dem Gesicht gestrichen, so wie er es damals gemacht hatte vor ihrem ersten Kuss. Da waren sie nass gewesen und rochen nach Chlor. Ein typischer Freibadsommer, und Carola hatte damals alle Erwachsenen bemitleidet, die nicht jeden Nachmittag im Schwimmbad verbringen konnten.

»Und warum nur, wenn es dein letzter Tag wäre?«, fragte Carola.

»Weil du es bereuen würdest.«

»Woher willst du das wissen?«

»Ich habe euch zusammen gesehen. Ihr seid füreinander bestimmt.«

»Gerade fühlt es sich eher so an, als wären wir miteinander verdammt, uns anzunörgeln.«

Sie erzählte ihm, wie sie sich wirklich fühlte.

»Wenn du unheilbar krank bist, brennen wir gemeinsam durch, okay?«

Sie warf ihm eins der königsblauen Samtkissen an den Kopf. »Na super!«

Er warf eins zurück.

»Dann fahre ich mit dir nach San Francisco. Das wolltest du doch immer. Die Welt bereisen. Im angemalten VW-Bus.«

»Das wollten alle damals! Das war doch gar nicht wirklich mein Traum!«

Dennoch musste sie lächeln bei der Erinnerung an die wilden und bunten Siebziger. Als auch Carsten noch Haare hatte, die weit über die Schultern reichten. Als Leute wie er als Gammler bezeichnet wurden, weil er lieber Bücher las und Musik hörte, statt die Ärmel hochzukrempeln und was Handfestes zu machen. Als »Weiberkram« wurde sein Zivildienst im Kindergarten belächelt, weil er nicht zur Bundeswehr wollte. Carola graute es jetzt schon davor, dass Thomas ein Jahr in irgendeiner Kaserne verbringen musste wie alle Jungs nach der Schule. Hoffentlich entschied er sich auch für den Zivildienst. Mädchen waren in dieser Hinsicht besser dran. Sie würden ja irgendwann Kinder bekommen und damit genug Dienst fürs Vaterland verrichten, war die einhellige Meinung.

Carsten sprang auf und griff zu der Gitarre, die neben dem Sofa stand. Und fing an zu spielen und zu singen. »If you're goin' to San Francisco ...«

Sie hatte es damals schon geliebt, wenn er spielte und sang. Im Gegensatz zu ihr war er immer schon musikalisch gewesen. Carola merkte noch nicht einmal, wenn sie einen Ton nicht traf. Ja, allein mitzuklatschen vermied sie, wenn es sich einrichten ließ, weil sie eigentlich nur schaute, wann die anderen klatschten, so wenig Rhythmusgefühl hatte sie selbst. Oder war das nur die Angst, sich gehen zu lassen? Sie begann mitzusummen. Und irgendwann traute sie sich auch mitzusingen. Fehlten nur noch das Lagerfeuer auf dem Wohnzimmerboden und der Joint, der herumgereicht wurde.

Es folgten *Let it be*, *Hey Jude* und andere Klassiker.

Carsten konnte sie alle noch spielen, und Carola sang mit. Zwischendrin stießen sie miteinander an. Carsten mit Sekt, Carola mit Punica, sie musste schließlich noch fahren. Sie hätte bis zum Morgengrauen so weitermachen können.

Er brachte sie zum Auto und küsste sie zum Abschied zärtlich. Nicht auf den Mund. Aber es brachte sie dennoch zum Vibrieren.

»Und denk dran, wenn du todkrank bist, dann verbringen wir deine letzten Wochen in Amerika.«

»Sei ruhig, Carsten, ich will gesund sein! Mehr als alles andere.«

Sie hatte ihn noch einmal fest an sich gedrückt und war ins Auto gestiegen. Tja, und jetzt würde sie versuchen, diese wunderschöne Nacht einfach in ihrem Herzensschatzkästchen zu bewahren und ab und zu rauszuholen, um sich das Herz zu erwärmen. Niemand brauchte davon zu wissen.

Als sie ins Haus schlich, bemerkte sie, dass im Wohnzimmer noch Licht brannte. Ob Andreas die ganze Nacht vor der Glotze hing? Sie wollte eigentlich nur noch ins Bett huschen und niemanden mehr wach sehen, aber sie konnte ja kaum direkt ins Schlafzimmer verschwinden. Als sie jedoch sah, wer da an dem Esszimmertisch im Wohnzimmer saß, fiel ihr der Schlüsselbund aus der Hand.

»Susanne, was machst du denn hier?«

Susanne stand auf, lief auf Carola zu und reichte ihr den Pieper.

»Andreas hat versucht, dich über den Pieper zu erreichen.«

Carola wurde eiskalt. Sie hatten vereinbart, dass der Pieper von Andreas nur in wirklichen Notfällen angefunkt wurde.

»Was ist passiert? Leben alle noch?«

Sie schüttelte Susanne ab, die sie umarmen wollte. Sie brauchte Klarheit und keinen Trost, ohne zu wissen, was los war.

»Thomas ist im Krankenhaus. Alkoholvergiftung. Andreas ist direkt hin. Ich denke, er wird in ein paar Tagen wieder fit sein. Das passiert doch öfter bei den Teenagern.«

Carola ließ sich auf einen Stuhl sinken. Sie hatte von Anfang an kein gutes Gefühl wegen dieser Party gehabt. Sie würde diesen Lukas … Ach was, sie hatte sich das selbst zuzuschreiben. Sie hätte es nicht erlauben dürfen.

Carola legte den Kopf auf die Tischplatte. Hatte sie eigentlich alles falsch gemacht?

»Weißt du, in welchem Krankenhaus sie sind?«

»Ich glaube, in unserem.«

Sie mussten beide lächeln. Ihr Krankenhaus. Das St.-Laurentius, in dem sie beide als Hebammen gearbeitet hatten.

»Weißt du, dass ich immer gedacht habe, was sind das für Versagereltern, wenn ich mal durch die Kinderstation gelaufen bin und die Teenager mit Alkoholvergiftung auf dem Flur lagen?«

Carola glaubte, dass die nicht nur zur Sicherheit auf dem Flur lagen, damit jederzeit jemand eingreifen konnte, falls sie sich am Erbrochenen verschluckten, sondern auch als Demütigung. Damit sie sich nie wieder besaufen würden.

»Unsere Kinder machen alle mal Sachen, für die wir uns schämen.«

»Außer deine perfekte Tochter Julia. Sie studiert Medizin, hat schon ein Kind und ist verheiratet. Ich wette, die hat noch keinen Kasten Bier im Leben getrunken.«

»Kann schon sein, aber wahrscheinlich nur, weil ich als ihre Mutter ihre ganze Kindheit nicht anwesend war.«

»Was ist, wenn Thomas einen bleibenden Schaden behält? Und ich bin schuld. Wenn ich hier gewesen wäre …«

»… hättest du nichts geändert.«

»Dann wäre ich jetzt bei ihm, und Andreas würde hier sitzen.«

Maike schlief wohl tief und fest und hatte von all dem nichts mitbekommen. Stefanie war nicht erreichbar gewesen. Sie wollte ja mit einer Freundin ins Kino und danach noch zu ihr. Carola war Andreas dankbar, dass er Maike nicht einfach allein gelassen hatte, sondern Susannes Angebot angenommen hatte, hier solange die Stellung zu halten.

»Susanne, ich glaube, ich bin die schlechteste Ehefrau und Mutter der Welt.«

»Bist du nicht. Ich glaube, du bist nur ziemlich fertig. Du brauchst eine Pause.«

»Ich kann keine Pause machen! Ich schaffe eh schon viel zu wenig.«

Carola sprang auf und fing an, das Geschirr, das noch auf dem Tisch stand, in die Küche zu räumen.

»Carola, ich meine es ernst. Du brauchst eine Pause. Du hast den Pieper vergessen. Das ist dir noch nie passiert. Und überhaupt. Du siehst nicht gut aus.«

»Mir geht es gut! Okay? Ich habe alles im Griff.«

Warum sah sie Susanne so komisch an?

»Ich habe Andreas übrigens gesagt, dass du gerade bei einer Geburt bist und nicht wegkannst.«

»Danke«, meinte sie nur und schämte sich.

»Bitte. Und als Gegenleistung verlange ich von dir, dass du eine Pause machst. Lass uns das am Montag besprechen. So geht es nicht weiter, sonst zwingt dein Körper dich irgendwann dazu aufzuhören.«

* * *

Seit Ella in der WG wohnte, blieb nicht mehr so viel Geld übrig, obwohl sie außer für Essen und Miete kaum etwas ausgab. Klamotten kaufte sie sich meist secondhand, was nicht nur eine Notlösung, sondern eine besondere Freude für sie war. Ihre Mutter schüttelte den Kopf, wenn sie sich Schlaghosen oder Kleider aus den späten Sechzigern und Siebzigern holte. Das wäre doch altmodisch. Selbst sortierte sie die alten Klamotten jedoch auch nicht aus, freute sich aber diebisch, wenn Ella hin und wieder ein Stück aus ihrem Kleiderschrank auftrug. Ella konnte sich nicht vorstellen, dass irgendjemand mal die Sachen aus den Achtzigern und Neunzigern wieder cool finden würde.

Ellas Mitbewohnerin Dagmar meinte, Ella könnte eh alles tragen und es sähe immer gut aus. Das stimmte nicht. Letztens hatte sie auf einem Flohmarkt ein schwarzes kurzes Kleid mit weißem Kragen mitgenommen. Es gab keine Möglichkeit, es anzuprobieren, und mit fünf Mark konnte man nicht viel verkehrt machen, hatte Ella gedacht. Konnte man. Das Kleid war was für Twiggys. Sie bekam nicht mal mit Franks oder Dagmars Hilfe den Reißverschluss zu. Vielleicht würde es Carolas Tochter passen. Oder sie verkaufte es wieder. Dann konnte sie die fünf Mark genau wie den Hundertmarkschein, den sie in der Geldbörse hatte, zur Bank bringen.

Ella fuhr mit dem Fahrrad über den Neumarkt, auf dem schon die ersten Holzbuden für den Weihnachtsmarkt aufgebaut wurden.

Sie hielt an der Filiale der Kreissparkasse, schloss ihr Fahrrad ab und betrat das riesige Gebäude mit dem beeindruckenden Marmorboden und der gewaltigen Deckenhöhe. In der Mitte des Saals befand sich ein runder Bankschalter, sodass sich sternförmig Schlangen bilden konnten.

Das Bankgebäude hatte etwas Einschüchterndes. Und der Panzerglasscheibe nach zu urteilen, die den Schalter umgab, waren es auch die Männer in grauen Anzügen, die Angst vor der Außenwelt hatten. Als Ella an der Reihe war, schob sie ihr Sparbuch durch das kleine Loch im Glas zu dem Angestellten hinüber.

»Guten Tag, ich würde gerne hundert Mark einzahlen und meine Zinsen gutschreiben lassen.«

In dem Sparbuch waren schon jede Menge Einträge, sodass ein hübsches Sümmchen zusammengekommen war. So viel, dass sie davon ein ganzes Jahr leben könnte. Ihr Stück Freiheit. Auch wenn sie nicht vorhatte, im

Geburtshaus aufzuhören, fühlte es sich doch gut an, notfalls unabhängig zu sein.

Der Bankangestellte nickte freundlich, erledigte den Auftrag und reichte Ella das Sparbuch mit neuem Eintrag.

Die drei Prozent Zinsen hatten auch noch mal richtig was ausgemacht. Herrlich! Einfach dadurch, dass sie das Geld nicht ausgab, vermehrte es sich.

Ella fand es schade, dass sich so wenige Frauen für Geld interessierten. Nachdem sie von einer Bekannten mal angeblafft wurde, dass diese mit dem kapitalistischen Quatsch nichts zu tun haben wollte, hatte sie von sich aus das Thema nicht mehr angeschnitten.

Im Geburtshaus war es natürlich auch ein Thema, weil sie die Verantwortung dafür trugen, dass die Miete pünktlich bezahlt wurde, die Heizung stets aufgedreht werden konnte und ausreichend Material da war. Und ihre Gehälter mussten auch bezahlt werden. Aber um Gewinne ging es nie. Das wäre auch mehr als albern. Das war genau wie mit Krankenhäusern. Sie sollten dem Menschen dienen und kein Wirtschaftsbetrieb sein. Was wäre, wenn jemand auf die Idee käme, Krankenhäuser oder Schulen gewinnorientiert zu bewirtschaften? Dann wäre es am billigsten, je kürzer die Geburt dauern würde... Für Krankenhäuser hatte die neue rot-grüne Bundesregierung wohl tatsächlich gerade Fallpauschalen eingeführt, die genau solch ein System unterstützten, aber das würden sie den Krankenhäusern hoffentlich nicht flächendeckend aufzwingen, wenn sich das in der Praxis als unsozial herausstellen würde.

Vor der Bank war es mit dem luxuriösen Ambiente schnell vorbei. Vor der Filiale hatte sich eine Bettlerin mit ihrem Kleinkind niedergelassen. Die schwarzen Haare des Jungen waren verfilzt und die Augen so groß und bittend, als gehöre das zu seinem Job. Ob er auch noch stundenlang neben seiner Mutter sitzen würde, wenn er ins Schulalter käme? Würde die Mutter, die in einem Singsang um Geld bettelte, das Zweimarkstück, das Ella ihr reichte, nicht am Abend einer Art Zuhälter abgeben müssen? Würde Ella damit nicht ein System unterstützen, in dem die Frauen und Kinder nur ausgebeutet wurden?

»Danke, danke, danke ...«, die Bettlerin schaukelte hin und her. Ella nickte und drehte sich dann rasch um. Überall in der Stadt sah man immer häufiger bettelnde Mütter mit ihren Kindern. Die, die nichts einbrachten, würden am Abend vielleicht sogar Prügel kassieren. Wie konnte es sein, dass in einem reichen Land wie Deutschland noch so viel Elend herrschte? Jedenfalls für Menschen, die nicht wirklich dazugehörten. Wie diese Frau. Ella dachte an ihre Zeit in Uganda. Danach war ihr Besitz noch unwichtiger geworden, nicht aber das Geld.

Ella schwang sich auf ihr Fahrrad und steuerte Richtung Hohe Straße, wo sie noch eine leere Shampooflasche im *Bodyshop* auffüllen lassen wollte. Von hier aus bräuchte sie nur noch geradeaus zu radeln, um in die Südstadt zu gelangen. Das war noch ein alter Römerweg. Geradlinig und klar. Wie schön wäre es, die ganze Welt würde so einfach funktionieren.

* * *

Ob die Strahlung ihrem Baby schaden würde, falls sie tatsächlich schwanger wäre, fragte sich Susanne, als sie mit Carola im Wartezimmer der Klinik saß. Hier war die Stimmung anders als in der Kinderwunschklinik. Auf andere Weise angespannt. Hier ging es oft um schlimme Diagnosen und nicht um die Erfüllung eines Herzenswunsches. Und die Stühle waren unbequemer.

»Geht es Thomas eigentlich besser?«

»Er hat das ganze Wochenende seinen Rausch ausgeschlafen und wird wohl vorerst keinen Tropfen mehr anrühren.«

Susanne hätte sonst was darum gegeben, ein paar verunglückte Partynächte ihrer Tochter miterlebt zu haben. Aber stattdessen durfte sie sich von den Adoptiveltern nur anhören, wie brav Julia stets gewesen war.

»Na, dann hatte das Ganze vielleicht ja auch was Gutes.«

»Hoffentlich wartet heute nicht die nächste Katastrophe auf mich.«

Carola erinnerte Susanne an ein Cowgirl. Jeans und Holzfällerhemd. Vom Schnitt sah es aus, als hätte sie es sich von ihrem Mann geliehen.

»Nein. Das wird es schon nicht. Das hier ist eine reine Vorsichtsmaßnahme.«

»Das sagen sie vorher immer.«

»Carola, hör auf. Wenn es schlimm ist, dann überlegen wir danach, was zu tun ist.«

»Danke, dass du ›wir‹ sagst. Und danke überhaupt für alles. Auch dafür, dass du mich nicht verpetzt hast. Pieper vergessen ist schon 'ne freudsche Fehlleistung. Und dann auch noch der Familie Arbeit vorgaukeln und sich mit einem fremden Mann treffen ...«

»Na ja, so fremd ist er ja nicht. Hast du eigentlich mit Andreas darüber geredet?«

Eine Frau, die sehr angespannt wirkte, linste zu ihnen herüber. Vielleicht war das Gespräch für sie eine kleine Ablenkung, dachte Susanne und senkte dennoch ihre Stimme.

»Nee, der hört mir im Moment eh nicht zu.«

Carola wurde aufgerufen. Sie sollte ihren Ring abziehen. Eine sehr junge Schwester hielt ihr eine Schale hin und fragte nach weiteren Schmuckstücken, was Carola verneinte. Sie brauchte etwas, bis sie den Ehering vom Finger bekam und in die Metallschale legen konnte. In dem Vorraum zu dem gigantischen Apparat, der durch ein Fenster zu sehen war, war es eng und kühl. Susanne war froh, dass sie sich selbst nicht in diese Röhre legen musste.

Susanne lächelte, als Carola bei der Frage nach Alter und Gewicht rot wurde.

»Na, ich werde wohl da reinpassen.«

»Es geht nur um die Menge des Kontrastmittels.«

Dann reichte die junge Frau ihr einen Becher.

»Bitte noch eine Urinprobe. Die Blutuntersuchung war so weit unauffällig bis auf einen Eisenmangel.«

»Na, das beruhigt mich schon mal. Wenn ich was ganz Schlimmes gehabt hätte, hätte man das wohl schon im Blut gemerkt, oder?«

»Weiß man nicht.« Sie zuckte auch noch mit den Schultern, als wäre es eine richtig dumme Frage.

Susanne registrierte Carolas verunsicherten Blick, als diese im anliegenden WC verschwand. »Hören Sie, meine Freundin macht sich schon Sorgen genug.«

Die Frau schob ihre Brille zurecht. »Ich habe mir abgewöhnt, irgendwelche Prognosen zu stellen. Wir machen hier die Untersuchungen. Nach Vorschrift.«

Im Nebenraum war die Klospülung zu hören. Carola reichte der Frau den Becher. Ihre Hand zitterte.

»Danke.« Die Frau steckte zwei Teststäbchen in den Urin, wartete kurz und legte sie dann beiseite.

Susanne strich Carola über den Rücken.

»Ich habe gleich noch Zeit, dann gehen wir erst mal was essen.«

»Hoffentlich nicht meine Henkersmahlzeit.«

»Jetzt hör doch mal auf, Carola!«

Susanne hätte Carola am liebsten wachgerüttelt. Es würde schon nicht schlimm sein. Schlimm war nur, dass Carola nicht nur ihre Eisenreserven aufgebraucht hatte, sondern auch alle anderen. Was sie brauchte, war vielleicht mal eine Mutter-Kind-Kur ohne Kinder. Auch wenn das für das Geburtshaus schlimm wäre, wenn Carola ausfallen würde. Aber besser ein paar Wochen Auszeit als ein Komplettausfall.

Die Frau nahm die Teststäbchen. Schaute darauf. Zog die Augenbrauen zusammen, sodass sich eine Falte bildete.

»Och nee, da muss ich erst den Doktor fragen, ob wir die Untersuchung machen können.«

Susanne sah die Verzweiflung in Carolas Gesicht.

»Ich habe wochenlang auf den Termin gewartet. Noch

mal halte ich das nicht aus. Ich will es heute hinter mich bringen!«

»Ja, aber wenn eine Schwangerschaft besteht, dann können wir nicht ausschließen, dass der Fötus geschädigt wird. Daher muss abgewogen werden, wie wichtig die Untersuchung ist und ob es Alternativen gibt.«

Susanne versuchte einen Blick auf die Stäbchen zu erhaschen, die sehr unauffällig und unschuldig auf einem Papiertuch lagen. Dünne, billige Stäbchen, die sie auch im Geburtshaus benutzten, um den Urin auf Bakterien oder Anzeichen für Diabetes zu untersuchen. Gab es auch als Schwangerschaftstest. Diese Dinger mit Plastikgehäuse waren eher was für die Frauen, die sich den Test später als Erinnerung aufheben wollten. Konnte das wirklich sein? Carola hatte doch erzählt, dass sie vorgesorgt hatten.

»Sie brauchen das nicht mit dem Arzt zu besprechen. Ich habe angekreuzt, dass ich nicht schwanger bin. Ich könnte auch gar nicht schwanger sein, weil ich keine intakten Eierstöcke mehr besitze. Also tun Sie mir den Gefallen und schieben mich in die Röhre, bevor ich Panik bekomme und hier abhaue.«

Die Frau sah aus, als würde sie gleich Hilfe rufen, um eine renitente Patientin zu bändigen.

»Ich würde es auch gerne schnell hinter mich bringen, zumal hier auch andere auf die Untersuchung warten. Aber um es noch einmal deutlich zu sagen: Sie sind schwanger. Und Sie dürfen nicht ins MRT, bevor der Doktor nicht sein Okay gegeben hat.«

»Das kann nicht sein. Sie müssen da was verwechselt haben.«

Carola lachte zwar, aber Susanne merkte, dass ihre Freundin unsicher war. Nicht nur ihr Blick war es, auch ihre Haltung. Susanne sah, wie sie auf einmal die Augen verdrehte. Noch versuchte, sich an dem kleinen Tischchen festzuhalten, aber nur eine Ecke von dem Papiertuch erwischte. Bevor Susanne ihre Freundin auffangen konnte, sackte sie in sich zusammen und nahm dabei den vollen Becher mit den Teststäbchen und die Schale mit dem Ehering mit. Und trotz alledem konnte Susanne nur denken, wie schön es doch wäre, wenn sie beide gleichzeitig schwanger wären.

Carola wachte auf und starrte auf eine weiße Wand. Nur ein Fernseher ragte in den Raum. Alles tat ihr weh. Sie fühlte sich, als wäre sie in einer Narkose gewesen. Einer Narkose, der sie nicht zugestimmt hatte. Daran könnte sie sich erinnern. Hatte sie einen Unfall gehabt? Nein, sie hatte die Untersuchung machen wollen. Im MRT. Wegen dem Schwindel. Ob sie was im Kopf gefunden hatten, was sofort operiert werden musste? Was hatte die Frau behauptet? Sie wäre schwanger?! Das konnte nicht sein. Aber sie war in einem Krankenhaus. Allein. Sie drehte den Kopf zur Seite. Das Bett neben ihr war leer. Sie wollte aufstehen. Doch es ging nicht. Etwas hielt sie fest. Sie versuchte es trotzdem. Sie lag unter einer Decke. Sie konnte nicht sehen, was sie festhielt, hatte aber lange genug im Krankenhaus gearbeitet, um zu wissen, was es war. Jemand hatte sie fixiert.

Das konnte nicht wahr sein. Sie musste träumen. Ein Albtraum. War es nicht folgerichtig, davon zu träumen, in einer Psychiatrie gefangen zu sein, wenn der Alltag einen verrückt machte? Dazu brauchte sie kein Psychologiestudium. Dazu brauchte sie noch nicht einmal eins dieser Traumdeutungsbücher, die es in diesem Esoterikladen zuhauf gab, Licht & Schatten in der Ehrenstraße, bei dem sie, wenn sie sich mal darin verirrte, die anderen Kundinnen skeptisch betrachtete. Pendeln und Tarotkarten, damit ihnen jemand anders die Antwort diktierte. Lächerlich. Genauso wie dieser Albtraum. Sie würde gleich aufwachen. Aber auch wenn Carola in den letzten Monaten die Wirklichkeit immer mehr ausgeblendet hatte, besser gesagt ihren wirklichen Zustand, so gelang es ihr in diesem Raum nicht mehr lange. Sie trug ein Krankenhaushemd. Der Pieper hing nicht mehr um ihren Hals. Es roch nach Desinfektionsmitteln, als hinge noch das übertünchte Drama der vorherigen Patientin in der Luft.

Die Uhr an der Wand zeigte 13.36 Uhr. Ihr Arzttermin war morgens gewesen. Wenn sie hier nicht Tage im Tiefschlaf verbracht hatte, war sie nur ein paar Stunden weg gewesen. Ein Notfallknopf. Der könnte jetzt helfen. Sie brauchte einen Arzt, der ihr zuhörte und sie wieder nach Hause ließ. Oder hatte sie doch etwas Bedrohliches in sich, das noch heute entfernt werden musste? Hatte sie gegen eine Operation randaliert und war deshalb hier? Hatte ihr jemand Beruhigungsmittel gespritzt? Hatte sie selbst schon mitbekommen im Krankenhaus, wenn Frauen auf der gynäkologischen Station um sich geschlagen hatten. Carola tastete mit ihren Händen, soweit sie diese bewegen konnte, doch ein Notfallknopf war nicht in Reichweite.

Hoffentlich hatte niemand Andreas angerufen. Er würde sich nur Sorgen machen. Oder schlimmer noch. Sie für verrückt halten.

Es klopfte an der Milchglastür. Was sollte das? Würde sich einer der Ärzte aufhalten lassen, wenn sie »Nein« rief? Aber sie wollte kooperativ wirken, um hier so schnell wie möglich rauszukommen. Oder wenigstens die Wahrheit zu erfahren. Hatte sie bis gestern jeden Gedanken über eine schlimme Diagnose beiseiteschieben wollen, so wollte sie jetzt die Wahrheit wissen.

»Herein.«

Die Tür öffnete sich. Es war kein Arzt. Es war Susanne.

»Hallo, Carola.«

»Hallo, Carola? Mehr hast du nicht zu sagen? Warum hast du nicht verhindert, dass ich hier lande?«

Susanne setzte sich auf den Stuhl, der neben Carolas Bett stand. »Es tut mir leid.«

»Jetzt sag nicht, du hast mich hier einweisen lassen!«

Carola wäre Susanne am liebsten an die Gurgel gegangen. Doch der leiseste Versuch, aus dem Bett zu springen, scheiterte an den Handfesseln. Was anderes war das nicht. Von wegen Schutzmaßnahme. Als ob sie aus dem Fenster springen würde. Nein, wenn sie könnte, würde sie dieses Gebäude durch die Tür verlassen.

»Nein. Es ging nicht anders.«

»Bitte sag mir die Wahrheit? Was ist passiert? Haben die Ärzte doch was in meinem Kopf gefunden? War ich noch im MRT?«

»Nein, du warst nicht mehr im MRT. Aber du bist zusammengebrochen.«

Daran konnte Carola sich erinnern. Ihr war schwindelig geworden. Und der Schwindel war doch überhaupt der Grund, weshalb sie dieses blöde MRT machen wollte.

»Ja, mir war schwindelig. Kein Grund, mich hier zu fesseln.«

»Nein, der Schwindel war schnell wieder weg, aber als die Schwester einen Arzt gerufen hat und er dich untersuchen wollte, bist du ausgeflippt.«

Carola ließ sich noch tiefer ins Kissen sinken, wenn das überhaupt möglich war. Was hieß ausgeflippt? Hatte sie um sich geschlagen? Schimpfworte benutzt? Oh Gott, drohte ihr vielleicht sogar eine Anzeige?

»War es sehr schlimm?«

»Es ging.«

So wie Susanne das sagte, war es sehr schlimm gewesen.

»Weiß Andreas Bescheid?«

»Ich habe den Ärzten versprochen, dass ich mit deinen Angehörigen spreche. Bei euch ist keiner ans Telefon gegangen.«

»Gut. Und du sagst ihm nichts davon. Sag einfach, ich hatte Panik vor dem Ergebnis. Das hatte ich auch. Habe ich immer noch.«

»Carola, du brauchst Hilfe. Und zwar nicht erst seit heute. Du lebst doch schon seit Wochen auf der Überholspur. Das meinte ich damit, dass es dir dein Körper irgendwann zeigt, wenn du nicht auf die Bremse trittst.«

»Danke, Susanne, aber solche oberschlauen Sprüche helfen mir nicht weiter. Ich will einfach nur raus hier. Nach Hause.«

»Das wäre keine gute Idee. Ich musste mit den Ärzten darüber sprechen, dass du in der letzten Zeit ganz schön belastet warst.«

Ja, jetzt wäre Carola Susanne wirklich am liebsten an die Gurgel gegangen. Wie sie so dasaß! Unschuldig und zerbrechlich. Wie ein Mädchen mit den langen roten Locken und dem schlanken Körper. Aber von wegen unschuldig. Sie hatte sie verraten. Susanne kannte sich doch aus mit Ärzten. Hätte doch auch einfach klarstellen können, dass Carola Angst vor dieser Scheißröhre hatte!

»Ja, und meinst du, hier geht es mir besser?«

»Ich glaube, hier können sie dir helfen.«

»Weißt du was, Susanne, hier kann mir ganz sicher niemand helfen. Und überhaupt, ich muss hier raus. Ich habe heute Nachmittag noch ein paar Wochenbettbesuche. Die Eltern verlassen sich auf mich. Und meine Familie braucht mich auch. Bald ist der erste Advent. Ich muss noch Adventskalender basteln. Und Maikes Lehrerin lässt auch nicht locker und will mich wieder sprechen. Andreas kriegt das nicht vernünftig hin mit den Lehrern.«

»Carola! Jetzt vergiss die Wochenbettbesuche! Ich übernehme die! Und jetzt vergiss die Adventskalender. Andreas wird es ja wohl noch hinbekommen, die Billigdinger für eine Mark im Aldi zu kaufen. Wenn du so weitermachst, kann deine Familie dich bald nur noch an deinem Grab besuchen!«

Susanne sprang auf und lief zur Tür. Das machte sie doch jetzt nur, um sie wachzurütteln. Aber wach war Carola. So wach wie lange nicht mehr. Susanne würde jetzt doch nicht abhauen? Doch, genau das tat sie! Sie knallte die Tür auch noch hinter sich zu.

Jetzt war die Stille und Einsamkeit noch schwerer auszuhalten. Carola war allein. Mutterseelenallein.

* * *

Ella liebte die andächtige Stimmung, die bei Geburten oft den ganzen Raum einnahm und auch bei ihr alle Gedanken zur Ruhe kommen ließ. So wie jetzt. Ella begleitete ein Paar, das sein drittes Kind bekam. Auch die ersten beiden hatten sie im Geburtshaus bekommen. Und auch bei den ersten beiden Kindern hatten sie nicht nur Wechselklamotten, eine Babyerstausstattung und Windeln mitgebracht, sondern auch ein paar Gegenstände, bei denen das Stichwort andächtig noch mal eine ganz andere Bedeutung bekam.

Manch einer hätte es vielleicht sogar als blasphemisch bezeichnet, dass Helena nackt auf einem Geburtshocker saß und dabei den Blick auf ihren persönlichen Altar richtete. Es war sehr dunkel in dem Geburtszimmer, sodass die Plastikmadonna grell leuchtete. Diese fluoreszierenden Heiligenfiguren hatte Ellas Oma auch immer aus Lourdes oder Kevelaer mitgebracht, und sosehr Ella auch himmlischen Beistand schätzte, sie musste bei diesem Chemieeinsatz immer an Atomstrahlen denken. Vor allem, nachdem sie als Kind so eine Figur mal geöffnet und im Inneren gepult hatte. Und nachts erschrocken festgestellt hatte, dass es unter ihren Fingernägeln leuchtete. Sie war heulend zu ihrer Mutter gelaufen, um zu fragen, ob sie jetzt atomverstrahlt wäre.

Die Kerze im Plastikbehälter, die es gerade im November zuhauf zu kaufen gab, da die Menschen an Allerseelen besonders gerne Lichter auf dem Friedhof anzündeten, war laut Helena geweiht und sollte das neue Leben begrüßen und kein Grablicht sein. Sie flackerte beständig, und die Flamme wurde auch durch Helenas lautes Stöhnen nicht gelöscht. Ihr Mann saß neben ihr auf dem Boden und hielt ihre Hand. Worte brauchten sie kaum. Und auch Ella brauchte nicht allzu viel zu sagen. Wenn Menschen an eine höhere Macht glaubten, die ihnen zur Seite stand, war es auch für sie als Hebamme leichter. Frauen wie Helena konnten loslassen.

Ella sah, wie Helena sich öffnete, zwischen den Schamhaaren das Köpfchen austrat. Helena schrie auf.

»Mist. Ich habe vergessen, wie weh das tut.«

Ella lächelte. Die letzte Geburt war keine zwei Jahre her. Vergaßen die Frauen das wirklich? Oder bewerteten sie das Erlebnis im Nachhinein nur anders?

»Und du wirst es auch dieses Mal schaffen, Helena.«

»Ich weiß!«

Was danach kam, war eine Mischung aus Schimpfen und Gebet. In jedem Fall schien es zu helfen, denn keine fünf Minuten später glitt der kleine Körper aus ihr heraus.

Für Ella war das wieder eine Traumgeburt. Dieser Moment des Übergangs zwischen den verschiedenen Welten war für Ella ein heiliger Augenblick. Und doch war Ella erschöpft und nachdenklich, als Baby und Mutter versorgt waren. Wie glücklich die kleine Familie miteinander war. Und das, obwohl sie genau wussten, was auf sie zukam. Nicht dass Ella dachte, Kinder an sich wären eine Belastung, aber sie sah doch an allen Müttern, dass das Familienleben unendlich viel Kraft kosten konnte. Und diese Kraft woanders fehlte. Fast ausschließlich bei den Müttern. Wie konnte das sein? Das war doch kein Naturgesetz? Mutterschaft war fast immer nur für einen hohen Preis zu haben, selbst jetzt, Mitte der Neunzigerjahre in Deutschland. Sie dachte an Carola. Was genau passiert war, wusste sie nicht. Susanne hatte im Geburtshaus angerufen, und zum Glück hatte Ella das Telefon gehört. Sie brauchten wirklich jemanden, der sich nur noch um das Organisatorische kümmerte. Carola war zusammengebrochen, und Susanne würde sich kümmern. Ob Ella vielleicht auch ein paar Termine von Carola übernehmen konnte?

Natürlich würde sie das. Sie hatte ja Zeit.

Ella räumte das Geburtszimmer auf, schrieb noch etwas in den Geburtsbericht. Sie würde die Eltern der kleinen Katharina in drei Stunden nach Hause entlassen können.

»Helena, glaubst du wirklich, dass deine Gebete erhört werden?«

Helena lächelte. Selig, während sie ihr Kind betrachtete.

»Ja, nicht immer, aber meistens.«

Ella nickte. Wenn das so einfach war, warum gab es dann so viel Leid? Vielleicht weil viel zu wenige um Hilfe baten, weil sie eh keine Hilfe erhofften? Vielleicht mobilisierte so ein Gebet aber auch nur die eigenen Kräfte?

»Dann denk bitte an eine Freundin von mir. Ihr geht es gerade gar nicht gut.«

»Mach ich.«

Zum Glück wollte Helena es nicht genauer wissen. Es brauchte auch niemand zu wissen, dass eine von ihnen eben nicht mehr die Kraft hatte, die bestmögliche Hebamme zu sein. Nein, sie mussten Carola schützen, bis sie wieder die Alte war. Es würde Carola noch mehr belasten, wenn das Vertrauen in sie gestört war. Wer wollte schon von einer Hebamme betreut werden, die ihr eigenes Leben nicht in den Griff bekam?

»Danke, Helena.«

Und Ella würde Carola einfach Arbeit abnehmen in den nächsten Tagen. Susanne meinte zwar, es könnte Wochen dauern, bis Carola wieder vollkommen gesund wäre, aber das konnte Ella sich beim besten Willen nicht vorstellen.

* * *

Susanne lief auf der Station auf und ab. Vergitterte Fenster und Türen. Nirgends eine Vase. Niemand durfte einfach durchmarschieren, um hier jemanden zu besuchen, oder selbst das Krankenbett verlassen, um zum Beispiel in der Cafeteria einen Kuchen zu essen. Sie war schon froh, dass sie überhaupt zu Carola durfte. Und sie hatte ein schlechtes Gewissen gehabt, als sie dem Stationsarzt Dr. Zervakis bei der Aufnahme davon erzählte, dass Carola schon länger Auffälligkeiten zeigte. War sie schuld, dass ihre Freundin hier gelandet war? Nein, sagte Susanne sich. Der Zusammenbruch hatte nur gezeigt, was ohnehin in ihr schwelte. Und der Schwangerschaftstest hatte das Fass wohl zum Überlaufen gebracht. Ob Carola sich noch daran erinnern konnte?

Dr. Zervakis kam auf Susanne zu. Die Falte zwischen seinen Augenbrauen ließ ihn wie einen traurigen Dackel aussehen.

»Wir konnten den Mann Ihrer Freundin nicht erreichen. Es hat niemand abgehoben.«

Susanne war insgeheim erleichtert. Es war besser, wenn sie mit Andreas sprach. »Ja, die wenigsten sitzen den ganzen Tag zu Hause am Telefon.«

»Wissen Sie, ob er auf seiner Arbeitsstelle zu erreichen ist?«

»Ist er nicht. Er ist freiberuflicher Schriftsteller.«

Die Augenbrauen des Arztes zogen sich noch enger zusammen, als wäre die Berufswahl schuld am Übel der Patientin Carola Hardgenbusch.

»Ich wollte auch mal Schriftsteller werden. So wie Hemingway. Habe ich als junger Mann verschlungen. Aber meine Eltern wollten, dass ich was Vernünftiges mache.«

Susanne lächelte. Wie viele Erwachsene hatten sich den Wünschen der Eltern gebeugt. Wie viele große Kinder mit unerfüllten Träumen liefen umher und hielten die Welt durch ihre vernünftigen Jobs am Laufen.

»Bitte helfen Sie meiner Freundin. Was Vernünftigeres könnten Sie gar nicht tun.«

»Ich versuche mein Bestes. Sagen Sie mal, der Mann Ihrer Freundin ist aber nicht zufällig Andreas Hardgenbusch?«

Spätestens wenn Andreas hier zu Besuch kam, würde er ihn eh wiedererkennen. Er tauchte in letzter Zeit oft genug in irgendwelchen Feuilletons auf.

»Doch, das ist er.«

Jetzt lächelte der Arzt fast ehrfürchtig.

* * *

Carola saß aufrecht in dem Krankenhausbett. Sie dachte gar nicht daran, das freundliche Lächeln von Dr. Zervakis zu erwidern. Auch nicht, nachdem er sie gerade von den Fesseln befreit und dabei mehrfach »Entschuldigung« gemurmelt hatte. Dass das nun mal hier so vorgeschrieben sei, wenn eine Eigengefährdung vorliegen könnte. Und dass man auch nie sicher sein könnte, dass nach einer Ohnmacht nicht gleich wieder die nächste folge, und verhindert werden müsse, dass Patienten stürzen und sich den Kopf aufschlagen. Und ob sie die Gesellschaft ihrer Freundin wünsche während des Gesprächs. Wünschte Carola nicht. Hier musste sie alleine durch. Und überhaupt, wäre es umgekehrt gewesen, dann hätte Carola alles darangesetzt, Susanne zwar zu helfen, aber sie nicht in eine derart missliche Lage zu bringen. Wie war das noch gewesen, als Susanne damals in tiefe Traurigkeit verfallen war und tagelang das Bett nicht verlassen hatte? Damals, als die Vergangenheit über sie hereingebrochen war. Da hatte Carola auch dafür gesorgt, dass Susanne wieder am Leben teilnahm. Aber ohne sie dafür zum Seelenklempner zu zerren.

»Herr Doktor, wenn Sie mir einfach zugehört hätten, dann wäre ich nicht nur nicht mehr ans Bett gefesselt, sondern längst wieder draußen. Mache ich auf Sie einen verwirrten Eindruck?«

»Frau Hardgenbusch, Sie machen auf mich gerade einen sehr klaren Eindruck, allerdings gehört die Leugnung der Krise zu den Symptomen des Erschöpfungssyndroms, unter dem Sie aller Wahrscheinlichkeit nach leiden.«

Carola sah den Arzt misstrauisch an. Warum war er so freundlich? Scheißfreundlich, würde der Kölner sagen. Und dann gleichzeitig dieser Hundeblick.

»Hören Sie, ich brauche Sie nicht, um zu wissen, dass ich gerade eine Menge Stress am Hals habe. Haben Sie Kinder? Und dann auch noch Halbwüchsige? Und einen Vollzeitjob? Angst, dass Sie eine schlimme Krankheit haben? Und noch einen Mann zu Hause, der manches einfach nicht kapiert? Da wird man ja wohl noch mal etwas in Rage geraten dürfen.«

Obwohl Carola noch nicht mal einen Kaffee auf der Station bekommen hatte, fühlte sie sich wach wie lange nicht mehr. Sie fühlte sich wie getrieben. Draußen wurde sie gebraucht, und jetzt lag sie hier rum? Das machte sie verrückt!

»Natürlich dürfen Sie Ihrem Ärger auch mal Luft machen, aber Sie, nun ja, sind mehr als renitent geworden. Das kommt bei Menschen mit Platzangst schon mal vor, wenn sie in ein MRT müssen. Aber nach allem, was ich bisher gehört habe, ist die Platzangst nicht Ihr Problem.«

»Sondern?«

»Ich denke, Sie leiden an einem Burn-out.«

»Burn-out? Das ist doch so ein neumodischer Managerquatsch. Ich liebe meinen Job! Er gibt mir Kraft! Was mich aufregt, sind Menschen, die mir gerade dauernd Extraprobleme liefern. Selbst wenn ich diese Menschen liebe!«

So wenig sie es wollte, Carola vertraute diesem Hundeblick-Arzt. Und vielleicht kam sie hier schneller raus, wenn sie sich ihm öffnete.

»Das ist doch immer so. Nur Menschen, die für etwas brennen, brennen aus. Und dass Sie keine Kraft für Extraprobleme mehr übrig haben, heißt, dass Sie im Alltag zu viel Kraft verbraucht haben. Sie müssen das ändern.«

»Hören Sie, dann sagen Sie der Welt, dass sie sich ändern soll! Sagen Sie meinen Kindern, dass sie nicht auf zwielichtige Typen hereinfallen, keinen Alkohol trinken sollen, dass sie gute Noten schreiben sollen, sagen Sie den Müttern, dass sie nicht kurz hintereinander und nicht immer mitten in der Nacht einen Blasensprung oder Wehen bekommen sollen, sagen Sie dem Finanzamt, dass Schriftsteller keine Millionäre sind, nur weil sie einmal einen Bestseller geschrieben haben ...«

»Nicht?«

Carola fragte sich, warum er ausgerechnet bei diesem Punkt einhakte. »Nein!«

»Frau Hardgenbusch, Sie können nicht alle Probleme in Ihrem Leben lösen. Und auch nicht die Probleme all Ihrer Familienmitglieder. Aber ich werde Sie nicht entlassen, ohne Ihnen eine längere Auszeit zu verschreiben.«

»Haha, sehr witzig.« Carola hatte dafür nur ein müdes Lächeln übrig.

»Ich meine es ernst. Es werden hier immer mehr

Frauen eingeliefert, die mit den Anforderungen des modernen Lebens nicht mehr klarkommen und zusammenbrechen. Und ich sage Ihnen, es gibt genug von ihnen, die die Kurve nicht mehr kriegen.«

Der Hundeblick wechselte nun vom Dackel zum Terrier. Der tat so wohlwollend, und dann drohte er mit erzwungener Auszeit, die alles nur schlimmer machen würde?

»Herr Dr. Zervakis, ich war heute Morgen bei einem Ihrer Kollegen, um ein Problem zu lösen. Ich habe nicht nur keine Antwort bekommen, sondern noch ein Problem mehr.«

So viel zu der Wirkung vom positiven Denken. Sie hatte sich den ganzen Morgen gezwungen, sich vorzustellen, wie sie nach dem MRT die erlösende Botschaft bekommen würde, dass alles bestens sei, und wie sie danach fröhlich zum Geburtshaus fahren würde.

»Ja, das muss ein Schock für Sie gewesen sein.«

Was? Was meinte er? Zu einer Untersuchung im MRT war es doch gar nicht mehr gekommen.

»Was meinen Sie?«

»Offensichtlich haben Sie die Schwangerschaft auch verdrängt.«

Sie erinnerte sich. Das musste ein Missverständnis sein. Ein fehlerhafter Test vielleicht. Die Chance, nach der Durchtrennung der Eileiter schwanger zu werden, lag so gut wie bei null.

»Ich bin Hebamme und habe drei Kinder. Ich hätte es wohl gemerkt.«

»Nicht, wenn Sie es nicht merken wollen.«

»Hören Sie auf, mich zu pathologisieren. Immerhin hat einer von Ihren Kollegen nach meinem letzten Kaiserschnitt angeblich dafür gesorgt, dass ich nicht mehr schwanger werde. Wenn ich Angst vor einer Schwangerschaft hätte, das wäre doch verrückt, oder?«

»Sollen wir einfach noch einen Test machen?«

»Ja! Und den MRT-Termin bitte auch, so schnell es geht, nachholen.«

Während sie gemeinsam auf das Ergebnis warteten, verschränkte Carola die Arme vor der Brust und ließ die Beine von dem Krankenhausbett baumeln. Dr. Zervakis schaute immer wieder auf die Uhr.

»Wissen Sie, dass ich ein großer Fan Ihres Mannes bin? Er hat eins der besten Bücher geschrieben, das ich in den letzten Jahren gelesen habe. Er hat es seiner Frau gewidmet. Das sind doch Sie.«

Carola spürte, wie ihre Wangen rot wurden. Auch das noch. Das erklärte vielleicht auch, dass er sich so viel Zeit für sie nahm.

»Wenn Sie mich gleich entlassen, bringe ich Ihnen ein Exemplar mit persönlicher Widmung mit.«

»Das können Sie tun, wenn Sie wieder ganz gesund sind.« Dann nahm er das Teststäbchen und drehte die Kontrollseite zu sich. »Und Sie haben es tatsächlich verdrängt. Sie sind wirklich schwanger.«

* * *

Ella wusste, dass Anja Cornelsen zu Carolas Lieblingsschwangeren gehörte. Normalerweise waren sie als Hebammen neutral oder bemühten sich zumindest darum, es zu sein, aber wenn sie ganz ehrlich waren, gab es auch immer wieder Frauen, zu denen sie eben doch mehr Draht hatten als zu anderen. Anja, die ihr drittes Kind erwartete, ließ sich gerade von Ella die Herztöne abhören.

»Wann wird Carola denn wieder da sein?«

Ihr Bauch war schon recht ausladend. Kein Wunder bei drei Schwangerschaften.

»Ehrlich gesagt weiß ich es nicht.«

Ella schaute in den Mutterpass. Es gab ihr einen Stich, als sie Carolas Eintragungen in ihrer hektischen Handschrift sah. Hoffentlich wären die nächsten Eintragungen wieder von ihr.

»Was hat sie denn?«, fragte Anja völlig arglos.

Ella wusste es ja selbst nicht genau. Und sie wollte keine Gerüchte verbreiten. »Das kann ich nicht sagen.«

»Hauptsache, sie ist wieder da, wenn mein Baby kommt.«

Anja streichelte sich über den Bauch.

»Carola ist echt die beste Hebamme, die ich mir vorstellen kann. Wissen Sie, eigentlich habe ich mich hier nur angemeldet, weil ich um die Ecke wohne, aber Carola macht nicht nur ihren Hebammenjob, sie hat mir aus einem richtigen Tief geholfen. Am Anfang der Schwangerschaft war ich ziemlich unglücklich.«

Ella wusste, dass viele Frauen allein aufgrund der neuen Hormonlage in regelrechte Depressionen verfielen. Und da sich alle dafür schämten, sprach kaum eine darüber. Ella glaubte zwar, dass es nicht allein die Hormone waren, sondern die Schwangerschaft vielmehr wie ein Brennglas wirkte. Spätestens angesichts der neuen Aufgaben als

Mutter wurden Dinge bewusst und wichtig, die vorher vernachlässigbar waren. Und dennoch half es den Müttern zu wissen, dass sie durchaus auch unter Einfluss von Hormonen standen.

»Ja, Carola hat wirklich ein Auge und Herz für ihre Mütter.«

»Sie ist für mich ein echtes Vorbild. Drei Kinder, und trotzdem zieht sie noch ihr eigenes Ding durch.«

Ella nickte, obwohl der Gedanke daran, dass Carola sich maßlos überfordert hatte, sie schmerzte. Carola war doch für sie alle ein Vorbild. Ella brauchte Vorbilder. Vorbilder, wie es sein könnte, Mutter und gleichzeitig Hebamme zu sein. Wenn Carola es nicht schaffte, wie sollte sie es dann eines Tages schaffen? Wie sollte überhaupt irgendeine Frau es dann schaffen?

* * *

Susanne kam von dem letzten Wochenbettbesuch, den sie für Carola übernommen hatte, direkt in das Café Fleur. Das Café, das eine Mischung aus abgeratztem Jugendstil und Fünfzigerjahre-Architektur vereinte, war abends immer rappelvoll mit Studenten. Annett und Ella saßen schon an einem der kleinen, runden Tische und winkten ihr zu. Der Tisch wäre ohnehin zu eng für vier Leute, aber dass Carola nicht kommen würde, schmerzte Susanne.

Viel zu lange hatten sie sich nicht mehr auswärts getroffen. Im ersten Jahr war es Tradition für sie gewesen, sich mindestens einmal im Monat in einem Kölner Lokal zu verwöhnen, die letzten Wochen Revue passieren zu lassen und die nächsten Wochen zu planen. Nie war Zeit gewesen. Und jetzt? Jetzt ging es überhaupt nicht mehr. Carola fehlte!

»Hallo. Schön, euch zu sehen.«

Susanne stellte die große lederne Hebammentasche unter den Tisch und umarmte ihre Kolleginnen.

»Wie geht es Carola?«, fragte Annett.

»Sie wird wohl ein paar Wochen ausfallen.«

Das mit der Schwangerschaft behielt Susanne für sich, das sollte Carola selbst sagen. Und auch Susanne wartete immer noch auf ihre Tage. Eine Woche schon. Das war ungewöhnlich. Aber noch kein Grund, sich zu freuen. Oder einen Test zu machen.

»Ach, du meine Güte. So ein Mist auch. Meinst du, der Schauspieler war schuld?«

Annett war ein großer Fan von Carsten Küppers.

»Ich glaube kaum. Sie waren alte Freunde. Mehr nicht.«

Alle drei schwiegen einen Moment. Es war nicht ihre Sache, über die abwesende Freundin zu reden. Carola hatte Susanne gestanden, dass es nicht so gut lief mit Andreas. Dass sie manchmal am liebsten auf eine einsame Insel ziehen würde, wenn sie nicht doch ihre Familie so lieben würde. Was war, wenn Carsten sogar etwas mit der Schwangerschaft zu tun hatte? Susanne hatte auch ihre Geheimnisse gehabt. Warum sollte ihr Carola alles gebeichtet haben?

»Dürfen wir sie besuchen?«, fragte Ella, die einen roten Lippenstift trug. Ebenfalls mehr als ungewöhnlich. Als die Kellnerin kam, bestellten sie alle heißen Tee und eine Kürbissuppe.

»Sie bleibt noch ein paar Tage in der … im Krankenhaus, und dann geht sie wahrscheinlich in eine Reha. Dazwischen können wir sie bestimmt besuchen.«

»Wir müssen alles tun, damit es ihr bald wieder gut geht. Wir übernehmen ihre Arbeit, damit keine von ihren Schwangeren abspringt. Vielleicht können wir auch bei ihr zu Hause helfen. Wie geht es denn Andreas? Hast du mit ihm gesprochen?«

»Geht so. Er steht unter Schock. Stefanie hat alle Verantwortung an sich gerissen. Sie kümmert sich um die Geschwister, organisiert alles. Dabei müsste sie für ihr Abi lernen.«

Von der Schwangerschaft wusste Andreas wohl auch noch nichts. Susanne wurde es kalt ums Herz, wenn sie daran dachte, dass Carola vielleicht wollte, dass er es nie erfährt. Das würde die beiden endgültig auseinanderbringen.

»Carola wird das schaffen. Ich weiß das. Sie ist so stark wie keine von uns. Deshalb brauchte sie auch so einen Zusammenbruch, um sich ein bisschen Schwäche einzugestehen.«

Annett, die Carola von allen am kürzesten kannte, guckte so bestimmt, als würde sie persönlich dafür sorgen, dass Carola bald in alter Frische wieder dabei wäre.

* * *

Carola kam sich vor, als würde sie die Koffer für immer packen. Sie hatte extra gewartet, bis alle Kinder in der Schule waren. Und nun stand sie vor ihrem gemeinsamen Kleiderschrank, den Koffer offen auf dem Bett, und packte rein, was ihr für winterliche Wochen im Sauerland geeignet erschien. Sie war noch nie mehr als zwei Nächte am Stück weg gewesen. Was sollte sie mitnehmen? Auch das warme Wollkleid, falls es abends vielleicht mal eine Kulturveranstaltung gab? Die Daunenjacke für Wanderungen? Was würde sie erwarten? Sitzkreise mit Wollknäueln, die sie sich gegenseitig zuwarfen? Sollte sie nicht diejenige sein, die anderen half, alles unter einen Hut zu bekommen? Ella und Annett würden ihre Kurse im Geburtshaus übernehmen. Als wenn sie mal eben ersetzbar wäre.

Und was war hier zu Hause? Sie hatte das Gefühl, jede freie Minute gebraucht zu werden. Und jetzt musste ihre Familie damit klarkommen, dass sie für ein paar Wochen ganz weg war.

Andreas erschien im Türrahmen. »Ich werde dich vermissen.«

»Ach, komm, die Frau von der Caritas wird wahrscheinlich besser kochen und den Haushalt führen als ich.«

Es sollte ironisch klingen, tat es aber nicht.

»Carola, dich, dich als meine Frau.«

Na, das fiel ihm früh ein. Hatte sie doch immer mehr das Gefühl gehabt, dass sie als Person gar nicht wirklich zählte. Aber wie war es andersherum? Dr. Zervakis hatte dafür gesorgt, dass zumindest stundenweise jemand zu Hause für sie einsprang, obwohl sie keine kleinen Kinder mehr hatten. Wahrscheinlich wollte er vor allem dafür sorgen, dass ihr Gatte sein nächstes Buch in Ruhe zu Ende schreiben konnte.

Andreas kam auf sie zu. Sie ließ den gestreiften Rolli,

den sie gerade einpacken wollte, fallen und ließ sich von ihm umarmen.

»Alles echt scheiße.«

Das waren wenig präzise Worte für einen Schriftsteller, dachte Carola und spürte seine warme Brust. Sein Wollpulli kratzte an ihrer Wange. Sosehr sie auch fürchtete, dass ihre Familie ohne sie nicht klarkommen würde, so sehr sehnte sie sich tatsächlich nach Ruhe. Ja, vielleicht sogar nach Abstand.

»Ja, zumindest fast alles.«

Sie hielten einander fest.

»Wann sagen wir es den Kindern?«

»Am besten erst, wenn ich wieder da bin. Wir wissen ja noch gar nicht, wie es weitergeht.«

Carola wusste noch nicht einmal genau, in welcher Woche sie war. Sie bekam ihre Tage schon länger unregelmäßig, und da sie gedacht hatte, das Thema Schwangerschaft wäre für immer erledigt, hatte sie auch nicht mitgezählt. Der Schwindel und die Kreislaufprobleme waren aller Wahrscheinlichkeit nach eine Begleiterscheinung der Schwangerschaft. Immerhin keine gefährliche Krankheit. Carola hasste sich dafür, dass sie für das kleine Wesen in ihrem Bauch so wenig empfand. Genauso wenig wie für alle anderen. Sie war müde. Leer. Sie wusste, dass sie ihre Familie liebte, spürte es aber kaum. Das Einzige, was sie fühlte, war Scham. Und ein bisschen Erleichterung. Dass sie sich umsonst Sorgen um ihren Körper gemacht hatte. Es war die Psyche, die litt. Sie dachte an Susannes Worte, dass der Körper sie irgendwann zwingen würde hinzuschauen, wenn sie alle Warnzeichen ignorierte.

Danke, Körper, dachte sie ironisch. Du funktionierst ja noch besser als ich. Entwickelst Superkräfte, um mich auszubremsen. Lässt sogar die Eileiter wieder zusammenwachsen. Natürlich hatte sie damals unterschrieben, dass für den seltenen Fall des Zusammenwachsens keine Regressansprüche gestellt werden konnten.

Andreas strich ihr die Haare aus dem Gesicht, die durch die Tränen an den Wangenknochen festgeklebt waren.

»Pass gut auf dich auf. Auf euch.«

»Pass du gut auf. Bitte spann Stefanie nicht zu sehr ein. Und such für Maike vielleicht eine Nachhilfe. Und Thomas soll jeden Abend um acht zu Hause sein. Ich werde mich nicht entspannen können, wenn ich mir vorstelle, dass es wieder eskaliert.«

»Willst du lieber hierbleiben?«

Sie löste sich aus seiner Umarmung. »Nein, ich muss das durchziehen. Dr. Zervakis hat mir mit der Geschlossenen gedroht, wenn ich das mit der Kur nicht hinbekomme.«

Und genau diese Androhung hatte Carola auch dazu bewogen, sich auf eine Kur einzulassen. Eine Rehabilitationsmaßnahme, bei der Carola nicht wusste, was sie davon genau haben sollte, außer einmal wochenlang nicht kochen und aufräumen zu müssen. Und wochenlang nicht für die Schulthemen verantwortlich zu sein.

»Es ist wahrscheinlich das Beste.«

Carola nickte.

»Grüß die Kinder von mir. Ich denke, ich werde dort ein Telefon auf dem Zimmer haben und kann mich melden.«

Stefanie hatte nicht überrascht gewirkt. Maike hatte geweint und Thomas nur finster geguckt, als sie erzählt hatten, dass Carola länger in Kur musste. Dass es aber nichts Schlimmes sei. Ihre Älteste hatte nur vielsagend geguckt. Tja, und nun packte sie ihre Koffer und war weg. Seit fast zwei Jahrzehnten würde wochenlang niemand etwas von ihr wollen. Kein Ehemann. Keine Kinder. Keine Schwangeren. Keine Kolleginnen. Niemand. Wer war sie ohne all die anderen, die ihr dadurch, dass sie sie brauchten, zeigten, dass sie wichtig war?

∗ ∗ ∗

Ella hatte heute Bürodienst und nahm sich immer wieder einen der Zimtsterne von dem Weihnachtsteller, den ein Elternpaar als Dank vorbeigebracht hatte, obwohl es noch nicht einmal Dezember war. Aber die Weckmänner waren aus den Bäckereiauslagen schon verschwunden, während die Weihnachtsmänner längst in den Startlöchern standen. Wie gut konnte Ella sich noch an das erste Weihnachten im Geburtshaus erinnern. Drei Geburten gleichzeitig, wobei ihre Schwangere Monika Hofert, Christophs Schwester, beinahe gestorben wäre, wenn sie nicht so rechtzeitig reagiert hätte.

Ella hatte schon einige Anrufe entgegengenommen und Termine verteilt, sie hatte ein paar Überweisungsträger ausgefüllt, die sie gleich bei der Bank einwerfen würde, Materialien bestellt und zwischendrin nach Annett und Susanne geschaut, die beide eine Geburt betreuten. Carola fehlte so sehr. Als es klingelte, legte sie den angebissenen Zimtstern ab und lief zur Tür. Ein Mann stand davor. Aber nicht irgendeiner, sondern der Schauspieler, den Carola von früher kannte. Auf der Premierenfeier hatte Ella ihn gesehen. Ella wusste auch nichts Genaues, nur dass Carola immer strahlte, wenn sie von einer ausgedehnten Mittagspause kam. Und so unauffällig beiläufig von dem alten Kumpel erzählte, dass es schon auffällig war.

»Hallo, Herr Küppers. Kann ich Ihnen helfen?«

»Ich hoffe. Ich wollte fragen, ob Carola zufällig da ist und Pause hat.«

»Nein, sie ist leider nicht da.«

»Und wann ist sie normalerweise da?«

Er wusste also von nichts. Woher auch.

Unschlüssig stand dieser Mann vor der Tür, der sonst so selbstsicher auftrat.

»Ich weiß es nicht. Soll ich ihr etwas ausrichten?«

»Geht es ihr gut?«

»Warum fragen Sie?«

»Weil wir letzten Montag verabredet waren und sie nicht gekommen ist. Wahrscheinlich ist eine Geburt dazwischengekommen oder so. Können Sie ihr ausrichten, dass das natürlich vollkommen okay ist?«

»Natürlich.«

»Danke.«

Er blieb vor der Tür stehen. Würde Carola wollen, dass er erfährt, dass es ihr schlecht geht?

»Carola konnte am Montag wirklich nicht.«

»Das habe ich mir schon gedacht. Bei dem Job als Hebamme ist man eben immer gefragt.« Er kratzte sich am Kopf. »Nicht so wie wir Schauspieler. Wenn alle

Theater und Kinos zu wären, geht die Welt davon auch nicht unter.«

»Aber langweiliger wäre sie schon.« Ella schenkte ihm ein Lächeln.

»Vielleicht. Ist mit Carola wirklich alles in Ordnung? Ist nicht ihre Art, sich gar nicht zu melden.«

»Nein, es ist nicht alles in Ordnung. Carola ist … krank.«

Er schaute erschrocken. »Ist es sehr schlimm?«

»Nein, sie war nur … nur etwas überarbeitet.«

»Das tut mir leid. Das wusste ich nicht.«

Wusste fast nie jemand, wenn einer im Freundeskreis auf einmal zusammenklappte. Aber wie auch, wenn Leute wie Carola bis zum letzten Moment so taten, als hätten sie alles im Griff.

* * *

Ob sie endlich einen Test machen sollte? Es gab unzählige Gründe dafür, dass die Periode ausblieb. Susanne lief über die Schildergasse. Apotheken gab es hier genug. Aber ein Test konnte die Hoffnung innerhalb von Minuten zerschlagen. Oder auch bestätigen. Und Susanne wollte den Tag genießen. Sie hatte frei und war auf dem Weg, ein Geschenk für ihre Enkeltochter zu kaufen. Im Feldhaus, dem größten Spielwarengeschäft in Köln, gab es adrette Arztkoffer. So einen wünschte sich Susy zum Geburtstag. Und Susanne hatte über eine Kollegin so einen Arztteddy bekommen. Den konnte man aufklappen und die Organe betrachten. Nicht alle, aber zumindest Herz und Lunge und aufgemalte Knochen.

Auf der Straße roch es nach heißen Kastanien. Und wie fast jeden Tag spielte der Leierkastenmann in seinem schwarzen Anzug und Zylinder und lächelte gut gelaunt. Werner Wittpoth hieß der Mann, der längst ein kölnisches Original war, auch wenn er vor den Toren Kölns wohnte und noch in anderen Städten auftrat. Susanne hatte mal mit ihm geplaudert und erfahren, dass er zwei Kinder hatte und sich für andere Contergangeschädigte einsetzte. Die dunkelblonden Locken lugten unter dem Zylinder hervor, die Arme waren kurz, aber die Hände geschickt genug, dass er die Orgel stundenlang drehen konnte. Susanne warf ein Zweimarkstück in den Becher, der auf dem braunen Musikinstrument klebte. Werner Wittpoth nickte ihr freundlich zu. Ob er sich an das Gespräch erinnerte? Jeder erinnerte sich an ihn, aber er wohl kaum an die Millionen Menschen, die all die Jahre an ihm vorbeigezogen waren. Es fiel Susanne ja schon schwer, sich an wirklich alle Schwangeren zu erinnern, die sie in ihrem Hebammenleben begleitet hatte. Ob sich jede Schwangere an sie erinnerte? Wahrscheinlich nicht. Vor allem nicht aus den Jahren im Krankenhaus, wo sie manchmal nur in den Kreißsaal gehuscht war, um zu schauen, wie weit die Gebärende war. Und die Geburt erst nach dem Schichtwechsel stattfand. Und selbst wenn sie bei einer Geburt im Krankenhaus dabei gewesen war, sah die Schwangere sie in der Regel zum ersten und meist auch zum letzten Mal. Im Geburtshaus baute sie zu jeder Schwangeren eine Beziehung auf. Was beiden Seiten Sicherheit gab.

In dem Spielwarengeschäft tummelten sich jede

Menge andere Frauen. Männer waren tagsüber selten in solchen Geschäften. Höchstens welche, die schon in Rente waren. Wer hatte von der arbeitenden Bevölkerung schon vor halb sieben Zeit? Susanne war froh, dass sie sich die Zeit zwischen den Geburten, die weder auf Ladenöffnungszeiten noch Wochenende Rücksicht nahmen, frei einteilen konnte. Und nicht Samstagvormittag oder am langen Donnerstag einkaufen musste, wo es sich in den Geschäften knubbelte.

Jetzt konnte sie in dem Spielwarengeschäft in aller Ruhe schauen, was sie in der Kindheit ihrer Tochter alles nicht gekauft hatte. Playmobil zum Beispiel. Diese Plastikmännchen waren erfunden worden, als Julia vier Jahre alt war. Und mittlerweile gab es immer mehr Auswahl. Mittlerweile gab es sogar ein paar Frauen in der Playmobilwelt. Zwar nicht unter den Rittern, in der Goldmine oder der Westernstadt, aber in dem Puppenhaus oder dem Zoo gab es Figuren mit langen Haaren und angedeutetem Busen. Als Julia klein gewesen war, hatte es nur Bauarbeiter, Ritter oder Indianer gegeben. Und die ersten Playmobilfrauen hatten noch eine Tannenbaumfigur ohne Oberweite.

Susanne nahm ein Playmobilpaket aus der Reihe Notfallambulanz in die Hand. Gab es da wenigstens eine Ärztin? Bevor sie alle Figuren auf der Rückseite anschauen konnte, legte sie den Karton zurück. Susys andere Großeltern kauften ohnehin immer so viel Spielzeug. Sie würde nicht in Konkurrenz treten und mehr als mit ihrer Tochter vereinbart kaufen.

Sie dachte an ihre eigene Kindheit Ende der Fünfzigerjahre. Ein Kasperletheater mit Handpuppen, die zwar Plastikköpfe hatten, aber aussahen wie selbstgeschnitzt. Wangenknochen und Kinn spitz und rot glänzend. Ein Kasper, ein Polizist, ein König, eine Hexe und eine Prinzessin. Und ihr Vater hatte ihr hinter der Sofalehne hockend oft etwas vorgespielt. Sie hatte gelacht und nicht genug von seinen Geschichten bekommen. Das war lange vor dem Zerwürfnis mit ihren Eltern. Und eine Poststation hatte sie. Und einen Kaufmannsladen. Ob die Sachen noch immer auf dem Dachboden ihres Elternhauses lagen?

Die Melodie von *LaLeLu* erklang. Und die Melodie von *Der Mond ist aufgegangen.* Jemand musste die Spieluhren in der Babyecke aufgezogen haben. Susanne sah zu der Hochschwangeren hin, die eine Spieluhr an ihren Bauch hielt, während ihre Begleitung sich die andere ans Ohr hielt. Sie lachten beide.

Ob Susanne für ihr Baby auch so etwas kaufen würde? Oder ihm lieber selbst vorsingen? Oder zuhören, wie Antonius ihrem gemeinsamen Baby vorsang? Sie lächelte. Das wäre so schön, einmal ein Kind mit dem Menschen aufzuziehen, den sie liebte.

* * *

Wider Erwarten hatte Carola kein Telefon auf ihrem Zimmer. Aber dafür umso mehr Zeit zum Nachdenken. Und nichts zu tun außer Anwendungen. Erst heute Morgen hatte sie mit einem Dutzend anderer Frauen auf Matten im Turnsaal gelegen. Autogenes Training. Sollte tiefenentspannen. Wärme im rechten Bein, Kälte im linken. Und dann ständig essen. Morgens Weißbrot mit Marmelade und dünnem Kaffee. Mittags Schonkost. Was wollten die damit schonen? Ihre Geschmacksnerven?

Abends Graubrot mit Wurst oder Käse und immerhin ein paar Gurkenscheiben. Nachmittags Kaffee trinken mit Blechkuchen, sonntags Torte. Und immer wieder Gesprächstherapien. Alleine. Und in Gruppen. Sosehr Carola im Alltag den Austausch mit anderen Frauen liebte, hier fiel es ihr schwer. Wenn sie im Stuhlkreis die anderen von ihren Sogen erzählen hörte, dachte sie fast immer: selbst schuld. Schick den Kerl doch in die Wüste! Wechsel den Job! Hör halt auf mit dem Rauchen! Sag deinem Bruder, er soll bleiben, wo der Pfeffer wächst! Mach dir doch mal einen Plan mit deinen Aufgaben und guck, was du abgeben kannst! Hör auf zu jammern! Nur sich selbst sah sie niemals in der Verantwortung. Ha, noch mehr Verantwortung als sie konnte man doch kaum übernehmen. Und hier wurde sie zum Nichtstun gezwungen. Aber sie machte alles brav mit. Das war der Deal, wenn sie ihr altes Leben zurückwollte. Zumindest die guten Sachen des alten Lebens.

Abends durften alle nach Hause telefonieren. Und sie kam sich genau wie E. T. vor, als wäre die Heimat ewig weit weg. Da sich alle zwei Telefone teilen mussten, die auch noch an der Wand des Gemeinschaftsraumes angebracht waren, gab es keine langen Telefonate. Immerhin hatte Carola genug Telefonkarten dabei und musste nicht ständig Münzen nachwerfen. Jeden Abend hörte sie zu Hause nach. Angeblich lief alles super. Und im Geburtshaus genauso. Alles ging gut. Nicht dass sich Carola wünschte, dass ohne sie alles zusammenbrechen würde, aber etwas traurig machte sie das schon. Ein widersprüchliches Gefühl. Genau wie das zu ihrer Schwangerschaft. Ella hatte ihr am Telefon erzählt, dass Carsten sich nach ihr erkundigt hatte. Ach, Carsten. Sie vermisste ihn.

Carola lag auf ihrem Bett und starrte an die Decke. Sie hatte noch nicht die Kraft gefunden, in die Bücherei der Reha zu gehen. Beim Lesen würde sie sich eh kaum konzentrieren können.

Es klopfte.

»Herein.«

»Hallo, Frau Hardgenbusch. Besuch für Sie.«

Carola setzte sich auf. Ihre Familie? Nein, sie hatten vereinbart, dass sie erst am Wochenende kommen sollten. Und um diese Zeit war Maike meist bei den Pfadfindern, und Stefanie hatte lange Schule. Und Andreas würde jetzt vielleicht mit Thomas lernen, weil doch eine Mathearbeit anstand und er die letzte Arbeit verhauen hatte. Ob sie Andreas noch mal sagen sollte, welche Mutter er anrufen könnte, um Informationen zu erhalten? Halt, das ging sie gerade nichts an. Vielleicht war es auch Andreas alleine? Oder Carsten? Wohl kaum, sie hatte ihre Kollegin gebeten, ihm nicht zu verraten, wo sie sich aufhielt. Sie hatte sich zwar gefreut, dass er nach ihr gefragt hatte, aber hier wollte sie ihn auf keinen Fall treffen.

»Wer ist es denn?«

»Ihre Schwester«, strahlte die Rehaangestellte, als sei das ein großer Grund zur Freude. Carola seufzte. Sie hatte Heike nichts erzählt und auch Andreas gebeten, die Familie nicht zu informieren. Das Letzte, was sie brauchen konnte, waren gut gemeinte Ratschläge von ihrer älteren Schwester. Aber wenn sie sie wegschicken würde, könnte sie sich das die nächsten zwanzig Jahre vorhalten lassen.

Heike kam herein. Wie immer wie aus dem Ei gepellt. Der Pagenschnitt sah aus wie frisch vom Friseur, der Blazer über der Röhrenjeans fast kokett, wie ihre Mutter es nennen würde. Dabei war Heike so weit von frech entfernt wie Michael Jackson mittlerweile vom Schwarzsein.

»Hallöchen, Schwesterherz, du machst ja Sachen! Ich habe einen echten Schreck bekommen, als ich gehört habe, dass du einen Zusammenbruch hattest.«

Sie umarmten sich kurz, wobei Heike den Blumenstrauß, den sie dabeihatte, mit Abstand zu ihnen hielt.

»Ja, ja, geht schon wieder. Bisschen Kreislauf, in unserem Alter werden wir nicht fitter.«

Heike schaute sich im Zimmer um, und Carola war froh, dass sie nicht für die Sauberkeit in diesem Raum zuständig war. Bei Heike war es immer perfekt.

»Nett hast du es hier. Schöne Aussicht. Nicht so wie bei euch in der Stadt.«

Heike ließ ihren Blick über die verschneite Wiese und den Wald schweifen, der sich hinter dem Haus erstreckte.

»Ja, wirklich schön hier«, überging Carola die Spitze über den bemitleidenswerten Blick auf graue Hauswände, den Heike immer bedauert hatte, wenn sie in der alten Wohnung zu Besuch war.

»Sollen wir in die Cafeteria gehen? Bis 17 Uhr gibt es dort immer Kuchen.«

Trotz aller Zwistigkeiten zwischen ihnen freute sich Carola komischerweise, Heike zu sehen.

»Gerne.«

Als Heike sie ansah, zog Carola den Bauch ein.

»Deshalb das Bäuchlein. Ich dachte schon, du wärst schwanger!«

Heike lachte. Und Carola wurde knallrot. Heike war doch frech. Und Heike wusste nichts davon, dass Carola während des letzten Kaiserschnitts die Eileiter hatte durchtrennen lassen.

»Nee, jetzt wirklich? Das erklärt natürlich deinen Zusammenbruch. Na ja, bei all dem Brassel, den du eh schon hast, auch noch schwanger, da wäre ich auch durchgedreht. Aber das lässt sich ja vielleicht noch in Ordnung bringen, ich meine, du bist doch eh schon völlig überfordert.«

Carola schlüpfte in ihre Schuhe, legte die Blumen in das kleine Waschbecken in der Ecke. Stöpselte es zu und ließ so viel Wasser reinlaufen, dass die Stiele unter Wasser waren.

»Komm, lass uns in die Cafeteria gehen.«

Hier bei geschlossener Tür würde sie es keine fünf Minuten länger mit Heike aushalten.

»Also stimmt es, oder stimmt es nicht? Bist du schwanger?«

»Und selbst wenn, dann ist das mein Problem.«

»Nein, es ist nicht nur dein Problem. Ich meine, ich mache mir Sorgen um dich. Du arbeitest viel zu viel. Das hast du doch gar nicht mehr nötig, seit Andreas mit seinem Geschreibe so ankommt.«

»Lass uns Kuchen essen gehen.«

Carola schnappte sich die Handtasche und verließ ihr Zimmer, in der Cafeteria würde sie Heike einladen. Ihre Schwester folgte ihr.

Bis zur Cafeteria konnte Carola ein Gespräch vermeiden und war dankbar über die anderen Patientinnen, die ihnen auf dem Flur entgegenkamen und sich mit in den Aufzug quetschten. Aber als sie mit zwei Apfelblechkuchen, für Carola mit und für Heike ohne Sahne, am weihnachtlich dekorierten Tisch saßen, gab es kein Entrinnen mehr.

»Carola, ich mache mir echt Sorgen um euch.«

»Uns geht es gut. Die üblichen Sorgen, die man halt hat mit Familie. Das kennst du doch selbst.«

Nie waren sie sich so nahe gewesen wie vor ein paar Jahren, als Heike sich Carola offenbart hatte, weil sie Angst hatte, dass ihr Mann sie betrügen würde. Und Heike hatte damals auch gestanden, dass sie Carola manchmal beneide, weil sie noch ihr eigenes Leben hatte. Heike hatte einen sehr gut verdienenden Mann, der es für selbstverständlich hielt, dass seine Frau ihm komplett den Rücken freihielt. Und das machte Heike bis zur Perfektion. Ihr Mann wusste wahrscheinlich nicht einmal, wo die Schule ihres gemeinsamen Sohnes war.

»Carola, nun sei mal ehrlich mit dir. Das sind nicht normale Sorgen. Thomas hat gesagt, dass es bei euch drunter und drüber geht. Ich habe ihm angeboten, dass er jederzeit zu uns kommen kann. Also Konrad hat zwar auch mal ein, zwei Bier getrunken, aber so ein übermäßiger Alkoholkonsum deutet schon auf Probleme in der Familie hin.«

Carola hätte am liebsten die rote Papierdecke zusammengeknüllt, aber das würde ihrer Schwester das Gefühl geben, dass sie wirklich unzurechnungsfähig wäre. Und was fiel Thomas eigentlich ein, sie bei ihrer Schwester zu verpetzen? Der wusste doch, wie viel Wert sie immer darauf legte, Heike kein Futter für ihre Bewertungen zu geben.

»Ach so, du meinst, Thomas muss sich bei dir ausheulen, weil ich eine schlechte Mutter bin?«

Sie stach mit der Gabel in den Kuchen und steckte sich das Stück sofort in den Mund, ehe sie Schlimmeres sagen konnte.

»Nein, das sage ich ja gar nicht. Du gibst dein Bestes.«

»Und das reicht nicht?«

»Carola, jetzt sei doch nicht so empfindlich. Ich will dir doch nichts. Und Thomas hat sich nicht bei mir ausgeheult, sondern bei Konrad. Ich meine, ist doch gut, wenn die beiden als Cousins sich so vertrauen.«

Vertrauen! Konrad hätte doch einfach alles für sich behalten können, statt gleich zur Mami zu rennen.

»Und er hat dir auch gesagt, dass ich hier bin?«

»Den Namen kannte er nicht, aber so viele Häuser dieser Art gibt es im Sauerland ja nicht. Habe natürlich vorher angerufen, damit ich nicht umsonst die lange Strecke fahren muss.«

»Dann vielen Dank für deine Anteilnahme. Aber ich komme klar.«

»Dann wärst du nicht hier. Ich meine es ernst. Du musst kürzertreten. Und du darfst dir nicht noch mehr zumuten.«

Carola schmeckte der Kuchen nicht mehr. Sie schob den Teller beiseite. Antwortete nicht. Nippte nur an ihrem Kaffee. Heike streichelte ihr über die Hand.

»Ach, Carola. Das muss doch heute alles nicht mehr sein. Ein Termin, und es ist alles wieder wie vorher. Du kennst dich doch aus und weißt, wo ein Arzt ist, der dir hilft. Es hat niemand was davon, wenn ihr am Ende alle überfordert seid. Ich weiß doch, dass ihr kein Kind mehr wolltet.«

Carola nickte matt. Als Letztes wollte sie, dass alles wieder so wurde wie vorher.

* * *

Susanne stiefelte durch den Schnee des Kurparks. Schal und Mütze und dicke Wollhandschuhe schützten sie vor der Kälte. Sie hatte auch Carola ein paar Handschuhe und eine Mütze mitgebracht. Beides hatte ihre Freundin nicht eingepackt, obwohl sie schon so viele Winter dafür gesorgt hatte, dass ihre Kinder warm eingepackt waren.

»Konnte ja keiner wissen, dass es hier so kalt wird«, hatte Carola gebrummelt und die Handschuhe dankbar übergestreift, als sie sich auf den Weg in den Park machten. Susanne verkniff sich die Bemerkung, dass es im Sauerland immer kälter als in Köln war.

Das Kurhaus des Müttergenesungswerks war malerisch gelegen. Weit genug weg vom Trubel der Stadt. In den meisten Fällen vor allem weit genug weg von den heimischen Anforderungen.

Susanne hatte in der Cafeteria die anderen Mütter beobachtet. Bei so vielen fehlte der Glanz in den Augen.

Viele sahen einfach unendlich erschöpft aus und hatten sich wahrscheinlich doch erst im letzten Moment zu einer Kur durchringen können. Das Muttersein als Grund für eine krankhafte Situation und Kuren speziell für Mütter gab es offiziell nur in Deutschland. Ob das auch an den besonders hohen Ansprüchen an Mütter hierzulande lag? In den Fünfzigerjahren hatte Elly Heuss-Knapp, die Frau des damaligen Bundespräsidenten, dafür gesorgt, dass besonders Kriegerwitwen einmal Kraft tanken konnten, und das Müttergenesungswerk gegründet.

Hier in dem Haus wurden Mütter nur ohne ihre Kinder aufgenommen, von Säuglingen einmal abgesehen.

»Ich soll dir ganz besonders liebe Grüße von Anja Cornelsen ausrichten. Sie hofft, dass du zur Geburt wieder einsatzbereit bist.«

»Das werde ich sein.«

Carola sah etwas besser aus als die letzten Wochen. Die Ruhe schien ihr gutzutun.

»Und wenn nicht, mach dir keine Sorgen. Ich vertrete dich gerne.«

»Kommt nicht infrage.«

Susanne seufzte. Wenn Carola genauso verbissen weitermachte wie vorher, würde sie bald wieder zusammenbrechen.

»Okay, aber nur falls es nötig wäre. Ich bin da.«

»Danke.«

Susanne traute sich kaum, das Thema Schwangerschaft anzusprechen. Ausgerechnet Carola wollte nichts davon gemerkt haben. Aber wie hieß es so treffend? Oft trug der Schuster selbst die schlechtesten Schuhe. Und für das, was in ihrem Leben schieflief, war sie blind, während sie die Nöte anderer Frauen immer gut erkannte.

»Wie geht es dir denn?«

»Ach ja. Okay. Der Arzt sagt, der Blutdruck ist zu hoch, mehr bewegen und entspannen sollte ich mich auch. Und mein Leben umstrukturieren. Weniger Belastung. Ich habe mal brav genickt. Vielleicht hat er recht, aber er steckt nicht in meiner Haut. Ich kann nicht viel umstrukturieren. Was der doch meint, dass die Mutti wieder ganz an den Herd soll. Aber nein, das würde mich wahnsinnig machen.«

Es begann wieder zu schneien. Dicke Flocken, die gemächlich durch die Luft schwebten. Susanne hoffte, dass sie es bis Köln zurückschaffen würde. Und sie hoffte, dass nicht gleich der Pieper losging.

»Aber ändert sich deine Situation nicht sowieso demnächst?«

»Du meinst das Baby?«

Susanne nickte.

»Ich traue mich kaum, darüber zu sprechen. Ich meine, wenn ich irgendeinen Einfluss darauf gehabt hätte, dann hättest du eins bekommen sollen und nicht ich. Es tut mir echt leid.«

Sie blieben stehen. Eine Frau schob einen Kinderwagen an ihnen vorbei und kämpfte sich mit den dünnen Reifen durch den Schnee.

»Das braucht es nicht. Wenn ich das nicht aushalten würde, dürfte ich keine Hebamme mehr sein.«

Susanne hatte schon einmal daran gedacht, Carola anzubieten, das Kind zu adoptieren. Also nur, falls Carola sich dagegen entscheiden würde, erneut Mutter zu werden. Eigentlich war das Thema für Susanne tabu, aber in diesem Fall wäre es vielleicht sogar Schicksal.

»Danke. Du bist echt eine gute Freundin.«

Sie schwiegen. Sollte Susanne Carola die Idee vorschlagen?

»Weißt du, ich war vielleicht auch gerade schwanger.«

»Du *warst*?«

»Ich war ziemlich lange überfällig.«

»Aber, aber das heißt doch, es könnte grundsätzlich klappen?«

Carola lächelte zaghaft.

»Ich habe die Gelegenheit verpasst, einen Test zu machen. Ich wollte mir nicht die Hoffnung nehmen.«

Susanne ließ sich von Carola in die Arme nehmen. Ja, sie hatte vor ein paar Tagen wieder ihre Regel bekommen. Hatte sie sich durch den Stress verschoben? Waren das einfach Anzeichen der beginnenden Wechseljahre? Oder hatte da für kurze Zeit ein neuer Mensch in ihr gewohnt, der es sich anders überlegt hatte? Anzeichen für eine Schwangerschaft hatte sie sonst keine gespürt, aber das musste nichts heißen. Und würde sie jetzt noch stärker trauern, wenn sie gewusst hätte, dass sie schwanger gewesen war? Oder war es vielleicht sogar ein Geschenk, dass sie jetzt mehr Hoffnung hatte, weil es theoretisch eben doch möglich war?

»Ach Mensch. Das tut mir leid, Susanne. Manche Dinge liegen einfach nicht in unserer Hand.«

Dazu sagte Susanne nichts. Sie beneidete Menschen, die so etwas wie eine Schwangerschaft oder eben auch ihr

Ausbleiben im wahrsten Sinne als gottgegeben hinnahmen. Natürlich ergab es Sinn, in einem gesunden Rahmen eine Schwangerschaft zu fördern oder zu verhindern. Aber wo hörte der Rahmen auf, gesund zu sein? Vielleicht immer dann, wenn er den Seelenfrieden störte. Wie viel Energie steckte auch sie in Dinge, die sie nicht ändern konnte?

Ein Schlag in den Rücken ließ Susanne zusammenschrecken. Sie drehte sich um, während Carola ihr die Überreste eines Schneeballs vom Mantel klopfte.

»'tschuldigung. Wollte meinen Bruder treffen«, rief ein Junge mit rot gefrorenen Wangen.

Susanne lachte. Wie hatte sie die Schneeballschlachten als Kind geliebt! Nur das Einseifen hatte sie gehasst. So ein kalter Schneeball im Nacken. Brrr. Carola formte einen Schneeball und warf ihn mit voller Wucht in die Richtung des Jungen. Allerdings war sie nicht sehr treffsicher, sodass er mehr als einen Meter an ihm vorbeizischte. Carola würde sich schon wieder zurück ins Leben kämpfen. Vielleicht war Carolas Schwangerschaft genau das, was sie jetzt brauchte. Ein Bremsklotz, dem sie nicht ausweichen konnte. Sie hätte doch sonst eh nie auf jemand anderen gehört. Und vielleicht war das Ausbleiben einer Schwangerschaft für sie auch eine Möglichkeit, ein anderes Geschenk in ihrem Leben zu feiern. Sie hatte sehr viel Freiheit. Gut, sie hätte diese Freiheit mit Freude gegen ein Familienleben eingetauscht, aber wenn es nun mal nicht sein sollte, dann würde sie eben das Beste aus dieser Freiheit machen.

* * *

War das Liebe zwischen ihr und Frank? Ella wusste es nicht. Was immer es auch war, es fühlte sich gut an. Sie verbrachten viel Zeit zusammen, lachten gemeinsam, kochten gemeinsam. Oft war auch Dagmar dabei, die die beiden immer wieder darum bat, ihre Kreationen anzuprobieren. Dem zarten Kuss, den Ella Frank gegeben hatte, war noch kein zweiter gefolgt. Es kam Ella so vor, als wäre Frank seitdem vorsichtiger mit ihr. Ella war das ganz recht. Sie wollte sich noch nicht entscheiden. Frank hatte vorgeschlagen, die Eislaufbahn auf dem Heumarkt zu besuchen. Seit einigen Jahren wurde auf dem Platz mitten in der Innenstadt von Köln jeden Winter eine große Eisfläche angelegt. Umrahmt von Weihnachtsmarktbuden, sodass manch einer recht wackelig auf den Füßen war, wenn er zu viel Glühwein intus hatte.

Frank war auch ohne Glühwein ziemlich wackelig unterwegs. Genau wie Ella. Es dämmerte bereits, was die Lichter nur noch schöner erstrahlen ließ. Hand in Hand liefen sie über das Eis, klammerten sich aneinander, doch vergeblich. Ella rutschte aus und riss Frank mit sich. Eine Katarina Witt würde nicht mehr aus ihr werden, aber das Ganze machte Spaß.

Die Eisfläche war so voll, dass Ella sich schnell aufrappelte. Nachher würde ihr sonst noch jemand mit den Kufen über die Finger fahren.

»Komm, ich zeige dir mal, wie das richtig geht.«

Die Stimme kam ihr bekannt vor. Sie schaute auf. Christoph nahm ihre Hände und zog sie hoch, während Frank verdattert schaute. Christophs Haare waren gewachsen und lugten unter der Mütze hervor. Das erste

Mal sah Ella so etwas wie kindliche Freude in seinem Gesicht. Gut, sie sah ihn auch das erste Mal auf dem Eis. Seine Füße steckten in schwarzen Lederschlittschuhen. Nicht solche klobigen Leihexemplare, diese Eishockeyschuhe, wie Frank und sie sie trugen.

»Darf ich deine Freundin kurz entführen?«

Christoph wartete keine Antwort ab, sondern schnappte sich Ella. Er gab ihr so viel Halt, dass sich ihr Körper wieder an die Eislaufstunden in der Schulzeit erinnerte. Runde um Runde war sie auf der Eisbahn im Lentpark gefahren. Also war das doch alles noch da, sie hatte nur den richtigen Anstupser gebraucht.

Christoph führte sie wie auf einem Tanzparkett. Ermunterte sie zu Drehungen, fing sie auf, wenn sie ins Straucheln kam. Und nach fünf Minuten kam sie nicht mehr ins Straucheln. Ja, man konnte ihre Kür als elegant bezeichnen. Ella lächelte und genoss die bewundernden Blicke der Menschen hinter der Bande.

»Ich wusste gar nicht, dass du so gut eislaufen kannst«, rief sie gegen das Jingle-Bell-Gedudel aus den Buden hinter der Bande an.

»Tja, meine Schwester hat eine Zeit lang trainiert wie ein Profi. Und ich sollte sie immer zum Training fahren. Da habe ich einfach selbst mitgemacht.«

Ella hatte Christophs Schwester zwar schon in den intimsten Momenten begleitet, aber davon wusste sie auch nichts. Ellas Wangen glühten. Sie kühlte sie mit ihren Händen, als sie langsamer wurden und die Bande ansteuerten.

»Hat Spaß gemacht.«

»Ja, Ella, wir wären ein gutes Team geworden.«

Frank stand immer noch an derselben Stelle. Und schaute grimmig. Ebenfalls ein seltener Anblick, brachte er Ella mit seiner Gelassenheit sogar manchmal auf die Palme.

»Christoph, wir sind ein gutes Team. Weißt du noch, die Geburt von Sabrina?«

»Du weißt, wie ich es meine.«

Das wusste Ella nur zu genau. Christoph lieferte sie bei Frank ab, verneigte sich kurz und fuhr dann alleine weiter. Frank starrte ihm hinterher. Ella nahm seine Hand, was seine Aufmerksamkeit mehr forderte als der Blick auf den elegant schlittschuhlaufenden Arzt.

»Ich dachte schon, du bleibst ganz bei ihm.«

»Nö, war zwar eine nette Runde, aber ehrlich gesagt finde ich lieber selbst raus, wie etwas geht, als es mir von einem Mann zeigen zu lassen.«

»Gibt ja auch nichts, was ich dir noch beibringen könnte.« Frank lächelte sie an.

»Och, mir fallen da schon ein paar Sachen ein. Gitarre spielen zum Beispiel.«

Ella wusste immer noch nicht, ob das mit Frank wirklich Potenzial für die Liebe hatte. Aber wie hatte sie letztens auf einem wunderschönen Buchtitel gelesen? *Auch die größte Liebe fängt mal klein an.*

* * *

Als Susanne ihr erzählt hatte, dass sie vielleicht kurz schwanger gewesen war, war Carola einen Moment versucht gewesen, Susanne das Baby, das in ihrem Bauch heranwuchs, zur Adoption anzubieten. Aber der Gedanke war so absurd, dass sie sich geschämt hätte, ihn laut auszusprechen. Und komischerweise war genau diese Überlegung, dass niemand sie zwingen konnte, dieses Kind aufzuziehen, sehr befreiend. Sie musste nicht. Aber sie wollte. Ja, sie liebte dieses Kind. Jetzt schon. Obwohl sie jetzt schon wusste, dass sie nicht unbedingt versessen auf die schlaflosen Nächte und das Aufräumen von Bauklötzen war. Oder die Eingewöhnung in den Kindergarten. Aber dafür würde sie es lieben, dem Baby in die Augen zu schauen, während es sie anschaute, als wäre sie der anbetungswürdigste Mensch auf Erden. Oder wenn es das erste Mal »Ahröö« sagen würde.

Aber jetzt mussten sie erst einmal etwas hinter sich bringen. Seit gestern war Carola wieder zu Hause. Pünktlich einen Tag vor Weihnachten. Sie würde nur mit der Kernfamilie feiern. Und Carola war noch bis nach Dreikönig krankgeschrieben. Statt andere Mütter zu beraten, würde sie selbst noch ein paar Therapiesitzungen bekommen.

»Sagst du es oder ich?«

Andreas und Carola stellten den Tannenbaum im Wohnzimmer auf.

»Zusammen?«

»Okay, wobei ich befürchte, über die Geschenke freuen sie sich mehr als über die Nachricht. Am meisten wird sie schockieren, dass zwischen uns noch was geht.«

Er grinste. Ja, die Vorstellung, dass Eltern noch Sex haben könnten, war für die Kinder mehr als peinlich. Sprach doch immer noch niemand drüber. Hoffentlich wirkten diese neumodische Spielekonsole von Sony für Thomas, das Kaninchenpärchen für Maike, das hoffentlich wirklich aus zwei Weibchen bestand, und der Gutschein für ein Wochenende in Paris für Stefanie nicht zu sehr wie Bestechungsgeschenke.

Als alle Kinder schließlich auf dem Sofa vor ihnen saßen und sie ankündigten, etwas mit ihnen besprechen zu wollen, schauten alle drei, als würden sie Weihnachten ausfallen lassen.

»Also wir ...«, begann Carola mit todernster Miene.

»... müssen euch was sagen, was wir lieber heute sagen, damit Weihnachten morgen ...«

»Ihr lasst euch scheiden?«

Stefanies Frage ließ Maikes Gesicht einfrieren und Thomas die Stirn runzeln, auf der sich gerade einige Teenagerpickel tummelten.

»Nein. Aber die Tragweite ist vielleicht ähnlich.«

Zum Glück fand Andreas in seinen Büchern passendere Worte, dachte Carola und griff nach seiner Hand. Auch um den Kindern zu zeigen, dass alles in bester Ordnung war. Das war es noch nicht, und das würde es vielleicht auch nie sein, aber Carola wollte es zumindest versuchen.

»Um es kurz zu machen, ihr bekommt noch ein Geschwisterchen.«

»Warst du deswegen krank?«

Carola schüttelte den Kopf, und Maike begann zu strahlen.

Thomas wurde wie befürchtet rot.

Und Stefanie? In ihrem Gesicht spiegelten sich Unverständnis und etwas Freude wider. Carola klammerte sich an der Freude fest.

»Ich muss euch auch noch was sagen.«

Stefanie rückte ihren Haarreif zurecht und streckte den Rücken durch. Es wäre ja jetzt zu komisch, wenn sie auch verkündete, schwanger zu sein. Carola ertappte sich bei dem Gedanken, dass das doch praktisch wäre. Dann könnten die Kleinen zusammen spielen. Und sie sich abwechseln mit der Betreuung.

»Ich ziehe nach dem Abi aus. Michaela und ich suchen schon nach Wohnungen. In Berlin. Mir ist das hier alles zu eng.«

Nach Berlin? Da waren doch noch viel schlimmere Typen als dieser Fotograf unterwegs. Und das war so weit weg. Und wer sollte das alles bezahlen? Eigene Wohnung und so. *Und überhaupt, was mache ich ohne dich? Auf dich war immer Verlass, wenn hier Chaos war!*

Doch Carola sagte nur: »Okay.« Sie hatte Stefanie viel zu oft eingespannt. Hatte es durchaus ausgenutzt, dass sie so brav und strebsam war. Maike und Thomas schauten auch schockiert. Vielleicht würde das Baby dann doch eine Lücke füllen.

Als Carola und Andreas später am Abend wieder alleine waren, nahm Andreas sie in den Arm.

»Du wirst sehen, sie werden es lieben.«

»Ja, natürlich werden sie das. Weißt du noch, wie Thomas und Stefanie gestrahlt haben, als sie Maike das erste Mal gesehen haben?«

Wie schnell war diese zauberhafte Zeit vorbeigegangen. Wie oft hatte sie damals gedacht, wenn die Kinder doch erst älter wären, und im Nu waren sie fast erwachsen. Carola wollte mit dem vierten Kind nicht alles besser machen. Sie hatte es immer so gut gemacht, wie sie eben konnte. Aber sie wollte die Gelegenheit nutzen, ihr Leben neu zu organisieren. Die Weichen neu zu stellen. Was das im Einzelnen hieß, wusste sie noch nicht. Aber sie würden Lösungen finden. Gemeinsam.

»Ohne dich war es schrecklich langweilig. Ich habe dich vermisst. Wirklich dich.«

Carola nickte. Und lehnte sich an ihren Mann.

»Lass uns nie wieder aufhören, uns wirklich zu sehen.«

Carola hatte Hoffnung daraus geschöpft, dass Andreas kein einziges Mal eine blöde Bemerkung in Richtung Carsten gemacht hatte. Ja, wahrscheinlich wollte er sie nicht einmal verlieren, wenn das Kind nicht seins gewesen wäre.

Mai 1995

Endlich war es so weit! Es wurde zwar das Fest zum sechsjährigen Jubiläum des Geburtshauses, aber es war völlig okay, dass nicht immer alles nach Plan lief. Und anscheinend waren fast alle Familien, die Post vom Haus der guten Hoffnung bekommen hatten, der Einladung gefolgt. Der ganze Innenhof der Alten Feuerwache war voller Familien mit kleinen Kindern oder noch Säuglingen. Sechs Jahre schon hatten sie den Familien einen guten Start ermöglicht. Die ersten Schützlinge kämen bald in die Schule, der Jüngste war vor zwei Tagen geboren worden und die Eltern trotz Susannes Mahnung, sich im Wochenbett zu schonen, hier, um mit ihnen zu feiern.

Vor dem Kinderschminken, das von Stefanie betreut wurde, und dem Popcornstand hatte sich eine lange Schlange gebildet. Genauso wie vor dem Fotostand. Anja Cornelsen zückte immer wieder ihre Spiegelreflexkamera, um die Familien abzulichten. Carola hatte kurz nach Weihnachten Anjas drittes Kind entbunden. Noch in der Schwangerschaft war den beiden Frauen die Idee gekommen, dass Anja im Geburtshaus Fotos von den ersten Sekunden anbieten würde. Sie wohnte um die Ecke und kam gerne auch spontan. Anja hatte sich selbstständig gemacht. Ihre Visitenkarten waren schnell vergriffen. Und ihr Mann sonnte sich in der Bewunderung, während er mit Baby in der Trage und zwei Kleinkindern am Rande des Sandkastens saß. Carola fragte sich, wann dieser Anblick endlich normal sein würde. Hoffentlich spätestens dann, wenn ihre Kinder Eltern wurden.

Carola strich sich über den mittlerweile sehr großen Bauch. Sie würde nicht die ganze Welt ändern können. Nein, sie musste mit ihrem Leben anfangen. Vielleicht war sie dann für die eine oder andere Frau ein Vorbild. Und sosehr sie es schmerzte, eingestehen zu müssen, dass sie sich völlig übernommen hatte, so sehr genoss sie es jetzt, im Mutterschutz zu sein. Annett übernahm ihre übrigen Geburten, und Carola wollte sich nach der Geburt erst einmal nur auf Kurse beschränken. Immerhin hatte sie jetzt noch ein paar Erfahrungen mehr zu bieten. Sie hatte sogar Heike davon erzählt und den vor Genugtuung triefenden Blick ihrer großen Schwester gelassen hingenommen.

Carola setzte sich und beobachtete das bunte Treiben um sie herum. Andreas kam mit einer Limo zu ihr.

»Alles in Ordnung? Ist dir nicht gut?«

»Alles besser denn je. Mir tun nur die Füße etwas weh.«

Sie trank dankbar einen Schluck.

Auf dem Podest in der Mitte des Innenhofs kündigte Susanne gerade einen Special Guest an, der für musikalischen Schwung sorgen sollte.

»Wie hat das Geburtshaus es nur geschafft, so eine Berühmtheit an Bord zu bekommen?«

Andreas lachte herzlich und winkte Carsten Küppers zu, der nur nickte, weil seine Hände damit beschäftigt waren, an den Gitarrensaiten zu zupfen. Einige Gäste raunten, ob er es wirklich sei. Der wäre doch aus dem Fernsehen bekannt.

»Tja, ich habe da so meine Verbindungen. Er ist extra aus Berlin eingeflogen. Aber da er eh noch eine Besprechung in den Filmstudios in Hürth hatte, passte das schon.«

Carola dachte gerne an die Treffen mit Carsten zurück, aber sie vermisste sie nicht mehr so wie anfangs. Nun war auch ohne ihren alten Freund wieder mehr Leichtigkeit in ihr Leben eingezogen.

»Siehst du, wie hübsch Stefanie ist?«, fragte Carola ihren Mann.

»Klar! Wobei das nicht das Wichtigste ist.«

»Natürlich nicht. Aber sie strahlt wieder!«

Und vielleicht hatte auch hier Carola ihre Hände im

Spiel gehabt. Sie hatte Anja Cornelsen beauftragt, eine Setcard für Stefanie zu machen. Und Stefanie sollte eine gute Erfahrung in Sachen Fotos gemacht haben. Dieser blöde Fotograf sollte nicht das letzte Wort haben. Ob Stefanie es irgendwann Claudia Schiffer, Cindy Crawford oder Christy Turlington gleichtun würde, war völlig egal. Aber sie versteckte sich nicht mehr.

Thomas kam mit Maike angelaufen. Eine Welle der Liebe überkam sie für ihre beiden so unperfekten Kinder. Sie waren schon so früh auf der Suche nach sich selbst. Maike halb Kind, die stundenlang mit den beiden Kaninchen kuschelte und am anderen Tag in altkluge Selbstzweifel zerfiel, Thomas, der eigentlich so sensibel war, aber immer wieder einen auf coolen Macker machte. Nein, Carola wollte nicht mehr so jung sein, nicht mehr komplett von vorne anfangen. Sie und Andreas hatten sich schon so viel zusammen aufgebaut.

»Mama, kannst du uns noch ein paar Bons geben?«

Carola suchte in ihrer Jeanslatzhose, die sie jetzt doch noch einmal als Umstandshose trug, nach weiteren Bons für den Imbissstand. Und spürte auf einmal etwas sehr Wohlbekanntes, aber längst Vergessenes.

»Mama, du hast in die Hose gemacht!«, rief Maike.

»Nein, das ist doch nur ein Blasensprung«, entgegnete Thomas.

Mist. Ein Blasensprung. Mitten auf der Geburtshausfeier. Ein paar Leute starrten sie an. Manche grinsten. Carola grinste zurück. Das Leben mit Kindern war eben nicht planbar. Immerhin war ihre Hebamme schon anwesend.

»Andreas, wir verschwinden hier so unauffällig, wie es geht.«

Carola holte alle Bons aus der Tasche, reichte sie ihren Kindern und streichelte den beiden noch über den Kopf.

»Hier, versorgt euch mit Essen und Getränken, aber vorher holt ihr bitte Susanne.«

Die beiden nickten und rannten sofort los. Andreas zog sein Holzfällerhemd aus, das er offen über dem T-Shirt trug, und reichte es Carola, die es sich um die Hüften band. Hand in Hand machten sie sich auf den Weg zum Geburtshaus. Das lag um die Ecke, und Carolas Tasche stand schon seit ein paar Tagen dort. Sollten die anderen in Ruhe feiern, nur Susanne würde gleich nachkommen.

»Sag mal, Andreas, hast du was dagegen, wenn wir Susanne gleich fragen, ob sie Patentante werden möchte?«

Danksagung und Nachwort

Auch in Band 2 möchte ich damit beginnen: Der Start ins Leben ist immer auch ein Spiegel der Gesellschaft. Seien es vergangene Zeiten, in denen eine Schwangerschaft nicht selten mit dem Tod endete und insofern als notwendiges Übel erschien, sei es die Entfremdung von Eltern und Kind in totalitären Systemen, sei es die Entmündigung von Frauen, denen eingeredet wird, jeder Arzt wisse besser über ihren Körper Bescheid als sie selbst. Oder sei es die gängige Praxis, Geburtsbegleitung unter wirtschaftliche Erwägungen unterzuordnen.

Das Kölner Geburtshaus habe ich genau wie Tausende andere Frauen als einen Ort erlebt, an dem Schwangerschafts-, Geburts- und Wochenbettbegleitung so ist, wie sie sein sollte: sicher, mit einer Eins-zu-eins-Betreuung, vertrauensvoll, ermutigend, bestärkend.

Natürlich kann das genauso auf die Geburtsbegleitung im Krankenhaus zutreffen, egal ob bei spontaner Geburt oder einer Sectio. Und dennoch zwingt das aktuelle Gesundheitssystem viele Hebammen dazu, hinter ihren Ansprüchen zurückzubleiben. Und viele Frauen finden nicht die Begleitung, die sie für einen guten Start in das (neue) Familienleben brauchen.

Das Kölner Geburtshaus zeigt wie mittlerweile rund

einhundertdreißig Geburtshäuser (seit Kurzem gibt es ein zweites in Köln) allein in Deutschland, dass die bestmögliche Geburtsbegleitung keine Utopie, sondern eine Frage des Engagements, des Mutes und der Leidenschaft ist.

Als das Kölner Geburtshaus 1989 – noch nicht in der Cranachstraße 21, sondern in einem Hinterzimmer der Frauenarztpraxis von Dr. Michael Müller – gegründet wurde, hielten viele die Idee für verrückt. Heute ist die Warteliste so lang, dass das Los entscheidet, wer hier sein Kind bekommen kann.

Mein Anliegen mit dieser Romanserie ist es auch, Aufmerksamkeit für die wertvolle Arbeit von Hebammen zu schaffen und vielleicht dadurch sogar einen Teil dazu beizutragen, dass ihre Arbeits- und damit die Startbedingungen für Familien verbessert werden.

Weitere Informationen sind erhältlich beim

- Verband Hebammen für Deutschland, der unter anderem mitinitiiert hat, dass das Hebammenwissen Teil des immateriellen UNESCO-Kulturerbes wird. www.hebammenfuerdeutschland.de/

- Netzwerk für Geburtshäuser: Netzwerk der Geburtshäuser – Wir für euch – Ihr für euch (netzwerk-geburts haeuser.de)

- und natürlich beim Kölner Geburtshaus: www.geburts haus-koeln.de

Und vielleicht noch eine Anmerkung zum Thema gesellschaftliche Veränderungen: Auch wenn der Roman, der in den Neunzigerjahren spielt, nicht als historisch durchgeht, kommt Ihnen manche Begebenheit unter Umständen sehr altmodisch vor: Da »helfen« Männer ihren Frauen mit den Kindern, die Ärztin trägt ein Schildchen »*Arzt* im Praktikum« an der Tasche des Kittels, eine Protagonistin macht sich zu viele Gedanken über ihre Figur, manch einer aus der bürgerlichen Mitte hält das Extrageld, das er im Erziehungsurlaub bekommt, für völlig übertrieben, da ein Gehalt pro Familie in der Regel reicht ... So einige Punkte sehen wir heute anders, vieles ist immer noch reformbedürftig, vieles wie etwa wirkliche Body Positivity noch nicht ganz in der Mitte der Gesellschaft angekommen.

Apropos Geburtshaus ... das steht diesmal ganz oben auf meiner Dankesliste.

DANKE ...

... dem ganzen Team des Geburtshauses, ganz besonders Stefanie Lippelt für die Recherchehilfe, Gudrun Stentenbach und Ute Schnitzler für die hilfreichen und netten Kurse, Tamara Kanngiesser, Silke Mehler, Anja Pascher und vor allem Christiane Ippach – für die wunderbaren Geburtsbegleitungen. Dass ich dich, liebe Christiane, als eine der Mitbegründerinnen des Kölner Geburtshauses nicht nur als fachliche Beraterin und Vorableserin, sondern auch viermal als wunderbare Hebamme an der Seite hatte, ist ein großes Geschenk. Und dabei fing alles damit an, dass ich dich 1999 »zufällig« bei meinem ersten und einzigen Anruf bei der Hebammenberatung in Köln am Telefon hatte und du ganz salopp meintest: »Dann komm doch ins Geburtshaus.«

…und nicht nur der Vollständigkeit halber auch an die Frauenärztinnen Dr. Sabine Koesling, Dr. Anne Knoch und das Team aus dem St.-Elisabeth-Krankenhaus, das ich seit meinem geplanten Kaiserschnitt in bester Erinnerung habe – dank Ihnen beruhen die Szenen mit Komplikationen nicht auf eigener Erfahrung.

…ganz besonders auch meinen Eltern, ohne die so vieles nicht möglich gewesen wäre, auch für ganz viel Inspiration, bei dir, Mama, besonders für die Liebe zum Lesen, und bei dir, Papa, auch für die Gabe der Begeisterungsfähigkeit und bei diesem Buch über den Austausch über das Thema Computer.

…besonders auch an Christine für die liebe Unterstützung gerade in der Zeit, in der aus bekannten Gründen die ganze Organisation zusammengebrochen ist. Ohne dich wäre das Buch nicht pünktlich fertig geworden. Danke auch für das Feedback und die TV-Tipps.

…an Alex für seine Freundschaft seit der 5. Klasse und noch viel mehr! ☺

…in diesem Sinne auch Michael ♥ und unseren Kindern – es ist einfach schön, dass ihr da seid, danke, dass wir ein tolles Team sind, danke dir und euch für Superschnitten, bester Freund und mehr sein, PC-Support, Plotberatung, Ermutigung, Geduld, Anteilnahme, Liebe und so viele Dinge, die ein ganzes Buch füllen könnten.

…an alle, die ganz konkret dafür gesorgt haben, dass dieses Buch das Licht der Welt erblickt hat – vor allem dem Team von Blanvalet, insbesondere Anna-Lisa Hollerbach und Julia Abrahams – sowie meinem Lektor René Stein und meinen Agenten Michaela und Klaus Gröner für die wunderbare Zusammenarbeit. Es ist eine große Freude.

…auch an alle, die meine Bücher sichtbar machen: Hana Jantz, Claudia Feldtenzer, Katharina Schleicher, Seon-Yeong Shin, Diana Keller, Dr. Berit Böhm und alle aus dem Presseteam von Blanvalet, dem Team der Rather Bücherstube und allen meinen LeserInnen.

…für kollegiale Unterstützung in wichtigen Momenten ganz besonders Stefanie Gerstenberger, Beate Rygiert und Vera Pandolfi. Und für genau das richtige Buch zur richtigen Zeit (über die Kölner Hebamme Therese Schlundt), einen Buchtipp und für die Recherchehilfe danke ich noch Eliza, Chrissi, Birgit, Nicole Seifert und Bernd Robker (auch wenn aus dem IT-Spezialisten dann doch ein Schriftsteller wurde). Ihr habt mir wirklich sehr geholfen.

…auch an Anja Fröhlich, der Literaturszene Köln e.V. und dem Kulturamt der Stadt Köln für den Platz im schönen Schreibraum Köln. Ganz besonders auch an die VG-Wort für das Stipendium im Rahmen Neustart Kultur 2021 für Band 3 – was mir auch an der Arbeit bei diesem Band sehr geholfen hat.

Ich wünsche Euch und Ihnen und allen LeserInnen alles Gute.

Sie suchen einander schon ein Leben lang …

Tanja Wekwerth
Das Geheimnis der Mitternachtstöchter
Roman

Das Band, das uns für alle Zeit verbindet … England in den 20er Jahren: In einer abgelegenen Pension an der Küste bringt eine junge Frau Zwillinge zur Welt – und verschwindet bald darauf. Die kleine April wird zur Adoption freigegeben, während ihre Schwester May in der Obhut der liebevollen Pensionswirtin aufwächst. Ohne voneinander zu wissen, haben die beiden Zwillinge ihr Leben lang das Gefühl, dass ihnen etwas fehlt. Selbst die Wirren des zweiten Weltkriegs und die Zeit des Neubeginns vermögen es nicht, diese Sehnsucht verblassen zu lassen. Aber gibt es für die Schwestern nach Jahrzehnten der Trennung wirklich noch die Chance auf ein Wiedersehen?

Jetzt überall, wo es gute eBooks gibt:
dotbooks
Der eBook-Verlag